慎海雄 主编

当代岭南文化名家
DANGDAI LINGNAN WENHUA MINGJIA

林榆 林西平 编著

林 榆

SPM 南方出版传媒 广东人民出版社
·广州·

图书在版编目（CIP）数据

当代岭南文化名家·林榆 / 林榆，林西平编著．—广州：广东人民出版社，2017.10

（当代岭南文化名家）

ISBN 978-7-218-11938-0

Ⅰ.①当… Ⅱ.①林… ②林… Ⅲ.①文艺—作品综合集—广东省—当代 Ⅳ.①I218.65

中国版本图书馆CIP数据核字（2017）第171503号

DANGDAI LINGNAN WENHUA MINGJIA·LINYU
当代岭南文化名家·林榆

林榆　林西平　编著　　　　　　　　　　　版权所有　翻印必究

出 版 人：肖风华

责任编辑：林　冕　沈晓鸣　刘　奎
责任技编：周　杰　吴彦斌
装帧设计：书窗设计 赵焜淼/钟清/张雪烽

出版发行：广东人民出版社
地　　址：广州市大沙头四马路10号（邮政编码：510102）
电　　话：（020）83798714（总编室）
传　　真：（020）83780199
网　　址：http://www.gdpph.com
排　　版：广州市友间文化传播有限公司
印　　刷：广州市人杰彩印厂
开　　本：787毫米×1092毫米　1/16
印　　张：27.625　字　数：410千
版　　次：2017年10月第1版　2017年10月第1次印刷
定　　价：108.00元

如发现印装质量问题，影响阅读，请与出版社（020-83795749）联系调换。
售书热线：（020）83795240

《当代岭南文化名家》丛书编辑委员会

编委会主任：慎海雄
编委会副主任：郑雁雄　顾作义　崔朝阳　王桂科　杜传贵
编委会成员：叶　河　许永波　张伟涛　应中伟　肖风华
　　　　　　钟永宁

前 言

五岭之南的广东,人杰地灵,物丰民慧。自秦汉始,便是沟通中外的重要门户,海上丝绸之路即发祥于此。近代以来,中国遭遇外来侵略,一批有识之士求索救国图强,广东成为民主革命的策源地。进入20世纪70年代,广东敢为天下先,以杀出一条血路的气魄,成为改革开放的前沿地。钟灵毓秀,得天独厚,哺育出灿若星辰的杰出人物,也孕育出独树一帜的岭南文化。谦逊、务实、勤勉的广东人,用他们的智慧和力量,悄然推动着中国历史的进程,也赋予了岭南文化不拘一格、不定一尊、不守一隅的丰富内涵和特质,成为中华文化的瑰宝。

改革开放大潮涌起珠江,广东的经济社会发展取得了巨大成就,涌现出一大批德艺双馨的文化名家,在文学、音乐、美术、建筑等众多领域取得开拓性成就,岭南文化绽放出鲜明的时代亮色。今天,我们又面临一个新的、更大的历史机遇——实现中华民族伟大复兴的中国梦。习近平总书记在文艺工作座谈会上指出,实现中华民族伟大复兴需要中华文化繁荣兴盛。广东如何响应要求,创作无愧于时代的优秀作品?省委常委、宣传部部长慎海雄同志就此提出,要按照中央和省委省政府部署,大力推动文化创新,打造岭南文化高地,打造一批弘扬中国精神,具有中国风骨、岭南风格、世界风尚的精品力作,形成一支规模宏大、门类齐全、结构合理的"文化粤军",并主持策划了《当代岭南文化名家》大型丛书。

记录当代,以启后人。本丛书以人物(文化名家)为线索,旨在为当代岭南文化名家提供一个集体亮相的舞台,展现名家风采,引导读者品鉴文艺名作,深切体悟当代岭南文化的独特魅力,提升广东民众的文化自信和地域认同，弘扬新时期的广东精神，为广东全面建成小康社会、书写中国梦的广东篇章提供源源不断的文化驱动力。

为此，我们从文学、绘画、雕塑、音乐、舞蹈、戏曲、影视、新闻出版、工艺美术、非遗传承等领域，遴选出一批贡献卓著、影响广泛的广东文化名家。他们之中，既有土生土长的"邑人"，也有长期在广东生活、工作的"寓贤"。我们为每位名家出版一种图书，内容包括名家传略、众说名家（或对话名家）和名家作品三大篇章，读者可由此了解文化名家的生平事功、思想轨迹、创作理念、审美取向和艺术造诣等。同时，我们将结合多媒体技术，在视频制作、名家专题片、影音资料库和新媒体推广等方面大胆创新，多形式、多渠道地向读者提供新鲜的阅读体验。

我们深信，当代岭南文化名家丰富的文化实践，一定会编织出一幅底蕴深厚、内容丰富、精彩纷呈的文化长卷，它必将成为一份具有重要历史和现实意义的文化积累，价值非凡，传之久远。

《当代岭南文化名家》丛书编委会
2016年6月

◎ 林榆

　　林榆，广东东莞人，1920年出生。他既是一位享受老红军待遇的老革命，又是一位有杰出贡献的艺术家。

　　中学时期，林榆便开始参加抗日救亡活动，1937年加入中国共产党；1943年在广东艺术专科学校毕业后，便加入东江纵队东流剧团，并自编自导自演了《大地回春》等多部话剧；1946年奉命到香港参加组建中原剧艺社，在香港上演了大量爱国戏剧；1949年北上参加全国第一次文代会后，随解放军南下，接管广州，任广州军管会文化组组长，接收敌产。

　　1953年，林榆受命组建广东第一个国营粤剧团并担任团长，从此与粤剧结下不解之缘，为粤剧的改革贡献出毕生的精力。他组织创作并亲自执导了一大批新戏，对广东的粤剧改革起到了积极的推动作用。他亲手挖掘并组织排演的《搜书院》，奠定了粤剧在全国戏剧界中"南国红豆"的地位；他导演的现代粤剧《山乡风云》在粤剧发展史上具有里程碑意义；他离休后创作的《伦文叙传奇》获全国戏剧界最高奖项文华奖，是获得奖项最多的一个粤剧剧目，至今久演不衰。从事粤剧艺术以来，林榆一共导演了36台粤剧，创作了10个粤剧剧本，被誉为"新中国粤剧的幕后推手"。

　　林榆于1995年获文化部文华奖剧作奖、广东省鲁迅文艺奖；2002年获广东省人民政府颁发粤剧艺术突出成就奖；2015年被中共广东省委、省政府授予第二届广东文艺终身成就奖。

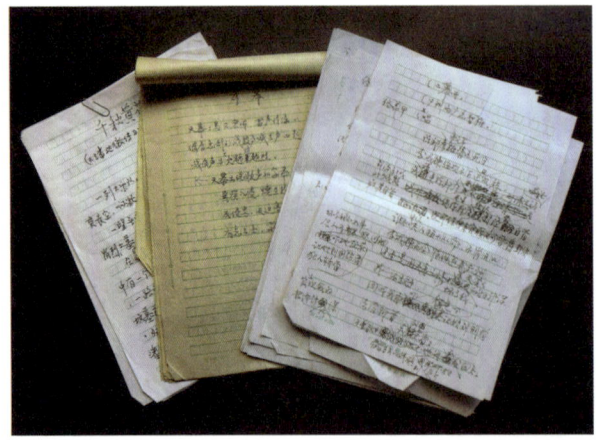

◎ 林榆部分手稿

◎ 林榆部分已出版著作

◎ 林榆部分获奖证书

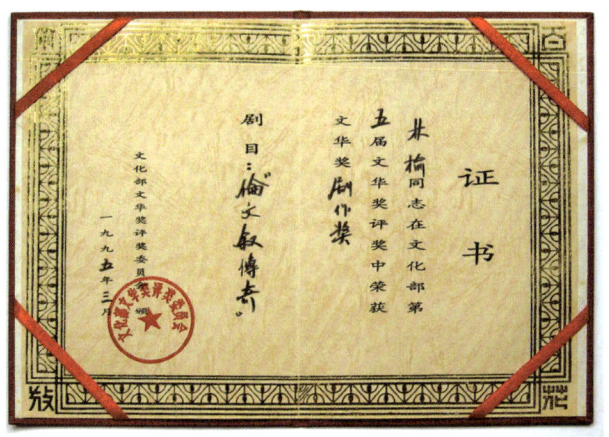 

◎ 1995年，林榆编写的《伦文叙传奇》剧目获文化部第五届文华奖剧作奖

◎ 文化部第五届文华奖剧作奖奖牌

◎ 2015年获第二届广东文艺终身成就奖

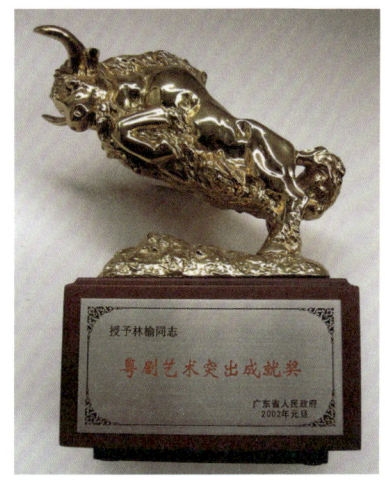

◎ 2002年获广东省人民政府颁发粤剧艺术突出成就奖

◎ 1996年获广东省第五届鲁迅文艺奖戏剧奖
◎ 1996年获广东省戏剧家协会颁发首届广东戏剧家突出贡献奖

◎ 2005年获中共中央、国务院、中央军委颁发中国人民抗日战争胜利60周年纪念章
◎ 2016年获中共中央、中央军委颁发中国工农红军长征胜利80周年纪念章

目 录

■ 第一篇　林榆传略　/ 001

使命感，未了情　/ 002
放弃安逸追光明　/ 003
转战敌后显身手　/ 005
北上南下接广州　/ 008
戏改兴衰常入梦　/ 012
力挽波澜敢弄潮　/ 016
组建省团担使命　/ 025
骤雨横风仍从容　/ 035
寒梅经霜花愈浓　/ 038
冬去春来自奋蹄　/ 044
晚秋笔耕硕果红　/ 049

■ 第二篇　众说林榆　/ 057

Ⅰ　记人　/ 058

林榆：新中国粤剧的幕后推手（李小瑛）　/ 058
《花蕊夫人——林榆剧作·论艺集》序（李门）　/ 063
屈伸不介意，处世足楷模
　　——访著名粤剧艺术家林榆（王世雄）　/ 066
父亲对我的影响（林西平）　/ 068

‖ 评剧 / 074

《伦文叙》的艺术魅力
　　——看广东粤剧院演《伦文叙传奇》（霍大寿）／ 074
《伦文叙传奇》内外（刘厚生）／ 077
戏剧要多写观众爱看的戏
　　——评粤剧《伦文叙传奇》（陈仕元）／ 082
雅俗共赏的《伦文叙传奇》（王伟轩　苏云）／ 086
后蜀名花带泪看
　　——试谈粤剧《花蕊夫人》（韦轩）／ 089
谈粤剧《花蕊夫人》（肖甲）／ 094
我看《花蕊夫人》（李善超）／ 101
清丽明晰　平易深沉（贝甸）／ 103
有关《红颜知己英雄泪》的两封回信　／ 105
僭称知己两眼泪　／ 107
　　——读《红颜知己英雄泪》（尹洪波）／ 107

■ 第三篇　林榆作品 /111

‖ 剧本选 / 112

玫瑰初红（又名红玫瑰）／ 112
伦文叙传奇　／ 169
花蕊夫人　／ 214
饮马珠江　／ 250
红颜知己英雄泪　／ 296
唐伯虎闯京　／ 332
痛打县衙三大板　／ 362

II 艺论 / 371

振兴戏曲应遵循传统艺术规律

  ——对粤剧改革的一些见解 / 371

发挥粤剧优势初探 / 374

漫谈戏曲"消亡" / 377

应该有"危机感" / 380

谈剧场上座率与观众的新结构 / 382

也谈雅俗共赏 / 385

也谈粤剧兴衰 / 388

III 人物纪念文选 / 391

马师曾生平及其艺术成就 / 391

殷殷红豆寄相思

  ——悼念田汉同志 / 403

李门的粤剧情结 / 406

悼念忠诚的戏剧赤子之魂

  ——李门 / 413

■ 附录　林榆艺术年表简编（1920—2016） / 417

第一篇
林榆传略

林西平

使命感，未了情

2015年12月7日。广州珠岛宾馆红棉厅。

第二届广东文艺终身成就奖表彰座谈会正在举行。中共广东省委书记胡春华、广东省省长朱小丹等省委省政府领导接见了获奖的艺术家们，并和大家一起合影留念。出席当天座谈会的艺术家当中，有一位精神矍铄、腰背略弯的年岁最高的获奖者，他就是老红军、粤剧艺术家林榆。大会请他作书面发言，他在发言稿中说道：

> 再过几天，我就满九十六周岁了。这个文艺终身成就奖，是党和人民送给我最好的生日礼物；这个奖，是党和人民对我一生艺术追求的肯定和鼓励；这个奖，也是对全体粤剧艺术家的鞭策和鼓励。
>
> 回顾几十年走过的艺术道路，我有一个很深的体会就是，搞艺术创作，一定要有锲而不舍、百折不挠、永不服输的精神。

我们今天回顾林榆几十年的艺术道路，看到的就是一个中国知识分子带着革命理想，肩负历史使命，经磨历劫、不改初心、锲而不舍、百折不挠的奋斗之路，正如他自己所说的那样。

放弃安逸追光明

1920年12月9日，春寒料峭，林榆出生于广东东莞厚街的一户农家。父亲林巧祺出身于殷实的农民家庭，中年以后，父亲凭着勤劳和精明的头脑，逐渐积累起一些财富。

东莞厚街，是一个面临珠江口的著名鱼米之乡，这里土地肥沃，水网交横，盛产稻米和莞草。莞草是编织莞席的主要材料，莞席厚达近一厘米，柔软舒适，冬暖夏凉，色彩鲜艳，图案多变，当时驰名省港，销量很大。成熟的莞草足有两米长，农民从地里把莞草割下来之后，用特制的破草刀把草从头到尾破开两边，晒干后再打捆成一抱之粗的草筒，等待客商来收购。草筒堆放在室外怕被雨淋，放在室内又没那么大的地方，如何保管成了农户头疼的事情。具有商业头脑的林巧祺，看准了商机，自筹资金兴建了一个很大的莞草货仓，赚取保管费。

母亲方田是一位典型的农村妇女，贤惠善良，富于同情心，时常私下接济一些贫苦的乡亲。她一生勤劳，天天用黄麻纺织编莞席的小麻绳，几十年来从不间断，直到年近80岁，每天还坚持劳作两小时。林榆与母亲比较亲近，母亲常教育儿子做人要正直，要勤奋，要争气。这位目不识丁的母亲，用中国的传统观念，用自己的言传身教，潜移默化地影响着儿子的成长。林榆个人性格的形成，与母亲的影响密不可分。

林榆的少年时代是衣食无忧的，他的学习成绩也相当优秀。当时的厚街已经有了文明学校，通过知识的窗口，年少的林榆了解到许多科学知识，了解到城市里的现代文明，了解到一些社会名人的奋斗历程。他开始对沉闷的农村生活感到不满足，对家教严厉缺乏生气的家庭气氛感到厌倦，一个大胆的想法在他心里逐渐形成。16岁那年，他突然向家里提出，要只身到广州读书。这个想法当即被父亲一口回绝。父亲认为，家里这么好的生活条件不享用，一个小孩子离乡背井跑去广州，连吃饭都成问题，干吗要去受那个罪？林榆不敢与父亲辩驳，但心中对自己选定的目标一点也没动摇。他在默默地做着去广州的准备。一天天还没亮，趁家人没起床，林榆悄悄背起早已准备好的包袱，蹑手蹑脚地往门外走去。没料到，母亲早已堵在了门前。母亲深知道这个儿子一旦打定了主意，就一定会做到底，他的一举一动早被母亲看在眼里。母亲并没有阻拦他，而是塞给了他一包银元，叮嘱他到了广州就赶快写信回来报平安，免得家人牵挂。林榆在母亲的支持下，坚定地走出了家门。

这时，东方微微现出一丝曙光。林榆踏着大步，义无反顾地走上了追求光明的人生道路。

1936年，16岁的林榆就读于广州教忠中学（今广州市第十三中学的前身）。学校里有中共地下党的组织，同学中也活跃着进步的学生组织。林榆经过了短暂的适应后，很快便融入了进步学生的活动中，不久就加入了中共地下党领导的秘密学联，并成为一个骨干分子，带领同学们走上广州街头，宣传抗日救亡。

1938年，林榆受党组织的委派，前往广东阳江县，在学生中组织抗日宣传活动，并在当地组织成立了中共领导下的地下组织"青年群社"。经过党组织的严格考验，林榆被批准加入中国共产党，在阳江一间小木屋里，秘密举行了入党宣誓仪式。那年他18岁。

不久，日本侵略军从大亚湾登陆，广州危在旦夕，当时的广东省国民政府和许多机关、院校都迁到了粤北的韶关。林榆也到了韶关，就读于广东省立艺术专科学校，攻读话剧专业。尽管这间学校的教员和学生中，已经有中共党员，但由于地下党的严密组织纪律，他们彼此都不知道对方的党员身份。抗日救亡的共同志愿，使大家走到了一起。林榆发挥着自己的艺术特长，组织同学们热血沸腾地走上街头，用文艺形式宣传抗日，其中演出最多的街头剧就是《放下你的鞭子》。

转战敌后显身手

1943年,我党领导的活跃在华南敌后的抗日武装力量东江纵队战果辉煌,日益壮大。随着革命斗争的需要,部队急需增加文艺骨干,以满足对外宣传抗日、对内鼓舞士气的需要。这时的林榆刚从广东艺专毕业,便接受党组织的安排,秘密到了东莞大岭山抗日根据地,正式加入东江纵队的文工团——东流剧团。东江纵队与别的革命队伍相比,有一个显著的特点,就是知识分子比较多。他们中有来自广州、香港的知识青年,还有不少是从南洋回国参加抗日的青年学生,这些人文化程度较高,有一定的艺术基础,其中一些人被挑选加入了东流剧团。在东流剧团这支革命队伍里,林榆如鱼得水,激情迸发,白天随部队转战山沟丛林,出入于枪林弹雨之中,晚上伏在油灯下创作。不久,《人民军队来啦》《光荣输出》等多首广东方言歌曲创作出来了,林榆直接到连队里教唱。这些朗朗上口的革命歌曲,很快便在指战员中传唱开来,成了东江纵队的精神食粮和思想武器。直到几十年后的今天,一些老东江纵队的战士,还会哼出几句这些歌曲。

在艰苦的革命战争年代,东流剧团的工作没有像今天这样有严格分工,林榆既是负责人,也是编剧;既是导演,又是演员;当敌人逼近时,他还是战斗人员。他以饱满的革命激情,一刻不停地为剧团的事情张罗着。有了剧团就必须有演出的剧本,对此,林榆早已胸有成竹。他根据在东江纵队的生活体验,用了很短时间就创作出多幕话剧《大地回春》,并且自编自导自演。这出戏在部队驻地的一间祠堂前首演,当时除了部队的战士外,当地的老百姓也闻风而至,小小的祠堂广场被挤得水泄不通。战士们和乡亲们都是第一次看"文明戏",但剧中的故事就发生在他们的身边,剧中的人物仿佛生活在他们身旁,观众随着剧情的悲而哭,随着剧情的喜而笑,演出非常成功。演出结束了,人们却久久不愿散去。大家都被这种第一次看到的艺术形式所感染,被剧中所表达的精神所撼动,东流剧团的演出旗开得胜。林榆深受鼓舞,除了带着这出戏在各部队巡回演出外,他还连续参加创作了《路西一年》和《狮子打东洋》两台话剧,又亲自出场,扮演了主要角色。东流剧团的演出越来越多,在部队和地方的影响也越来越大，根据斗争的需要，东江纵队后来把东流剧团改组为政治工作队，白天到游击区做群众工作，晚上用各种文艺形式做宣传。工作量大了，危险性也增加了，但林榆却是越干越起劲，他感到自己从事的工作与自己的理想完全融合在一起，这是人生最幸福的事情。

1945年，中国人民经历了14年的抗日战争，终于取得了胜利。但蒋介石随即又图谋挑起内战，共产党和国民党经过了艰苦的谈判后，达成了短暂的和平协议。根据协议，东江纵队要撤出华南地区，主力战斗部队北撤山东，非战斗人员只能就地转移为地下活动。林榆作为非战斗人员，被安排留在广东。东纵战斗部队撤出广东后，国民党疯狂搜捕共产党人，到处是白色恐怖，四周腥风血雨。因叛徒的出卖，中共广东省委受到了严重破坏。为了保存实力，党中央决定广东地下党组织暂停活动。突然失去了与党组织联系的林榆临危不惧，从容应对。如何才能既不暴露自己，又能维持生计？他想到，越是危险的地方可能就越安全。他托同乡关系进入了国民党乐昌县党部，并在那里谋得了一个差事，在国民党县党部的心脏里，潜伏了下来。"文化大革命"中，造反派从档案室里翻到了林榆这段历史，如获至宝，他们认为林榆竟在国民党县党部做过事，肯定是个大叛徒，马上把林榆揪出来批斗，打进了"牛棚"。其实林榆这段历史组织上早已下过结论，是清白的。这是后话。

1946年中，国民党撕毁了停战协议，向解放区发起全面进攻。中国共产党一方面在武装上反击国民党，另一方面加快了解放全中国的准备工作。为了积蓄建设新中国需要的文化人才，党组织有计划地把进步的文化人分批陆续从内地转移到香港，以各种社团形式为掩护，团结人才，开展活动。这时，林榆已重新取得了与党组织的联系，根据党组织的安排，在香港参与组建共产党领导下的中原剧艺社。在一个新的地方组建剧社，一切都要白手起家。没有场地，林榆千方百计借来一层荒废已久的烂楼，与同事们一齐清理干净，解决了办公和排戏的场地需求。中原剧艺社一方面组织香港的进步学生排演进步话剧，大力发掘和培养进步的青年文艺人才；一方面在街上演出《放下你的鞭子》《夫妻识字》等源于解放区的宣传剧目。他们还自筹资金，排练了歌剧《白毛女》、话剧《升官图》《阿Q正传》《双喜临门》等，并连续在香港天星皇家戏院公演，引起了一时的轰动，好评如潮。由于中原剧艺社过于活跃，引起了港英当局的注意，不时派特务前来盘查骚扰。中原剧艺社成员有40多人，聚集了李门、符公望、梁克寒、林榆、李明等一批文化名人，这些人在新中国成立后，都成为我党文化战线上的领导或业务骨干。

中原剧艺社还有一段人们津津乐道的佳话。剧社中有四对青年都是恋人，他们分别是林榆和苏茵、符公望和徐楚、梁克寒和区慧芳、倪路

◎ 著名学者郭沫若主持婚礼

◎ 林榆、苏茵结婚照

◎ 1948年，中共领导的香港中原剧艺社为林榆（前排右二）、苏茵（前排右一）等四对新人举办集体婚礼。婚礼上新人与在香港的文艺界知名人士合影（后排左起：冯乃超、李枫、于立群、郭沫若、张振南、王逸）

和区英。原来在乐昌期间,林榆认识了在医院当护士的顺德姑娘苏茵,对进步社会的渴望,让他们有许多共同语言。俩人很快确定了恋爱关系。不久,苏茵也辗转到了香港,并参加了革命工作。1948年年底,党组织决定为四对青年组织一次集体婚礼,并且请来了刚撤退到香港的著名文化人、新中国成立后成为中国科学院首任院长的郭沫若先生做主婚人,集体婚礼在香港著名的金陵酒家举行,邀请了数百名嘉宾出席,场面很大,十分隆重。这场婚礼,其实也是中共地下党在新中国成立前夕团结香港进步社会力量、扩大统一战线的一次成功活动。

北上南下接广州

1949年初,淮海战役和平津战役胜利结束,国民党政权大势已去,全中国解放指日可待。为了迎接新中国的诞生,一系列重要会议即将在获得和平解放的北平召开。林榆作为华南地区的代表,被委派到北平出席中华全国青年第一次代表大会(第一次青代会)和中华全国文学艺术工作者第一次代表大会(第一次文代会)。能够代表华南地区的青年和文化界出席全国的大会,能够从远离党中央的香港到北平党中央的身边,说不定还能见到领袖毛泽东,林榆感到无比的激动,但也为如何才能按时安全到达北平伤透了脑筋。因为这时,长江以南的地区还在国民党的控制中,国民党政权垂死挣扎,在灭亡前疯狂抓捕共产党人,企图以此阻挡历史前进的车轮。要在陆路通过敌占区风险太大、不明因素太多,个人安危是小事,万一耽误了出席会议就是大事了。林榆想尽办法,终于打听到有一艘英国货船,从南洋途经香港到天津去。他托人弄到了一张船票,告别了新婚不久的妻子,乔装打扮一番,登上了货船。货船上不多的旅客里鱼龙混杂,良莠不齐,航程中还要经过国统区,一

◎ 1949年参加全国第一次文代会，林榆（左二）与张瑞芳（右一）、于燕郊等代表同一小组时合影

路危机四伏，惊险重重。林榆小心应对，终于平安抵达天津，再从天津辗转到达了仰望已久的北平。

从白色恐怖的敌占区，到了人民当家做主的北平，林榆感到天分外的晴朗，连呼吸也格外舒畅，身心感受到从来没有过的自由和解放。4月底传来了解放军突破长江天险一举攻下南京的大好消息，这更令他在精神上受到了极大鼓舞。1949年5月，在参加第一次青代会期间，林榆受到了毛泽东、朱德、刘少奇、周恩来等党中央领导人的接见。在等待第一次文代会召开的间隙，对来自国统区的代表，组织上给予了特别的照顾，给他们发放了许多学习材料，还组织他们到处参观学习。林榆利用一切时间，如饥似渴地汲取着政治营养。这次北平之行，是林榆人生道路上的一个重要里程碑和加油站。在这里，他真正感受到了共产党执政、人民当家做主而带来的社会巨变，看到了新中国即将诞生的光明前途，看到了自己在思想政治上和业务水平上与全国革命斗争需求的差距，他更坚定了跟党走、投身党的文化艺术工作的信念。

这时解放军挥师南下，节节胜利，捷报频传，广东解放指日可待，林榆心急如焚，再也坐不住了。7月下旬文代会刚一结束，他就急于返回香港，要投身到解放广东的最后斗争中。但这时他却接到通知：暂缓返港，原地待命，另有安排。经过20多天的焦急等待，他终于等来了命令：跟随叶剑英带领的干部队伍乘火车南下，准备接管广州。

◎ 广州解放前夕，林榆（站立者）在粤北向准备进城的华南文工团传达全国第一次文代会精神

　　这时，我党已经从全国各地抽调了上千人的干部队伍，集中在江西赣州突击培训，做好接管华南地区最大的城市广州的各项准备。林榆与这支队伍汇合，在赣州作了短暂的停留，一方面等待广州解放的消息，一方面进行强化学习。叶剑英同志亲自主持召开了一个干部大会，传达了党的七届二中全会精神，告诫大家进城以后，一定要提防资产阶级的"糖衣炮弹"，必须继续保持艰苦奋斗的作风，必须继续保持谦虚谨慎、不骄不躁的作风。干部们还学习了大会派发的《城市接管手册》。这本手册详细记载了接管城市的各项政策，介绍了广州各行各业和不同战线上的敌情和接管对象。林榆深感接管城市的任务艰巨，责任重大。

　　在这期间，林榆还向华南文工团等单位传达了全国第一次文代会的会议精神。没想到，这次传达大会，竟让他遇到了一件幸福的事，他与自己音讯全无的妻子苏茵意外重逢了。原来，林榆北上之后便与妻子失去了联系，夫妻双方都不知对方身处何地，安危如何。在战争环境下，这样的事情不足为奇。丈夫北上不久，苏茵在党组织的安排下，随着在香港的大批文化人，加入了我党领导下的闽粤赣边区纵队，转战广东和江西的山区。后来，苏茵调入了华南文工团，这次她随华南文工团到赣州学习，发现在大会上作报告的竟是与自己分别快一年的丈夫，这让她欣喜若狂。夫妻的团聚，令林榆更加珍惜眼前的幸福，工作起来浑身是劲。

　　1949年10月14日中国人民解放军攻克广州，广州解放了！两天以后，林榆跟随广州接管队伍入城。林榆成为以叶剑英同志为首的广州市军事管制委员会的一员，被委任为军管会文化组组长，任务是接管广州在文化方面的所有敌产。出生入死，多年奋斗，终于取得了胜利，自己还亲身参加了接管城市、建立政权的工作，想想牺牲了的战友，林榆感到自己是幸运的，是幸福的。

刚解放的广州并不平静，国民党潜伏下来的匪特残余武装经常躲在暗处向军管会的干部打暗枪，时不时进行破坏活动，他们还散布谣言，制造社会混乱，千方百计给新生的红色政权制造麻烦。林榆带领着解放军战士，对社会上残存的反动势力

◎ 1949年10月，林榆与苏茵在解放后的广州合影

进行了一轮扫荡，收缴了一批枪支，逮捕了一批坏人。待市面稍为平静之后，他马上组织展开了有关文化敌产的调查。根据掌握的情报和细致的明察暗访，确认海珠戏院是广州特务的一个据点，一些特务头子经常躲在这间戏院里抽大烟，密谋反共活动，他们暗中控制着这间全市上座率最高的戏院，为特务活动筹措经费。掌握了确实证据后，广州市军管会当即决定对海珠戏院进行军事接管，委派林榆为军事代表，前往实施接管工作。林榆带着工作人员把军管会的接管布告张贴在戏院门前，召集全戏院员工宣读军管会的接管命令，宣布自即日起海珠戏院归人民所有。随着调查工作的逐步深入，林榆领导的文化接管小组相继接管了乐善戏院、大华电影院（今南方剧院前身）、九曜园和沙面电影仓库等一批敌产。

戏改兴衰常入梦

随着接管工作的深入,林榆逐渐认识到,共产党对文化艺术的领导,绝不是接管了几家戏院就可以完成的,接管后的工作将会更加艰巨,更加长期。

在所有的接管单位中,问题最大的可算海珠戏院和乐善戏院,因为这两所戏院,是专门上演粤剧的。当时广州很快就肃清了敌人的残余势力,同时也扫荡了旧社会遗留下来的污垢,取缔了嫖、赌、毒,社会风气清新,市民娱乐消遣的需求在增长。当年广州市的电影院很少,上映的影片就更少,市民的娱乐消遣主要是看粤剧演出。除了海珠戏院和乐善戏院外,还有太平、东乐等戏院和大新公司天台、先施公司天台等六七个演粤剧的舞台,这些地方便成了广州市民文化娱乐的主要场所,每天有成千上万观众在这些地方进进出出。党和政府对广州这一突出的文化现象十分重视,对这个有着广泛影响的文化阵地没有等闲视之。军管会指示林榆,在做好接管工作的同时,摸清广州演出市场的情况。

通过调查摸底,林榆发现问题十分严重。广州的社会制度变了,当家的政权变了,但在广州上演的粤剧剧目却没有变,基本都是新中国成立以前演出的剧目,当中掺杂着不少迷信、低俗、诲淫诲盗的内容。这些剧目泛滥成灾,天天在演,影响很坏。这与用文艺工作巩固新生的人民政权、用反映人民大众的优秀文化占领演出市场的要求相去甚远。这一现象引起党和政府的高度重视,并决定由华南文联着手解决粤剧存在的问题。因为这件工作的需要,林榆从军管会调派到华南文联,参加对粤剧有计划、有步骤的管理和改革。没想到,林榆从接管戏院变成参与接管粤剧。更想不到的是,他这个当初搞话剧的人,从此开始,一辈子与粤剧结下了不解之缘。

"戏改兴衰常入梦，醒来自觉不轻松。"这是林榆晚年回忆自己介入粤剧工作后的心境的一句诗。如何管理剧团的剧目？如何改革粤剧？成了华南文联的当务之急，也成了林榆日夜思考的问题。华南文联主席欧阳山向粤剧改革提出了"好睇有益"的要求，"好睇"就是让我们的戏为广大群众所接受和欢迎；"有益"就是向观众提供健康向上的好剧目。林榆和他的同事们意识到，粤剧有糟粕也有精华，对其中有人民性的精华要加以保留，绝不能简单粗暴地宣布禁演。要做好继承和发展我国优秀戏曲传统艺术的工作，是一件长期而又艰巨的任务。他们紧锣密鼓地开始了卓有成效的粤剧改革工作。

针对当时剧目乱编乱演的现象，他们首先提出加强演出剧目的管理。规定凡是在广州市内演出的剧团，必须向政府有关单位申报演出的剧本，经过审查批准才能上演。审查单位还有重点地派人到演出现场抽查，发现问题立即对剧团进行批评教育，令其改正。如不依法送审剧本演出，或弄虚作假，即罚其停演。当时，这一措施对演出剧目混乱的现象起到了遏制作用。但这个办法毕竟无法治本，故此执行了一段时间就停止了。

最积极的办法就是用健康的新剧目代替旧的有害的剧目。广州解放之前，在香港的中共地下党已经组织过一些粤剧编剧改编北方解放区的剧本，如现代剧《血泪仇》和古装剧《九件衣》等。解放之后，华南文联组织了由梁荫棠领头的胜利剧团排演《九件衣》。这个戏的演出，给粤剧舞台吹来一股新风，既叫好，又叫座，对粤剧界影响很大。后来多个剧团争相上演，粤剧界开始出现新的面貌。

一两个新剧本当然不能满足众多剧团的演出需求。因此林榆他们聘请了广州有名的编剧者陈卓莹、杨子静、林仙根、傅炜生、李文申等，在华南文联的领导下组成了粤剧编剧组。任务是编写内容健康、主题积极的新粤剧，取代内容欠佳的旧粤剧。经过一年多的努力，先后创作、改编、移植了《白毛女》《愁龙苦凤两翻身》《红娘子》《三打节妇碑》《花心萝卜坏心人》《刘永福》《珠江泪》《黑旋风》等一批新剧本。为了鼓励更多的剧团上演新粤剧，林榆主动与税收部门洽谈，争取政府的支持，随后出台了一项新政策，规定凡是演新戏的剧团免收娱乐税。此举一出，大受欢迎，剧团纷纷上演新戏，有效地推动了新粤剧的普及。

1951年春节，永光明剧团在人民大戏院（原海珠戏院，广州解放后由中共中央华南分局第一书记叶剑英亲笔题字改名）上演新粤剧《红娘子》，场场满座，盛况空前。戏院的售票处，要用麻包袋装钞票，一时传为美谈。

与此同时，林榆提出，要保证新粤剧能长久推行，必须加强剧团的队伍建设，从思想作风和艺术业务上帮助剧团提高。由于当时的剧团是私营的，为了加强对私营剧团的管理，加强政府部门与剧团的沟通，保证党和政府的文艺政策能及时有效地得到贯彻，他们有重点地向一些剧团派出联络员，帮助剧团进行政治和文化学习，定期上课，讲解党和政府的政策，提高艺人的政治觉悟和翻身感。这些联络员深入剧团，调查研究，取得群众的信任，解决了许多实际问题。有的联络员还帮助一些女演员脱离了班主的剥削，废除卖身契，恢复了人身自由。

在广州市开展工作以后，林榆他们随即把目光投向了农村。当时农村经济没有完全恢复，乡下没有人到广州向剧团"买戏"，而集中在广州的剧团又不愿下乡演出。农村锣鼓弦丝停息了，广大农村完全没有粤剧演出。如何解决这个问题？林榆运用在东江纵队从事宣传工作的经验，计划组织粤剧小分队下乡演出。为了便于深入农村，每队规定为26人的轻骑队，用民营公助的办法，由公家借出一笔钱作开办费，购置布幕、灯光、道具等，这笔钱分期归还，队员工资由演出收入支付。上演的剧本由华南文联提供，文联还赠送一面写着"华南文联农村粤剧队"的旗帜，又派出一名驻队联络员。联络员协助粤剧队筹组班子，选举队长，以及联络演出等；更重要的是帮助全队学习政治文化，以提高演出队的素质。通过调查，林榆了解到广州还有一批没有组班的艺人，仍然待业在家。他便用华南文联的名义发动这些艺人参加粤剧队。初时一些艺人还存观望态度，只有少数积极分子报名参加。林榆并不气馁，他知道榜样的力量是无穷的，他很快组成了第一支粤剧队，并出发到农村去。不久，队员们便纷纷写信告诉同行和亲友，说他们下乡演出受到出乎意料的欢迎，不仅收入好，而且队内没有像在旧剧团那样有大小老倌的等级之分，也没有班主的剥削，大家没有上下之分，拉箱、装台、演出一齐动手，集体劳动，集体生活。虽然忙一点，但团结合作，生活、工作都很愉快。这个消息一传出，局面马上转变，艺人纷纷报名，队伍很快发展到十多支，最多时竟有十九支队伍，最后调整为十二支粤剧队。为了适应形势的发展，后来还成立了一个名为"农村粤剧团"的临时机构，统一管理这十多个粤剧队，并出版了一份团讯，介绍各队的情况，交流经验，奖励先进，树立典型。

这十多个粤剧队活跃在珠江三角洲、粤西和粤北几十个县的农村，不仅丰富了农村的文娱生活，而且配合土地改革做了很好的宣传鼓动。每到开展土改的乡村，他们大多演出《白毛女》，农民观看以后，带着对地主的仇恨连夜开斗争大会。所以粤剧队所到之处无不受到群众与土改干部的欢迎，把他们当作政府派来的宣传队，夹道欢迎。粤剧队队员也自豪地穿着整齐的制服，扛着文联发给的队旗，雄赳赳地进村。农村粤剧队的工作，取得了显著的成效。

更可喜的是，农村粤剧队除了演出外，还创作了一批反映农村生活的剧本。《木头夫婿》就是这批剧本的代表作，它不仅在各队演出，还被大剧团所采用。

还有一个更大的收获，就是经过在农村演新粤剧的实践锻炼，一批有艺术才干的粤剧新人涌现了出来。这批新人的出现，给林榆极大的鼓舞，他计划组织一个专演现代戏的团队，试验粤剧是否适合反映现代生活，这一想法得到上级的肯定和批准。他把其中七个较好的农村粤剧队集中在广州举行会演，让他们演出自己创作的拿手剧目，让人才充分展示实力。林榆在这些人当中选拔了演员、乐手、舞美人员共三十多人，成立了"广东实验剧队"。

他为实验剧队策划的第一个节目叫《爱国丰产大歌舞》。内容是宣传中南行政区颁布的"农业十大政策"。每一场宣传一个政策，每场都采用粤剧唱曲和传统排场。这台节目下乡演出颇受农民欢迎。后来拿了其中三场参加中南区第一届戏曲观摩会演大会，也受到大会的奖励。当然，这种为配合一定时期的政治宣传服务的节目，并非粤剧艺术创作的主流之道。但是这台节目的编排和演出，是对抱残守缺的旧粤剧的一次冲击，也是粤剧改革的一次新尝试。这次实践也使林榆认识到：传统粤剧虽有糟粕，但也有不少优秀的东西，仍然保存在艺人身上；同时粤剧表演程式不像京剧那样凝固，它的可塑性很强，表现现代人的生活潜力很大。基于这两点体会，林榆大大增强了对粤剧改革的信心。

1952年中，林榆把粤剧改革和广东农村粤剧队的经验带到了在武汉召开的中南区第一次文化艺术代表大会上，作了专题报告，受到参加大会的兄弟省份同行的积极肯定。他们认为，广东能在短短的不到两年时间里，遏制住剧目混乱的现象，净化了舞台，涌现出一批新戏，整个粤剧界的思想作风和演出队伍也有所提高，实在是难能可贵。

确实，经过华南文联的工作，广东的粤剧界发生了巨大的变化，剧目变了，台风变了，队伍变了，精神面貌也变了。而这些成绩的取得，也令在台前幕后积极推动的林榆感到十分欣慰。

力挽波澜敢弄潮

从1952年12月开始，在中共中央华南分局宣传部和省市文化局的直接领导下，广东粤剧界展开了为期四个月之久的学习活动。参加学习的有2100多人，共26个单位，时间之长，规模之大是空前的。学习活动的主题就是粤剧应该走什么路？这次学习活动，对于新中国成立后粤剧如何健康发展，起到了十分关键的引导作用，在粤剧发展史上有着重要一笔。这次的学习活动，其起因，竟来自广东粤剧代表团参加的一次演出大会。

1952年，文化部决定在北京举行第一届全国戏曲观摩演出大会，这是全国戏剧界的一件大事，也是广东粤剧的一件大事。在旧社会没有地位的粤剧艺人，得到了党和政府的重视和尊重，还能够上首都参加观摩会演，这是史无前例的。这一消息在粤剧界引起了轰动，许多人踊跃报名参加会演。最后决定，以广东实验剧队为班底，再从各剧团抽调一些演员参加，其中有珠江剧团的罗品超、文觉非、郎筠玉，永光明剧团的吕玉郎、楚岫云，南方剧团的曾三多，新世界剧团的靓少佳，曲艺大队的白驹荣，实验剧队的李翠芳、黎国荣等主要演员和个别名乐手参加，由林榆任团长。广东粤剧代表团组成后，从排练到去北京会演，前后要花三个月的时间，而当时诞生不久的人民政权还拿不出文化预算，对代表团没有补助，演员们都要自掏腰包。况且主要演员抽调出来以后，会严重影响到他们所在剧团的演出收入，会影响到许多人的生计。但大家都毫无怨言，不计报酬，全力以赴。如果没有前一段的粤剧整顿和提高思想，很难想象粤剧界能有这样的凝聚力，也很难想象这些已经很有名气的演员能够放弃手上高收入的演出，主动参加北京会演。

在参加全国会演之前，各地代表团先要集中到武汉参加中南区第一届戏曲观摩会演大会，选拔上京会演剧目。没料到，广东粤剧代表团演出后，竟引起了一场轩然大波。

◎ 1952年，林榆导演的第一部现代戏《爱国丰产大歌舞》参加中南区第一届戏曲观摩会演大会并获奖

广东粤剧代表团带去的是传统剧目《三春审父》和新编现代粤剧《爱国丰产大歌舞》。《爱国丰产大歌舞》上演后受到大会的好评，说这个节目"敢于大胆创造，大胆地吸收电影和话剧中的许多东西""表现土改后农民分到了田地的新生活，洋溢着翻身农民的喜悦。舞蹈音乐场面都很好"。大会因此颁给黎国荣等三位演员表演奖，而这出戏的编导就是林榆。

但《三春审父》上演后，却受到了严肃的批评。《三春审父》讲的是官宦之家的小姐陶三春受到后母的虐待，得到途经此地的青年燕贤贵的同情，为她写了一首和诗。不料这首诗竟成了后母诬陷陶三春不贞的证据，她的父亲便以麻绳钢刀逼她自尽。陶三春气愤投河，幸而遇救，后女扮男装考中了状元。恰在那时她的父亲犯罪入狱，三春奉旨审父。这时契丹入侵，给三春写过诗的燕贤贵奉命出征，得到因不满封建家庭而落草为寇的陶三春弟弟陶晏行的协助，把契丹王捉获。因抗敌有功，两人都被封了官，共同参与陶三春审父之事。陶父既有科场舞弊的公案，又有逼死亲女的罪行，理应斩首。但陶三春与弟弟陶晏行表明了与陶父的关系，结果陶父因"为国有功"而获释。最后陶三春与燕贤贵终成眷属，大团圆结局。这本来是民间说唱木鱼书的故事，编成粤剧后，因其情节曲折，行当齐全，是新中国成立前粤剧经常上演的流行剧目。

在中南会演的座谈会上，参加会演的兄弟省各剧种代表纷纷发言，批评《三春审父》这出戏的思想内容存在问题，说它不是反封建主义而是维护封建主义；说这个戏虽然表演不错，唱得好，但剧本不行。有人甚至对这出戏的服装也提出了批评，认为演员的戏服钉上了闪光片，布景太过金碧辉煌，是离开艺术传统和剧情需要，是受到了香港殖民文化的影响。本来，会演的剧目水平参差不齐，剧目受到表扬或批评都是很正常的。但没有想到，对《三春审父》的批评，逐渐升级，竟成了广东粤剧代表团的生死线。

由北京来指导中南会演的全国剧协主席、文化部艺术局局长田汉同志在座谈会的总结发言中表示，《三春审父》确实存在严重的问题。他具体分析了该剧的问题，如线索太多，情节不合理，偶然性过多，不符合历史真实等等。最后他说："我们今天需要的是反封建的戏曲，而不需要维护封建道德，鼓吹封建意识的戏曲。像《三春审父》这样一个节目，作者主观上企图反封建，但表现出来恰恰相反，是维护封建主义的。"这出戏"从反对封建家庭，到反'黑暗朝廷'，都是不严肃不彻底的，某些地方甚至成了封建说教的东西。说明作者主题不清晰，只是一味追求庸俗的表演效果，这是我们必须加以反对的"。

田汉同志这个权威性的发言，无疑是宣布《三春审父》的"死刑"，不能上北京参加会演。这真是当头泼下一盆冷水。演员们离开广州时受到粤剧界的重托，上京要为粤剧争光。现在却壮志未酬，失去了上京会演的资格，要半路打道回府，真是太意外了，整个代表团人人情绪低落，愁眉双锁，十分难过，晚上女宿舍还传出了哭声。

林榆作为代表团团长处境之难可想而知。他是受上级领导和全省粤剧界的重托，带领粤剧代表团上京汇报演出的，而今半途受阻，无功而返，作为一团之长，如何向组织交代？有何面目见江东父老啊！其实，《三春审父》这戏并不是经他选定的。广东粤剧代表团的组成和选定上京会演剧目的时候，他还在农村搞土改。代表团要出发了，才匆忙把他抽调回来。现在面临着不能上京会演的政治压力，面对着全团人员怨声载道、人心涣散的局面，他没有推卸责任，没有逃避，而是以共产党人敢于担当的精神，主动站出来，主动承担责任，主动自我批评，对自己作为代表团的负责干部，分不清戏的好坏，失去政治嗅觉，作了深刻检讨。他的自我批评不只在内部讲，他还写了一篇《我的检讨》长文，刊登在会演会刊上，承担所有责任。并且在代表团回到广州以后，还在《南方日报》上发表了自我批评的文章。林榆主动承担责任，深刻检讨自己的正直为人，深深感动了许多知情的粤剧演员，他们也正是通过这件事情，真正认识了这位领导，也从心里头真心佩服这位后来与他们一起共事的领头人。

领导的一记当头棒喝，也让林榆深刻地认识到粤剧存在的问题。林榆在主动承担责任的同时，还积极组织代表团的演员讨论学习，消除他们的消极抵触情绪，引导他们深刻认识粤剧存在的问题。经过学习，大家虚心接受了批评，提高了对粤剧改革的自觉性。演员罗品超说："过去我们粤剧一直在小王国里坐井观天，从未与外面交流。因此我们常常

◎ 1952年,参加中南区第一届戏曲观摩会演的广东代表团主要成员与会演领导陈荒煤部长合影(后排左四为陈荒煤,左二为林榆)

自满,故步自封,认为粤剧有富丽堂皇的服装布景,有情节曲折离奇的剧本,可以与京剧并驾齐驱,却认识不到这正是我们粤剧的致命伤。"演员文觉非认为:"兄弟剧种的表演,一手一脚都很有寸度,人物性格鲜明动人,看得出是经过苦学苦练、刻苦钻研得来的。我们近年来只注意保护嗓子,炫耀光片服装,使粤剧变成一套形式主义的东西,至今很难找出一个完整的优秀保留剧目,真是不改不行。"主演《三春审父》的郎筠玉也诚恳地指出:"这出戏受到批评,虽然给我们迎头打了一棒,但事后却如大梦初醒,看出了粤剧的千疮百孔,需要急促医治。"

但一想到不能上京,大家的心里还是非常难过。这时,主持中南会演的陈荒煤同志来了。他来抚慰代表团,要大家正确地对待批评,鼓励大家好好学习,并和大家照相留念。也就是在这次与陈荒煤的接触中,林榆感到这位领导同志是懂艺术的,是尊重艺术和尊重艺术创作人员的,是可以沟通的。当陈荒煤第二次到广东代表团来的时候,林榆积极向这位领导反映了大家希望能有机会到北京会演的强烈愿望,表达了能改好戏、演好戏的决心。也许是林榆勇于承担责任的思想作风,也许是他身上那种为粤剧敢于担当的精神,也许是他那种与粤剧同甘苦共命运的诚恳态度感动了陈荒煤,陈荒煤向文化部反映了广东粤剧代表团的强烈要求。在这期间,林榆还给时任文化部副部长的周扬写了一封信,诚恳地检讨了《三春审父》的问题，阐述了自己对粤剧存在问题的看法，更表达了希望有机会到北京参加会演的愿望。几天后，从北京传来了答复：如果广东粤剧代表团还有别的适当剧目，仍然可以上京参加全国会演。当林榆把这一消息传达到团里时，大家一下子沸腾起来了，事情终于有了可喜的转机。大家的劲头来了，马上商量拿什么剧目上京。由于在中南会演观摩了兄弟剧种的演出，大家思想也有了提高，认识到挖掘传统剧目的重要性，所以很快就选出了三个粤剧传统折子戏，并且决定了由罗品超与郎筠玉主演《凤仪亭》，文觉非与曾三多主演《表忠》，吕玉郎与李翠芳主演《别窑》。这三出戏没几天就排了出来，并在中南会演上作了演出，受到了热烈的欢迎。有人说，看了这三出传统戏，使人对粤剧有返朴归真的感觉。这三出戏获得了领导审查批准，可以代表粤剧参加全国会演。

到北京会演终于峰回路转，起死回生，林榆总算长长地舒了一口气，他自己不敢说是力挽狂澜，但也总算是不负众望，重新为粤剧争取到一个到北京舞台亮相的机会。接下来的日子，林榆更是不敢掉以轻心，他认真审查剧本，仔细修改台词，督促演员反复排练，精益求精。

◎　1952年北京举行第一届全国戏曲观摩演出大会，林榆为广东粤剧代表团团长，这是代表团全体成员合影

9月底，广东粤剧代表团到达北京。当代表团列着队、打着旗帜走出北京火车站的时候，团员们一个个精神抖擞，意气昂扬，都有一种强烈的自豪感和使命感。值得庆幸的是，广东代表团带去的这三出戏在全国戏曲观摩演出大会中都获得了好评。让大家意想不到的是，9月30日，广东代表团年龄最大的曾三多同志作为广东戏曲艺人代表，应邀出席了国庆招待宴会，并且受到毛主席接见，国庆那天，还荣幸地被邀请到天安门的观礼台上，观看国庆盛大游行。曾三多回到驻地，动情地对林榆说："在天安门上，我忍不住流泪了。我在旧社会既怕官又恨官，官对我们做戏的人只有侮辱，寻开心，要钱。而今，我能到北京，能见到这么多中央大首长，真像见到慈爱的亲娘一样，我怎么能不感动得流泪呢？"

更让大家意想不到的是，广东代表团演出的《表忠》，被选到中南海怀仁堂向毛主席和其他中央首长汇报演出。消息传来，不仅广东代表团的同志感到光荣，连中南区其他代表团也为广东代表团高兴。武汉京剧团、楚剧团的四位著名演员主动提出协助《表忠》演出，扮演跑龙套的演员，为的是能有机会去怀仁堂演出，一睹毛主席等中央首长的风采。

11月8日，林榆以团长的身份，得到了给广东代表团唯一的一张怀仁堂入场券。他有幸坐在毛主席的侧后方，离毛主席很近。毛主席在看戏的时候自始至终全神贯注，没有说话，看完演出还站起来鼓掌。当看到毛主席满意地离场时，林榆心里不由产生出一种异乎寻常的宽慰感。

演出结束后，正当大家收拾行头准备离去时，又接到周总理邀请全体演出同志到餐厅一齐吃夜宵的通知。许多同志闻讯后，都激动得热泪盈眶。大家到餐厅刚坐下，便听到一个响亮亲切的声音从厅外传来："广东的同志在哪里？"大家循着话音望去，只见周总理迈着刚健的步伐走进来，大家情不自禁地热烈鼓掌。周总理与同志们一一握手，对当晚演出的演员作了亲切的慰问，并和大家一起同桌共进夜宵。后来回到住地，林榆和同志们都激动得彻夜难眠，这个机会来得多么不易呀，当初连进京的资格都没有，如今还受到了中央首长的肯定，真是苦尽甘来。其中的艰辛，只有他们自己才真正体会。

第一届全国戏曲观摩演出大会结束后，文化部表扬了一批优秀剧目，评选出一批表演艺术家。广东代表团的罗品超、文觉非、郎筠玉荣获一等奖，吕玉郎荣获二等奖，老演员曾三多、李翠芳荣获大会奖，粤剧《表忠》荣获剧目奖。首次亮相，就取得如此成绩，林榆和全体粤剧代表团的成员都深受鼓舞。在回忆这段经历时，林榆深有感触地说：

> 这次参加会演，除了通过观摩大开眼界，从兄弟剧种中学习到不少东西外，我还强烈感受到党中央和毛主席对戏曲的重视。观摩期间，时近入冬，毛主席给全体参加戏曲观摩会演的代表赠送了棉衣；粤剧进中南海给中央首长演出，周恩来总理接见了广东粤剧代表团的全体成员；粤剧演员被邀请到天安门上观礼等等，都一扫旧社会把唱戏的列为下九流的旧观念，让我感受到文艺工作者的自豪，更树立起了为人民服务的责任感，无论在思想上和艺术上都有很大收获，确实不虚此行。

这次会演从武汉到北京，前后一个多月，对林榆来说，真是波澜起伏，有忧有喜，反败为胜，甘苦备尝！这是他介入粤剧后一次重要的人生经历，也是他涉足粤剧改革的一个重要成果。

参加全国戏曲观摩演出大会的三出折子戏虽然顺利演出，并获好评，但并不能说明粤剧没有问题，《三春审父》暴露出来的问题，在整个粤剧界依然存在。在会演的总结大会上，文化部副部长周扬在总结报告中有一段话是专对粤剧而说的：

> 资产阶级由于在文化上比政治还落后，又加以本身所沾染的封建性、买办性，它对发展中国戏曲艺术事业从没起过任何独立的积极作用。而更坏的是，它竟使某些戏曲丧失了原有的民族传统，而染上商业化、买办化的恶劣风气，把艺术变成商品，竞尚新奇，迎合小市民的落后趣味，将艺术引导到堕落的道路。比方，粤剧正走了这样危险的道路。粤剧在音乐上是有创造的，在舞台艺术上也有不少勇敢的革新，但它的整个艺术

倾向却有极不健全的地方：剧本创作粗制滥造，追求离奇的情节，每个剧中都要凑足六个主角同时登场，并不适当地以奇装异服相炫耀。这一切不但不是艺术，而且恰恰是破坏艺术。粤剧艺人中是有天才的，有创造性的，富有爱国心的，他们应当起来彻底改变这种恶劣风气，建立一种真正适合于人民需要和艺术发展的新的、健全的风气。

用今天的观点看，这段批评，对于从旧社会转变到新社会还不到两年时间的广东粤剧，是过于严厉、要求过高的。但这一批评，也犹如一下重锤，敲响了粤剧改革的大鼓。

因为周扬看过林榆写给他的信，对这位来自广东的干部比较关注，在会演期间，周扬单独接见了林榆。林榆当时还没有正式入行，只不过是与粤剧行政沾上点边的新兵，能得到国家文化部副部长的单独接见，当然是受宠若惊，十分感动。在听取了林榆对广东粤剧的情况汇报后，周扬明确要求，党和政府要加强对粤剧改革的领导，应该接受《三春审父》的教训，回去进行大力的改革。他还专门谈到粤剧的"六柱制"问题。在粤剧传统中，一个剧团必须有文武生、花旦、丑生、二帮花旦、小生、武生，所谓"六条柱"。一出戏不仅六柱都要登场，而且每条柱的戏份要按比例分配。他说，假如按照这个六柱制选戏，那么《梁山伯与祝英台》等许多好戏都不能上演了，所以六柱制实际上是破坏艺术创作的旧俗。粤剧还有不少破坏艺术的恶劣倾向，一定要改掉。他还鼓励林榆，不要害怕困难，要相信群众，相信艺人中有不少有志之士，可以和我们一道把粤剧搞好。领导对自己的关怀和重视，对粤剧改革的关心，令林榆十分激动。他更加认识到文艺工作的重要性，更进一步感觉到自己身上的使命。

广东粤剧代表团12月初从北京回到广州，林榆马上向中共中央华南分局宣传部领导汇报了以上情况。华南分局对这些问题十分重视，立即召集粤剧界传达学习，展开了为期四个月之久的学习，检查了粤剧存在的问题，批判了资产阶级和殖民地文化对粤剧艺术的破坏，认识了继承和发展传统艺术的重要性，提高了大家粤剧改革的自觉性，及时纠正了粤剧存在的丧失民族传统，过于商业化、买办化的危险倾向。各剧团自觉废除了每台戏都要凑足四个钟头、六柱制、服装过于绚丽等陋习，革除了各种庸俗、低级趣味的表演。

这年的春节期间，广州舞台出现了一批令人瞩目的新剧目，有广东实验剧队演出的《罗汉钱》，广州市粤剧工作团演出的《白蛇传》，珠江剧队演出的《断桥会》，南方剧团演出的《表忠》，东方红剧团演出的《白蛇传》和太阳升剧团演出的《木头夫婿》。舞台净化了，剧目健康了，观众满意了，舆论也大力赞许了。广东粤剧出现了一片全新的气象。

广东粤剧代表团赴京参加全国会演，意外地经历了一场波澜。但在这场波澜中反被动为主动，及时把没顶波涛转变为前进动力，借势推波助澜，把粤剧改革推上了一个新浪潮的弄潮者中，就有林榆。

I 组建省团担使命

在广东粤剧大学习活动中，中共中央华南分局认识到，粤剧在广东有着深厚的群众基础，其影响力十分广泛，要领导和占领好粤剧这块阵地，要实现中央提出的戏剧改革目标，光靠民营剧团很难实现，必须要有自己的队伍，必须建立一个在党直接领导下的全新的国营粤剧团。国营粤剧团的任务就是执行党的文艺方针，在改人、改戏、改制方面起示范作用。

1953年初，林榆接到了由他担任团长、牵头组建国营广东粤剧团的命令。林榆无条件地接受了这个艰巨的任务。国营粤剧团，前所未有，无迹可循。林榆敢于接受命令，不是不知天高地厚，而是出自于他受党教育和培养多年的党性，出自于他对改革戏剧的使命感，出自于他对粤剧艺术已经产生的感情。自从参加了全国戏曲观摩演出大会，观看了全国几十个剧种的优秀剧目和各地名角的精湛表演，林榆惊异地发现我国传统戏曲是如此精深博大，丰富多彩，一改他对地方戏曲的粗浅认识，加深了他对传统戏剧的热爱。粤剧是社会主义文化艺术事业的组成部分，在这块领域里，与其他事业一样可以大有作为。本来，按照林榆的资历，以及他的工作能力，当初如果留在军管会，也许会仕途顺畅，身居高位。但就个人兴趣而言，艺术与官场相比，前者对他的吸引力更大，因此，他义无反顾全心全意地投入了国营粤剧团的筹建中。

林榆面临的第一个问题就是到哪里去找人，怎么样才能搭建起一个行当齐全的剧团来？当时最省事的办法就是找一个较健全的民营剧团，把它接收过来，换个招牌便是。为这事林榆确实也找过几个大剧团的头牌演员谈过，但在工薪待遇和演什么剧目方面都没法统一。当时民营剧团收入很高，主要演员每月收入一两千元，这比当时一般干部的工资要高出几十倍，比一般演员也高十倍八倍。国营粤剧团经费有限，养不起。何况如果收编民营剧团还要包下他们的老弱、亲属等冗员，那就更难办了。问题更大的是收编旧剧团就必须演出老演员的拿手旧剧目，新剧目就很难上演。如果那样，就完全失去了国营粤剧团改制、改戏、改人的示范作用。林榆感到，收编民营剧团的路坚决不能走，要实现既定目标，就必须另辟新路，重新组团。

林榆首先把广东实验剧队作为基本队伍。因为这批艺人是从十几支农村粤剧队中挑选出来的，思想和艺术方面都是经过考验的。但他们年纪较轻，在社会上缺少知名度。为了演出质量和上座率，必须找几个稍有名气的演员来加"顶"。于是林榆先后找来了演员邓丹平、新珠、李翠芳、何剑秋等人。他们虽非当红的演员，但他们的表演艺术在戏行内是有目共睹的，是有成长空间的。这些行家加盟，可以带动年轻一代的成长。

搞好戏改，首先要加强剧本创作，林榆便请来了有经验的老行家杨子静、林仙根；为了新戏有好的音乐设计和乐手，他请来了音乐大师黄不灭和他的女儿黄英谋；为了演员具备扎实的基本功，强化传统技艺的训练水平，他从北京、上海重金聘请了姜世续、路凌云两位京剧老师和一位昆曲老师马传菁；为了加强剧团的骨干力量，他从华南人民文学艺术学院调来新文艺工作者莫汝城、何启翔、梁冠庭、吕广球；为了加强导演力量，他除了自己兼任外，还请来了麦大非。

1953年2月，经过了短短三个月的筹备，广东第一家国营粤剧团——广东粤剧团诞生了。林榆从政府领来四万元开办费，在恩宁路一块空地上先后建起了办公室、演员宿舍和排练场。从建团之日开始，林榆便建立起一系列的严格制度，如成立了艺术委员会，主持艺术创作，严格选择上演剧目；建立导演制度，每出戏必经严格排练，保证上演质量；建立练功制度，每天早上演员们齐集练功场，由老师点名练功授课；坚持政治学习，建立党团组织等等。

广东粤剧团排演的第一个剧目，到底是传统粤剧剧目，还是现代新剧目呢？改编传统剧目，容易讨好观众，而上演新编现代剧目，风险比较大。但林榆坚定地认为，国营粤剧团就是要为广东粤剧的发展闯新路，就是要在表现现代社会、反映工农兵生活的创作上作探索，要排就一定要排新戏。

林榆虽然就读过艺术院校，学过斯坦尼斯拉夫斯基体系，演过话剧，也导演和编写过话剧剧本，但是对于粤剧却是个门外汉。粤剧有着许多传统的表演艺术程式，有着独特的唱、做、念、打。林榆觉得自己既然入了这一行，就要熟悉这一行，更要懂得这一行。他一面虚心学习，向艺人请教；一面"下水学游泳"，通过艺术实践，加快对业务的提高。他亲自导演了现代粤剧《罗汉钱》。该剧是全国戏曲观摩演出大会中的一个突出的优秀沪剧剧目，塑造了张木匠和小飞娥这两个劳动人民的形象。整出戏很有生活气息，自然流畅。林榆让人把它改编成了粤剧。剧本改编好了，但在排练时却遇到了很大困难。这出戏表现的是农村劳动人民，而且生活气息很浓，如果硬是采用粤剧传统戏曲程式来表现，总觉得很别扭，演起来不像个劳动者。林榆在排练时反复给演员强调，传统的艺术程式是从古代人的生活中提炼出来的，今天我们必须创造出表现工农兵生活的表演形式，如果只顾原原本本地照搬传统，把旧的表演程式生搬硬套在现代人物身上，那必然会损害生活的真实，歪曲工农兵形象。林榆在排练中不受旧的表现程式约束，大胆推陈出新，可以运用传统表演程式的就运用，勉强的就不用，强调演员感情的真实，强调掌握人物性格，强调对手戏的情感交流。演员解除了旧程式的束缚，排练起来反而觉得轻松自然，表演也更贴近真实。

这样对粤剧进行改革是否成功，观众能否接受呢？林榆带着忐忑不安的心情等着观众的评判。没想到这出戏一炮打响，受到观众的热烈欢迎。看惯旧戏的观众，其实也盼望有新戏出现，因为新戏表现的生活，观众比较熟悉，人物情感也容易引起观众的共鸣。现代粤剧《罗汉钱》也得到了粤剧同行和文艺界一致好评。华南文联主席李门同志在粤剧学习大会上，对这出戏给予很高的评价，他说："广东粤剧团的现代剧《罗汉钱》，演出相当成功。它证明演思想、演生活、创造人物、掌握感情，在任何戏剧形式中都是头等重要的。这样的演出，才有一种精神力量，才能更好地发挥演技，才能深刻地感动观众。"

首战成功，更坚定了林榆走粤剧改革道路的决心。广东粤剧团演出新戏不多，每年只推出几个剧目，但十分强调戏的质量。选剧目时他们既重视票房价值，又不降低品位去迁就庸俗的观众口味，强调剧目的思想性和艺术性，最大限度地摆脱思想混乱、形象恶劣、六柱制等旧枷锁。广东粤剧团这样演新戏，求革新，与当时粤剧观众的欣赏习惯是有一定距离的。既没名牌当红的演员叫座，也没有投其所好的离奇曲折的剧目，在众多民营剧团的包围之中，独举旗帜的广东粤剧团不可能一帆风顺，曾经一度演出上座率较差。团内有同志开始怀疑这种做法，提出是否应该请大牌演员，演观众熟悉的旧戏。林榆在团工作会议上耐心地引导大家：凡是一种新东西的出现，一下子不为人所接受，是自然的事，并不奇怪。只要我们认定方向，就必须坚持下去，坚持就是胜利。

林榆在处理繁杂的行政工作以外，还亲力亲为，担任了大量的编导工作，探索粤剧创作的改革之路。1953年，他导演了现代粤剧《妇女代表》和传统粤剧《楚汉争》。1954年，他编写了粤剧《山里红梅》，并自己担任导演；这一年，他还导演了《争儿记》《秦香莲》《三回头》《茶瓶计》，共五台大戏。1955年，他亲自导演了《三里湾》《闹严府》《钗头凤》《送寒衣》四台戏。1956年，又导演了《张羽煮海》《苦凤莺怜》《孟姜女》《屈原》等四台大戏。广东粤剧团成立三年

◎ 1954年，林榆（左一扶犁者）在自编自导现代剧《山里红梅》期间与主演者林小群深入农村体验生活

间，他全面负责剧团工作的同时，还执导了15台粤剧，这是何等的工作量！没有对粤剧艺术的热爱，没有忘我的献身精神，没有对粤剧改革的紧迫感和使命感，是根本没法做到的。

林榆在导演中还注重培养青年演员，大胆起用新人，后来逐渐成为广东粤剧团担纲台柱的青年演员黎国荣、何紫霜、李飞龙、仇小冰、练玲珠、刘美卿、杨丽珠、邓丹平等，都在林榆导演的戏中扮演过主要角色，在表演实践中脱颖而出，崭露头角。此外，剧团培养的编剧、导演、音乐、舞台美术等人才也迅速成长，独当一面。

广东粤剧团严肃的工作作风，严格的质量审查，精益求精的表演要求，在广州的粤剧演出市场上独树一帜。正因为它独特，所以容易引起关注。经过一段时间的艰苦努力，广东粤剧团逐渐为观众所认识，所接受，终于打开了局面，拥有一批自己的观众，上座率也提高了。练玲珠主演的《秦香莲》，黎国荣、刘美卿主演的《屈原》，李飞龙等主演的《搜书院》，逐渐成为深受观众欢迎的剧目。林榆在实践中悟出一个道理：戏曲有它自己的规律，对传统艺术一定要给予充分的尊重。但如果因循守旧，故步自封，不创新，不改革，任何艺术都难免走下坡路。广东粤剧团的重要任务，就是要探索新路，推出新戏，培养新人。粤剧

《搜书院》的成功，更证实了林榆坚持的道路是正确的。

1954年广东粤剧团到海南岛慰问人民解放军，受到解放军热烈的欢迎，解放军战士排着队夹道迎接，还欢呼着把林榆抛了起来。解放军战士热爱艺术，盼望艺术的心情，让林榆十分感动。晚上演出结束后，他回到海南戏改会的宿舍，心情无法平静，久久不能入睡。他随意翻阅书架上放着的琼剧旧剧本，翻出了仅有几页纸的一个名叫《搜书院》的折子戏，一下子被吸引住了。这出折子戏讲的是书院掌教谢宝与镇台大人的矛盾，为了解救一个弱女子翠莲，一个要搜，一个要放，两人针锋相对，邪正两方的尖锐对立，很有戏，也有人民性，具有改写成一个好戏的基础。发现了一个好题材，林榆十分兴奋。第二天一早，他把这几页稿纸交给编剧杨子静、莫汝城、林仙根三位同志，谈了自己对这个题材的想法，请编剧把这出折子戏改编成一出大型粤剧。三位编剧重新进行了创作，丰富了剧情，加强了戏剧矛盾，塑造出谢宝、翠莲、张逸民几个鲜活的人物，写出了一个十分完美的大型粤剧剧本。焦急等待多日的林榆拿到剧本，一口气看完后，拍腿而起，大声叫好。他敏锐地感到，这个剧本如果排练得好，将为广东粤剧团树立起一个品牌，将为广东粤剧团打好一个翻身仗。他迅速组织人马开始排练，经过精心设计，反复排练，精磨细琢，加上黎国荣（演谢宝）、刘美卿（演翠莲）、李飞龙（演张逸民）、李翠芳（演夫人）、何剑秋（演镇台）等人的精彩表演，这出戏引起广州舞台的轰动，演出场场爆满，一改广东粤剧团在广州观众和同行中的形象。广东粤剧团在林榆团长的领导下，向着改人、改戏、改制的目标，稳步前进，很快成为广东粤剧界的一个品牌。广东粤剧团上演的戏，也成了观众追捧的对象。

1955年，香港著名粤剧艺术家马师曾、红线女，受到祖国社会主义建设的感召，从香港回广州参加工作。组织上把这两位"大老倌"安排在广东粤剧团。林榆深受鼓舞，他深知，有了这两位著名演员的加盟，广东粤剧团就有了显赫的台柱，一定会如虎添翼，声誉大增。但如何爱护这两位著名演员，如何调动他们艺术创作的积极性，这里还有很多工作要做。林榆尽自己最大的努力，为马、红争取最好的生活条件，免除他们的后顾之忧。马、红长期生活在香港，对广州有许多不适应，林榆陪他们到处参观，让他们尽快了解内地社会，熟悉工农兵生活。在艺术上，林榆充分尊重他们，虚心向他们请教，给他们最大的创作自由。广东粤剧团上演过的剧目，随他们挑选，对于角色的再创作，也充分尊重他们的意见。在林榆以及其他同志的关怀下，马、红很快度过了适应期，这两位刚刚加入到社会主义建设行列的艺术家，真切感受到党和政府对他们的关心和重视，感受到社会主义大家庭的温暖，感觉到广东粤剧团确实是一个严肃认真搞艺术创作的地方。他们心情舒畅，精神振奋，多次要求尽快投入粤剧演出。

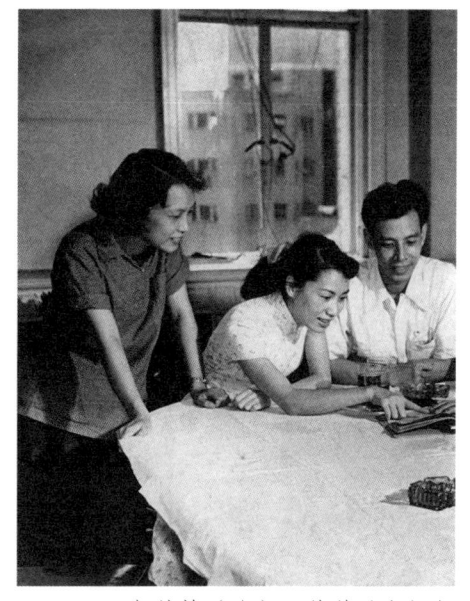

◎ 1956年林榆（右）、苏茵（左）与红线女（中）在研究工作

马师曾、红线女一改"大老倌"不演别人演过的戏的旧行规，从广东粤剧团众多的剧目中，选中了剧团的保留剧目《搜书院》。马师曾扮演男主角谢宝，红线女扮演女主角翠莲。两位艺术大师担纲演出《搜书院》，一下子把这出戏提高到一个更高的艺术档次。马师曾演了几十年的丑生，这次一下转变戏路，改演老生。从扮演目不识丁的乞儿游民，到改饰书院掌教谢宝；从一开腔就使人发笑的"乞儿腔"，改唱一本正经的腔调。前后两者不但表演行当、做派不同，在人物的性格、气质、文化修养、社会地位都有很大差距，这是180度的转变，是很不容易做到的。可是马师曾做到了，而且做得很成功，其造诣之深，超越了他过去的任何时期。马师曾这些自我突破，与广东粤剧团尊重艺术，尊重创作规律，尊重艺术人才，锐意改革进取的工作氛围是分不开的。马师曾、红线女回内地工作后出演的第一台戏《搜书院》大获成功。

1956年5月初，广东粤剧团带着《搜书院》和一批新戏上京演出，带着粤剧改革的初步成果，到首都接受检阅。这是距离第一届全国戏曲观

◎ 1956年,广东粤剧团在北京拜会梅兰芳、夏衍(前排左起新珠、马师曾、梅兰芳、红线女、李翠芳;后排左起夏衍、李门、麦大非、林榆)

摩演出大会三年之后,粤剧的第二次上京。

广东粤剧团的《搜书院》在北京演出异常轰动,连演多场,在北京的梅兰芳、欧阳予倩、田汉等文艺界的艺术家和领导都先后到场观看。文化部副部长夏衍看了《搜书院》后高兴地说:"现在应该对粤剧刮目相看了。"全国剧协还专门召开了座谈会。会上,许多同志对《搜书院》,对马师曾和红线女的表演,给予了热情洋溢的赞扬。当年在武汉对粤剧作过严厉批评的全国剧协主席田汉同志在发言中,热情地祝贺粤剧这次来京演出取得较大成功。他说:今天粤剧之所以能摆脱殖民地化、商业化的影响而走向繁荣,是由于它有着许多优秀演员。粤剧的繁荣和发展,对广东、南洋一带具有巨大影响,并且丰富了祖国和世界的艺术宝库。

这次粤剧在京演出,受到领导和文艺界如此重视和鼓励,使广东粤剧团全体同志十分感动,深受鼓舞,更使大家感动的是周恩来总理对广东粤剧的关心和支持。本来，周总理已在广州看过一次《搜书院》了，这次广东粤剧团在京演出，他又一次来观看。那天，演出已经开幕了，周总理突然到场，这使林榆大感意外。原来周总理刚送了外宾，让秘书要了张票，即赶来看戏，没有惊动剧团，也没有惊动观众和演员，自己拿着票对号入座。周总理在百忙当中这样关心粤剧，还作为一个普通观众到剧场看戏，这样平易近人的作风，更令人敬佩。

演出结束后，周总理直接来到后台，亲切地慰问了马师曾、红线女等主要演员，并特别要见扮演林伯的尹伯权同志。他认为这个角色戏不多，但演员演得很好。临走之前，周总理还特地走到乐池，向乐手们致意。这是常常被忽略的一角，而总理却很细致地注意到了，剧团在场的所有人员为之动容。

周总理对广东粤剧团这次来京是十分重视的。几天后的一个晚上，周总理在中南海召见了广东粤剧团的主创人员，同行的有马师曾、红线女、新珠、李翠芳、李门、林榆、麦大非、何启翔等人，并与大家拍照留念。他对粤剧的发展谈了两点意见，一是粤剧要全面发展，除了抒情的文戏外，还要学习武戏；二是粤剧革新精神很好，其他剧种都要学习，粤剧音乐、表演已打破某些格式规律，但很调和，有民族特色，突破一些成规是需要的，但必须由内行人去突破。在接见中，林榆请周总理为广东粤剧团题词，总理爽快地一口答应了。

几天后的5月17日，林榆和马师曾、红线女、李门等人又应邀参加周总理主持的为昆曲《十五贯》召开的座谈会，地点在中南海紫光阁，首都文艺界领导和知名人士都到会。周总理在会上就戏曲工作当前的情况和今后的工作方针，发表了讲话。周总理在会上讲了《十五贯》是自己奋斗出来的，同时也谈了看过《搜书院》的观感。总理说："粤剧也是受了批评以后奋斗出来的。广东人在中南会演时受了批评，参加全国会演后回去就革新。去年我看了粤剧，已演得比较好，现在行家马师曾回来了，更不同了，提高了。粤剧有它发展的历史。过去我们只看到缺点一面，要求过高，对其艺术性及人民性忽视了。现你们埋头苦干，不怕受挫，和老艺人结合搞改革，情况改观了，粤剧有它的光彩，两个剧种的成绩都说明是奋斗不息的结果。粤剧是'南国红豆'，应该重视。"

听了周总理的讲话，林榆倍感温暖，止不住热泪盈眶。一出《十五贯》救了一个昆剧，一出《搜书院》使粤剧"奋斗出来"了！周总理对粤剧的评价是多么客观公正啊。想起三年前，自己带队北上，粤剧受到严厉批评，当时压力重重，羞愧难当。今天也是他带队北上赴京，粤剧得到充分肯定，真是扬眉吐气，胸挺头昂。前后对比，水火两重天，怎叫他不感慨万千，心潮难平呢？林榆如周总理所说的那样，"参加全国会演后回去就革新"，与他的同事们一起卧薪尝胆，励精图治，革新求变，粤剧才有了今天这个样子。哪怕这种革新成绩只是初步的，也得到党和人民的赞扬，得到周总理的三次亲临指导。如果不是当事人，很难体会到林榆此时此刻百般交集的情感。他从内心感谢党和政府对粤剧的重视和支持，感谢马、红两位大艺术家，感谢广东粤剧团全体同志，几年来是他们与自己风雨同舟，甘苦与共，才取得了今天的成绩，正是功夫不负有心人，自己的努力算是得到了一点回报。

几天后，周恩来总理派人把题词送来了。总理的题词是："批判性地接受民族文化遗产，创造性地发展地方戏曲音乐，使祖国的文化艺术放出新的光彩。"林榆接过总理的题词，更是心潮起伏，感慨万端。他明白，周总理这个题词给戏曲改革指明了方向，是党和人民对粤剧的殷切希望，也将是广东粤剧团今后工作中的座右铭。

不久，林榆带队到上海电影制片厂，在这里，粤剧《搜书院》拍成了彩色戏曲艺术片，并在全国放映。广东粤剧改革的成果，得以在神州大地传扬。

"潮平两岸阔，风正一帆悬。"林榆满怀信心，抱着激情，准备为粤剧的改革和发展大干一场。对这位为粤剧改革有着重要贡献的人，本来应该充分肯定，应该放手让他带领粤剧大步向前。可是，命运却和林榆开了一次玩笑，他不但没被表彰，反而在政治上遭受了一次突如其来的无情打击。

骤雨横风仍从容

1957年文化部提出开放禁戏，康生说什么戏都可以演，于是全国戏曲演出出现了比较混乱的局面。广州上演的粤剧也不例外，一些新中国成立以后已不上演的旧戏沉渣泛起，一些以和尚尼姑为题材，如《情僧偷渡潇湘馆》《着起袈裟事更多》等伤风败俗的坏戏，在舞台上大行其道。

当时有人向中共广东省委第一书记陶铸反映了这一情况，对广东舞台的脏乱不满，陶铸便责成宣传文化部门要严加整治。为此，有关部门召开了一个千人大会，全省的粤剧团团长和戏院经理都来参加，很多人都以为召开这个大会的目的是批评和纠正那些乱编乱演的剧团和戏院。广东粤剧团没有乱编乱演，应不在此列，因此林榆带着轻松的心情参加大会。没想到在大会上，突然宣布要处分一批犯错误的干部，林榆竟然是处分名单中的第一个。并且当场宣布，行政上撤销林榆广东粤剧团团长职务，党内给予林榆留党察看的严厉处分。

这真是晴天霹雳，林榆没有一点思想准备。这个会议是批判和尚尼姑戏的，而广东粤剧团从没有演出过这样的戏，而且会议公布推荐的311个健康和较健康的剧目中，广东粤剧团上演的20多个剧目都榜上有名，这证明广东粤剧团的演出导向是正确的。全市上演的剧目混乱，是宣传文化部门的责任，与广东粤剧团有何相干？与林榆个人有何相干？！为了坐实给林榆的处分，林榆被编织了三条罪名：一是1957年广东粤剧团第一分团赴惠州巡回演出，收了驻军的上演费，违反了文艺为工农兵服务的方向；二是1956至1957年间，演出马师曾、红线女主演的《斗气姑爷》《昭君怨》是毒草不分；三是领取侵吞导演税是不法收入。就算这三条"罪名"都成立，但这与批判和尚尼姑戏的大会主题有何关系？真是欲加之罪，何患无辞。

其实这三条所谓罪名都是根本站不住脚的。第一条收驻军演出费问题，这场演出费是根据国务院新颁发的收费办法收取的，剧团到惠州驻军演出，是按规章收费，怎能说是违反文艺方向呢？第二条所谓演出马、红主演的《斗气姑爷》等戏是毒草不分，凡是马、红的剧目都是省委宣传部负责同志审定的，是香是毒，领导同志心中有数。第三条，编剧与导演都有报酬，这是省、市文化局文件规定的，怎能说是非法收入呢？林榆写了一张五六米长的大字报，为自己申辩。可是在那时的政治环境下，长官意志就是法律，又有谁理你呢？直到1979年2月21日中共广东省委宣传部发出文件，宣布撤销1957年对林榆的处分，驳回那三点所谓错误："剧团演出收费是国务院的规定，不属违反文艺方向的问题；马师曾、红线女演出的《斗气姑爷》《昭君怨》在过去和现在都不属于毒草；领取导演税是合法的、应得的劳动报酬，也并无发生过他侵吞别人导演税的事。"林榆多年背上的不白之罪全部被推翻，可见那时对林榆的处分是多么的轻率，是多么的荒谬。

当时林榆十分难过。他激愤、委曲、不解，几年来自己对粤剧殚精竭虑，废寝忘食，虽没有丰功伟绩，但粤剧在改革在进步的事实是有目共睹的。他积极工作，忘我付出，目的只有一个，就是希望能在粤剧的事业上有所创新，让老百姓能看到更多健康和优秀的粤剧。不求高官厚禄，只求有一个公正评价。如果为了做官，当初他留在广州军管会，可能仕途很顺利。但他热爱粤剧，愿意为艺术献身，投身粤剧，从不后悔，却没有想到自己会遭遇如此不公的处分，遭受如此不白的冤枉。在北京还受到周总理的表扬，没想到几个月之后，却受到撤职和留党察看的处分。把人一下子从天上打入了地狱，太突然了，太无理了，对一个人的价值评判太无常了。林榆怎么也想不通。后来有人悄悄告诉他，不通也得通，来自上面的压力太大，一定要有所交代，老虎不能打，只好用羊来代替了。他终于明白，自己当了替罪羊。

有正义感的人，有良心的人，都看得出这样的处分对林榆太不公道，对林榆打击太大了。对林榆工作有所了解的人担心他受不了这种冤屈，想不开。有人为林榆惋惜，猜测他被打得太惨，这次准得趴下，再难以翻身了。甚至有人担心他会不会自杀？但是，他们都低估了这位曾经在敌占区出生入死的共产党员的内心意志。林榆在后来回忆起这段经历时有过这样的表述：

> 我没有因此而轻生,也没有因此而自暴自弃。我觉得做人总要有点胸怀,有点精神,不能受点打击就萎靡不振。不能做领导,但起码还可以做人,做人就要做得堂堂正正,腰骨挺直,心胸开朗。从宣布处分到撤销处分,我一刻也没有停止过工作。

尽管当时他被剥夺了在粤剧团的所有职务,被下放到广州河南的华南机筛厂当工人,但他把下放当成是一次到工厂体验生活的机会,每天准时上下班,与工人们同甘共苦。工人师傅都亲切地称他为"林同志",根本看不出这位干活认真、为人亲切的林同志,是刚刚受到严重处分的人。

暂时不能在粤剧团工作,林榆就以作家协会会员的身份,申请到北海渔港深入生活达半年之久。当时全国正值"大跃进"时期,各行各业都浮夸地追求出成绩,"放卫星"。林榆也接受了文艺"放卫星"的任务,利用在渔港的生活体验,与人合作,写出电影剧本《妇女号》。当然这种"放卫星"的作品是不够扎实的,电影剧本后来没有拍成。1958年,林榆又把这些生活素材应用到粤剧剧本的创作上,写出了粤剧剧本《三八妇女船》。广东粤剧团觉得这个剧本真实地反映了当下渔民生活状况,生活气息浓郁,体现了我国妇女能顶半边天的奋发向上的精神,而且是粤剧舞台从来没有表现过的题材,决定排演这个剧本。但选谁当导演却有点犯难,因为没有渔村的生活体验,是无法排出这个现代戏的。广东粤剧团只得顶着压力把林榆请回来,由他执导,排出了粤剧《三八妇女船》,并且在广州公演。由于这出戏贴近时代脉搏,反映当代精神,剧情生动,上演后受到了众多的好评。

正当林榆以为可以重新获得舞台创作的自由时,一纸命令,又把他调到广西灵山县去参加大炼钢铁,之后又调到山高水冷的灵山青年农场去参加开荒劳动。不论是政治上的打击,劳动上的艰苦,生活上的寂寞,都没有难倒林榆;暂时脱离了舞台,使他有机会对粤剧改革的问题重新梳理,对自己的粤剧创作道路认真总结。他一边参加劳动,一边积极搜集资料,整理采访笔记,酝酿剧本构思。他对艺术的追求,对重返粤剧舞台的渴望,就像心中的一团火,从来没有熄灭过。

寒梅经霜花愈浓

1961年,因《金鸡岭》的创作需要,林榆被调回广州,参加剧本的编写,并出任导演,排演了这出反映太平天国在广东斗争故事的粤剧。这是一出粤剧新戏中为数不多的打戏,林榆为此付出了比往常更多的精力。《金鸡岭》的上演,赢得了赞誉,也为林榆赢得了重新回到创作舞台的权利。有人劝他趁这个机会转行,不要再搞粤剧了。但他一直没有离开,正是他心中对粤剧那份挥之不去的痴情,对粤剧改革的那份使命感,虽经磨历劫,仍痴心不改,矢志不渝。

林榆尤为珍惜重新获得的创作机会,更清楚要在导演舞台上创造出新成绩,必须进一步提高自己的艺术水平。他如饥似渴地学习古今中外的各种艺术营养。1962年年底,广东粤剧团请了中国京剧院的著名导演阿甲来排演由红线女担任主角的新编粤剧《李香君》。林榆十分珍惜这次难得的学习机会,他从头至尾一直陪着阿甲排戏,每天认真地记排练笔记,仔细琢磨阿甲导演的每一次舞台调度,用心分析导演对角色的每一个艺术处理。两个月的排练,林榆竟写下了两万多字的笔记。阿甲导演对戏曲艺术的渊博修养,在排练时严格要求、精益求精、一丝不苟的精神,在分析剧本、塑造人物、掌握节奏、营造氛围上的深厚造诣,运用唱、念、做、打等艺术手段上的独到见解,都让林榆受益匪浅,令他的导演艺术修养有了一次很大的提高。

不久,林榆与著名粤剧编剧杨子静合作,创作了新编粤剧《北郭奇兵》的剧本。他把这次创作,当成了一次学习提高的机会,尤其是学习粤剧曲牌韵律的机会。粤语的音调有九声,比起普通话的四声调要复杂许多。粤剧剧本,既要熟悉粤曲特有的各式曲牌,又要就曲填词,遣词达意,富于音韵。唱词既能表达人物内心情感,又要推动情节发展。因此,粤剧剧本属于极难创作的一种文体。林榆介入粤剧属半路出家,他深知自己在词曲创作上的不足,因此虚心向老编剧请教。除了杨子静外,粤剧院的陈酉名、莫汝城等老编剧,都是林榆的请教对象。他晚年

◎ 1962年林榆导演《关汉卿》（右为马师曾）

创作的几个剧本，唱词的文学素养和曲牌风格都达到很高的艺术水平，这与他的虚心求学是分不开的。

1962年，林榆连续导演了由马师曾、红线女主演的重头戏《关汉卿》，新编粤剧《佘赛花》和现代粤剧《红花岗》。1963年，他又导演了《大闹广昌隆》和现代粤剧《桃园堡》。这些戏，在广东近代粤剧发展史上，都颇有贡献。他把自己所有的精力，都投入到粤剧创作当中，甚至把那个冤屈的处分丢在了脑后，完全忘记了。

在粤剧导演的创作实践中，林榆一直在思考，一直在探索，粤剧艺术如何才能更好地表现现实生活？在表现工农兵形象的新戏上，如何更好地继承传统的粤剧表演艺术？他总结自己导演的现代戏，有的运用戏曲化方面有好一点的，也有差一点的，但是总感觉现代内容与粤剧独特的艺术形式不那么统一。这些问题，直到导演《山乡风云》时，才有了令人瞩目的突破。《山乡风云》的成功，使粤剧现代戏达到了一个前所未有的艺术高度，也令林榆的导演艺术达到了一个新的水平。

1964年中国京剧院的《红灯记》来广州演出，曾轰动一时。当时中共中央中南局第一书记兼广东省委第一书记陶铸同志看了《红灯记》演出之后，下了一个指示：粤剧也要搞一个"绿灯记"。经过广泛征求意见，最后决定根据广东作家吴有恒的长篇小说《山乡风云录》改编。这部小说反映了解放战争中广东五邑地区游击队的斗争，游击队女队长刘琴深入虎穴，发动群众与反动武装斗智斗勇，故事曲折感人，很富戏剧性。当时在广东省城乡演出的粤剧《桃园堡》和话剧《山乡风云》都是根据这部小说改编的,很有基础。当时宣传部门的领导工作都非常扎实,中南局宣传部部长兼广东省委宣传部部长王匡直接坐镇指挥,黄施民副部长从头到尾参与这出戏的编写、排练和演出。

为编好这出戏,领导小组请来小说原作者吴有恒与粤剧编剧杨子静、莫汝城编写剧本,调集粤剧重量级演员红线女、罗品超、文觉非、罗家宝、少昆仑、郑培英参加演出,由林榆担任导演。全体编、导、演与乐手集中在从化温泉,进行剧本编写和排练。

林榆自从接受导演任务后就有一个心愿,就是一定要让这出戏更加粤剧化。粤剧过去演过不少现代戏,为什么能作为保留剧目的不多?除了思想内容概念化以外,一个重要原因是除"唱"之外,舞台上讲的是大白话,"做"的是日常生活原形,观众喜欢的戏曲程式表演不见了,人们笑称之为"话剧加唱腔"。《山乡风云》要获得成功,必须从话剧加唱腔的桎梏中解脱出来,走戏曲化的创新道路。要解决戏曲化,首先就必须从剧本入手。从剧本创作开始,林榆就与编剧一起探索《山乡风云》的戏曲化问题,一起对剧本再三修改,把导演的创作意图与编剧统一起来。他们详细地分析了话剧与戏曲的不同艺术特点,就算是同一题

◎ 1964年林榆在导演《山乡风云》(从左至右依次为林榆、罗品超、红线女、郑培英、罗家宝)

材、同一故事，话剧与粤剧各存不同的结构，不同的情节安排和戏剧冲突，特别是人物形象的塑造，戏曲有着自己独特的手法。话剧可以直接再现复杂的社会生活，但戏曲反映生活必须"以简代繁、以虚代实、以少胜多"。写意是戏曲的美学规律，程式是戏曲的外在特征，正是唱、做、念、打的表演程式构成戏曲自己独特的演出风格。因此，《山乡风云》的剧本，十分注重戏曲艺术的运用。内容的虚实结合，唱词宾白的搭配，音乐曲牌的协调，角色的"行当"属性，都得到了充分重视和具体解决。

有了好的剧本基础，在排练中，林榆抓住最重要的一环，就是强化排练场上的二度创作，强调角色表演的"戏曲化"。对演员的唱、做、念、打逐一加以设计、提高，强调继承传统，在继承中革新，力求把粤剧表演程式和人物塑造统一起来。

比如第一场大幕一拉开，五个游击队员上场，如何让这出戏的一开头，既有现代气息，有革命战士生龙活虎的气派，又有鲜明的戏曲特点？林榆运用了"介豆腐"的古老排场和"五更头"的古老曲牌，游击队员在这些传统表演程式中，做着观察地形、侦察敌情的舞台动作，这就给旧程式找到新的内容，在新内容中展示了戏曲表演艺术。

接着是主角女连长刘琴上场，林榆运用了"锣边花"的程式。"锣边花"是传统古装戏中将军上殿请缨或出战观阵用的。在古装戏中将军穿着盔甲，必然要做"拉山""踢甲"的程式动作，可是刘琴穿的是游击队服装，无甲可踢。怎么办？林榆和演员红线女一起，设计了刘琴理腰带、推帽子、摸枪、摇手等动作，让打击乐"锣边花"打出了角色的威武气派和激情，紧跟着再用小武的唱腔代替旦角的腔调，一个刚强威武的女战士形象一下子就凸现出来了。后来她扮作一个女教师，打入桃园堡发动群众时，则用小生的行腔和身段，但又保留了一些传统戏中旦角的表现形式，使这个角色显得温文尔雅，从容淡定，在台上显出夺目亮丽的风采。

又如敌人联防大队长斩尾蛇上场，采用了传统戏中山寨大王下山的身段和排场，扮演者文觉非采用侧步横行，就是借鉴于"六分"行当中的表演特点，突出这个角色的阴险毒辣。

戏中的黑牛是个转变人物，在传统戏中应归属武生行当，当他说到"我一枪……""我一脚……"时，林榆与扮演者罗品超一起，为这个角色设计了边说边做舞枪、起脚的大动作。这一传统武生表演程式的应用，生动地塑造了黑牛鲁莽粗野的形象，给观众留下了深刻印象。

此外，在唱腔设计、配乐、舞台美术、服装造型等方面，《山乡风云》也做了大胆创新。

林榆与这出戏全体创作人员的辛勤努力，得到了应有的回报。《山乡风云》在广州演出受到热烈欢迎，不久参加中南区戏曲会演，也受到了充分的肯定，被认为这个粤剧现代戏最大限度地继承了传统的粤剧表演艺术，是个思想性艺术性较高的作品，是"粤剧发展的里程碑"。后来到北京、上海演出，也受到好评。中央人民广播电台还史无前例地向全国听众实况转播了《山乡风云》全剧的演出。

1965年12月，林榆带着由广东粤剧院（1962年在广东粤剧团的基础上组建了广东粤剧院）演出的现代粤剧《山乡风云》，第三次赴京。

《山乡风云》首场演出，被安排在全国政协礼堂。第一晚的观众是党政领导和文化艺术界代表。演出效果非常好，谢幕时上台祝贺的全国侨委主任、广东籍的廖承志同志用广东话对台上的演员高声称赞："呢个戏好！"

第二天，周总理也来看戏了。当晚演员谢幕时，文化部副部长周扬同志上台祝贺，他说周总理要接见大家。大家听到这个消息都很兴奋，演员连妆也没有卸就赶到会客室去。周总理已在那里等着大家，他与林榆、红线女、罗品超、文觉非、少昆仑、黎国荣等人一一握手，并且一齐照相留念。拍照完了，总理问：还有一些演员呢？

◎ 1965年周恩来总理观看了粤剧《山乡风云》后，与林榆、红线女合照

为什么不来？于是大家连忙把正在卸妆的罗家宝、郑培英等请来了。当有人向总理介绍罗家宝时，总理说："我早就认识他，看过他演的戏了。"原来总理在广州看过罗家宝的演出。接见时，总理谈笑风生，气氛轻松愉快，会客室不时传出一阵又一阵欢笑声。

在政协礼堂演出后，剧团还被邀请到人民大会堂小剧场、中南海怀仁堂和军事学院等场所作招待演出。此外，还在人民剧场和五道口剧场两处为首都观众公演了半个月。在京的广东同乡闻讯蜂拥而至，场场爆满，当然其中还有不少北京观众。剧团还精心制作了幻灯字幕，方便不懂粤语的观众观看，收到很好的效果。

这次上京，首都观众和党政首长以及文化艺术界又给予很大的支持、帮助和鼓励。《人民日报》《戏剧报》等报刊发表了评介文章。全国剧协召开了一个大型的座谈会，有四五十个艺术界的权威人士参加。他们在热情肯定的同时，也提出一些中肯的意见。胡乔木看了戏以后，特意要了剧本，在剧本上提了几十条意见，为这个戏的进一步提高花费了不少心血。

中央首长、首都文化界的热情鼓励和帮助，使林榆更坚定了粤剧改革的信心，看到了用现代粤剧表演工农兵形象的广阔前景。更令他高兴的是，为了更好地保留这出难得的粤剧好戏，为了让更多的观众能看到这出现代粤剧，中共中央中南局宣传部决定把《山乡风云》拍成电影戏曲片，并让林榆先行从北京赶回广州，与珠江电影制片厂筹备拍摄的事宜。林榆一回到广州，就马不停蹄地与珠影的编导一起研究各项准备工作和拍摄计划。

这时，《山乡风云》从北京到了上海演出，江青也慕名来看了。没料到演出结束后，她给这出戏加上许多莫须有的罪名，并威胁说：这出戏问题很多，回广东去告诉陶铸书记，不要搞这出戏了。当江青的意见转达到中南局宣传部时，受到了王匡部长的抵制。王匡说："不要理她，剧团回广州后马上进摄影棚拍电影，迟了就怕拍不成了。"真不幸，一语成谶。原来，此时在北京的政治舞台上，已经风起云涌，"文化大革命"的风暴即将来临，只不过基层百姓还不知情而已。等剧团回到广州时，中央关于发动"无产阶级文化大革命"的"五一六通知"很快便下达,《山乡风云》拍电影的事中途夭折了。

林榆在回忆起这段历史时说:

> 《山乡风云》没能拍成电影,非常可惜。因为当时这出戏里几乎集中了粤剧界生、旦、净、末、丑等各个行当里最高水平的演员,他们在自己的角色里都有新的突破和提高,体现了当时粤剧的最高演出技艺,没能用电影的形式把这些艺术精华长久保留下来,是粤剧的一个不可挽回的损失。"文化大革命"对粤剧戏剧艺术的摧残,罄竹难书。

冬去春来自奋蹄

"无产阶级文化大革命"开始了,破"四旧"、红卫兵大串联、揪斗"走资本主义道路的当权派"和"反动权威"、夺权、武斗,一系列匪夷所思的"革命斗争"不断爆发,谁都不知道明天将会发生什么事情。所有正常的文化活动都被停止了,所有演出也被禁止了。林榆与许多人一样,对"文化大革命"不理解,难接受。他努力想让自己跟上政治形势,但发现这形势变化得太无常,只会让失去理智的人变得更疯狂。

由于1957年对他"撤销职务,留党察看"的处分此时还未撤销,他不算是粤剧院的当权派,也算不上反动艺术权威,所以在"文化大革命"的首轮冲击中,虽然也被人贴了不少大字报,对他导演的戏进行批判,但还是保留着人身自由,他每天到单位走走,参加政治学习,倒也相安无事。

但是好景不长。1967年初的一天早上,广东粤剧院外的围墙上,突然出现了一条大标语："坚决揪出大叛徒林榆！"林榆的名字上还用红笔打了一个大叉。原来造反派从人事档案里找黑材料，发现了林榆曾经在国民党县党部里当过职员。造反派如获至宝，一个共产党员在国民党县党部做事，还不是背叛革命的大叛徒？他们把林榆拉来"审问"，叫他如实交代"叛变罪行"。林榆平静地回答：没错，自己确实在国民党县党部做过事，只不过是个资料员而已。当时中共广东省委被严重破坏，全省党组织暂时停止活动，自己进入国民党县党部做事，是一个掩护身份，从来没有做过背叛党组织的事情。可是造反派哪会听这些辩解，不由分说，当即把林榆关进了"牛棚"。从此，林榆便失去了人身自由，成了所谓的"群众专政"对象。

在那段非人的日子里，林榆要和其他"牛鬼蛇神"一起接受批斗，参加劳动改造，与外界完全失去了联系。工资全部被冻结，每月只有十几元的伙食费。家里四个孩子和老母亲及一个保姆的生活，只有妻子几十元的工资来维持，其艰难可想而知。但就是这样的情况下，林榆从来没有动摇过自己的信仰，没有动摇过对前途的信心。经历过1957年突然被撤职的风浪，对"文化大革命"的政治风暴，他有着更强的承受能力。看看那么多大领导、那么多同事都被打倒了，自己又算得了什么呢？他虽然不理解，但心里坚信这种情况不可能长久下去的。自己在国民党县党部工作过的那段历史，早就与组织上交代过，组织也有过正确的结论，造反派说自己是"叛徒"，只是捕风捉影，无稽之谈，自己的问题总有一天会得到正确解决的。

1969年初，全省文艺界的人员全都被下放到英德茶场的"五七干校"劳动，林榆也随之到了英德茶场。在干校，自然离不开参加挑粪、除草等繁重的体力劳动，林榆锻炼了筋骨，也磨炼了意志。后来，造反派对"牛鬼蛇神"们的监管也逐渐放松了。林榆得以与同样被下放到英德五七干校的妻子一起居住，生活上有了照应。在英德茶场上山下乡的二儿子经常利用假日上山打鸟，给父母改善生活，林榆的健康也逐渐恢复。直到1971年林彪叛逃事件之后，全国政治形势有了变化，下放到五七干校的人，也陆续调回了广州，广东粤剧院也恢复了建制。1972年，林榆终于盼来革命委员会宣布对他"解放"的决定，回到了广州。

重新获得工作权利的林榆,有一种恍如隔世的感觉。想当年导演《山乡风云》时,自己才44岁,转眼之间已经年过半百了,他有一种强烈的紧迫感,必须把耽误的几年时间抢回来。

在不到两年的时间,他就一口气导演了六台现代粤剧新戏,继续坚持用粤剧表现现代题材的艺术探索,继续走粤剧改革之路。1973年,林榆执导了粤剧《江姐》和《红棉花开》两出现代戏,1974年,又导演了《红树湾》《方志敏》《竹乡风暴》和《石榴红》四台现代粤剧。

这六台戏,粤剧院都是首次排演。当时"文化大革命"尚未结束,"四人帮"散布的极"左"思潮仍然大行其道,"三突出"的革命样板戏还占据着全国的舞台,在这样的社会环境中,广东粤剧要闯出自己的一番天地,要在新戏上有所突破,在保持作品革命性的同时,还要继承和保留戏剧的传统表现形式,让现代题材与传统粤剧有机地结合起来,是要冒一定的政治风险的,搞不好就会被扣上"复古""倒退"的帽子。而且那时百废待兴,演员多年不排戏,不练功,演员队伍处于青黄不接的时期,要凑齐一台戏的角色都不太容易,林榆连续排演了六台大戏,其难度之大,是难以想象的。在政治上,他认为,在广东的戏剧舞台上,仅有几出革命样板戏是不能满足广大群众的需求的,现代粤剧一定有着广阔的发展空间,前途是乐观的。在艺术上,他坚持继承与改革相结合的原则,坚持粤剧要姓"粤",一定要有粤剧自身的艺术特色。在这方面,当年导演《山乡风云》积累下来的成功经验,为他提供了极大的帮助。粤剧《江姐》改编自小说《红岩》。之前,空政歌舞团演出的歌剧《江姐》曾风靡全国,影响很大。在排演这出粤剧时,林榆反复强调要用粤剧的艺术方式来塑造江姐形象的重要性,他要求演员摆脱歌剧《江姐》的表演约束,运用粤剧的唱腔、身段、念白等手段,刻画一个粤剧的江姐。当百花凋零、久无新戏的广东粤剧舞台上出现了《江姐》这出戏时,马上引起了强烈的反响。观众已经六七年没有看到新粤剧了,他们看到的《江姐》还是姓粤,还是他们熟悉的粤曲旋律,还是他们熟悉的身段,观众感到兴奋,感到宽慰,剧场上座率很高。这让林榆感到了十分鼓舞,更坚定了他排演现代戏的信心。

要特别指出的是,20世纪70年代中期,国民经济虽然有所好转,但

"文化大革命"对人们的思想意识仍然造成了极大的破坏,当时社会上出现了信仰危机,思想混乱的情况十分严重。林榆导演的《江姐》等几个现代粤剧的上演,通过革命先烈和先进人物的艺术形象,向社会传达出一股正能量,宣扬了一种革命英雄主义,树立了一种革命理想,对于稳定社会,重树理想,重拾信心,发挥了很好的社会效益。如果没有政治敏感,没有社会责任感,没有担当,这是无法做到的。林榆说过,一个优秀的社会主义文艺工作者,既要追求卓越的艺术成就,又要有高度的社会责任感。他用自己的实践行动,落实着这些目标追求。

执导了几个现代戏后,林榆仍然觉得不满足,他在想,能不能创作出与时代同步,更能表现当下社会热点,更能表现时代精神的新作品?这时,他从报纸上看到了广东省树立的一个先进单位——肇庆马安煤矿的先进事迹,他感到,煤矿工人为改变广东省能源供应落后的局面,顽强拼搏,忘我奉献的精神,正是当下社会最需要发扬光大的东西。于是,他直接到了马安煤矿体验生活,准备创作剧本。到了煤矿,他并不只是满足于找几个人来谈谈话,搜集一点资料就回来闭门造车。他穿起了采煤工作服,直接下到地下两百多米的采煤工作面去,与工人一起跟班劳动,在劳动中直接体会煤矿工人的思想感情,熟悉他们的语言,观察他们的举止,了解他们的故事。有一次,因劳动量太大,导致腰椎间盘突出,疼得起不了身,卧床了好几天。一个年过半百的人为了剧本创作,如此全副身心投入,这是今天许多年轻人都做不到的。后来,因为种种原因,这个剧本没有最后完成,但林榆用粤剧艺术表现现实生活,一直都没有停止过。

1976年10月,"四人帮"被粉碎,全国拨乱反正,文艺事业得到了复兴。不久,林榆被任命为广东粤剧院副院长,主管艺术创作。他以极大的热情,推动着粤剧的创作和排演,组建了粤剧院一团、二团和青年剧团三个演出剧团,排演了一大批观众喜闻乐见的好戏。在承担着繁重的行政工作的同时,他也没有放弃自己导演和编剧的创作。在1976年至1980年间,他先后导演了现代新戏《高山红叶》,重排了《北郭奇兵》和《李香君》。1982年,林榆又创作了一个新剧本《宝镜奇缘》。当时,粤剧正面临着演员断层的困境,他大胆起用了年轻演员曹秀琴和吴国华担任主角,收到了很好的效果。在这种敢用新人的风气引领下,粤剧院一批年轻演员脱颖而出,很快成为了台柱。

林榆在做好本职工作的同时,还关注着整个粤剧界的发展,这期间,他在报刊上发表了《振兴戏曲应遵循传统艺术规律》《发挥粤剧优势初探》《漫谈戏曲"消亡"》《应该有危机感》《谈剧场上座率与观众新结构》《也谈粤剧兴衰》等多篇评论文章,对戏剧改革和发展提出了许多真知灼见。

1983年,正值广东人民抗日东江纵队成立40周年。当年东纵战士前赴后继、浴血奋战的情境,那些牺牲了的战友临危不惧视死如归的精神,一直在林榆的心里激荡着。作为一个东江纵队的老战士,他总觉得自己应该用舞台艺术的形式把他们表现出来,用这些革命先驱们的热血精神鼓舞今天的人们,让先辈的革命精神一代代继承下去。为了创作表现东江纵队的剧本,林榆的足迹踏遍了东莞、深圳、广州等地,先后采访了几十位东纵老战士,收集了几十万字的历史资料。最后,他以采访中发现的一对东纵姐妹用助产士身份作掩护,在东莞东坑建立了情报站,策反了国民党师部的一个报务员,取得了许多重要情报的真实故事

◎ 1984年,林榆自编自导反映东江纵队战斗生活的粤剧《红玫瑰》公演。原东纵副司令员王作尧将军等前来观看,交口称赞

为基础,写出了现代粤剧《红玫瑰》的剧本。这个剧本塑造了几位东纵战士,深入虎穴,与敌人贴身周旋,斗智斗勇,妙计连环,最后不但获取了敌人的重要情报,还为游击队送去了一部电台。剧本情节跌宕起伏,扣人心弦,人物性格鲜明,角色行当齐全。一经脱稿,粤剧院就马上投入了排练,并由林榆自己执导。1984年,粤剧《红玫瑰》在东江纵队成立40周年的纪念活动期间上演,许多观众看了这出戏后,都评价说,这出戏"好睇""感人"。原东江纵队副司令员王作尧将军带着他的一帮老战友也来看戏。谢幕时,王作尧上台接见了演员和主创人员,他拉着林榆的手激动地说:"这出戏编得好,演员演得好,它让东纵精神发扬光大,让年轻人知道今天的幸福来之不易,要格外珍惜。"《红玫瑰》先后在广州、东莞上演了许多场,受到观众的热情追捧。

《红玫瑰》成功地用粤剧的形式表现了东江纵队革命先辈的壮丽斗争,用传统的戏曲艺术展示了共产党人的奉献精神,林榆觉得自己又完成了一次历史使命。

晚秋笔耕硕果红

1985年,已经65岁的林榆正式离休,比60岁离休的法定年限整整超期"服役"了五年。其实,他何止超期服役了五年,从离休到90多岁,他还一直为粤剧"服役",一直在笔耕不辍,先后写了五个粤剧剧本,有的还取得了常人难以企及的杰出成就。

离休以后,能干点什么呢?有的人含饴弄孙,共享天伦之乐;有的人纵情山水,云游四海,体会天人合一的快乐。可是林榆离不开粤剧,仍然是"粤剧兴衰常入梦",他觉得粤剧要振兴,关键要有好剧本,而在这方面,自己是力所能及的。于是,他在家伏案写剧本,乐此不疲,

◎ 林榆编的《花蕊夫人》剧目在广东粤剧院演出。关国华饰孟昶，小神鹰饰赵匡胤，关青饰花蕊夫人。被媒体誉为"国家级精品"

◎ 林榆写的《伦文叙传奇》剧目在广东粤剧院演出。丁凡饰伦文叙，陈韵红饰阿琇

写了一个又一个，一写就写了20多年。

　　《伦文叙传奇》和《花蕊夫人》是林榆一口气完成的两个剧本。两个剧本之所以能一气呵成，其实是林榆的多年积累，久经酝酿，厚积薄发。两个剧本风格不一，《伦文叙传奇》是个喜剧，轻松幽默，妙趣横生，催人向上；《花蕊夫人》则令人悲怆，催人泪下，发人深省。两个剧本同样都取材于历史人物，但作者通过对历史背景的认真分析，对历史人物的反复提炼，对这两个角色都作了全新的诠释，赋予了这两个角色全新的性格内涵，表达出一种全新的意念。《伦文叙传奇》取材于广东一个民间传说，讲述了才高八斗的卖菜仔伦文叙不甘受富家小姐之辱，发愤图强，考上了状元，金銮殿上，他婉拒了皇帝招为驸马的旨意，回乡与相恋的丫环结为连理的喜剧故事。《花蕊夫人》讲的是一个后蜀国因腐败而亡的故事。蜀主孟昶，穷奢极侈，以致国破家亡。他最宠爱的妃子花蕊夫人才貌双全，国安民定时，不贪图安逸；国家临危时，带头捐出首饰招募兵丁；宋朝皇帝欲召她进宫，她宁死不从。剧本塑造了一个"富贵不能淫，贫贱不能移，威武不能屈"的优秀中华妇女的形象。两个剧本在剧作上都构思巧妙，情节出人意料，引人入胜。唱词文采飞扬，体现了作者较高的艺术造诣。剧作界对这两个剧本都给予了很高的评价。

　　1993年，广东粤剧院同时排演了林榆这两个剧本，第一团排演《伦文叙传奇》，第二团排演《花蕊夫人》。这两个剧团同时带着这两出

戏参加了第五届广东省艺术节,两出戏都同样获得了高度评价,除了演员、导演和舞美都获得了一等奖以外,两个剧本都获得剧本一等奖。一个作者的两个剧本同时被排练公演,又能双双获奖,这在全国戏剧界极为罕见。后来,这两出戏都成了粤剧院的保留剧目,长演不衰。

广东省艺术节演出的第二天,《羊城晚报》以头版头条新闻介绍了这两出戏的演出,不久又以《再度辉煌》为题,用半版篇幅发表了评论,为粤剧的崛起大力鼓与呼。北京来的专家,本省的评论家,以及一些观众,先后在省内和北京的报刊发表了30多篇文章,对这两台戏给予大力赞扬,认为这两出戏都达到国家一级水平。著名评论家刘厚生在文章里说:"看完《伦文叙传奇》之后,不由得说一声,南国新花,名不虚传。"戏剧家肖甲在文章里说:"《花蕊夫人》就是一出高质量的新剧目。"为了看这两出戏,广州的戏院门前,还出现了有不少人等着买别人的退票的现象,这种情况已经很久没有出现过了。

林榆的好友、著名漫画家廖冰兄在报纸上看到《花蕊夫人》获得国家一级水平的赞誉后,兴奋不已,当晚即席挥毫,画了一幅舞台元帅的漫画赠与林榆。画家以他一贯的手法,在画上题了一首小诗:

今晚扮元帅,明日做喽啰,
屈伸不介意,处世足楷模。

漫画家廖冰兄以他独特而精辟的语言,高度概括了林榆的人生经历和处世精神。其实,这首小诗,也正是林榆和廖冰兄这一代知识分子的真实写照。

1994年,林榆随着《伦文叙传奇》,第四次带着粤剧上北京演出。这次上京,不仅仅是艺术演出,其实还带有一定的政治使命。当时社会上

◎ 《花蕊夫人》公演后,著名漫画家廖冰兄闻好评如潮,即兴创作,赠林榆字画

◎ 《伦文叙传奇》1994年10月在北京演出，文化部副部长陈昌本（中）与（左起）陈韵红、丁凡、林榆、何行合影

有一种思潮，认为改革开放后，广东的经济确实是上去了，但文化却不受重视，没有人搞文艺了。广东粤剧院一团这次进京演出，就是要向首都的观众介绍广东改革开放和文艺改革的成果。但是相隔了20多年后，粤剧再次上京，当年对粤剧熟悉的老领导都不在了，如今的首都观众对粤剧是陌生的，《伦文叙传奇》在北京能否受到欢迎，大家心中没底，多少有点忐忑不安。

首场演出，剧场笑声不断，收到了强烈的演出效果。这出戏深深地打动了首都的观众和专家，改变了人们对粤剧的看法。中国剧协书记处书记霍大寿在看了演出后说："从这个戏的成功，看到了广东艺术改革的成就，在精神文明建设中做出的重大贡献，给我们带来很好的艺术欣赏。"中国戏研所副所长王安葵说："这次演出，用事实说明了广东发展和建设的成绩。"还有一些戏剧名家看了演出，以"震惊""羡慕"的语调发表观感，从各方面的反映中，首都观众通过观看这出粤剧，破除了广东在文艺上是"沙漠"的误会，看到了百花齐放的面貌。看到这样的反映，林榆大大松了一口气，自己总算又完成了一次历史使命。

几天后，中国戏剧家协会专门为《伦文叙传奇》召开了专家座谈会。出席的专家很多，发言很踊跃。发言中对剧本、导演、表演和音乐、舞美都谈了赞扬的意见和修改提高的建议，但大家谈论最多的议题，是雅俗共赏的问题。文化部陈昌本副部长更是一针见血地说："过去一些戏，老说很高很高，但没有人看，高到哪里呢？什么是好戏？

◎ 《伦文叙传奇》获文化部文华奖等多个奖项

《伦文叙传奇》就是好戏,因为观众爱看,很有典型意义,为今后戏曲改革开创了一条道路。我们就要编写像《伦文叙传奇》这样又高雅又为广大观众接受的戏。"这个座谈会使林榆学到了很多东西,并深受鼓舞,他更加坚定了作品要为观众服务、要为广大观众所喜爱的信念。

1995年,文化部"文华奖"获奖名单公布了,《伦文叙传奇》获得了文华奖优秀剧目奖、演员表演奖和优秀剧本奖。粤剧剧本获得文华奖的优秀剧本奖,这在粤剧界是十分罕见的。林榆以粤剧编剧的身份,站在了中国戏剧界的最高领奖台上,那年,他已经75岁。全场为这位已经是古稀之年仍然为戏剧艺术做出卓越贡献的老戏剧家,报以经久不息的掌声,向他报以真诚的致敬。

原广东戏剧家协会主席李门获悉《伦文叙传奇》获得了文华奖后,题诗一首赠与林榆:

根源乡土绽新芽,雅俗合流笔可夸。
诗句楹联成妙构,伦郎阿琇出奇葩。
千钧壮语冲宫阙,满腹经纶乐万家。
红豆旌言春亮色,居然一剧动京华。

接着,在广东的鲁迅文艺奖的评选中,《伦文叙传奇》又获得了优秀戏剧奖。

《伦文叙传奇》成了广东粤剧院长演不衰的一个剧目,每年春班演出,许多地方都点名要演出该剧。这出戏也多次到海外演出,上座率都很高,有个海外剧场老板甚至要求剧团下次来访时一定要带这出戏来。一出粤剧在海外如此受欢迎,是很少有的现象。也有其他剧种移植了《伦文叙传奇》,演出效果都不错。据广东粤剧院提供的数据,从1993年首次上演到2015年年底,20多年来,粤剧院本身的演出再加上其他剧种的演出,《伦文叙传奇》已经上演了接近1000场。

2013年,粤剧《伦文叙传奇》又被选中,参加"全国地方戏精粹展演"。时隔20年,这出戏竟能再次入选全国展演,令林榆感慨万千。他既为自己写的剧本能经得起时间的考验,深受观众喜爱而感到欣慰,但也为这20年,粤剧没能涌现出超越《伦文叙传奇》的新戏而感到忧虑。在一个座谈会上,他发出了"大力培养粤剧编剧,提高编剧待遇,解决粤剧编剧后继无人"的呼吁。确实,广东粤剧要振兴,要有全国影响力的作品,要是没有好的编剧,没有好的原创剧本,其他都无从谈起。林榆这一呼吁,正是点中了眼下粤剧发展的要害。

2015年,《伦文叙传奇》被拍成了电影戏曲艺术片,在国内外公映,使得这出戏的传播更为广阔。这部戏曲电影在香港首场公映时,全场1300多张票,一下被抢购一空。

本来,人生有这么一部有着广泛影响力又能传世的作品,已经足矣,林榆也算功成名就,可以颐养天年,安心养老了。可是他没有停下来,仍然在笔耕不辍。不久他又根据广东顺德一个历史名人陈邦彦的素材,编写了剧本《红颜知己英雄泪》。剧本刻画了在明末清初时期,广东文人陈邦彦抛家别子,不畏牺牲,组织民众抗击清兵的故事。初稿问世时,就有人公开表示,这种反清复明的戏存在民族矛盾不好处理的问题,不应该写。按照这个逻辑,岂不是我国历史上许多民族英雄都不能写了?林榆偏不信这个理,他坚持创作,不断修改,不断提高。这个剧本倾注了林榆晚年大量的心血,伤筋动骨的修改就改了十几稿,小修小改就不计其数了。当他了解到获茅盾文学奖的长篇小说《白门柳》的时代背景与陈邦彦是同一时期时,他就找来了这部小说,拿着放大镜,逐字逐句地硬是把长达一百多万字、分三部的《白门柳》全部看完了。他深感这部小说对明末清初内忧外患朝野纷争的这段历史有着深刻的表述，写得很成功，自己获益良多。他当即写信给小说的作者刘斯奋，并寄去剧本，虚心请教。刘斯奋当时是广东文联主席兼广东画院院长，公务繁忙，自己还有创作任务，惜时如金，很难有时间去看别人不成熟的作品。但他确实被林榆的真诚所感动，不但认真阅读了《红颜知己英雄泪》，还给林榆复了一封长信，在肯定了剧本的同时，也提出了在主题上要进一步开掘，要跳开以某王朝为归依的"爱国主义"的约束的建议。这封来信，给林榆很大的启示，他又对剧本反复修改，也不知改过了多少稿，事隔三年多，他自己觉得改得比较成熟了，又给刘斯奋寄去了最新的修订稿。刘斯奋在给他的回信中说："尊作《红颜知己英雄泪》已收到并拜读，感觉比前一稿有很大突破。故事更完整，人物个性更鲜明，情节更曲折，结构也更严谨。我觉得基本可以定稿了。您以年逾九十的高龄，仍旧葆有如此严肃认真的心态和创作精力，实为寿征。令人钦羡，谨致祝贺！"剧本《红颜知己英雄泪》最后发表在2014年的《广东艺术》杂志上。

　　一个作家在进入创作状态时，他的思路是活跃的，思维是敏捷的。林榆虽然年近九旬，但创作的灵感一点也没有枯竭，在修改《红颜知己英雄泪》的间歇中，林榆又创作了《饮马珠江》和《唐伯虎闯京》两个剧本。

　　2009年，是中华人民共和国成立60周年，也是广州解放60周年，如何为这个隆重的纪念活动献上一份厚礼？林榆根据自己接管广州时的亲身经历，构思了《饮马珠江》。这个剧本讲述了军管代表张大明，依靠群众，肃清了国民党潜伏下来的残敌的故事。剧本生活真实，情节曲折，人物生动，富有广东地方风味。难能可贵的是，作者为了使这个剧本更容易为时下的观众接受和喜爱，在剧本的表现手法上，运用了许多现代影视的艺术手段。一个已有丰硕成果的老编剧，一个已经近90高龄的老人，没有因循守旧，没有循规蹈矩，而是善于接受新生事物，敢于学习其他艺术门类的表现方法，不断突破自己，继续丰富作品，这是多么难能可贵啊！这个剧本后来发表在2010年的《广东艺术》杂志上。

　　《唐伯虎闯京》则是一个反腐题材的剧本。有人也许会疑问，唐伯虎怎么与反腐牵得上呢？这正是作者的匠心独运。党的十八大以来，以习近平同志为核心的党中央掀起了反腐浪潮。看到一个个贪官被清除出来,林榆的使命感再一次被激发出来,他想,何不用借古喻今的手法,创作一出新编古装讽刺喜剧,以配合当前的反腐斗争呢?很快,一部以唐伯虎的画作为情节主线,揭露和讽刺贪官的剧本就写出来了。正好广东省繁荣粤剧基金会组织剧本评选,剧本送去参评,获得了三等奖(剧本原名《唐伯虎外传》)。虽然剧本得了奖,但林榆对剧作还是不满意,总觉得还有提高的空间,但从何处突破呢?一时无从入手。这时他想起莎士比亚,他找出了厚厚的《莎士比亚剧作集》,认真翻读,再次从世界巨匠的著作中吸收营养。最后,他从莎士比亚的剧本《一磅肉》中得到启发,对剧本又大改了一稿,唐伯虎以一张画的绝招,摺倒权奸,克敌制胜。修改后的剧本,构思更加精巧,人物愈加生动,是一个与现实生活很贴近的好作品。

林榆晚年创作的三个剧本虽然都发表了,也得了奖,但至今没能上演,对此,老人家一直难以释怀。如今,一出戏能不能上演,影响因素很复杂,需要考量的问题很多,好的剧本,未必就可以上演。剧本能够上演的原因,既简单也复杂,绝对不是一个编剧所能控制,所能理解的。但是,林榆对艺术精益求精、不断学习、永不停步的探索精神,他那种对艺术的使命感,对社会的责任感,都是我们学习的榜样。这种精神的彰显,这种使命的继承,其意义,甚至比一个戏的演出影响更大,更深远。

91岁那年,林榆病了一场,这时,他才停下笔来,停止了长达半个多世纪的创作。今年,林榆已经97岁了,虽然脊椎经历了近一个世纪岁月的磨损,腰杆已经挺不直了,耳朵也不大好使了,记忆也差了,但他至今还思维清晰,有时反应还十分敏捷。胃口很好,身无大病,能够如此健康长寿,得益于他开朗豁达的性格,得益于他长期坚持写作,得益于他一直有着生活目标的追求,有着精神寄托。我们衷心祝愿这位艺术老人健康长寿,更衷心希望这位老艺术家的精神,能够得到继承,能够发扬光大,从而促使我国的艺术园地能创作出更多灿烂辉煌的作品。

第二篇
众说林榆

I 记人

I 林榆：新中国粤剧的幕后推手

李小瑛

91岁的老人，背驼着，住在儿子购买的郊区别墅里，本应养鱼伺花，颐养天年，却每天仍伏案挥笔，把永远写不完的那个剧本一改再改。作为广东粤剧院前院长，既是编剧，也是导演，新中国成立至今60多年，导演过36部戏，编写过10部剧目，获颁文化部文华奖。粤剧界谁个不知，哪个不晓——他就是林榆。

一、粤剧改革扛大旗

年轻时，林榆毕业于广东艺专戏剧班学话剧，粤剧是从来不看的。当时他认为那是封建糟粕。1946年，他转战香港，参与组建中原剧艺社。1949年，他受香港民委选派，作为香港代表赴北平参加全国第一次文代会和青代会。随后，他随部队南下广州，被任命为军管代表，接管广州文艺单位。当时的电影很少，广州人娱乐基本就是看粤剧、听粤曲。当时六七间大戏院，每天进出成千上万的人，可以说是城市文化娱乐中心。林榆看到了粤剧的重要，逐渐成为新粤剧的发起人。

当时，上演的剧目异常混乱，反封建的剧目当然也有，像《白蛇传》《梁山伯与祝英台》等，但比较多的倒是为票房而充塞的封建迷信、血腥仇杀、诲淫诲盗的戏。建国初期，广州军管会已经开列几十部不能上映的剧目，想净化市场，那当然是缘木求鱼。但如今如何改革粤剧，成了当务之急。为刹住乱编乱演，剧本、演出都应该而且必须审查,但那时剧团都是私人老板自己投资,谁听你的?最积极的办法,还是推出健康的新剧目。在华南文联领导下,林榆把广州有名的编剧组织起来,成立粤剧编剧组,创作、改编、移植了一批主题积极的新粤剧,政府免收娱乐税。1951年春节,永光明剧团在人民大戏院上演新粤剧《红娘子》,场场爆满,戏院售票处要用麻包袋装钞票,一时传为美谈。又以华南文联的名义组织了十多个农村粤剧队,林榆都亲力亲为。

二、拨开迷雾见青天

1952年,第一届全国戏曲观摩演出大会在北京举行,广东能不能拿出像样的演出,可谓上下关注。带队的林榆从各大剧团中抽调出主要演员,如罗品超、文觉非、吕玉郎、郎筠玉等名演员,也愿意放弃高收入,到北京参加会演。演什么好呢?从新中国成立后三年来演出过的1700个剧目中,选中《三春审父》,这是一台行当齐全、剧情复杂、观众爱看的戏。在武汉接受审查时,出乎意外,被评判认为是维护封建的坏戏,受到严厉批评。田汉的权威发言更宣判了《三春审父》的死刑。正灰溜溜准备打道回府的时候,主持中南会演的陈荒煤前来询问有没有也带来其他剧目,大家劲头又来了。不出几天,排出三个粤剧传统折子戏《凤仪亭》《表忠》《别窑》。这次通过了审查,并在全国会演时获得好评。《表忠》可能因名字的原因,还被选中到中南海为毛主席演出,各地剧团的著名老倌羡慕至极,宁愿在其中临时客串龙套,为的是能看见毛主席。林榆是代表团团长,得到唯一一张票,有幸与毛主席一起看戏。看戏时,他特别注意毛主席的反应,毛主席自始至终没有说话,看完了演出起立鼓掌,给剧团很大鼓舞。

全国会演总结时,文艺界领导人周扬还是专门说了一段话批评粤剧,他说:"粤剧正走在危险的道路上,它的整个艺术倾向有极不健全的地方,剧本创作粗制滥造,追求离奇的情节,每个剧中都要凑足六个主角同时登场,并不适当地以奇装异服相炫耀,这一切不但不是艺术,而且恰恰是破坏艺术。"这段话未必准确,可是广东代表团回到广州后,中共中央华南分局宣传部指示全行业展开了为期四个月的学习,参加学习的有2100人、26个单位,时间之长、规模之大空前绝后。当时,领导的意见还是要无条件服从。林榆就因为《三春审父》做了严格的自我批评，《我的检讨》在会演会刊头版头条发表，回广州以后，他还在《南方日报》发表自我批评文章。

随后，各剧团推出了《罗汉钱》《白蛇传》《断桥会》《表忠》《木头夫婿》等一批新戏，广州的粤剧舞台出现新的变化。

1953年，上级需要林榆组建第一个国营粤剧团，他成为广州第一个国营粤剧团团长。国营粤剧团的任务是，执行政务院的"戏改方针"，在改人、改戏、改制等方面起示范作用。他还是"空头司令"，去哪里找人？能否收编一个民营剧团？林榆找了很多民营剧团的台柱谈话，发现他们工资很高，每月收入有一两千元，比那时国家干部只有几十块到一百多块要高出几十倍，比一般演员也高十倍。何况剧目必定要上演他们的拿手戏，还得包下全团的老弱、亲属。唉！收编这条路走不通。最后，决定由广东实验剧队为基本队伍，适当增加名演员，组成国营的广东粤剧团。这个广东实验剧队是从十多个农村粤剧队中抽调人力专为排演现代剧目组成的，业务强，思想好，年纪轻，但知名度不够。粤剧团组成后，推出一批新剧目，而粤剧观众却不太买账。广州人还是认老不认新。

三、马师曾、红线女加盟

1954年，广东粤剧团到海南岛慰问解放军。在海南戏改会宿舍，受到热烈欢迎的林榆久久不能入睡。他随意翻阅书架上放着的琼剧旧剧本，翻出了只有薄薄两页纸的折子戏《搜书院》。林榆找到老编剧杨子静，请他考虑可否编成粤剧。结果，大型粤剧《搜书院》一炮打响，大大改变了广东粤剧团在广州观众和同行中的形象。1956年，林榆从香港请来了马师曾、红线女加盟广东粤剧团，由马师曾饰演谢宝、红线女饰演翠莲的《搜书院》轰动了粤剧舞台。

《搜书院》当年就到北京汇报演出，这是粤剧第二次上京，受到梅兰芳、夏衍、田汉、欧阳予倩等人"刮目相看"。周总理两次莅场观看演出，他对粤剧并非外行，20世纪20年代在黄埔军校时，他就到过大新公司的天台看过粤剧。在座谈会上，周总理说："广东人在中南会演时受了批评，参加全国会演后回去就革新。……粤剧有它发展的历史，过去我们只看到缺点一面，要求过高，对其艺术性及人民性忽视了。现你们埋头苦干，不怕受挫，和老艺人结合搞改革，情况改观了……粤剧是'南国红豆'，应该重视。"一出《搜书院》，粤剧有了"南国红豆"的美誉。由于看到粤剧的不断改观，1952年严厉批评《三春审父》的田汉，在1957年把他的得意之作《关汉卿》交给广东粤剧团排练。林榆担任了《关汉卿》的导演。

四、斗志弥坚锦添花

正值"百花齐放"的年代，1957年文化部提出开放禁戏，康生说什么戏都可以演。当时广州上演的粤剧是《香花臭花一齐放》，以和尚尼姑为题材的戏大行其道，有外地人向省委书记陶铸告状。陶铸责成宣传文化部门整治，在一千多人参加的整治大会上，处分了一批犯错误的干部，林榆竟然是处分名单中的第一个。会议是批判和尚尼姑戏的，可广东粤剧团从没有演出过这样的戏。而在公布推荐的三百多个健康剧目中，广东粤剧团上演的剧目都榜上有名。想不通的林榆写了五六米长的大字报申辩，但无人理他。他依然受到撤职和留党察看的处分，直至22年后的1979年，才得到公正的"翻案"。这事对林榆太冤枉太突然，弯转得太急，有人担心他会自杀，有人以为他从此躺倒不干，家人劝他乘机转行不要搞粤剧。无官一身轻的林榆却从此闯进粤剧编剧这个劳心劳神的"深渊"，并为此痴迷，至今欲罢不能。

五、真正是"痴翁不倒"

受到处分后的林榆，被下放到北海、灵山，参加大炼钢铁，开荒劳动。他以作家名义深入生活，四处搜集资料，酝酿写戏。"文革"期间，失去工作权利的林榆与剧团人员一起来到英德干校劳动，磨炼了筋骨，锻炼了意志，心中停不下来的仍是对编写粤剧的一片痴情。"文革"后，从广东粤剧院副院长到院长，行政事务和导演工作占据了林榆的大部分时间，直到离休后，他才真正有时间静下心来写剧本。

剧本是一剧之本。新编粤剧强调以简代繁、以虚代实、以少胜多。如果不是"以我为主"来编，很容易陷入"话剧加唱"的结果。戏剧界领导肖甲曾对粤剧有过一番论述："粤语每字有九声，比起标准语言只分平上去入，简直是天音临世。据此，粤剧的文学本在成曲填词中，在皮黄板式中，又使得音乐的格式和语言的复杂增加了字词构筑的难度。"林榆在长期的"唱做念打"导演工作中，认识到剧本的重要性，决心努力写出"好睇有益"的粤剧。

1964年，中国京剧院来广州演出《红灯记》，给粤剧注射了强心剂。陶铸说粤剧也要搞一个"绿灯记"，于是有了《山乡风云》。林榆参加了《山乡风云》从创作剧本到导演、演出的整个过程，1965年底上京演出。这是粤剧第三次赴京，为首都观众公演了半个月，《人民日报》《戏剧报》发表文章给予高度赞扬。回广州后本来要把《山乡风云》拍成电影，"文革"开始了，一切免谈。

林榆于1985年离休，人是离开了岗位，可思想一刻没离开过粤剧，正如他对自己一生工作的写照——"粤剧兴衰常入梦"。正是这个梦令他停不下笔，在离休的27年间，他写了《伦文叙传奇》、《花蕊夫人》、《一剑啸南天》（即后来的《红颜知己英雄泪》）、《唐伯虎外传》（即后来的《唐伯虎闯京》）、《饮马珠江》等五个剧本。其中《一剑啸南天》还在修改中。

《伦文叙传奇》在广东演出300场，得到城乡观众热烈欢迎。该剧于1993年上京演出，是粤剧第四次赴京，得到"震惊、羡慕"等评价。《伦文叙传奇》和《花蕊夫人》两剧都获得第五届广东省艺术节编剧一等奖，其中《伦文叙传奇》还在1995年获得了文化部文华奖剧作奖。"红豆谁言无亮色，居然一剧动京华"，当年已75岁的林榆站在全国戏剧界最高奖的奖台上时，他想到的是，还要创作更多的剧本。

现在令林老放不下手的是《一剑啸南天》。该剧本写明末"广东三忠"之一陈邦彦抗清的英烈事迹，如何传颂他舍生取义的民族精神、临危受命的英雄气概，又不落入"反清复明"的历史框架，颇令林老为难。为此，他请教对明清史很有研究的学者，十年来一改再改，十易其稿，至今仍笔耕不辍。在他的案头，笔者看到一大堆有关《一剑啸南天》的资料，反复修改的剧本光是题目就有四五个，林老每天修改剧本一两个钟头。他相信剧本一定能修改得更好。

《花蕊夫人——林榆剧作·论艺集》序

李 门

"戏改兴衰常入梦，醒来自觉不轻松"，这两句诗是干了四十多年戏曲改革工作、编剧导演以至行政管理都拿得起的粤剧多面手林榆同志的自我写照。我认识他已超过半个世纪，他何止是戏改内行，说起他的历史有许多是令人难忘的。1936年，他就参加了广州秘密学联的活动，习惯地说是一位"老红军"了。抗战时期在阳江县组织了该县的青年群分社，1942年，在广东省艺专攻读戏剧并从事抗日宣传活动。不久投到东江纵队的怀抱，而且小试锋芒，创作了多幕话剧《大地回春》。东纵北撤后他参加了香港我党领导的中原剧艺社，在那个特殊环境里，我们携起手来在戏剧战线上从事特殊的"职业"。1949年第一次青代会和文代会，他有幸参加，思想认识和艺术修养都提高到一个新的阶段。跟随部队南下广州之后，在华南文联领导下，新的工作园地在他的眼前展开，他成为粤剧领域的一名前驱者。什么接管戏院呀，编写新粤剧呀，组织农村演剧队呀，领队参加全国第一次戏曲会演呀，无处不见到他的足迹。他已经是粤剧界的一个大忙人。当剧坛需要有一个新机制的粤剧团以为示范时，他在党和政府指导下艰辛地建立了第一个省粤剧团。戏改的兴衰自然是时常进入他的梦境，压在他肩上的担子的确是并不轻松啊！然而也好，这就压出一本既有剧作又有文萃的内容充实的《花蕊夫人——林榆剧作·论艺集》来，这本结集可以说是作为一个戏剧工作者的多年心血结晶，其中是有不少佳章丽句的。

作者从他的不少剧作中选用了三个：《玫瑰初红》（以下简

《玫》）、《花蕊夫人》（以下简称《花》）、《伦文叙传奇》（以下简称《伦》）。《玫》剧是为纪念东江纵队建立40周年而作，作者曾几度到东莞、宝安，访寻革命老人，搜集资料，写出这部作品。它写一个助产士参加游击队情报工作，夺取了电台，最后因工作关系不惜和恋人告别。我曾在《菩萨蛮》词下阕咏的"白衣人似璧，不恋双飞翼。玫瑰愿常红，凛然风雨中"，意即指此。这个戏演出是深受观众欢迎的。《花》剧和《伦》剧更是令人特别瞩目之作。史籍、传说、话本演义以至戏曲都有道及花蕊夫人的。一名《张仙图》，见《铁围山丛谈》。尚小云曾改编演出，川剧亦有《花蕊辞宫》一剧。这些作品从各方面叙及夫人行状，而杜撰者多。《花蕊夫人》则取其历史大事，从而以艺术虚构手法抒写之，务求去却枝蔓，树立以花蕊夫人为中心的，包括耽乐无能的蜀主孟昶、大宋开国之君的赵匡胤、好色跋扈的大将军王全斌等鲜明形象，称为新编历史剧是适宜的。花蕊夫人品格高超，才华出众，不甘亡国屈为臣虏，遭遇曲折，终于走上悲剧的路途。作者笔下对夫人的塑造是熠熠生辉的，夫人言行符合艺术真实而带有理想的色彩，却合情合理，能够以擅写妇女高尚情操的中国文学气派抓住观众，完成了"这一个"花蕊夫人的性格，我看是有说服力和感动力的。加上优越的舞台二度创作，使这剧博得专家与群众的高度好评。《伦》剧则以人们耳熟能详的地方掌故作为基础，却加强了它的人民性、文学性，使主人公变得更加可爱：不慕虚荣，面向民间，而令人忍俊不禁的对联斗句，更突出了《伦》剧的本色，说是推陈出新的佳构，绝不是泛泛之词。对于两个剧本，作者能够广听意见，欢迎加工修改，在第五届广东省艺术节中获得殊荣，被称为中国第一流水平的作品。鉴于粤剧正在逐步走出低谷，有人认为两剧的出现是粤剧"再度辉煌"的一种表现，这确是令人可喜的。

《林榆剧作·论艺集》还有论文多篇，值得品读。举凡生活与艺术，现状与传统，振兴与危机，高雅与通俗等等都有涉及，无疑是作者多年从事戏改的心得。其中《也谈雅俗共赏》一篇，提到剧本与演出的雅俗共赏的重要，是有见地的。《花》与《伦》剧的成功也是它们能够雅俗共赏所致。高雅与通俗是可以结合起来的。有人不以为然，我则以为雅与俗可以并存。当然,在文艺上有严肃文艺、通俗文艺之分,但看看文学史,严肃文学的作家,他的作品里也渗透着通俗因素;通俗文学的作家,其作品也有严肃的因素。一个作品甚至可以两者并存。粤剧应该做到雅俗共赏,这样才有更大的生命力。《花》剧和《伦》剧就是走这条路子而不失为高雅的艺术。这点我们是不应忽视的。这类戏一多,粤剧"再度辉煌"就并非空话。我们要抓住当前这个良好契机,加强团结与鼓劲,认真把粤剧促上去。团结就是要互相尊重、寻求共识;鼓劲就是要多尽所能,搞好本业。倘能如此,粤剧的振兴与再度辉煌就是眼前之物,它一定会带着高兴的笑容光临人世的。林榆同志是一个敏感的人,1980年粤剧复苏后而微露疲软时,他即率先议论到"应该有危机感"的问题。如果故步自封、抱陈守旧,能不发生危机吗?事实证明,要经过努力,危机才可以得到转机;再进一步,转机才可以衍出生机。现在是时候了,"忧患兴邦",不是经过艰苦经营是无从获取事业的胜利的。粤剧工作者的责任感和实践力,是粤剧获得生机的条件,今天看到的前景不是已经说明这点了吗?

我和林榆同志都是从坎坷道路走过来的人,三年前我编印了一本小集,他录了许梦熊《过南陵太白酒坊》"莫向斜阳嗟往事,人生不朽是文章"诗给我,对我鼓励弥深。我自惭并无不朽之作,而《林榆剧作·论艺集》的刊印,正宜把许梦熊之句还赠作者,这并不是偶然之事。我深信广大读者是欢迎这本书面世的。特写序言如上。

1995年

屈伸不介意，处世足楷模

——访著名粤剧艺术家林榆

王世雄

3月上旬，记者三访粤剧著名剧作家林榆，他毕生致力粤剧事业，"屈伸不介意"的处世方法，实在让人感动。

在林老先生宽敞、简洁、明亮的客厅中，挂着我国著名漫画家廖冰兄为他画的漫画。画中题词"今晚扮元帅，明日做喽啰，屈伸不介意，处世足楷模"，是对82岁的林老先生一生辛劳的总结。

今年初，广东省人民政府奖励了十位老一辈粤剧艺术家，林榆便是其中之一，他获得"粤剧艺术突出成就奖"。

1985年林榆离休后，仍念念不忘粤剧，写戏、写戏，一直到今天他还在写戏。1993年，他创作了粤剧《花蕊夫人》和七场广东地方掌故粤剧《伦文叙传奇》，这两个戏由广东粤剧院一团和二团演出，参加了1993年第五届广东省艺术节，双双获得剧本一等奖。两戏均引起省领导、剧艺界和传媒的重视，专家和观众在省内和北京的报刊上，发表了30多篇文章给予了充分的肯定。1994年，《伦文叙传奇》上北京演出，获得文化部颁发的"文华奖"，回穗后又获广东省宣传文化精品奖及鲁迅文艺奖。

林老拿出他的新作《唐伯虎外传》（即后来的《唐伯虎闯京》）给记者看，这就是说他而今还在写作。他说："战友和亲人都劝我休息，有时候自己也认为，已到耄耋之年应该休息休息了，但休息之余，心里总觉得不踏实，总想要干点什么，结果还是粤剧，还是写戏。有人问为什么？一句话：使命感，未了情！"

干了五十多年的粤剧编导工作，林老真是想停也停不下来呀。林榆毕业于广东省立艺术专科学校戏剧系。红军时期他参加进步学联，上街演出，宣传抗日救亡。抗战时期他参加东江纵队，编演了多台抗日话剧。新中国成立前夕，他在香港组建中原剧艺社。新中国成立后，他历任广州市军管会文艺处接管组长、军管代表，华南文联部长、处长。"文革"后，林榆任广东粤剧院副院长兼编剧导演。现在他还是中国戏剧家协会会员、广东省作家协会会员，社会活动颇多呢！

他导演过《山乡风云》《屈原》《关汉卿》《秦香莲》等四十多个粤剧，著有《花蕊夫人——林榆剧作·论艺集》。在《中国艺术家辞典》《中国戏剧曲艺词典》中，均可找到"林榆"这一词条。林榆曾多次受到周恩来总理接见。

在历次政治运动中，他难免受到冲击。1957年全省召开粤剧团团长会议，有人给他罗列了一些"莫须有"的罪名，使他蒙受了最严厉的处分。当时有不少人为他鸣不平，他却豁达大度，泰然处之。他说在人治及极"左"路线的肆虐下，无辜受害者岂止他一人，听其自然吧，何必介意！1979年，上级终于下发文件，说经过调查，当时对他的处分是不切实际的，予以全部撤销。

最难能可贵的是，林榆在蒙冤受屈的漫长岁月中胸怀坦荡，坚持工作，笔耕不辍。这期间他参加了《金鸡岭》《北郭奇兵》和《玫瑰初红》等剧的创作，又导演了《关汉卿》、《山乡风云》（青年版）等一批有影响的剧目。直到离休以后他还不断地写了一批获奖的精品。

他的一位老朋友说得好："值得庆幸和赞颂的是林榆同志在蒙冤的漫长岁月中，心胸坦荡，斗志弥坚，笔耕不辍，所以到了晚年，他硕果累累，锦上添花。这大概叫作善有善报吧！"

是的，好人终会得到好报，林老的晚年是美满幸福的。每日一早起来，在阳台上打打太极拳，上午到黄花岗散散步，回家后看书、写戏……他的日子过得充实而有规律。在他的客厅最当眼的位置挂着一幅朋友送他的书法，上面写着："心宽体健养天年，不是神仙胜似神仙。"这大概就是他的座右铭吧。

2002年

父亲对我的影响

林西平

2015年11月的一天,第二届广东文艺终身成就奖颁奖仪式刚刚结束,与会者都喜气洋洋,互相庆贺。刚从省委领导手上接过奖状的父亲内心也是兴奋的,但他婉拒了有关单位的庆贺宴请,坚持返家。时过晌午,要返回30公里外的家中吃饭,时间太晚了,父亲在路上选了一家普通饭店用餐。席间,父亲点了一个例牌烧鹅、一碟叉烧和一个小炒。我提议来一瓶啤酒庆祝一下,父亲淡淡地摆摆手说:算了,快吃,早点回去休息。就这样,在刚刚获得了人生最重要的一个奖项后,父亲没有呼朋唤友,就在平平常常的饭店,吃着平平常常的饭菜,以平平常常的方式,度过了本来该不平常的一天。

宠辱不惊,以平常心看待人生中的起落兴衰;豁达宽容,以洒脱包容之心待人接物。这是父亲最大的性格特点。正是这种性格,令他经受住了近一个世纪的风云考验,也正是这种性格,使他90多岁还爱吃能睡,思维清晰。

在父亲家的橱柜里,有两个显著的奖品,一个是最近由中共中央和中央军委颁发的"中国工农红军长征胜利80周年纪念章",广东省只有25个老红军获得这个纪念章;另一个是广东省委、省政府颁发的"广东文艺终身成就奖"奖状,这个奖的获得者至今也只有30人。前一个奖品代表着父亲的革命资历,后一个奖品代表着父亲的艺术成就,而身上同时具有这两种资格的人,是十分少有的。在我的眼中,父亲就是一个坚定的老布尔什维克,是一个对创作追求永不停步的艺术家,是一个豁达开明的好父亲。

一、循循善诱的引导

我记得，父亲曾珍贵地保存着一张用繁体字印刷的广州市军管会的任命书，上写着："广州市军管会第一号令，兹任命林榆为广州市军管会文化组组长。"署名：军管会主任叶剑英；时间为1949年11月。这张任命书要是保留到今天，可是一份珍贵的历史文物。共产党接管广州后，军管会发出的第一号任命书，不是金融界的，也不是工业界的，而是文化组的组长，可见党对文化战线的重视程度。我家的相册里，有一张父亲与久别重逢的母亲在广州解放后拍的照片，照片里父母都穿着解放军的棉衣，父亲腰里还挎着手枪。父亲是跟随着叶剑英南下接管广州的，政治地位不谓不高。可是不久，酷爱艺术的父亲服从组织的安排，弃仕途而去搞粤剧。从此，他个人命运与祖国的命运一样，几经沉浮，多受冤屈。但我从来没有听他说过对自己的选择有悔意。也许与别的艺术家有点不同，父亲是带着革命的使命感参加粤剧工作的。接管广州时，他亲眼目睹了旧粤剧脏乱差的现象，决心用党的文艺思想对粤剧进行改制、改戏、改人，探索用传统艺术表现现代生活。几十年来，他的这个政治追求一直坚定不移。正因为如此，他虽经磨历劫，但百折不挠，最终铸就了较高的艺术成就。他的这种政治坚定，也影响着我的成长。

在"文化大革命"中，我厌倦打打杀杀的派性斗争，常窝在家里。一天，父亲对我说，你有时间，不妨研究一下中国共产党的历史，造反派印发的材料里不是有很多这方面的内容吗？受父亲的启发，我真的从五花八门的宣传材料中认真搜集起有关党史的资料。终于有一天，我在一沓印传单的白纸上，郑重其事地写下了"中国共产党大事记"几个大字，从建党前的马列主义小组记起，一直记到新中国成立，一件件地把党史中的大事记录下来，前后经过两个月，写下两万多字，全稿有40多个页码。一个15岁的少年，自己整理了一份中国共产党的大事记，今天看来，也是件不简单的事。大事记用的纸张很薄，又是用圆珠笔写的，几年之后，字迹都化了，后来搬家时就扔了，很可惜。但这次由父亲提议的对党史的研究，却对我世界观的形成，对我树立正确的政治观念，影响至深。我在下乡当知青时加入了中国共产党，后来还担任珠江电影制片公司的党委书记，与那次整理共产党大事记，有着根深蒂固的关系。

"文化大革命"中，父亲虽然已经不是当权派，但也无法幸免于难。记得有天父亲回家很晚，回来之后，他关上房门，与妈妈在房间里说了许久话。后来，把我叫了进去。父亲很严肃地对我说，爸爸可能要受到冲击，但你要相信，爸爸是对得起党和人民的。你是大哥，不论家里发生什么事，都要帮助妈妈把这个家维护好。他走到书柜前，在里头拔出一颗不起眼的钉子，一块覆盖着玻璃的橱板便可以拉出来。他告诉我，橱板下面是一个夹层，里头放着一些重要文件，不能让别人拿去。平时，父亲书柜的书我几乎翻遍了，可从来没有想到用钉子卡住的橱板里头会有一个夹层。这无疑是父亲以前做地下工作时积累的经验。我眼前突然仿佛闪现着在银幕上看到过的地下党党员的画面，自己也感到一下子像长大了许多。次日，一群红卫兵涌进了我家，把家里翻了个底朝天，可就是没发现书柜的秘密。临走时，抄走了一堆"黑书"，还顺手牵走了墙上挂着的一幅吴昌硕的真迹和关山月送给父亲的一幅红梅。这帮红卫兵是广州美院的，识货。父亲因过去曾在国民党内部潜伏，被造反派诬为"叛徒"，关进了"牛栏"，失去人身自由。我两次往"牛栏"给父亲送寒衣，他都没有一点悲观哀怨，坚信自己的问题一定能解决。最难忘的是我"上山下乡"前与父亲告别的那一次。那时，父亲被关在二沙岛，但看管已经松了一点，可以请假出来半小时。我和父亲在江边坐下，抬眼远望，月拥大江，漫天碧透。但我的心情却是压抑的，这次父子离别，不知何时才能相见？但父亲却没有一点愁绪，他给我讲到小时候离家到广州读书，讲到秘密入党后的白色恐怖，讲到新中国成立后的艺术追求。以他的经历告诉我，人不论在什么环境下，都要保持一颗积极向上之心，都要不停地追求进步，做一个对社会有用的人。最后他叫我不必为他的问题背上思想包袱，他的历史问题党组织是清楚的，总会公正解决的。直到这时候，他的政治信仰还是坚定不移，这深深感染了我。与父亲告别时，虽然百感交集，但我感到自己踩在地上的脚步是坚定的。

在乡下六年，我没有沉沦，没有自暴自弃，而是积极上进，多次被评为先进分子，入了党，成为父亲所希望的对社会有用的人。

二、潜移默化的培育

我之所以能成为一个电影艺术工作者，有过一点小小的成绩，这与父亲对我的培育密不可分。

小时候，我家就在广州恩宁路的粤剧团大院里。放学回家，听见排练场有锣鼓响，我就三两下把作业做完，一头钻到排练场看排戏。只要是耍刀弄枪的武打戏，我就会看得津津有味，可一到长腔唱段，就屁股尖坐不住，在排练场乱钻。有一次把掌板师傅的工尺谱打翻了，闯了祸，被赶出排练场。那时粤剧的音乐是用一种文字加符号的方式记谱，叫工尺谱，这种曲谱如今很少使用，认识的人也不多了。父亲是导演，一心排戏，对我无暇顾及，对我钻排练场的行为无意中采取了纵容态度。可就在这种纵容中，艺术细胞却在我身上潜移默化地植根了。

长大一点，我开始看父亲导演的整出大戏。他发掘的《搜书院》，他导演的《金鸡岭》《山乡风云》等都给我留下了很深的印象。以前每年两次广交会期间，全国顶尖的剧团和各省歌舞团，都要来广州为外宾演出。妈妈那时在省文化厅管演出，每场演出她手里都有两张为临时要来看演出的领导或嘉宾预留的工作票，但这些票时常没派上用场。我想要这些票去看戏，但办事正统的妈妈总觉得这样做不大合适。父亲为我说话了，说这些位子空着也是浪费，让他去吧，这对孩子也是一种陶冶。于是，我常常在开场前的五分钟，从妈妈手上拿到入场票。那些年，原创剧团演出的样板戏，各省歌舞团的演出我几乎都看过，一个人的艺术素养和艺术品位，就在这一场场精彩剧目中，逐步形成的。

记得我大学一年级的暑假，父亲正在肇庆的马安煤矿体验生活，准备创作，叫我也去一趟。我辗转坐车到了那里，不料看见父亲躺在床上起不来，原来他下矿井与矿工跟班劳动，扭伤了腰。但他没有让我在身边照顾，而是叫来煤矿宣传科的一个人带我下井。那次，我第一次乘矿笼下到地下200多米深的煤矿里，四肢着地爬过已被横梁压断的坑道，徒手攀爬只有五十厘米宽却有十几米高的竖井，来到挖煤工作面，与脸上被煤尘粘得只看见眼睛和牙齿的矿工们一起劳动了半小时。就这短短的半小时，却让我受用一生。它让我真正体会到什么是劳苦大众；真正体会到如果你不真正感受他们,你的作品就根本感动不了他们;真正体会到只有贴近生活,才能写出鲜活的作品。这次父亲让我下煤矿,对于我以后的创作,影响深远。

大学毕业前,学校让我们做的毕业作品竟然是写一个电影剧本。那时"四人帮"刚刚倒台,教育方针还"左"得很,同学当中有的人连散文也写不好,怎可能写出电影剧本?从小受到文艺熏陶的我在同学当中脱颖而出,很快写出一个讲述女教师教育调皮学生的电影剧本:《光荣的职责》。父亲看了初稿后,十分高兴,一连几个晚上给我提出修改意见,探讨改进方案。从主题的发掘到戏剧矛盾的推进,从人物个性刻画,到语言特征,谈得很具体,使初涉创作的我受益良多。老师把我这个剧本推荐给珠江电影制片厂,被珠影列入了生产计划,给予扶持。虽然这个剧本后来因故没拍成电影,但它却成了我毕业分配到珠影从事创作的一个主要原因。

成为一个专业文艺工作者后,我写了两个儿童题材的电影剧本,获得了国家级的奖项,这与初写剧本时父亲给予的辅导分不开。我写的一些其他题材的剧本,有的也获得了全国奖项。但与父亲相比,其艺术成就是我无法望其项背的。究其原因,是我缺乏父亲那种在创作上勤奋不息、百折不挠的精神。

三、宽容豁达的家风

我们家有四兄弟,但四兄弟的性格都各有不同,这与父母让我们自由成长不无关系。在我们的记忆当中,父母总是忙,那时的政治学习很多,连晚上也要到单位去。父母对我们也没有很高的要求,只要好好读书,不留级就行,不像现在的父母总是想尽一切办法望子成龙。这种宽松的家庭环境正好给我们几兄弟按着自己的个性成长。

我父母很少做饭,家里从来就没断过保姆。许多人都说与保姆很难相处得好,可是我们家与保姆的关系向来都很和睦。在我们家干了30年的一位老保姆,我们都叫她嫂嫂。嫂嫂丈夫因犯罪被判了刑,自己又没有固定工作,带着两个孩子生活十分艰难。嫂嫂在女儿来看她时,时不时塞给女儿几块钱。那时一个工人一个月工资才三四十元,几块钱是可以解燃眉之急的。久而久之，母亲对这事有所察觉，和父亲说起，父亲却豁达地说：算了，只要她把这个家管好就成。也正是父亲的这种宽容，嫂嫂把我们这个家当成自己家，精打细算，倾心尽力。特别是"文化大革命"后期，父母都去了干校，老大、老二下了乡，剩下年幼的两个弟弟在家，如果不是嫂嫂的维系，我们这个家早就散了。

父亲的豁达，经常影响我们。我儿子到国外留学，开始不够用功，英文考试差0.1分没过关，要是补考不合格就要回国。我很生气，在越洋电话里大声训斥儿子。在旁边的爷爷听不下去，抢过电话对孙子说，不要这么紧张，你这么聪明，怎么会考不及格呢？用了功，就算真的考不好，就当出国旅游了一趟嘛。同一件事情，用不同的心态去处理，往往会产生不同的效果。结果儿子在爷爷宽容的鼓励下，以很高的分数过关，并顺利完成了研究生的学业。这令我体会到宽容的力量。

还有一件事我记忆尤深。儿子结婚前，亲家拿来了一份礼单，上面列着几十种男家要送给女家的礼品，我看到顿时头都大了。当我带着几分埋怨与父亲说起这件事时，父亲却大度地说，这有什么？这是中华文化的传统嘛。婚姻大事，一定要办得两家都满意。后来得知，那份礼单是婚礼公司为了做生意编出来的，亲家其实也没有太执着。我认真去采办礼品，让亲家看到了我们的真诚，反倒觉得有点歉意，是父亲的开明，使我与亲家相处得十分融洽。

这些年来，我在工作中能妥善处理好员工的诉求，在生活中能与周围的人友好相处，与父亲待人处事的豁达气度的影响是分不开的。

常听人说，父亲是孩子最好的榜样，此话一点不假。我为自己有一个既是老革命又是老艺术家双重身份的父亲而骄傲。在我心中，父亲就是一道标杆，无时不在激励我奋进；父亲就是一股无形的动力，不断推动着我向前；父亲就是一把尺子，常常提醒我丈量到达目标的距离。我常想，虽然很难达到父亲那样杰出的成就，但起码也应继承父亲做人的品格。如今，我也跨进了退休行列，但想想父亲75岁的高龄还能站在全国戏剧界的最高领奖台上，想想父亲到了91岁的古稀之年还趴在书案上字字工整地创作剧本，我知道，我要走的路子还很长，很长……

II 评剧

1 《伦文叙》的艺术魅力
——看广东粤剧院演《伦文叙传奇》

霍大寿

"荣华富贵",这个人类社会的一大"发明",许多人为了追求它,殚思极虑,机关算尽,乃至不择手段,丧尽天良。因此,又有更多的人被吸尽了血,榨干了膏,演出了种种惨不忍睹的人间悲剧。在那人性扭曲、良心泯灭的时日,人们从心灵深处发出的呼唤,无不是人类善良本性的修复。所以,在我国传统戏曲舞台中,就有《秦香莲》《清风亭》《杜十娘》《王魁负桂英》之类的产生。这些谴责"荣华富贵"的戏文,几乎与爱情一起,成为永恒的主题。广东省粤剧院最近在第五届广东省艺术节上推出的佳作《伦文叙传奇》就是这样一种新的谴责喜剧。它有如一湾清冽泉水,在一条受过污染的生命长河中,再一次泛起了透亮的浪花。

可贵的是,老剧作家林榆没有落入前人的窠臼,他匠心独运,另辟蹊径,以极富个性的构思与笔触,从传统的题材中挖掘出新的意趣、新的手法、新的风格。伦文叙是流传在广东民间的一个传奇性的人物,他的故事很多。剧作家巧作剪裁,并加以典型化,成功地塑造了一个"卖菜仔"出身的状元公,竟然辞掉了做皇帝女婿这样极品的荣华富贵,甘愿与一个苦命的、被迫为婢的农家女结为夫妇的青年才子伦文叙的动人形象。

放弃了锦衣玉食的生活,去和一个为奴隶的农家女清贫度日。这对于一般持世俗观念的人来讲,显然是不可思议的事。因此,如何把这个故事写得入情入理,既形象生动,又真实可信,让广大的观众通过舞台，真正看到并且相信，人间的确有比荣华富贵更美好的东西。这就考验着剧作家以及导演艺术家的功力。

显然，剧作家是在掌握了大量素材之后，发现了"卑贱者最聪明"这个唯物主义的原理的。他正是从这个视角出发，去剖析和塑造伦文叙。伦文叙的聪明过人、勤奋好学，与他的"卖菜仔"的生涯存在着有机的联系。剧作家在描写中，注重借鉴古典诗词和民间语言的结合运用，使人物的文墨与诗韵有着明显的社会与自然生活的烙印。最典型的是他与文坛对手、考场劲敌柳先开的较量。剧作家笔下的柳先开，也不是一个简单化的人物，他同样风流倜傥、才气横溢。但是由于他所处的地位以及社会生活经历的种种局限，使他在伦文叙面前，不得不略逊一筹。这就是说，伦文叙的博学多才、诗思潮涌不但来自他的勤学苦读，还得益于他卑微的社会地位所给予他对于历史、社会生活的客观而又深刻的洞察；而他的诗词、文章的磅礴气势和潇洒自如，也与他的经历和社会地位所形成的无拘无束的开阔胸襟与恬淡情怀密切相关。这种种的主客观因素，构成了伦文叙这个人物的优秀素质。因此，他既可以考场夺魁，又可以放弃满堂金玉，而去实践自己的情诺。"黄金有价情无价"，这是伦文叙这个形象的一个重要特征。

当然，伦文叙的爱情能够经得起那样严峻的考验，与婢女阿琇这个人物的塑造的成功又有着密切的关系。阿琇聪明、美丽、善良。她乐于助人的奉献精神、光艳照人的外貌与孤苦伶仃的凄凉身世，不得不令人怜爱。因此，当阿琇到伦文叙家为她的小姐——富绅胡员外的女儿说亲时，伦文叙马上就被这个从外表到内心都十分完美的姑娘所吸引。正因为阿琇这个形象具有巨大魅力，才使纵有万贯家财的胡小姐失去了自己在伦文叙心中的价值。

我们兴奋地看到，人称"金童玉女"的著名粤剧演员丁凡、陈韵红是如何以他们优异的艺术条件在舞台上完成这两个动人形象的。荣获"梅花""文华"双奖的文武小生丁凡扮相英俊，台风潇洒，一出场就紧紧抓住了观众的目光。他嗓音醇厚洪亮，行腔自如、抒情诱人。在身段表演上，由于能文能武，所以既有传统的做派，又不拘泥于旧格，颇有清新脱俗之感。从三宝佛前对对联的风趣，到"说媒"一场中的多情，再从"送行"一场中的缠绵，到"钦点"一场面试中的沉着、干练，丁凡都演得有血有肉，神采飞扬，活托出一个博学饱才、机智敏捷、胸有成竹、不骄不躁而又情深意浓的令人心驰神往的风流才子。

"文华"奖获得者陈韵红出演的阿琇，尽管是一个配角，但美艳的扮相与洒脱的表演却与丁凡旗鼓相当。她的"最高任务"当是"影响"伦文叙"战胜"荣华富贵的诱惑。这一点，陈韵红可谓当之无愧。最精彩的是"说媒"一场，她从一个为人说亲的"红娘"式的人物一下变为亲自堕入爱河的情侣，思想感情变化的幅度很大。陈韵红演得十分投入，她一招一式，一颦一笑，扭摆腰肢，步履轻盈，把阿琇到伦文叙家说媒时所发生的意外事变中的热忱、谦卑、惊恐、羞涩、狂喜、爱恋的复杂过程演得十分细腻，楚楚动人。通过一番峰回路转、柳暗花明的表演，陈韵红所扮演的阿琇，的确比胡小姐具有更大的魅力，不但当时值得伦文叙去爱，而且还值得伦文叙在中了状元后，仍然可以为了她，而放弃公主，放弃已经降临的荣华富贵。

作为一出新戏，导演梁建忠的作用是不可忽视的。不论在人物关系的调控、矛盾的推进、气氛的渲染和喜剧风格的营造上，梁导演都显示了相当的水平，使整出戏能够摆脱旧戏里那种"高台教化"的陈套，让观众自然地在愉悦中接受美的熏陶。

音乐的优美自不待言，特别是吸收了许多朴实清新的广东民间曲调，使传统的韵味增添了新的色彩。而舞台美术取得的成功，更是令人十分叹服。它不但再一次有效地运用写实与写意相结合的风格，既交代了规定情景，更衬托了人物。更重要的是，设计者徐伟、梁三根对于岭南风韵的刻意追求，创造了富于艺术个性的优美的戏剧环境，从而使人感到，这的确是"南国红豆"，而不同于"北国牡丹"。

应当感谢广东粤剧院的作家、艺术家们，在拜金热潮、物欲横流，把有些人弄得眼花缭乱的时候，能够集中了如此"硬净"的创作队伍，以清醒的头脑和具有征服力的艺术手段，成功地把人们的注意力从追逐"富贵荣华"的狭隘天地里诱导出来，去寻觅人间更美好、更有价值的境界。

（原载《中国戏剧》1993年第11期）

《伦文叙传奇》内外

刘厚生

1993年第五届广东省艺术节之后不久,我在北京就听说广东粤剧院演出了两部精彩粤剧,一部是《花蕊夫人》,另一部是《伦文叙传奇》。两个戏都是著名老剧作家林榆同志的作品。《花蕊夫人》至今尚无缘识荆,《伦文叙传奇》则在1994年10月间广东粤剧院一团到北京演出时得以观摩。看完之后,不由得说一声:南国新花,名不虚传。

评论戏剧作品,无论古代的或现代的,有无"新意"总是一项重要内容。所谓新意,体现在二度创作——外部形式上,但首先是剧作,是剧作在主题思想和题材体裁方面,在人物塑造和情节结构方面,以及在语言意趣等等方面,有没有过去剧作中没有见过或虽然见过却大异其趣的东西。生活本身日新月异,阳光之下新意盎然,就是历史生活也还是有无数未被发现的金宝矿藏。以表现生活开掘生活为己任的剧作家的新作,如果不能多方面多层次多角度地显示新意,对生活不断有所发现,不断有新的认识,老是在陈规旧套中爬着绕圈子,有如懒驴拉磨,那么观众就会毫无顾惜地舍你而去,锁上剧场大门也没有用。过去那些简单地为政治服务的公式化概念化的作品不就是如此么?

《伦文叙传奇》最突出的成就就是富有新意。无论在人物形象塑造上还是情节意趣上,都让我们感受到若干不同凡响的新鲜气息。

中国的优秀剧作家从来都是具有先进的民主思想和人道主义感情,都是同情和热爱那些聪明的"卑贱者"的。因而以浪漫的手法塑造以丫环为主角或重要角色的戏相当多。从春草到荷珠,从红娘到杨排风,可以列出一大排来。她们身上都闪耀着机智、勇敢、热诚、乐观的光彩，做媒、打仗、打官司一直到做统兵元帅，无所不能。因此，再写一个可爱的俏丫环并不算难，更不算新。但是《伦文叙传奇》中的阿琇却别出心裁：她聪明，更善良，一心要帮助那不讨人喜欢的小姐同伦文叙定亲，善良得甚至帮助小姐找古诗当情诗，冒充诗人来骗哄伦文叙，却从来不曾有一丝一毫的"邪念"想到自己。这也都可以想象得出，然而作者笔底生花，他让阿琇从热心主动做媒一下子被动地成为被做媒者。"媒人捉上轿"好比把一个在台旁打鼓的忽然拉到台中间来唱戏，真是匪夷所思，却让观众感到意外的自然，由衷的高兴，觉得就该如此。这样的处理在别的戏里似乎还没有见过。

古代的士人并非个个都是陈世美或者王魁，《荆钗记》里的王十朋就是真诚正直的君子。所以伦文叙中了状元而不弃故旧不算没有先例。但是他爱而不舍的是一个丫环，而且只是私订终身，没有成亲，没有公开，伦文叙没有法律责任，他却甘冒大险，顶撞皇帝，拒做驸马，对阿琇一往情深。这在过去戏曲中也是不多见的。

以诗词作为戏剧情节发展、形象塑造的手段的戏已属不足为奇之事。潘必正偷诗、李白醉写清平调、李煜悲吟"故国不堪回首月明中"等等，都是信手可得的例证。然而以许多副楹联编戏、串戏而且出戏，我孤陋寡闻，还没有见过。这不可能是历史真实，但有历史的偶然性，观众事实上已经欣然接受这种浪漫色彩的新的艺术设想。

剧作家用这些充满新意的人物形象、情节安排、浪漫手法，编织了一个十分有趣的故事。这个故事和故事的主人公又是这个剧种流行地区的群众所熟悉的乡土人物，这是《伦文叙传奇》获得观众欢迎的主要原因。

我们可爱的祖国历史悠久，地域广大，每个地区都有大量的乡土人物、民间故事、神话传说、社会新闻和重大史事，这是取之不尽用之不竭的戏剧题材宝库。这类题材（包括当地出生的文学名著）大都爱憎分明，体现正义与邪恶的斗争，又有浓郁的本乡本土感情，父老乡亲的无尽的温馨。撷取这类题材，本身就显示着深厚的爱国主义的精神。在我看来，凡是重要城市（特别是旅游中心城市）和地区，都应尽可能编演这类题材的戏。比如杭州一带的《白蛇传》，山西晋南（普救寺所在）一带的《西厢记》，洞庭湖滨的柳毅和龙女的故事，河北唐山一带的《杨三姐告状》以及西藏的文成公主故事等等。前些年绍兴小百花越剧团以绍兴酒为题材编演的《醉公主》，就是很好的尝试。广东地处南疆，有着成千百万的华侨华裔奔赴异国他乡，乡土题材尤其有着说不尽的乡念情怀。五十年代马师曾、红线女主演的《搜书院》就是极好的例证。不久前潮剧作家李志浦同志写的《陈太爷选婿》和广东粤剧院一团编演的《魂牵珠玑巷》等同样如此。我看了《伦文叙传奇》，不由得想起了《陈太爷选婿》。这两部戏异曲同工，都写卑贱者女婿，又各有风采，相互呼应，都是乡土题材的上乘之作。似乎这已成为广东各剧种的优良传统。我希望这个传统继续发扬下去。当然，当地剧团并不是只能演乡土题材戏，但无论如何是不能缺少"土特产品"的。

  立意好，选材好，并不等于一部作品的完全成功。关键还在于具体形象的塑造和思想的开掘。《伦文叙传奇》在伦文叙、阿琇两个主要人物和富家小姐胡蓉等身上是浓墨重彩，倾注了自己的热爱之情和批判之意。最显光彩的自然是伦文叙，作者写了他正直，坚定，不为财色所动，贫贱不移，威武不屈，他追求的是纯真的爱情。作者写得十分饱满，热情充沛。更好的是他没有把伦文叙写成阶级斗争的代表人物，大肆痛斥和"处理"胡员外、胡夫人以至皇帝等等。伦文叙宁肯不做驸马，也要同阿琇团聚，然而殿试他还是要参加，功名还是要争取，作者没有把伦文叙写简单了。戏的最后，伦文叙不计前嫌，还为胡小姐和梁二官牵线做媒、成全好事，看起来像是落了个大团圆的俗套，但是作为喜剧，自然可以如此处理，而且这正符合伦文叙的性格，他原是宽厚待人、助人为乐的青年。我认为，这么写伦文叙，在一定程度上也体现了作者的人文主义精神。世界上有冤有仇，但要具体情况具体分析，并不一定都要冤冤相报也。睚眦之怨必报，原就不是我们的传统美德。

  《伦文叙传奇》的某些次要角色写得比较弱，比如胡员外、柳先开等都是可以生发出一些戏来的。伦文叙这个主要人物形象写活了，而其他人物比较单薄，就反衬伦文叙的主线稍显孤直，红花得不到足够的绿叶回护和衬托。

《伦文叙传奇》在写作笔风上力求在平俗中见高雅，不做文词的过分雕琢，更不追求低级趣味。作者只是娓娓道来，让普通观众也能听得懂，看得明白，走雅俗共赏的路。这好像也是粤剧界在过去和当前的市场竞争中明确认识的路。前面说的李志浦的《陈太爷选婿》是如此，他的再前一个作品《张春郎削发》也是如此。12月间红线女同志率领的广州红豆粤剧团到北京演出的粤剧优秀传统戏《刁蛮公主戆驸马》也是一样。我想这必定同广东的大环境有关。粤剧家们市场意识较强，他们很自然地把争取观众、多演出多卖票放在应有的地位。在旧社会，他们更是从商品观念出发，一方面虽然创造了不少较优秀的作品，但另一方面也陷入迎合小市民的泥坑之中，甚至取用像《甘地梦西施》《潘金莲枪杀高力士》这类荒诞不经的剧名（应当说明，我完全不了解这两部戏的具体内容，或许也有某些长处也未可知），在舞台艺术上往往再加以各种新奇古怪的外包装，堕入恶趣，以致在1952年全国第一届戏曲观摩大会上成为唯一的受到周扬同志在大会总结中深刻批判的剧种。周扬同志认为粤剧的艺术倾向"有极不健全的地方"，走着一条"危险的道路"。粤剧家们在新中国成立后大破大立，励精图治，他们舍弃了那些"落后趣味""恶劣风气"（以上所引均出自周扬总结）。好的是他们在泼出脏水时并没有连健壮婴儿一起扔掉：他们没有忘掉观众这个大市场。以《搜书院》为第一块里程碑，粤剧走上了健康的发展道路。今天他们以这许多高雅而又通俗的优秀剧目，保证了粤剧在诸般文化生活的激烈竞争中站住阵脚，这实在是令人高兴的事。

然而居安思危，我觉得也还需要警惕注意一个相当普遍的现象：戏是优秀的、雅俗共赏的，在农村中有着大量的观众，但是据说在城市里却仍然不甚景气，观众寥寥，难道我们的戏曲又回到农村戏剧的时代了么？——我想在这方面多说几句并非题外的话。

戏曲根基在农村，但其成型、巩固、发展则在城市。总的说，农村是普及的，城市是提高的。戏曲的发展也是遵循在普及的基础上提高，在提高的指导下普及的文艺规律的。如果戏曲进入城市多少年后又不得不退出城市，只能依靠农村安身立命，那是很危险的事。尽管在一个时期里可以依靠农村过日子，但农村也是在变的，农村的文化生活也会越来越丰富，青年人文化选择余地越来越大，老观众越来越减少，农村里至今还是广场演出多，即使有剧场，其舞台设施也大都远不及城市，作为剧场艺术的戏曲又将退为广场艺术，在这种情况下如何谈得上提高？这里存在着重大的隐忧，不少地方的剧种和剧团往往满足于一个台口收多少钱，各农村争来包场，认为"我们这里没有危机"。没有危机当然好，但今天没有危机不等于以后永无危机。如果依靠主要演员竭泽而渔地拼命演，依靠到处巡回，疲于奔命、不讲究艺术质量地演，又能维持多久？如果没有预见，一旦观众锐减，戏曲又将奔向何处？因此，就广东来说，我以为在目前剧团日子还比较好过、在农村还很受欢迎之时，很需要利用有利时机，加紧研究如何重新占领城市的问题并考虑具体措施。像《伦文叙传奇》《陈太爷选婿》这类雅俗共赏的剧目理应用之再向城市反攻，"收复失地"。如果这样的戏仍然不受青年青睐，那就更应考虑进行调查研究，进行多种革新与提高的实验，摸清和探索出新的城市观众究竟喜欢什么样的戏，走什么样的路。这绝非一日之功，三五年也难有成果，应当看做是最少一代人的巨大工程。但这又是非做不可、不能延误的生命工程。

（原载《广东艺术》1995年第1期）

戏剧要多写观众爱看的戏
——评粤剧《伦文叙传奇》

陈仕元

看了老戏剧家林榆同志编写的《伦文叙传奇》，我和剧场许多观众一样，很高兴，情绪有点激动。一方面，我觉得这个戏编写得好。尽管伦文叙卖菜的民间传说家喻户晓，但作家这样写，人物生龙活虎，情节妙趣横生，文字通俗流畅，立意古可鉴今，很难得。另一方面，我看戏那天晚上，好些人在剧场门前等戏票，很久没见过这种景象了。为什么有此盛况？是不是与题材（这个富有地方色彩的民间传说）有关？

说此戏编写得好，我的直觉是：

一、脱俗。伦文叙卖菜，中心意思虽然人所共知，他有才有志，几经艰险，最后出人头地。但说成一个故事，编成一个剧，在旧社会，免不了鱼龙混杂，印上那个时代和作者的标记。比如新中国成立前的粤剧《伦文叙》是这样写的：才子伦文叙在陈员外府中论才招亲，与小姐陈月兰订下婚盟。后因伦文叙家贫，靠上街卖菜为活，月兰嫌贫逼他退了婚。月兰的侍婢翠婵同情、爱慕伦文叙，跑去伦家向伦母求婚，后来，伦文叙与相士马半仙之女秀娥成婚，翠婵则甘做妾，侍奉伦母。伦文叙上京考试，独占鳌头，月兰懊恨坠楼而死。林榆同志编写的《伦文叙传奇》，完全是另一码事。写的是伦文叙的人生命运，铺排了健康的有意义的、一波未平一波又起的戏剧情节：

帷幕拉开，伦文叙救小姐，因家贫反遭小姐奚落；小姐的父母选婿，身为员外的父亲，偏偏看中伦文叙，而小姐认为："我堂堂富家小姐，嫁与贩夫走卒卖菜仔，你不觉得玷辱家门么？"顶撞了父亲之后，还直斥伦文叙："一个卖菜仔，想娶我，你不觉得太高攀了吗？"伦文叙"敬"她几句便拂袖而去。员外派丫环阿琇登伦门说情，不料说了个"媒人上轿"，羞得阿琇掩面而去。接着埗头送行，到底是小姐送表兄梁二官，还是阿琇陪小姐送伦文叙，还是阿琇借机送伦文叙，扑朔迷离。伦文叙上京考试，伦文叙与柳先开的较量，他们的后台争斗，以及皇帝面试，也有许多好戏看。当皇帝点中伦文叙为状元，要招他为驸马时，又生风波，经伦文叙恳切陈情，才以"家有妻室"而脱身；衣锦荣归时，伦文叙首先到员外家，又掀波澜，员外与夫人原以为他上门与小姐成婚，实现他的"金榜题名时，再谈花烛事"之诺，殊不知他早已派人暗送凤冠蟒袍给阿琇；厅堂之上，伦文叙最后奉旨完婚，与阿琇喜结良缘……多么好看，多么有意思！

我所听过的伦文叙传说中许多俗气的东西一点也没有了，展现眼前的是娱人、诱人思考的好戏。我觉得，作为编写民间传说、地方掌故的戏来说，《伦文叙传奇》在脱俗方面是一大成功！

二、好看。如果说戏剧观众流失严重，我越来越感到，编写出好看的戏是吸引观众再回剧场唯一的出路，是解决流失最积极最根本的办法。我们再也不能孤芳自赏了。谁都知道，观众进剧场是来看戏的，没戏可看，没好戏看，他们自然就不光顾了。我看《伦文叙传奇》之所以高兴，首先也是因它"好看"，为戏剧争取观众作了贡献。这出戏为什么好看？我觉得起码有几点：第一，剧作家把主人翁伦文叙的人生路编得好，编得曲折、奇妙、真实，有看头，尤其几个展现伦文叙才华的地方，层次安排跌宕有序，波澜起伏。比如在大雄宝殿，伦躲在台下窥看被捉，一副好对联竟得以脱身；会馆门前盛气凌人的柳先开，以"广东花未放，湖北柳先开"给伦文叙下马威，伦回敬他两句："湖北柳开人未中，广东花发状元来"，既显示文才，又压倒对方；御花园皇帝面试，伦文叙对答如流，意气风发，柳先开答得虽也工整，无非肉麻表忠，两者相比，高低自见。整出戏通过伦的智慧、文才解开一个个扣，又通过他的敏捷才思掀起高潮，好戏纷呈，观众怎不喜欢看？第二，这个民间传说，不仅为广大群众所熟识，而且与观众的生活比较接近。卖菜仔，多么普通，穷不夺志，古往今来都有，只要奋发图强，就有希望。这些都是人们看得见、摸得着的生活。应该说，这是地方戏曲的一个好题材。第三，作家用现代意识去观照古代题材。这出戏，从婚姻的门户之见到皇帝选贤，都不是古代生活的"摄影"，而有浓厚的现代意识渗透其间。今天，凡成功的古代戏，大概都离不了这样切入现实：作家选择一件古代的事，进行戏剧化处理，借以发古人之幽情，宣泄自己的切身感受，今古相接，贴近时代，启迪来者。不这样，很难引起今天观众的共鸣，作品也很难获得生命力。第四，戏曲化与现代化的结合做得比较好，既考虑到粤剧行当等方面的继承，使观众喜闻乐见，又从人物的思想性格去雕琢发展传统，使人觉得新鲜。当然，如果在现代化方面，不是外加的，而是从人物性格的深化方面再加强一下，效果会更强烈，覆盖面会更大。

三、有益。在一些人的眼里，写古代戏，只有那些"鉴兴亡，知更替"的"政治"戏才有意义，其他都不值一提。这是很片面的。这样，不仅把创作题材搞得很狭窄，同时严重影响多方面满足观众需求。《伦文叙传奇》的皇帝面试状元，择优取录也罢，任人唯贤也罢，是不是与政治有关？唐太宗说："以铜为镜，可正衣冠；以古为镜，可知兴替；以人为镜，可明得失。"大概不全是指政治吧！宋神宗对司马光写的《资治通鉴》批语"以鉴于往事，有资于治道"，"往事"不会限于政治，"道"也有人生之道吧！

《伦文叙传奇》立意也是多义的。皇帝面试，选伦文叙为状元，"择优""选贤"，接触到人的价值吧；夫人、小姐的门户之见，在戏中受到批评吧；伦文叙一个卖菜仔，靠自己勤奋学习获得成功，对人不无启发；柳先开的趾高气扬则是"骄傲使人失败"；阿琇、伦母的善良，梁二官非一般的白脸书生，流露着作家一种心愿，希望人间多些美好，也是今天所需要的吧！也许评论家不会这样谈一个戏的主题，我这样谈可能显得零碎、浅陋，但这是我看戏时的思想活动，随着人物、情节的变化发展，边看边联想了这些，算是我观剧心得吧！

一句话，我觉得这个戏是有益的。

看了《伦文叙传奇》，心情激动之余，出现一个强的愿望，望编剧家多写观众爱看的戏,而且有一种刻不容缓之感。至于观众爱看什么,大多数的编剧家是心中有数的。当然也要不断地了解观众,不能躲在小楼闭门造车;也要下决心,鼓起勇气去满足观众正当的要求;观众的要求是多种多样的,如大家都来写"伦文叙传奇",结果一定是不"奇"便无法"传"了。应该说,正剧、悲剧、喜剧、悲喜剧观众都欢迎,问题是你用什么方法、写什么内容的正剧、悲剧、喜剧、悲喜剧。剧作家可以易位设想一下,作为观众,你喜欢看什么。这方面,从总体说,近些年有不少改进,有志之士正在努力尝试、探索,只要努力,这问题是会解决的。当然,观众的要求不一定都对,但大多数观众的喜爱我们应该满足,戏剧不能不考虑观众,没有观众的戏剧即便最好也谈不上能有什么"效益"。

  这出戏也有不足,艺术上有不完美之处,人物独特的个性,除伦文叙外,其他比较简单,立意还有进一步挖掘的潜力……盼能不断修改使之逐步完善,成为一个久演不衰的剧目。

雅俗共赏的《伦文叙传奇》

王伟轩　苏云

　　林榆编剧的《伦文叙传奇》在第五届广东省艺术节中脱颖而出，获得戏曲界、评论界的普遍关注和好评，在城乡演出中，受到观众的热烈欢迎，上座率奇高，出现了近年来罕见的排队争看《伦文叙传奇》的现象，打破了过去一些剧目"叫好不叫座"的状况。

　　伦文叙生于五百多年前（公元1466年）的广东南海县黎涌村。明朝弘治十二年他33岁参加"会试、廷试皆中第一"。两年前，他的家乡建设开发区时，在"状元岗"工地发现了伦文叙的坟墓，墓中有碑文和颅骨（现收藏在南海博物馆）。伦文叙在历史上实有其人。《伦》剧立足于民间传说，着墨于从卖菜仔到金殿夺魁这一个民间化的状元。剧中的"佳人"不是千金小姐，而是苦难的侍婢；"才子"也不是豪门贵胄，而是出身贫寒的农家子弟。

　　戏一开始就以独特的情节刻画了伦文叙这一才子的形象。他挑着菜担子，沿街叫卖；路过西禅寺，救了被狗咬的富家小姐反被奚落；受寺僧邀请，为百贤殿题写对联；偶遇朝廷命官梁储，梁储考他对联，对他大加赞赏。这几个细节就把伦文叙的才思敏捷、机巧风趣的性格特征勾勒出来。

　　论才招婿一场，伦文叙才华横溢，力克群生，把自恃不凡的梁二官斗败。这一情节，剧本没有明场表现，却由打探消息的丫环阿琇绘声绘色地复述。这样处理，既避免了伦文叙一再明场斗诗、对联的累赘，又腾出篇幅表现阿琇的聪明伶俐、活泼可爱。

胡蓉小姐以"有辱家门"拒婚，才使阿瑸受胡员外之命，上门去找伦文叙为小姐重新说亲，两位主人公才有表达感情的机会。伦文叙拒娶富家小姐，却有意于丫环阿瑸，以"捉媒人上轿"为"核心"，衍生出相当精彩的一场戏。它既写出了伦文叙穷不夺志的骨气，又写出了阿瑸的兰心蕙质，及其对突然而至的婚姻惊喜和疑虑的心态。伦母从旁调节，使"媒人上轿"的戏开展得合情合理、妙趣横生。阿瑸这个人物，是戏曲画廊中具有光彩和灵气的俊婢形象。她与红娘、春草有相同也有不同之处。她们都是以自己的聪明才智去帮助小姐实现美满姻缘。但阿瑸却在成全别人的姻缘中被捉上轿，被动地"自投罗网"。状元配丫环比才子配千金小姐的老套显得更有情趣、更具平民性。

伦文叙上京赴试，与湖广才子柳先开的较量，使他在"殿试"中遇到了波折。这似乎是另生枝节，不那么贯串。但根据民间的传说，这是不可或缺的。从试子在会馆门前闹事，伦文叙、柳先开初次交锋，到在殿试中皇帝三番四次出题考两人的才智，再到两位老臣各有偏爱，使这场戏产生了意想不到的喜剧效果。伦文叙"无心插柳柳成荫"，不想当状元却又偏偏被钦点了状元。他奉旨回乡与阿瑸成婚引起胡家的轩然大波，把全剧的喜剧性推上了高潮。

对于雅俗共赏，一般认为"阳春白雪"是雅，"下里巴人"是俗。一台戏雅和俗结合，实在不容易，但亦非并不可能。《伦》剧给人提供了一些可资参考的经验，那就是如何以人们所熟悉的民间传说进行加工、提炼，如何使地域文化向更高方面开拓。民间传说有好的积极的东西，也有有害的糟粕。《伦》剧把伦文叙的行动线牢牢系在"穷不夺志"这一主题上，排除了传说中不够健康部分，刻画了他在一个贫穷、受人歧视的社会环境中奋斗成材，中了状元之后，不当驸马，始终不忘与阿瑸的感情，表现了他富贵不能淫、威武不能屈的人格与思想境界。这也是此剧得到不同层次观众认可和赞赏的重要原因。

这是个民间传说戏，不可能气势磅礴、高潮迭起。但它饶有风趣地把一个故事向观众娓娓道来，每场都有矛盾，有使人感到兴趣的点子和妙语，引人入胜，是难能可贵的。例如：伦文叙在西禅寺偷看梁储这个贫贱出身的命官，巧妙地借对联"一介寒儒，攀龙、攀凤、攀丹桂"解除了误会,既点了梁储的身世,又抒发了自己的远大抱负。在埠头送别一场里,伦文叙以门匙作信物赠与阿琇,以及梁二官告诫书僮不要把帽子被风吹落地说作"落第"等都是妙趣横生。这些细节像一串珠子点缀全剧,演出时常引起哄堂的笑声。

剧中在词曲运用上,也经过筛选和锤炼,力求向雅俗共赏靠近。在殿试中,皇帝要梁储出对联考伦文叙、柳先开两人,传说中的上联是:"鸦扑丫枝,丫折鸦飞,丫落地。"柳先开下联对:"豹经炮口,炮响豹走,炮冲天。"伦文叙对的下联则是:"鹄猫谷穗,谷垂鹄飞,谷朝天。"文理不通,作为殿试的文学水平就显得粗糙了。作者改为上联:"雏凤学飞,万里风云从此始。"柳先开的下联对:"鳌头独占,九霄日月为君驰。"伦文叙的下联是:"潜龙奋起,九天雷雨及时来。"伦文叙的胸怀和抱负,柳先开的狂妄和自负,跃然而出,文学性也加强了。

后蜀名花带泪看
——试谈粤剧《花蕊夫人》

韦 轩

一千年前,在残唐五代大宋初期的中国历史上,有一位花蕊夫人,她虽比不上王昭君、杨贵妃那样知名,但她有一首诗却名传后世,脍炙人口,诗云:

> 君王城上竖降旗
> 妾在深宫那得知
> 四十万人齐解甲
> 更无一个是男儿

这四句诗,深沉而朴素地写出了深宫的亡国妃子,痛骂那四十万不战而降的三军将士,无一是热血男儿,它出自一位弱质女流之手,更使那后蜀三军汗颜无地。

花蕊夫人在宋史虽然记载不多,但据野史及演义、说部,她是后蜀一朵倾国名花,颇有传奇色彩,不但貌美如花,而且能诗善画,文武双全,既能编舞,又擅骑射,身有异香,娇柔如花蕊,因此名花蕊夫人,曾作宫词上百首,人说她的诗才比前蜀的王建还强,自然为后蜀主孟昶所宠爱,又为宋太祖赵匡胤所垂青。

当宋太祖为统一大业,挥兵西进,而那个后蜀主孟昶则"荒淫无度,滥用臣僚,所用的王昭远、韩保正、赵崇韬等人,全不称职",也就是用人不当。据说昶母李氏曾对昶说过:"今王昭远本给事小臣,韩保正等又纨绔子弟,素不知兵,一旦有警,如何胜任?"但昶一意孤行,因而全军败绩。那个自比诸葛亮的都统王昭远不堪一击,束手被擒。孟昶吓得六神无主,还是这位深宫的花蕊夫人有点英雄气概,请孟昶速发金帛,征募精壮,即发救兵,孟昶这才命太子玄哲(一说玄喆)为统帅,出师剑门。然而这位太子素不习武,却好声色,出发时还带着美女伶人,一路笙歌管乐,不像行军,倒像支乐队,这种少爷兵何能挡宋十万雄师。剑门失守,宋军长驱直进,蜀主才叹道:"朕父子推衣解食,养士至四十年,大敌当前,不能为我杀一将士,今欲固垒拒敌,敢问何人为我效命?"

四十年积弱,兵败如山倒,于是后蜀出现"四十万人齐解甲"的覆亡局面。后蜀主孟昶与花蕊夫人,一如南唐李后主与小周后,演出了"故国不堪回首月明中"的国亡家破的悲剧。

当然事实也并非全如花蕊夫人所说,四十万大军全无一个抗宋的英烈。据说部所载,当时有个宁江军制置使高彦俦,与监军武守谦,退守夔州,宋军杀至,高彦俦主张以逸待劳守城,武守谦不听,独率所部大开城门,跃马出战,战败退入城门,宋军一拥而入。高彦俦独自迎战,身受数十伤,毫无惧色,退归府第,才整肃衣冠,望西北再拜,然后举火自焚而死。后宋军在灰烬中收拾他的尸骸,还以礼埋葬,表彰他的忠勇,可见后蜀也有"男儿"。一个民族,一个国家,决不会全是败类的,不能"一竹竿打一船人"。也许是花蕊夫人一时义愤,一时气话,或是在深宫所不得而知。

对于这位色艺双绝又曾以一诗传世而颇有传奇色彩的亡国名花,老编导林榆同志发生兴趣,怀有好感,产生创作欲望,精心设计,编成粤剧,在粤剧淡风中,让她带雨而出,我以为是难能可贵,又具胆识的。

过去粤剧写历史人物往往重情节,重词曲,不重历史背景甚至歪曲历史。近年已有所突破,《南唐李后主》《顺治与董鄂妃》等已作出成绩。林榆同志写的《花蕊夫人》也认真钻研其历史背景,比如赵匡胤攻打后蜀的部署,宋、蜀大臣、大将的名字都有历史依据;连后蜀派密使到太原串联北汉刘钧抗宋,而密使叛国,把密信送汴京献给宋太祖,也有史可稽,剧中甚至一再揭露这种卖国求荣、看风转舵的人物。

看来此剧与史实也有可争议之处：一是花蕊夫人的归宿，宋史说她是改嫁给宋太祖，并为宋太祖宠幸的，现剧本处理为她被乱箭射死；二是孟昶有两句赞美花蕊的词："冰肌玉骨，自清凉无汗。"只有两句，后大诗人苏东坡改成《洞仙歌令》一词，已成名作流传，今剧本用作花蕊夫人与孟昶合作唱酬的新曲谱，作为历史剧的安排，容许争议，也未为不可。

　　作为开国英主的赵匡胤对于这位艳压群芳的后蜀名花态度如何呢？据野史及说部所载，赵匡胤闻名已久，一见倾心，既垂涎她的美色，又欣赏她的诗才，他是一心要占有她的。林榆的剧本也不回避这一点，并加以艺术处理。

　　据野史载，宋太祖谋夺花蕊夫人是下了一番心思的，先为蜀主准备好第宅五百余间，又下令蜀主家属无论大小男妇，不准侵犯一人，一律送他们入京见帝，再封孟昶为秦国公，以待孟昶家人妻妾来谢恩，都是为见花蕊，为讨花蕊欢心。宋太祖赐宴孟昶于大明殿，也有记载。这到底是宋太祖特别宽大以示仁政的"俘虏政策"呢？还是"欲买动花蕊夫人之欢心耳"？孟昶赴宴后暴死，当时只有四十多岁，是否因夺花蕊夫人而下的毒手？恐怕也是一宗历史的悬案。

　　又据说花蕊夫人改嫁太祖之后，时常怀念孟昶，亲手绘制了孟昶像日夕供奉礼拜。一日太祖突然入见，问她是什么人的像，她推说是送子张仙，太祖信以为真，让她正式供奉起来，以至宫中众妃嫔也照样顶礼膜拜起来，孟昶像竟成了送子张仙像。从这个"插曲"，可见花蕊是夫妻恩爱不忘孟昶的，也可见她是丹青妙手。此事剧本也写上一笔，不过没写她嫁给赵，只写她悼念孟昶。

　　这些毕竟都是野史流传，戏剧家塑造历史人物，仍有取舍选择的自由，只要大的不离史实便可以了。看来林榆要在舞台上塑造一个比较完美、比较理想、比较可爱的花蕊夫人，运用他擅长的导演艺术手段，揭示出这个后蜀名花和亡国之君的悲剧命运和悲剧意义。

　　剧本写到宋军兵临城下，都统王全斌不肯纳降，一再要孟昶提前献出花蕊夫人，气氛骤然紧张起来。

孟　昶　（乙反二黄）朕愧对爱妃，我的知心红粉，愧对列宗列祖，有负百姓黎民。

花　蕊　（接唱）声声"愧对"又如何，不过更添愁与忿。花蕊何罪？是惑君？是祸国？是误了苍生？

问得好！接着，在兵临城下的危急关头，孟昶问满朝文武：请缨杀敌，谁肯临难挺身？而群臣却面面相觑，只会纷纷下跪请花蕊出城纳降。花蕊反问：一个弱女子有如此大用，这岂不辱没诸位大人么？

这一问，把后蜀的满朝文武都问绝了。

通过花蕊夫人，剧作家以讽刺的笔触勾画出蜀君臣丧权辱国、苟且偷生的嘴脸。

把历史上史料甚少的花蕊夫人写成一个大型长剧，写出一个比较丰满而才貌双全的花蕊夫人，又写出一个比较通情达理的开国之君、大宋王朝的赵匡胤及其一段缠绵哀怨的恋情，比较"准确"地反映出当时的历史面貌又能有戏可看，应该说是粤剧创作中一朵脱颖而出的新花。

该剧在戏曲程式的运用上，也有可取之处。如孟母领花蕊等入宫谢恩，赵匡胤一见钟情，情不自禁地盯着她，但在众人面前为维护帝王之尊又不能不强自克制（此事在野史中有记载），此时此地赵的心态，就发挥了戏曲"旁唱"的艺术手段。赵（旁唱"长句滚花"）："初见面，见犹怜，果然绝色不虚传。妙韵芳姿世间首选，难怪王全斌倾慕垂涎。她有无形香泽，使人心怀舒展，有种娴静之美，无限情意绵绵。"这段唱词，唱出了赵对花蕊的"第一印象"。之后，赵又说："那花蕊夫人是颗夺目明珠，凝集天府之国的钟灵秀气。朕见犹怜，何况王全斌呢，放了他吧。"接"滚花"："王道本乎人情，不通人情怎为九五之尊。"这又是为赵增添人情味的一笔。

剧本不回避开国之君对花蕊朝思暮想的恋情以及对"礼教尊严"的矛盾心理，不像一些粤剧写风流皇帝那样流于浮浅庸俗；还用导演手法表现幻想中的花蕊翩然而至，两人"共惜春光"，以增加戏曲浪漫主义的抒情色彩。

在语言词曲方面，《花》剧也明净可喜，例如花蕊有一段独唱："念故国名都今易手，身为臣虏强低头，虽则封官赐第恩殊厚，总是宠辱由人不免忧。雨雪风霜惯摧花折柳，逢迎应对怕惹祸招尤。莫说一无所有，不知于我何求？"结尾两句，可圈可点，活写出花蕊对统治者赵匡胤的"心理透视"和宠辱由人的心态。

第六幕，花蕊入宫谢恩，赵赐宴求欢，要拥抱花蕊，花蕊则用赵曾千里送京娘的往事问赵（实际为自己挡驾）："敢问陛下，护送这美貌女子，长途相处而不及乱，却是为何？"

> 赵匡胤　朕与她萍水相逢，挺身相救，岂可及乱？此乃礼义。
>
> 花　蕊　是礼义么？陛下发迹之前讲礼义，称帝之后又如何？
>
> 赵匡胤　礼义不敢忘。
>
> 花　蕊　既然不忘礼义，何以对妾却这般相迫？
>
> 赵匡胤　这个……朕之慕卿出于真诚，并非轻狂相迫。情有所钟，君子好逑，此乃人之常情。皇帝也有七情六欲啊……

这又是一段刻画人物的对话。

按编剧的构思，这八幕粤剧是无场次结构，不下大幕，全用灯光换景，以加速全剧节奏。这也是一种新的尝试。

林榆同志是献身粤剧四十年的戏剧家，曾任剧团领导，编过上演百场的《宝镜奇缘》，创作过现代剧《山里红梅》《红玫瑰》，与别人合编过《金鸡岭》《北郭奇兵》，导演过《屈原》《张羽煮海》《关汉卿》《苦凤莺怜》以及《罗汉钱》《争儿记》《妇女代表》《桃园堡》《江姐》《红花岗》《山乡风云》等现代剧，编导经验丰富，堪称是粤剧事业的组织者和不疲倦的热心人。他曾赋诗"戏改兴衰常入梦，醒来自觉不轻松"，是肺腑之言，经验之谈。如今又以古稀之年挥笔写了《花蕊夫人》这部大型粤剧，并反复加以修改，精益求精，可谓矢志不移，热情如昔，是难能可贵的。作为粤剧爱好者，我希望能有人演好这个戏，导好这个戏，为粤剧艺坛增添光彩，使一千年前这位西蜀名花、色艺双绝的亡国妃子形象，在粤剧舞台上放出异彩。

谈粤剧《花蕊夫人》

肖 甲

9月间,我从北国南下花城,参加了第五届广东省艺术节,看了许多好戏和歌舞,其中省粤剧院演出的《花蕊夫人》一剧,使我感触良深。

如今,任谁似乎都不能否定"戏曲不景气"的说法。其实,不景气的现象,也不止是戏曲,它遍及很多艺术门类,以至于电影、电视等,也时有呼吁。究其原因,我以为,一是开放的政策,驱使各种艺术形式自由发展;二是市场经济的机制,引来艺术市场的竞争。市场竞争,其实是社会发展所必然。

在竞争面前,艺术的存在和发展,唯一的出路,就是要求创造高质量的艺术品。所谓高质量,还是从思想性、艺术性两个方面来衡量。

《花蕊夫人》就是一出高质量的新剧目。

《花》剧写的是宋太祖赵匡胤在统一国土的斗争中,征服后蜀的故事。后蜀主孟昶有一位别号花蕊夫人的宠妃,才貌奇绝,引得征蜀大将军王全斌下手攫取,意欲占为己有,以至九五之尊的赵匡胤更逞高技来争夺美人。然而这花蕊夫人不仅天生丽质,且诗词警世,更兼德淑品贤,绝不在威势面前任意抛掷情感,对赵匡胤的追求引逗,她婉拒以理,且直诉哀心,恳求归退西川,终老园林。这使得赵匡胤软硬无招,又因深怜其人,从而允释她归宁赡亲。只是,花蕊夫人是个悲剧人物,命运决定她亡国丧家后死在远离西川家乡的宋都开封。这部戏确切地揭露了封建社会当权者灵魂的丑恶面,塑造了花蕊夫人出污泥而不染的、纯情洁好的美德形象,从而完成了对花蕊夫人价值的评说。

这场戏，背景是宋初赵匡胤统一五代十国之时，中国的历史，从分散到统一，又到纷争，又统一。演义史家说，分久必合，合久必分。这是那种封建闭锁的、自给的经济基础的必然产物。近代的科学大工业大经济的时代，则由于经济上的互相依存、互为发展而不易造成割据分裂。残唐五代时，盘踞西川建国称帝的前蜀后蜀两个小朝廷，都是依仗蜀道闭锁而在衰唐时期自立为王的。那时中原兵连祸结，而蜀地物产天府，丰稔富足，人民生计较之北方人民，自是相对安定。前蜀历两代帝王，先是蜀主王建，史载他为今河南舞阳人，少无赖，以屠牛盗驴贩盐为事。黄巢起义后，他随唐僖宗入蜀，后为利州（今四川广元）刺史。以后逐步扩大地域，造成割据之势。这时期，唐朝一些名家士族文人，不少避乱在蜀，都得到王建的优待，史称蜀国"典章文物有唐之遗风"。二世前蜀主王衍，擅长浮艳文学，是一个真正的醉生梦死的人。他有词传于今世，很能看出这位小国帝王的神态。如《醉妆词》：

者边走，那边走，只是寻花柳；
那边走，者边走，莫厌金杯酒。

又一首《甘州曲》：

画罗裙，能解束，称腰身；
柳眉桃脸不胜春，薄媚足精神，可惜沦落在风尘。

前蜀亡时，孟知祥（今河北邢台人，李克用侄婿）受命为成都尹、剑南西川节度使。他统治八年后，野心大发，杀死监军，扩充地盘，独据称帝，未及一年，呜呼而逝。其子孟昶，便是本剧的主人公之一。他继唐衰风，有增无减，一些著名词人也得以产生。其世编有《花间集》十卷，收有词家名人著作五百首，这派作者被称为花间派，有史家评它是描绘声色，伤于轻艳，是宫体诗的变形，其内容也是腐朽的。

后蜀主孟昶也有词留世：

木兰花

冰肌玉骨清无汗，水殿风来暗香满。
绣帘一点月窥人，欹枕钗横云鬓乱。
起来琼户启无声，时见疏星渡河汉。
屈指西风几时来，只恐流年暗中换。

传说这词是蜀夏大热之日，孟昶与花蕊夫人夜纳凉于摩诃池上所作。

孟昶在帝位三十多年，他生活奢靡，连溺器也饰以珍宝，史家多揭此典型细节，使得孟昶声名狼藉。作为刻画孟昶这一人物，剧作家也不会放过这一细节。

孟昶的宠妃徐姓（一说姓费），别号花蕊夫人。世传她有才气，曾制宫词百首。这花蕊夫人生长在前后蜀的绮丽诗风中，自然会是个才女。然而她传至当代我们这多难的邦国中的词，最使人向往而动情的却是这样的诗句："十四万人齐解甲，更无一个是男儿。"（又一说为"四十万人齐解甲"，如果指守成都的兵力，十四万人的军需供应，这兵数不算少。如果说是全蜀兵力，北抗剑门一线，东拒夔门之险，战线如此绵长，四十万兵也不算多。这个兵数对戏剧创作无关紧要。）这是后蜀在宋军兵临城下时，孟昶降宋后，花蕊夫人的悲愤诗句。

粤剧《花蕊夫人》的时代背景和主要人物，大致就是这些。剧作者林榆同志，在这次艺术节上，还演出了他另一出粤剧《伦文叙传奇》，也是上乘之作。林榆同志曾长期做粤剧导演工作，可见深知舞台机理，懂得舞台上的显现如何吸引观众。据说他年过古稀，想见正是艺业成熟的华年。他的这部《花蕊夫人》，从选材和结构剧情到塑造人物性格以至体现主题，都是一种高品位的手笔。

这个戏，开篇是写孟昶和花蕊夫人在蜀国飘摇政局中的情态。花蕊夫人在蜀宫，应该过的是天府中的天府生活，剧作者却写她在割据纷争的局面下，在宋兵威慑面前，有着明显的忧患意识。比较起来，孟昶就只是一脑门子的诗酒歌宴。其实孟昶也已感到宋廷的威胁，他差专人持蜡丸密书，以联络北汉共拒宋兵，这是史有记载的，剧作者取了这一细节,但着重写的是蜀国柱蠹梁腐,整个蜀国已是大厦将倾的态势,丞相将军只知搜刮膏脂,文臣武将一概昏聩贪婪,蜀廷已无可用之人。剧作者写那持蜡丸的特使,竟自向宋廷谄媚告密。如此不堪一击的蜀国,留给孟昶的只有投降一条路了。

宋朝大将军都部署(相当于今司令员)王全斌,久慕花蕊夫人姿色,他竟直接索要花蕊夫人,否则便要屠城而不受降,幸亏都监(相当于今之政委)曹彬赶到,才按赵匡胤的命令,把孟昶和花蕊夫人护送至宋京。孟昶既降,花蕊夫人在求死不得的状况下,写下了悲愤的诗句:"君王城上竖降旗,妾在深宫那得知,四十万人齐解甲,更无一个是男儿!"史载王全斌这人,并州太原人(今山西太原),先后在后唐、后晋、后周任职。可说是五代时的一个兵痞。入宋后,随赵匡胤打了不少仗。他率领的宋军,在蜀暴行累累,他曾杀后蜀降兵二万人于成都,又豪夺妇女,广纳财货,激起万民怨嗟,使蜀地人民起而反抗,战乱多年。

《花蕊夫人》的剧作者,在这些史料面前,只以王全斌其人的本性为脉,围绕着花蕊夫人设置王全斌的行动。曹彬原是从东路进军的,和王全斌的北路相差千里。但剧作者把曹彬的入川一笔带过,以使曹彬立即介入花蕊夫人命运的关键时刻,既阻止了王全斌的暴行,又表明了赵匡胤对蜀主(也是对各分散国君主)的怀柔政策,使孟昶和花蕊夫人得以躲过王全斌的威胁,引起观众关心他们入宋后的命运。

以上一段戏,共占二、三两场篇幅。作者从戏剧开始的介绍场,就把矛盾急剧引入,特别是语言文字十分简练明晰,使戏剧进展的节奏流畅紧促。曾有这样一种议论,说戏曲的一大缺点是节奏太慢,我以为,这主要是戏曲表演艺术中,有不少追求纯形式美的东西,这些形式超越和脱离内容的东西,不能深刻地刻画人物,扣不住观众的心趣,所以被认为多余,觉得拖沓。《花》剧在这开篇的场子里,使围绕花蕊夫人命运的冲突矛盾迅速展开,又为矛盾的发展铺下伏笔,观众就会安定地看下去了。

以下的几场戏,主要便是花蕊夫人与赵匡胤的矛盾冲突了。

初见赵匡胤,孟昶夫妇既归臣虏,自是忐忑万状,然赵匡胤却显现出开国皇帝豪爽豁达的情怀。作者在这里的铺排，是极简练地三言两语后，便拿出孟昶的七宝溺器。这玩意儿，是否我们独有的国粹？不得而知。但是孟昶使这玩意儿大大张扬了，舞台下的观众，面对当代的物质文明，总会有一种啼笑皆非的尴尬吧？赵匡胤一番谐谑，批评孟昶是奢侈亡国，又说明封孟昶为秦国公，为他建了府第，称赞他有才。至此，孟昶夫妇的命运似乎已是安全平稳了。其实，赵匡胤目不转睛盯着花蕊夫人，就是一个危机的信号。接下去，作者安排了赵匡胤对花蕊夫人一见钟情的一个相思梦境。赵匡胤的这一动态，关乎花蕊夫人的命运，她面对这气度恢弘即将一统山河的强劲帝王，她是否会俯首就范，会抛弃丈夫？这也关联着孟昶的下场。观众关心的，是剧中人物怎样走过他或她的人生之路。

剧作者浓浓地给了赵匡胤一个相思梦境。这一笔，效果也是好的，加重了花蕊夫人进入新坎坷的分量。只是我觉得，梦的内容还缺少些分量，也还是"阆苑天仙"外形美感，但这种爱是较浮浅的。要使赵匡胤爱得有深度，有力量，也才能使花蕊夫人拒得更有价值。此外，梦中的事件不会太完整，甚至常常是荒诞的，才像是梦。

再往下是第五场，剧作者又在剧情发展上设置了一个起伏，就是叫王全斌出场，依然是在争夺花蕊夫人，更是在欺辱降虏孟昶。剧作者叫他赤裸粗野地搅和一番，这搅和一番，外观是喜剧，却包含着很大的深意。孟昶在这些骄矜的胜将面前，受尽凌辱，饱尝亡国之君的晦气，最后落得个气死。后来，赵匡胤依花蕊夫人的呈诉，追究孟昶的死因，剧中点出了一个"气死人不偿命"的俗理，这一笔，较之演义小说写孟昶是赵匡胤巨觥劝酒而死，就幽默深沉多了。

再往下发展，便是赵匡胤直面花蕊夫人，道出要纳她入宫为后。（为后，似乎过急了。虽然作者是为了埋伏花蕊夫人之死，但这儿有点过不去。）这一场对面交谈，真是写得精彩极了：赵匡胤有序有礼，步步推进，花蕊夫人有理有节，推拒有仪；赵匡胤热忱呈爱，花蕊夫人衷心述哀；赵匡胤逞至尊持毒酒变脸，花蕊夫人又凛然仰饮"鹤顶红"。这场戏收在赵匡胤持的是假毒酒，作者写他毕竟还是一个朝气向上的开国帝王。他没有勉强花蕊夫人，还是允许她返归西川，以赡亲终年。这一段戏，语言文字老到纯熟，刻画人物情绪思路，准确明白，显示剧本有高超的文学性、可读性。

这段戏，我在看演出时，就不如看平面剧本那么生动感人。我想，这正是戏曲艺术的一个要害点。戏曲多是古代题材，它的语言文字就不会像当代汉语那样入耳为听，它的唱词又常有诗格，即使是白描如话的唱词，一旦唱起来，也会因加上音韵的装饰而影响听众对词语的直接感受。这就要求舞台艺术部门调动一切手段，使文学的功力完全显现在艺术效果上。这其中，需要演唱吐字清楚，也需要旋律设置明词达意，不同的人物性格，要唱出不同的旋律节奏，在部位调度上，要突出唱，要先领神于观众，使观众聚神听唱，以表现人物。再是字幕要打好，这种时候，观众是以听为主的，所以会愿意看字幕。这种人们常称为"戏核"的地方，艺术上要尽力去完善。戏曲的唱，需要我们花费功力使它打入观众耳际，唯其有唱，也才会使观众对悦耳好戏一看再看，一听再听。这又是戏曲的优势。

在剧的最后，花蕊夫人是死了，死在宋朝文武大臣认为她是祸水的观念下。她被大臣们杀害了。花蕊夫人死去，是一个恰当的收笔。但这一笔写得有些突兀，赵匡胤似乎不能让臣下这样违忤他吧？他可不是好惹的，赵普、曹彬，恐怕深知其人。所以，觉得收尾草率了些。

这出戏，是一种喜剧的包装，是悲剧的内涵。有价值的事物毁灭了，人们都落得一个不如意的尴尬，尽管全都费尽心机。

剧作者面对史籍、传说、话本演义、民间散记和各种不同的考证推断，却从容地关照其大端，在符合历史大事件中，撷取和择用适于表现剧作主题的情节和细节，推衍出一出极明快舒展的悲喜剧。这出戏，现在就是上品，若再给以加工，自会更臻珍境。

这出戏，正如从来的戏曲珍品一样，还因为演员阵容太强大了。这些知名的一流的表演艺术家，更使文学作品熠熠生辉，创成一个完整的艺术品。

最后，我还听说，省粤剧院有九位老艺术家老剧作家，都已高龄，人们敬称为"九老"。其中很多是全国知名的剧作家，我们过去看过他们的成名之作。据说，这《花蕊夫人》也得过他们的无私帮助。人们告诉我，粤语每字有九声，这比起标准语音只分平上去入来，简直是天音临世了。据此，粤剧的文学本，在成曲填词中，在皮黄板式中，又使得音乐的格式和语音的复杂增加了字词构筑的难度。我对此一窍不通，但我也感觉到这难度。据说，这"九老"至今仍具神圣的敬业精神，常义务地为一些剧作提意见，出主意，以至义务动笔修改。这个信息固然是这篇文章的题外之话，但我要说的是，剧本的创作终究是一个剧目的基础。当前，无论是电影、电视，以至戏剧主管部门，都呼吁重视剧本文学，提出重奖好的文学剧作。这是好现象。我们还应有些措施，比如集中一些人才的力量，共同襄助有潜力的作品和作者，使能产生精品。广东省粤剧院"九老"的信息，应该给我们以启示。

（原载《广东艺术》1993年第1期）

我看《花蕊夫人》

李善超

在第五届广东省艺术节获奖的一出好戏——《花蕊夫人》，与观众见面之后引起了强烈反响。最近，本人看了该剧以后，且有机会与剧中几位主要演员同餐共叙，谈及该剧的舞台艺术设计及该剧的问世背景，受教殊深。我的心境被该剧所震撼，久久难以平静。

林榆编剧的《花蕊夫人》蕴含着深刻的时代精神，是一部反腐倡廉的形象教材。"腐败不除，亡党亡国"这句话，在一些人听来，似乎有些刺耳，或者认为言之过重。然而，观看了《花蕊夫人》之后，就深感八届全国人大第四次会议提出的这句警世箴言入木三分。

《花蕊夫人》讲的是一个蜀国因腐败而亡的故事。蜀主孟昶，穷奢极侈，不问朝政；各级官吏，贪污腐化，中饱私囊。花蕊夫人深入民间，了解民情，把国库空虚、粮食失收、民不聊生、怨声载道的情况向蜀主直言相谏。但蜀主却听不进金玉良言，甚至在宋朝大将军王全斌挥兵长驱直入、兵临城下之际，他仍在饮酒作乐。左右一班大臣只顾个人安全，不顾国家危难，结果向宋朝兵马竖了降旗。就这样，一向认为得天独厚、国富民强的蜀主孟昶最后造成了家破国亡的结局。对此，花蕊夫人极为义愤地写了一首诗斥责道："君王城上竖降旗，妾在深宫那得知，四十万人齐解甲，更无一个是男儿！"在我国当前"腐败现象已蔓延到各个领域，其严重程度是建国以来所没有的"背景下，广东粤剧院的艺术家们，将这段历史，通过艺术形象的再创造，搬上舞台，这无疑是对消除腐败的呐喊，是对维持国家长治久安的呼唤。而对那些"身在腐中不知腐"的人来说，则是一服清醒剂。

　　当然，《花蕊夫人》引起反响的另一个因素，是塑造了一个爱国的中华民族优秀妇女形象："富贵不能淫，贫贱不能移，威武不能屈。"这是中华民族的优秀品质，为历代进步阶级所崇尚。对此，男子能够做到，已骄世人。而对一个天生丽质，艳压群芳，知书识礼，德才兼备，为蜀主孟昶最宠爱的妃子来说，在蜀国安定之时，不贪图安逸；当蜀国临危之日，带头把全部金银首饰贡献给国家招募兵丁；宋朝皇帝赵匡胤要她进宫做皇后，她宁死不从，这就更加显得难能可贵了。这就不能不令具有中国文化传统的血肉之躯动容。

　　《花蕊夫人》作为获奖的粤剧精品，其艺术成就，除了有较好的剧本和较强的导演之外，演员精湛的表演技艺，也令观众眼前一亮。尤其是饰演孟昶的关国华、饰演花蕊夫人的关青和饰演赵匡胤的小神鹰，都在剧中充分发挥了各自的特长，正如一些群众所评说的："这出戏的主角是度过身来配的。"因此，好剧本得到了进一步的升华，使该剧的内容与形式得到有机、完美的结合，给观众留下难忘的印象。

清丽明晰　平易深沉

贝甸

粤剧《花蕊夫人》写的是后蜀花蕊夫人的命运悲剧，立意命篇、遣词敷色，都显示它出自方家手笔，有不少地方给人以启发。

全剧写赵匡胤出兵后蜀，兵分两路，直取成都；蜀主孟昶因政治腐败沉湎声色，导致国家覆亡，君臣沦为俘虏的复杂斗争。故事写得十分简练而清晰，戏剧冲突的发展表现得紧凑而流畅。其关键在于围绕花蕊夫人的命运来选材谋篇，详略虚实都取决于立意的主线；人物关系的设置，也服从于统篇的布局。所以两国交兵纷纭复杂的历史事件，在舞台上仍显得有条而不紊。戏曲情节的单纯，源出于对生活现象的高度提炼；重在写人，才能以简驭繁。而近年来我们许多剧作者在追求趣味性、观赏性时往往把本子写得太满，不得不为说圆故事而虚费篇幅；因事而忘人，削弱了戏剧作品的生命力。这里重提中国戏曲文学的优秀传统，看来仍是必要的。

在刻画花蕊夫人时，剧本着眼于心理的演变。从女主人公对灾荒的忧虑、兵临城下时的玉碎精神，到对孟昶、赵匡胤晓以大义的决绝态度，最后死于非命，都未着力于外在形式的追求，而以近于白描的手法写她的忧虑、她的委屈、她的牺牲。作者展示的是才华出众、情感丰富、深明大义的女性，而不是表现一个花容月貌的绝色尤物，明晰地把握人物性格发展的脉络，准确地予以艺术的体现，使观众由理解而同情，由观赏而思考，从而产生艺术的震撼力。

"君王城上竖降旗，妾在深宫那得知，四十万人齐解甲，更无一个是男儿！"这首充满愤激之情的诗歌，可能是激发作家创作冲动的导因，但剧本并未停留在这一情感层次上。在封建社会中，男权主义得出荒谬的结论：宠姬是亡国的祸水。剧中的赵普、曹彬是有目光谋略的大臣，在剧中却正是这一封建观念的体现者，他们造成了花蕊夫人的毁灭。天下兴亡，执政者负责，这是客观事实；民间志士仁人的抱负，则是另一回事。剧本跳脱了一般宫闱题材的局限，触及到中国社会历史的深刻命题，因而达到一定的思想深度。

值得称道的是，无论是写后蜀的溃亡还是写赵宋的图强，全剧贯注着一种忧患意识。它不在于临危请命，不在于慷慨陈词，不诉诸深沉的语言，不借助惊骇的情节，而在于对人民生活的关注、对社会发展的幽思。这种平易中的深沉，在当今文化滑坡、人文思想衰落的情况下更显得可贵。

有关《红颜知己英雄泪》的两封回信

林榆先生：

久疏通候，忽接来翰，并以大作剧本见寄，其喜何如！想贵体安康，诸事胜意，至祷！

明末清初，两广及云贵为最后战场。其间为反抗征服压迫而奋起抗清义之英烈事迹，不知凡几。表现了我民族舍生取义、见危受命之英雄气概。通过各种形式将之发掘表彰，无疑是有意义的。陈邦彦作为明末"广东三忠"之一，其事迹尤其值得重视。尊作以此为题材，塑造了以陈为首的一批鲜活的历史形象，贯注了作者的饱满激情。而且情节曲折，结构完整，唱词宾白老到得宜，是一个比较成熟的剧本，显示了作者的深厚功力。如果说有什么建议的话，就是在主题的开掘方面，似乎还可以有更深的思考。因为时代发展到今天，观众对于文艺作品，已经不再满足于浅层次的观念表述。特别是历史上的"爱国主义"，由于离不开以某个王朝为归依，而那个王朝又往往并不是那么值得肯定的，这就使事情变得颇为复杂。就拿明末清初的题材来说，在辛亥革命前后相当一段时期内，基于号召民众，推翻满清的革命需要，可以而且必须作简单化的处理的话，那么时至今日，就应当进行更深入的诠释，才会显出新意。事实上这是有可能的。就拿广东三忠这一段来说，完全是由于明室内部的窝里斗才造成如此险恶的局面。陈邦彦等人此时挺身而出，虽然在战术上是有作用的，但最终失败也是注定了的，而造成他们的悲剧的根本原因是明朝自身的腐败，而不完全是清兵，更不仅仅是一个余一彪。如果能把这样一种见解渗透到剧本中，相对于同类题材的作品也许会有所突破，并会给观众更多的思考和启发。

以上意见未必有当，仅供参考，兼以塞责。草率之处，尚祈见宥！

匆此

顺颂

时绥

刘斯奋

2008年7月3日

林榆先生：

您好！

尊作《红颜知己英雄泪》已收到并拜读，感觉比前一稿有很大突破。故事更完整，人物个性更鲜明，情节更曲折，结构也更严谨。我觉得基本可以定稿了。您以年逾九十的高龄，仍旧葆有如此严肃认真的心态和创作精力，实为寿征。令人钦羡，谨致祝贺！

耑此

顺贺

新年

刘斯奋

2011年12月28日

僭称知己两眼泪
——读《红颜知己英雄泪》

尹洪波

林榆老师的《红颜知己英雄泪》（以下简称《红》剧）大概在五六年前我就拜读了。那个时候，好像还不叫这个名字。剧本名字不一样，精彩却是一样的。我拜读之后，生心推荐给本地一个唱作俱佳，很适合演陈邦彦这个角色的演员。我很单纯地认为，本子保演员，演员保本子，肯定会出彩。事实上，仅仅一个好演员看中本子，未必能成事；就算是全团演员都看中的好剧本，院团亦未必肯投排。我极尽努力之后，更深刻认识到，好的剧本，未必就可以上演，也未必不可以上演。剧本得以上演的原因，既简单也复杂，绝对不是身为编剧匠的书生们所能掌握甚至理解的。

让我们回到这个剧本上来。

眼下有一些编剧，也许故意"出新"，明明应该情节完整好看的剧本，他就是不好好讲故事，让所有看剧本的人，云山雾罩，不知所云；或许是因为编剧本事不济，要么故事直挺挺地展开，不知道转折，毫无戏剧性可言，要么剧中甚多转折，而所有的转折，都生涩，都不合理，都随心所欲，让观众苦不堪言。总而言之，能把故事讲得完整的编剧，追求故事精彩的编剧，似乎越来越少了。

当然，仅仅会讲故事，还不一定就是好的编剧。因为戏曲"故事"根本和我们常说的普通故事不是一回事。戏曲故事不是"讲"出来的，戏曲故事是"演"出来的。戏曲故事不是你讲我听的故事，戏曲故事是用眼睛从舞台上看出来的"故事"。

看《红》剧，故事线索很清晰，并不是说他编剧的故事单薄，并且直挺挺地往前跑大路，他有很多转折，几乎每一场都有一个稍微大一些的转折，但是他的转折很清晰，很合理，导致故事悬念层层，摇曳生姿，非常有吸引力。

编剧经验告诉我们，有复杂故事不算好戏，有深刻情感的才是好戏。故事并不复杂，情感很动人，人物很完整很丰满且性格很鲜明，这才是好戏。这个剧本，就具备这些特色。该剧故事虽然相对丰满，但是，几句话就可以完整概括出来：岭南知识分子陈邦彦计划动员家乡义勇攻击广州城，从而吸引在广西围困明帝的广州士兵回撤，搬演围魏救赵的故事。经过生死考验，终于动员了家乡壮士于龙带领义勇跟随他攻打广州，围魏救赵的计策得以实现之后，却因为叛徒的卑鄙，导致他夫妻英勇牺牲。故事简单，情感却深厚，并且相当感人。陈邦彦在家里与妻子告别一场，夫妻合唱不多，矛盾也不大，但是细节丰富，富有情味，很让人感动。当然，最让人感动的还是最后一场的夫妻"赴难"。要强调的是，没有在家"告别"那一场戏的铺垫，可能最后的"赴难"一场还不至于感人泪下。"赴难"一场，很好地体现了"红颜知己英雄泪"的题旨。我不敢说我是林老的知己，不过，看到这一场，我也是情难自禁，两眼泪水。

我说戏曲的故事是演出来的，不是讲出来的。从林老《红》剧中，也可以找到很多很好的例证。这里且说一个。

陈邦彦上场。陈邦彦的上场，不经意者也许没有更多发现，其实非常有学问，有技术。开始是郑芝龙"接旨"，为陈的上场做了一层铺垫；继而，陈恭尹回家，为父亲的上场做了第二层铺垫；再后来，鞑虏搜捕，为其上场又做了一层铺垫。如此三次铺垫，观众对他的印象已经非常深刻了，对他的出场已经急不可耐了，也对他的形象有了一种很正面的了解。这样的上场，聚气聚光，才是一号人物的正确上场，才是戏剧性的上场。

上场好，下场必须精彩，才能托住。老人家在这一场中，对陈邦彦的"下场"处理，更是别具匠心，独出心裁。清兵二次上场搜捕，是有备而来，势在必得。观众被紧紧地扣在演出的悬念上。但是，门打开了，陈邦彦已经扬长而去，人去楼空了。读后掩卷，我叹为观止。如此处理剧本主要人物的第一次上下场，足见一个编剧的高明和老辣。只有写戏的高手，只有深得"讲述戏剧故事三昧"的名家，才会有如此妙笔。

  这里，我还要插一笔：五年前第一次拜读这个剧本的时候，老人家并不是这样处理的。那个时候陈邦彦的越窗而去，明场处理。这就说明，近五年来，老人家一直在不停地修改自己的剧本。这对编剧来说，不停地增删自己的作品，如高则成修改《琵琶记》，应该是必需的，可是要记住，老人家闰年闰月，已经将近一百岁了。说到这里，请允许我再一次两眼泪水！我想，别的难以向老人家学习，这一点，我一定师从，少愁多病的本人到了一百一十岁之后，也要对自己的作品精益求精，修改不辍。

  编剧对舞台太过熟悉，文戏和武戏的搭配，情感戏和情节戏的搭配，无不妙到颠毫。大结构是这样，小场面则更见功力。比如，陈邦彦被关在室内，儿子陈恭尹在外面弹奏《赛龙夺锦》，在这种情势之下，清兵上场抓人。这样的安排，就属于标准的舞台戏剧情境。静与闹，张与弛，冷与热，增与减，在老人家那里，驾轻就熟，随手点染。

  在我的印象里，粤剧属于最难创作的一种文体。在我，主要原因除掉不懂粤语之外，还有一个很多编剧都怵头的原因：就曲填词。这就像戴着镣铐跳舞，束手束脚，动作艰难，隔靴搔痒，意难到位。所以，我几乎每接触一次粤剧都暗暗下一次决心，决心从今而后再也不越雷池一步。老人家则不然，很多程式，烂熟于心，运用之妙，让我私心叹服。比如，第五场金姑盔甲上场之前，安排那一段过场戏，分明就是为金姑换装挤时间。这个过场，既在合情合理之中，又为金姑的上场张扬了势子，没有相当丰富的舞台经验，是想不到的。还有就是老人家的唱词，叙事精确，表情深刻，顺畅通达，行云流水，这是功力，更是才气。毫不含糊地说，就我目力所及，这样的粤剧编剧，已经所见不多了。

  还有，在我的印象里，近些年来粤剧越做越"小"，只见生旦，难有其他。另外，就是粤剧似乎总是小生小旦齐头并重，在一出戏之内，分不清谁是主要人物。林老的这出戏，须生担纲，四梁八柱齐全，恢复了粤剧广府大戏的面貌，车上大道船入海，为粤剧传薪火，为粤艺继绝续。这是一件功德无量的大好事。可惜老人家已是年近百岁的古稀高龄，谁能为之继？思至此，我不禁再一次两眼泪水。

我已经说得不少了，按理应该打住，但是，有一条必须写，这一条就我的认识，应该是本剧较为高明的一笔，不说，实在有遗珠之憾。

编剧在陈邦彦夫妻"赴难"一场之前，安排了一个"抑扬"，他让陈邦彦的夫人，先被"砍头"，继而再安排一个陈邦彦本人"跳崖"。在观众一方，其感情是受到了终极刺激的。但是，当发现他们都没有死之后，期待的情绪就更加激烈了。这个时候，如果你动员观众离席，可能吗？在剧中人一方，"死"了一次之后，一般来说，就会更加向往生存。在这种极端向往生存的情况下，仍够为了信仰，为了道义，夫妻毅然携手，共赴死亡，那才是更加让人敬仰和感动的呢！这种塑造人物的手法，谁不佩服？不管你是否佩服，反正我佩服。

确实该打住了，不过，还有一句要说——说说老人家的学问。

在第六场中，编剧老人家让李成栋说了陈邦彦一句话："何况是个广东人！"

这句话背后的文章，足足可以写一篇数十万字的论文。

我认为，宋朝结束，中国的知识分子时代就结束了。君不见清军到了南京，那些文人领袖钱谦益、侯朝宗等等的行为？而岭南文人独不同，比方说陈邦彦、邝湛若、袁崇焕等，人人传奇，个个壮烈，感天地而泣鬼神。其中原因，有三层可说，但终归还在"广东"这两个字上。我尽十余年研究，才略窥皮毛。老人家一句话，毕竟神韵，尽得精髓。看来，写出来一个好的剧本，没有深厚的历史文化文学艺术功力，还是不行的。

我在标题上已经说过，我对老人属于"僭称知己"，既然"僭称"，所以我的文章有挂一漏万和不准不确之处，亦是在所难免，期望老人家原谅，更望读者方家大宥。

（原载《广东艺术》2014年第4期）

第三篇
林榆作品

I 剧本选

I 玫瑰初红（又名红玫瑰）

（新编现代粤剧）

人物介绍

梅　桂（20岁，女，名字取"玫瑰"谐音，赠产所医士，后为游击队情报员）

雷　鸣（25岁，男，游击队干部，情报人员）

梅　清（26岁，男，游击队政治指导员）

李　蔓（25岁，女，乌石乡医社医士，地下工作者）

哑　女（16岁，女，原名张女）

邮差若干（游击队员）

徐　光（39岁，国民党第四纵队司令兼支队长）

袁复兴（55岁，国民党东莞县党部书记长）

陈　建（24岁，司令部译报员）

袁不凡（35岁，县党部秘书，特务）

王　星（38岁，特务）

副官、勤务兵、刑讯队长、特务、士兵若干

序　幕

〔山野。寒冷的拂晓，大雾弥漫。

〔一个哨兵在放哨。浓雾中有几个黑点向他爬来。

〔哨兵喝问："什么人！"
〔黑点瞬间接近。是国民党士兵。
〔哨兵开枪射击，扑上来的顽军把枪抓住。"叭——"的一声枪响，划破晨空的静寂。
〔哨兵嘶声叫喊："同志们，顽军来啦！"游击队员闻声冲出，与袭击者搏斗。
〔指导员梅清跃上，一枪把缠住哨兵的敌人撂倒，救了哨兵。
〔冲上来的袭击者向梅清开枪，梅清中弹倒地。
〔哨兵爬起来背梅清到一隐蔽处。
〔中队长雷鸣找来。

哨　兵　中队长，梅指导员受伤了！
　　　　〔雷鸣立刻撕下白底衫，为梅清包扎。梅清在昏迷中醒来，挣扎了一下又昏迷过去。
哨　兵　梅指导员！
雷　鸣　梅清，梅清！
　　　　〔梅清慢慢地睁开眼睛。
梅　清　我……不成了！在这……抗日前线，我没死在日本鬼的枪下，却死在国民党顽固军队的袭击之中……
　　　　（音乐起序，唱"新曲"）
　　　　　　　　反共乌云，密布天空，
　　　　　　　　开辟无声战场，任务更重。
　　　　　　　　今天闪失，多半是情报不通，
　　　　　　　　上级要建立电台，让情报用电波传送。
雷　鸣　这个我知道，上级决定让我出去搞情报，并且要尽快搞一部电台回来。……你忍耐一下，我马上送你回部队医疗。
梅　清　不必了！雷鸣呀，
　　　　（转"口鼓"）你有机会见到李蔓，
　　　　　　　　叫她不要为我的牺牲悲恸。
　　　　　　　　要把我们的共同理想，继续下去，贯彻始终。
　　　　　　　　还有，我的妹妹梅桂，请帮助她参加革命，

我还有几句话，请你交给她。

〔雷鸣打开公文袋，把纸笔递给梅清，梅清写了。

梅　清　把它交给梅桂吧！

雷　鸣　（接过遗书，念）生当作人杰，

　　　　　　　　　死亦为鬼雄。

　　　　　　　　　风霜何所惧，

　　　　　　　　　玫瑰愿常红。

梅　清　（重念）玫瑰愿常红。（说罢溘然长逝）

雷　鸣　梅清！梅清同志！

哨　兵　指导员！

〔两人抚尸大哭，悲壮的《国际歌》响彻大地。

〔幕落。

第一场

〔时间：1941年春夏之间。

〔东莞、宝安两县交界处的一个小镇麻石圩。由于县城沦陷，东莞县党、政、军机关都集中在这里，成了所谓战时后方。

〔麻石圩五花八门的官方机构中，有一个叫"赠产所"的，原是向平民免费接生的慈善机构。战时暂由县政府管辖。

〔"赠产所"里陈设简单。正面两个药架，放着西药。旁边有一张八仙台，放着医疗器械等物。还有几张方凳。最瞩目的算是洁白的台布和房帘了。

〔开幕时，哑女在专心注意卷棉签。

〔邮差敲了几下窗门，从窗口递进了三封信。

邮　差　哑女，梅姑娘有信。

〔哑女走去接信。邮差离开。

〔梅桂上。她身穿三个骨的阴丹士林蓝布长衫，衫领滚着白边，长发披肩，额垂刘海，足蹬布鞋，肩挂十字药箱。她质朴、聪慧、俊逸、纯真。一双俏皮的眼睛，流盼生辉。她进来看见哑女手中的信，十分关切。

梅　桂　有哥哥的信吗？（放下十字箱急着拆信看）

（念）姑娘接生好，

　　　　救我子和母，

　　　　家贫无以报，

　　　　书信谢恩高。

　　　　林村产妇秀莲叩拜。

谢什么，我做得很不够啊！

（拆第二封信）我很愿意和你交朋友，请来我家作客吧。我老子富甲东江……

（厌恶地）这些人真无聊！……

（拆第三封信）是张老师来信……他又催我去韶关做事了。……

（放下信）我哥哥为什么总没有来信呢？

（唱"引子"）日夕教人挂望。

（唱"反线中板"）

　　　　我哥哥身当游击队，坚持抗日在东江。

　　　　他们艰苦奋斗，为国为民，赢得崇高威望。

　　　　国民党却说他们是"奸党"。

　　　　围剿捕杀甚是凶狠。

　　　　近日来前线"摩擦"后方"清乡"，搞得恐怖万状。

（转"滚花"）数月来我哥哥全无讯息，令我挂虑不安。

　　　　哥呀你是否战斗繁忙？

　　　　为何不来书细讲？！

〔一个半秃头、矮墩墩，拄着手杖的人蹒跚地上。他就是袁复兴。

袁复兴　世侄女，为什么一个人在发愁呀？难道你已经接到消息了？

梅　桂　（赶快收起愁容）书记长，是什么消息？

袁复兴　（唱"减字芙蓉"）

　　　　司令昨晚去清剿，

抓回行医一姑娘。
她是邻乡的助产士，
你的好友李蔓大姑娘（仄声）。

梅　桂　（大惊）李蔓？
　　　　（接唱）　她犯了何条律，
　　　　　　　　　抓她为哪桩？

袁复兴　（接唱）　她夜宿一个共党家，
　　　　　　　　　围捕之时当她作同党。

梅　桂　原来是这样。
　　　　（接唱）　夜宿人家就是同党，
　　　　　　　　　这个理由实在太荒唐。
我们助产士，接生是职业。哪家生孩子，叫到就去接。夜宿病人家，那是寻常事。共党不共党，与医士她何涉！

袁复兴　捉人是何因，我还未明细节。她若然是共党，你我都牵涉。因为你是我介绍来的，她是你引荐开业。所以我要来问清，她是否共党你直说。

梅　桂　李蔓是好姑娘，思想最纯洁。世伯你作主，免她受诬蔑。

袁复兴　（作同情状）世伯爱莫能助了！
　　　　（唱"滚花"）在这反共时期，
　　　　　　　　　最忌涉及共产党。
　　　　　　　　　办"党"的人难讲话，
　　　　　　　　　现在是有枪者称王。

梅　桂　世伯你不要长他人志气，灭自己威风。
　　　　（接唱）　党政军，党政军，
　　　　　　　　　先行的还是"党"，
　　　　　　　　　你不敢为李蔓主持正义，
　　　　　　　　　我去为她鸣冤叫屈上公堂。（要走）

袁复兴　慢走！你切勿乱来，徐司令这种人，你少惹为佳。

梅　桂　我不相信他敢吃人。

袁复兴　有时他吃你下肚，你自己也不知道。

梅　桂　你这样怕他，我不怕！（奔下）
袁复兴　梅桂，这事任性不得！你不要去！（追下）
〔哑女十分注意地听着。等他们走了，回头收拾信件和梅桂出诊带回的十字箱。
〔上尉译报员陈建领着雷鸣上。两人都穿着黄军衣，戴有"四挺"番号的三角臂章。现在雷鸣是少尉报务员，易名孙尚文。
陈　建　（对哑女边做手势边问）梅姑娘不在吗？
哑　女　（做手势示意出去了）
雷　鸣　是个哑女！
陈　建　是的，赠产所这位姑娘从过路的难民中收养的。梅姑娘出去了，你要看病就等一下吧！
雷　鸣　好的。这是个赠产所，驻军怎么到这里看病的呢？
陈　建　这个赠产所嘛，
　　　　（"口鼓"）本是个慈善单位，
　　　　　　　　为百姓免费接生。
　　　　　　　　因为经费无来源，
　　　　　　　　已由县府来接办。
　　　　　　　　女医士年青又漂亮，
　　　　　　　　热情服务不怕麻烦。
　　　　　　　　所以病者乐得来求医，
　　　　　　　　无病的官员也常来玩。
雷　鸣　看来，倒是个很受欢迎的人物啊！
陈　建　在这战时乡镇，简直是一枝独秀的玫瑰花啊！早就有人想带她回家去插花瓶了。
　　　　（唱"滚花"）不少人明追暗逐，
　　　　　　　　对她虎视眈眈。
　　　　　　　　怕只怕风雨摧残，
　　　　　　　　保不住鲜花灿烂。
　　　　这里地虽偏僻，怪事诸多，你新来慢慢就习惯。梅姑娘现在还未回，你在等她吧，我为表姐之事正急着找她。

我出去找找看。（下）

〔哑女见陈建走了，给雷鸣斟了茶。自己就进去了。

雷　鸣　（四下观察了一下，唱"长句二黄"）

　　　　　　上月突围下了山，
　　　　　　穿上虎皮新打扮，
　　　　　　放下枪杆改把电键弹。
　　　　　　公开身份是报务员，
　　　　　　秘密任务建立情报站。
　　　　　　莞城沦陷，此地驻满党政机关。
　　　　　　我靠同学关系，利用后台较硬，
　　　　　　打进顽军心脏作特种斗争。

　　　　（唱"木鱼"）通过区委找寻到李蔓，
　　　　　　她正在邻近搞情报斗争。
　　　　　　为配合我搞电台她去联系交通站，
　　　　　　不料失手被捕添困难。
　　　　　　为营救战友我多方查探，
　　　　　　探得梅清之妹就在此间。

区委认为梅桂思想纯洁，倾向进步，与李蔓有同窗之谊，又与此地的上层人物很熟悉。

　　（续唱）　营救李蔓最适宜由她出面去办。
　　　　　　我今天到此找她来谈。

〔梅桂气愤地上。她显然是给袁复兴截回头的，见到穿黄军衣的雷鸣有点反感。

梅　桂　（没好气地）你来干什么？
雷　鸣　我吗？是来看病的。
梅　桂　对不起，我没空。
雷　鸣　你是梅姑娘吧，刚才陈建正要找你呢！
梅　桂　陈建？我刚想找他，他知道李蔓被捕的事了吧？李蔓是他的表姐，他是司令部的译报员，又是司令的心腹，应该快去把李蔓姐保释出来。

雷　鸣　他保释过了。因为避嫌，他只认李蔓是远亲，所以司令不肯放人。

梅　桂　你是司令部的吧?

雷　鸣　是的。

梅　桂　干什么的?

雷　鸣　我是报务员。

梅　桂　（带点讽刺地）那么司令部又添了个机要人物了?

雷　鸣　报务员只管收发电报号码，只有译报员如陈建上尉才是机要人物。

梅　桂　啊！你叫……

雷　鸣　我叫孙尚文。

梅　桂　孙尚文……你到来……

雷　鸣　我主要是来找人的。

梅　桂　找人?

雷　鸣　我是受人之托找他妹妹的。

梅　桂　什么人托你找妹妹?

雷　鸣　是我的朋友梅清。

梅　桂　（意外地）你认识我哥哥?

雷　鸣　认识。

梅　桂　你是从部队来的?

雷　鸣　是的。

梅　桂　那你……（警惕）为什么穿这黄军衣?

雷　鸣　不穿它我怎能来呢?

梅　桂　也是。我哥哥现在哪里？可有托你带信给我?

雷　鸣　你哥哥……（声咽）在一月前受国民党顽军袭击，不幸中弹身亡。

梅　桂　你说什么?

雷　鸣　你哥哥被顽军袭击，不幸牺牲。（拿出遗书）这……就是他给你的遗书。

梅　桂　（接遗书大恸，念）生当作人杰,

死亦为鬼雄。
风霜何所惧,
玫瑰愿常红。
梅清遗言。(重句)

〔梅桂尖声惨叫"哥哥",昏厥过去。渐渐醒来。(唱"新曲")〕 乌天暗地,山河晃荡,
乍惊祸从天降。
问句亲人何往……哥哥,你在何方?

(转"乙反二黄")
你保家国血气刚,
投笔从戎将寇荡。
男儿为国,
竟被暗算悲阵亡。

哥哥!哥哥!(伏案痛哭)
(转"乙反中板")
想我双亲,
遭敌机轰炸而死,
尸无殡葬。
今日哥哥,
又遭惨变,
令我痛彻肝肠。
此后四海一身,
伶仃孤苦,
举目无倚无傍。

(转"合尺滚花")
思前想后,心内彷徨。

雷 鸣 (唱"秋江别中板")
三冬过自有春光,
请不要过于悲伤。
同志之间互相帮忙,

　　　　　　　何况有蔓姐更好商量。
梅　桂　蔓姐？她给人抓去了。
雷　鸣　给人抓去，不会去救回来吗？
梅　桂　救回来？我请县党部书记袁复兴去保释，他不肯，找译报员陈建又找不到。（猛想起）对！你是部队来的，快想办法把蔓姐救出来吧！
雷　鸣　要救李蔓，你最适宜。因为你既是李蔓同学，又与徐光熟识。
梅　桂　我也是这样想，但袁复兴不让我去。
雷　鸣　当地人对李蔓怎样？
梅　桂　好极了。无论什么人叫她看病，她都乐意。就是三更半夜叫到她，她也一样不辞劳苦。
雷　鸣　好，你就去动员乌石乡的绅士向司令部呈文保释。还有，为了取信徐光，你最好把姓袁的书记长也拖去。
　　　　（唱"滚花"）望你顺变节哀，
　　　　　　　　　为营救李蔓走一趟。
梅　桂　好，我去！
　　　　（接唱）　抑制满腔悲愤，明天去见徐光！
　　　　〔幕落。

第二场

〔国民党第四挺进纵队司令部刑讯室外的办公室。
〔幕启。卫兵先上，叫"立正"口令。
〔徐光穿呢绒军服，身体粗壮，酒糟鼻子，架势十足地上。
徐　光　（唱"中板"）抗日救亡懒得讲，
　　　　　　　　　剿匪反共倒内行。
　　　　　　　　　据报两乡有共党，
　　　　　　　　　昨晚派兵围捕，
　　　　　　　　　给他溜清光。
　　　　据县党部照会，清溪、塘厦两乡有共党潜藏，我半夜围捕，以便一网打尽。哪知一个也没抓到，只抓了一个嫌疑分子李蔓回防。

（唱"滚花"）是走漏风声还是假报情况，

提供情报的县党部太混账荒唐。

刑讯队长 （上，对内命令）把李蔓带上。

〔李蔓背着十字药箱被士兵押上。

刑讯队长 报告司令，李蔓矢口不认是共党。

徐　光 不给点颜色看看，她会招吗？你们的皮鞭、老虎凳吃斋的？

刑讯队长 是！

李　蔓 （冲向徐光）你们为什么抓我？我是乌石乡医社的医士，到清溪接生，给婴儿洗月的。

刑讯队长 拉入去！

〔李蔓被推进刑讯室。

〔徐光跟下。

〔梅桂与袁复兴上。

梅　桂 （向内）徐司令在吗？

勤务兵 （上）刚进刑讯室，审讯李蔓，要找他，请等一会。（下）

袁复兴 审讯李蔓？梅桂呀！你听到吗？（一屁股坐下）

（"口鼓"）我劝你少管点闲事，

李蔓事关共党嫌疑。

梅　桂 （接腔）我与她同窗又共事，

是好是坏我最知。

袁复兴 （接腔）逮捕李蔓是区分部主意，

保释李蔓我怎好出面支持？

梅　桂 支持正义有什么不好？

（唱"快二黄"）

今天事情我怎能不理？

夜间出诊就有共党嫌疑。

怕我明天也会变成嫌疑分子，

人身毫无保障我只好把职辞。

袁复兴 （"唱序"）何必把职辞？

      我所以陪你前来，
      因担心你出事。
   〔刑讯室突然传出吆喝声，鞭打行刑声。

梅　桂　（失色）他们打李蔓？！
袁复兴　这就更复杂了。
   〔袁复兴焦躁不安地踱步。
   〔袁不凡从外面急上。
袁不凡　书记长，清溪、塘厦两乡区分部委员找你来了。
袁复兴　发生什么事？
袁不凡　（"白榄"）昨晚军队去围捕，
      一个共党无抓到，
      反而背着区分部，
      打劫乡民的财宝，
      抢走衣服与被铺，
      三更半夜动手，
      凶狠过日本佬。
袁复兴　真有此事？
袁不凡　（"白榄"）这里有公文，
      两乡来控告。
袁复兴　（看过公文，"白榄"）
      军队这样做，
      简直太离谱。
袁不凡　（"白榄"）两乡委员在等你，
      请即回党部。
袁复兴　好，梅桂，我们回头再来好不好？
梅　桂　你走就是，我自己会做。
袁复兴　（趁机脱身，但又回头叮嘱，唱"滚花"）
      你要明白徐司令此人，
      私德认真离谱。
      世伯要提醒你，

　　　　　　　　　防人之心不可无。（下）

袁不凡　（涎着笑脸续唱）
　　　　　　　　　书记长的公子快回来，
　　　　　　　　　计划要娶你作"新抱"，
　　　　　　　　　他日当了少奶奶，
　　　　　　　　　不要忘记我首报功劳呀？（谄笑下）

梅　桂　流氓无赖，无耻之徒。
　　　　〔传来刑讯室内一阵咆哮。继而是行刑的惨叫声，梅桂震动异常。
　　　　（唱"新二流"）
　　　　　　　　　审讯室传来声声凄厉，
　　　　　　　　　我怎能为她解难扶危！
　　　　　　　　　恨死这班吃人魔鬼！
　　　　〔鞭打声一阵比一阵猛烈，梅桂反应一下比一下强烈。

梅　桂　不要打！不要打！不要打！（最后室内传来李蔓一声撕人心肺的惨叫。梅桂惊极，高呼）李蔓姐！
　　　　（续唱）　我忽觉天旋地转，
　　　　　　　　　意乱神迷。
　　　　〔过度刺激，昏伏桌上。
　　　　〔徐光审讯不到结果，狼狈上。

徐　光　（念）刑讯李蔓，不获一词。
　　　　（意外发现梅桂）梅桂自来，倒是一喜。
　　　　（唱"梆子古老中板"）
　　　　　　　　　此女生来年青貌美，
　　　　　　　　　我若为王定选作妃。
　　　　　　　　　可恨姓袁那个老不死，
　　　　　　　　　要娶她为媳与我斗暗棋。
　　　　（转"滚花"）她今天到来定为李蔓之事，
　　　　　　　　　我当然不失这个天赐良机。
　　　　梅姑娘！梅姑娘！

〔梅桂惊醒，抬头见是徐光。她想起了刚才行刑的情景，愤怒地顿脚向外跑。

徐　光　梅姑娘，你不要走。（粗鲁拦截）什么风吹你来？快坐，有什么事情坐下讲嘛！

梅　桂　我辞职不干了！

徐　光　啊，辞职不干，为什么呢？

梅　桂　你们为什么要抓李蔓？又为什么要把她打？

徐　光　（嘿嘿地笑）原来是为这个！梅姑娘呀！她是共产党啊！

梅　桂　谁说她是共产党？有什么证据？

徐　光　这证据嘛……起码是个嫌疑分子。因为昨晚我去抓共党，李蔓就在一个共产党的家里过夜。区分部说她是暗通情报，放跑共产党。

梅　桂　区分部说得不对。

（"快慢板"）助产士，为婴儿，

　　　　不分白天夜里。

　　　　谁有病，谁产子，

　　　　随叫随来〔读"嚟"〕。

　　　　谁晓得哪家有党？

　　　　你们全无道理。

徐　光　区分部是你世伯书记长手下的人，他们的控告能说无道理吗？

梅　桂　被区分部控告的人多着呢，他们也控告你！

徐　光　控告我？控告我什么？

梅　桂　我刚刚听他们说：

（"白榄"）昨晚军队去围捕，

　　　　一个共党无抓到。

　　　　反而背着区分部，

　　　　打劫乡民的财宝，

　　　　抢走衣服与被铺。

　　　　三更半夜动手，

　　　　凶狠过日本佬。

此事有公文告到县党部。

徐　光　（"杀嫂白榄"）

　　　　可恶！
　　　　小小区分部，
　　　　居然将我告。
　　　　共党抓不到，
　　　　是他们的假情报，
　　　　这笔账要算数。（重句）

梅　桂　你们长官算数，祸及小民，李蔓是冤枉的，她是个好人。

徐　光　好人？你怎么知道她是个好人呢？

梅　桂　因为我了解她，她是我的同学又是知心好友，从小就接近。

徐　光　李蔓是你的同学又是知心好友？（故作姿态）啊，你为什么不早说呢？早知道她就不会受皮肉之苦啊！

〔这时一个副官跑了上来。

副　官　报告徐司令，乌石绅士要具保李蔓，到来求见。

徐　光　又有人来保她？李蔓到底是个什么人物？

副　官　他们带有呈文。（压低声音）还有一份厚礼。

徐　光　（另场，沉思）此人与共党同屋，分明是蛇鼠一窝。奈何现在手中无实据，审又审不出来，（忽生诡计）何不顺水推舟，放长线钓大鱼，怕她飞了不成？
　　　　（唱"七字清"）
　　　　　　放李蔓向梅桂讨好，
　　　　　　放李蔓乌石之礼照捞，
　　　　　　放李蔓无形警告县党部，
　　　　　　要紧是放长鱼饵钓金鳌。
　　　　梅姑娘，我听你的，区分部的话不可信，统统是诬告，李蔓既是无辜，我决定把她释放。

梅　桂　释放李蔓？太好了！（掩饰不住内心的喜悦）

徐　光　你满意了吧？他日我有事相求……你总不会推辞吧！

梅　桂　到时只管说吧！

徐　光　好，一言为定！（向内）来人。

邢讯队长　（上）司令！

徐　光　把李蔓释放，交梅姑娘带走。

邢讯队长　是！（下）

徐　光　梅姑娘，我有客，再见！（下）

〔副官跟下。

〔刑讯队长等把李蔓带上。李蔓身染血迹，面带伤痕，站立不定，一下倒在地上。

梅　桂　（大惊，扑上去）李蔓姐！

〔切光。幕落。

第三场

〔二道幕前。

（内场唱"二黄首板"）

　　　　　上虎山，

　　　　　下龙潭，

　　　　　一身是胆！（重句）

〔带枪的游击队四人"拉腔走边"上，同扎架。

组　长　（念）来风去雨两无踪，

　　　　　　要夺电台同立功；

　　　　　　等候接头人到此，

　　　　　　同志们！（应）

　　　　　　即时隐蔽树林中。

队员们　是！（隐蔽下）

〔哑女悄悄上。见四下无人，即取信件放在石下，回头向树林撒了一把沙，急下。

〔组长尾随上，往石下取出信件。

组　长　（亮着手电筒，念信）我们要夺取的那部电台，原是宝安县府所有。因为宝安全境沦陷，那部电台至今掩蔽在我县仓库里头。你们摸掉仓库的哨兵，入仓把电台搬走。最好不要惊动敌人，万一发生意外，即靠向东边村头，我在那里接应，把你们等候。雷。——啊，雷鸣同志在接应我们，（招呼隐蔽的队员）同志们，出发！

〔游击队小组上，集合。

唱"煞板"

摸敌营，

穿夜幕，

不畏艰难。

〔全体摸索前进。

〔二道幕启。

〔赠产所。景同第一场。

〔李蔓躺在帆布马扎上。梅桂在灯下，小心地为她擦去脸上的血迹。

〔哑女在旁边侍候着并为李蔓送来粥水。

〔沉寂的夜晚。

梅　桂　李蔓姐吃点粥水吧！

李　蔓　好。（接过哑女的粥水吃了点）

梅　桂　你觉得怎么样？

李　蔓　没什么，睡了一觉，好多了。

梅　桂　那班豺狼！疯狗……

李　蔓　梅桂，你真大胆，敢去保我！

梅　桂　为什么不敢？怕他什么，蔓姐呀！

　　　　（唱"滚花"）他们说你情报暗通，

　　　　　　　　　　实在有无此事？

李　蔓　（接唱）　既然是你提供的情况，

　　　　　　　　　有人递送也不为奇。

梅　桂　（接唱）　是我提供的情报？

　　　　　　　　　这是怎么回事？

李　蔓　你忘记了吗？前几天我来这里，你十分气愤对我说：他们又要去清乡抓共产党了。我问你怎么知道，你说到县党部串门的时

梅　桂	候，听到塘厦、清溪两乡的区分部委员在会上讲的，你还说在书记长的办公桌上看到黑名单呢！
梅　桂	啊，当时我出于气愤无心讲，你却随时注意用耳装。蔓姐，你真了不起，他们抓你、骂你、打你，甚至严刑审讯你都不怕，你到底为了什么呢？
李　蔓	为了什么……你说呢？
梅　桂	我说不上。
李　蔓	你不是说要抗日吗？
梅　桂	是的，因为日本鬼与顽固派杀了我爸妈和哥哥，我有一家子的冤仇，难道你也有……
李　蔓	（起"南音板面"）

　　　　　　讲到仇恨，我也有。

梅　桂　你也有仇恨？

李　蔓　（唱"南音"）说不尽艰难遭遇，

　　　　　　历多少雨打风吹，
　　　　　　忆在广州曾与他有同学之谊，
　　　　　　学生运动把我们连在一起，
　　　　　　互相策励读马列书；
　　　　　　广州沦陷他参加了游击队，
　　　　　　我也投身革命彼此志不渝。

（转"流水南音"）

　　　　　　艰难岁月我们常相聚，
　　　　　　畅谈国事色舞眉飞。
　　　　　　不料反共狂潮封大地，
　　　　　　我们讯息隔绝两分离。
　　　　　　忽报他被顽军袭击死，

（转"乙反南音"）

　　　　　　晴天霹雳弦断心悲。
　　　　　　痛恨敌人凶残暴戾，
　　　　　　更悲人去不复回，

　　　　　　　三天三夜我难安睡,

　　　　　　　不住相思洒泪珠!

梅　桂　(垂泪,接唱)听姐言来心共碎,

　　　　　　　忠魂千万叫不回!

　　　　　　　这样的大事为什么不告诉我?

李　蔓　关于他牺牲的事,我最近才知道的。

梅　桂　他什么时候牺牲的?

李　蔓　一个月前。

梅　桂　一个月前?为何这样巧?他是哪里人?叫何名字?

李　蔓　他?

梅　桂　你讲吧!

李　蔓　他是梅——清!

梅　桂　什么?梅清?就是我哥哥梅清!……我的好蔓姐!(扑过去两人抱头大哭)

梅、李　(齐唱"新曲")

　　　　　　　愤满腔,誓难忘,

　　　　　　　顽固派犯下千般罪状。

　　　　　　　夺去我的 哥哥!
　　　　　　　　　　　　梅清!

　　　　　　　血债必须用血偿!

梅　桂　(拿出遗书)蔓姐,这是我哥哥的遗书。

李　蔓　(接遗书念)生当作人杰,死亦为鬼雄。风霜何所惧,玫瑰愿常红。梅清遗书。(无限深情地反复吟诵)生、当、作、人、杰,死、亦、为、鬼、雄!

　　　　(唱"二黄")烈士遗书,有如火炬,

　　　　　　　燃起我心中烈焰,阴暗全驱;

　　　　　　　白色恐怖要将我们吓退,

　　　　　　　我擦干眼泪再也不抵徊。

　　　　(激昂而深沉地念"诗白")

　　　　　　　哀思唯奋酬君愿,

　　　　　　　　　誓将热血荐轩辕。

梅　桂　（续唱）　听蔓姐之言，催人热泪。
　　　　　　　　　想到家仇国恨，心底掀起滚滚风雷。
　　　蔓姐，你离开我们去广州读了几年书，想不到进步这样快。更没想到与我哥相好，这些事为什么都瞒住我？

李　蔓　这些事不能让你知道，一来是组织纪律，二来免你受牵连啊！

梅　桂　为什么现在又让我知道了呢？

李　蔓　现在情况起了变化，你参加工作的条件已经成熟了。

梅　桂　参加工作？（李蔓点头）蔓姐，可是我……

李　蔓　你怎么样？

梅　桂　我已经答应张老师去韶关医院做事了。

李　蔓　你怎么会想到去韶关做事呢？

梅　桂　我不满现实，我苦闷得很呀！
　　　　（唱"快慢板"）
　　　　　　　　　这环境漆黑一团令人憋气，
　　　　　　　　　张老师介绍我职任助产师。
　　　　　　　　　聘请书已寄来催我快去，
　　　　　　　　　本来想征求你蔓姐意思。
　　　　　　　　　韶关市同样是蒋帮统治，

李　蔓　（接唱）　无自由无民主国是日非。
　　　　　　　　　倒不如留下来斗争在一起。
　　　此事情请你慎重考虑，毋忘哥哥对你的希望！

梅　桂　毋忘哥哥对我的希望！（思潮起伏，临窗远眺）
　　　〔陈建上。十分内疚地向李蔓走去。

陈　建　表姐！
　　　　（唱"七字清"）
　　　　　　　　　陈建无能营救你，
　　　　　　　　　皆因职位太卑微。
　　　　　　　　　我为你求情怎奈他不理，
　　　　　　　　　致你牢中受苦受凌欺。

李　蔓　我不是出狱来了吗?

陈　建　(唱"滚花")这是梅姑娘能仗义,
　　　　　　　　我愧称七尺一男儿。

梅　桂　你跟徐司令多年,为他卖命出力,为何你只讲她是远亲,替表姐讲一下情也不得?

陈　建　唉,如果我直说是表姐,不但她不能保,连我可能也遭不测,伴君如伴虎,司令脾气我熟悉。

李　蔓　凶残反动是军阀官僚的本质,死心塌地跟着他们,到底值得不值得?

陈　建　身不由己,遇事只好忍耐沉默。

梅　桂　沉默?抢劫百姓你沉默?无理抓蔓姐,毒打蔓姐你也沉默?他们简直欺人太甚,恃势逼人,终有一日官逼民反。到那时你还是沉默吗?

陈　建　这……

梅　桂　当然,你是徐司令的心腹,机要人物,和我们老百姓不同。
　　　　〔陈建难过地低头不语。

李　蔓　你不要气他,他也有难处。他只能以沉默对付现实。我们青年人都应该爱真理,陈建也不例外。我们要互相帮助,认清形势呀!
　　　　〔外面突然响起两声尖锐的枪声。

梅　桂　发生了什么事?

陈　建　我也不知道。
　　　　〔一个报务兵跑了上来。

报务员　报告译报员,游击队来抢电台。

陈　建　抢到我们的头上了?

报务员　不!是抢仓库里宝安县的那个电台。

陈　建　走!(拔出短枪,跟报务员下)

李　蔓　出事了!(挣扎站起身来)

梅　桂　出了什么事?

李　蔓　刚才他们不是说游击队来抢电台吗?给发觉了,这就麻烦了!

梅　桂　不！你有伤怎能出去，而且外面危险……

〔又是一阵紧密的枪声，雷鸣带着游击小组四个人上。他们扛着一个发报机和一个手摇发电机。

〔梅桂怔住了。李蔓把门关上。

雷　鸣　（向李蔓说）我们两边的出路被堵死了。（向游击小组）把东西放下，你们翻过厨房后面的高墙，穿过竹林突围出去。

组　长　这电台……

雷　鸣　由我们处理，你们快撤。

〔游击小组放下发报机和手摇发电机跟着雷鸣从后门下。

〔打门声，梅桂不知所措，李蔓示意搬电机入内。

〔打门声更急。

〔雷鸣从里面出来，正要与梅桂等动手搬电机时，陈建砰然打开窗页跳了进来。

陈　建　（手里还拿着手枪，一看到电台就明白了）啊，抢电台原来是你们干的！

李　蔓　是我们干的，你想怎样？

〔陈建紧张地来回踱着。

梅　桂　（对陈建）你抓我去报案吧，这是赠产所，全由我负责，不关他们的事。这不是走私漏税，不是明火打劫，而是豁出命来为抗日救亡，是光明磊落的行为。

〔外面传来呼喝声："哪里去了？""跑不了！""进了赠产所……"

梅　桂　（到窗前一望，赶快把窗门关上，回头对雷鸣）是县党部的袁秘书……

〔外面有人打门。

梅　桂　他们来了！怎么办？快把电台搬进房去。

〔陈建更紧张地盯着。

雷　鸣　不！若要搬动，还要请陈建君合作。

陈　建　要我合作？

雷　鸣　对！李蔓若再被抓去，查讯出她是你的表姐，你就有欺骗司令，包庇异己之罪！（陈建不觉一怔）现在又关起门来，你和我们待在一起，如果那袁秘书指控你是我们一伙，徐司令会听你的辩解、会相信你的忠诚吗？（陈建有所震动）

〔外面打门声，叫喊：开门！快开门！

雷　鸣　你必须与我们合作，不然，来夺电台的游击队都在房里，打响了，对谁都没有好处！

〔陈建一时彷徨无主，他的手枪缓缓地放回枪袋。

〔外面敲门声、呼喝声更急。

梅　桂　（急不及待）快，快搬进去！

雷　鸣　（眼珠一转，下了决心）不必了，镇静点！

〔在众人的注视下，雷鸣出人意料地走去把门打开。

〔袁不凡与一特务持枪冲了进来，他们看见地上的电机狞笑。

袁不凡　这是哪里的发电机与发报机？

雷　鸣　（根本不去回答，冷冷地）你们来干什么？

特　务　来把游击队抢走的电台截回去！

雷　鸣　仓库的电台被游击队抢走，是不是要把我们司令部的电台要回去顶数？

袁不凡　（一下懵了）你们的电台？这是你们的电台？

雷　鸣　我与陈建上尉两个都在这里，你不信？袁秘书，你想怎样？

袁不凡　这……不敢。（见陈建站在一边闷声不响，狡猾地）请问你们的电台为什么搬到这里？

陈　建　为什么搬到这里？这……（决心应变）难道你没有听到枪声吗？

袁不凡　这样说，你们是为了保护你们的电台？……

陈　建　你有怀疑？

袁不凡　不敢……这事徐司令知道吗？

雷　鸣　（发火）我们说徐司令知道，你也不会相信，我与你去问司令吧！

陈　建　走，我们去见司令。

袁不凡　（胆怯）不！不！不！……这是误会，陈译报员，打扰了，再见！……再见！

〔袁不凡与同来的特务退下。

〔李蔓与梅桂松了口气，急把门关上。

雷　鸣　（握着陈建的手，唱"减字芙蓉"）

　　　　　　　　　真是感谢你。

李　蔓　（接唱）　帮了我们个大忙！

雷　鸣　（接唱）　圩上戒备森严，

　　　　　　　　　有何新情况？

陈　建　（接唱）　是全圩紧急戒严令，

　　　　　　　　　你们碰上巡逻加岗。

李　蔓　（唱"滚花"）为何紧急戒严，

　　　　　　　　　是否又要打仗？

陈　建　（"白榄"）司令今晚接通知，

　　　　　　　　　亲自领队去会师。

　　　　　　　　　命令后方加强警备，

　　　　　　　　　所以有此戒严措施。

雷　鸣　原来如此，好吧。

　　　　（"白榄"）快把电台搬回去，

　　　　　　　　　免得别人再生疑！

陈　建　把电台搬回去？搬到哪里去？

雷　鸣　拿回司令部去，因为刚才说过这电台是我们用的，当然要带回去。

李　蔓　啊！是这样。那以后怎样取出来？

雷　鸣　（考虑了一下）要取可以，我们先带回去藏起来，等到有机会，就伪装运出去。

陈　建　但是这样笨重的东西，一定要有徐司令亲笔放行条才能免受司令部门卫的检查。

梅　桂　要徐司令亲笔放行条？你帮搞一张吧！

陈　建　他不会给我写的……要写放行条，我看只有你梅姑娘了。

雷　鸣　走吧，外面有眼睛盯着我们呢！

〔陈建拿发电机先下。

雷　鸣　（回头对李蔓）今晚徐光突然带兵出发，情况特殊，有合围大岭山根据地的趋势，这情报要快送出。

李　蔓　知道，我马上就去。

雷　鸣　今晚之事，我们被意外卷进，你已一再暴露，要赶快隐蔽。

李　蔓　好。你也要当心。

〔雷鸣携发报机下。

李　蔓　我要走了。

梅　桂　你疯了，这身伤痛怎样走得？

李　蔓　不要紧。（要走）

梅　桂　不能走。（拉住李蔓）明早走吧！

李　蔓　不，我走惯夜路！（拿起十字箱）

梅　桂　（抢去十字箱）要走，我与你一起去。

李　蔓　不，你不能去。（两人拉扯不放）

〔哑女示意她可同去。

李　蔓　那就让哑女陪我同去吧！

梅　桂　好！哑女你去吧！小心照顾蔓姐！

〔哑女扶李蔓下。

〔送走李蔓，梅桂激动异常。

（唱"饿马摇铃"）

　　　　她身伤不气馁，
　　　　星夜送军情，
　　　　茕茕弱女，
　　　　不避艰巨。
　　　　百折不回，
　　　　品德高尚，
　　　　丹心耿耿，
　　　　我仰慕向往，
　　　　心愿追随，
　　　　献给祖国未来。

偏偏在此关键时奔赴他乡去，

胸无大志，

变得碌碌无为，

愧对同志爱护提携。

〔梅桂凝思中，忽然响起了李蔓的声音："现在情况起了变化，你参加工作的条件已经成熟了。"

梅　桂　我参加工作的条件已经成熟了！

〔李蔓的声音又响了："不要忘记哥哥对你的希望。"

梅　桂　（记起哥哥的遗言）玫瑰愿常红！

（下了决心，唱"滚花"）

哥哥教导言犹在耳，

走革命道路再不犹疑。

马上申请参队！

〔聚光。幕落。

第四场

〔距离前场一星期后。

〔徐光的战时公馆。宽敞的二楼既是寝室又是会客、吃喝玩乐的地方。楼下住有卫士和勤务兵。

〔徐光风尘仆仆，怒容满面上。后面跟着勤务兵，替他脱衣挂帽。

徐　光　（粗声吼叫）把陈建叫来。

勤务兵　是！（下）

〔徐光喝了口茶，坐下来喘着粗气。

〔陈建轻步上楼，小心地走近徐光。

陈　建　司令，是你叫我吗？

徐　光　（拿着一沓情报在陈建面前晃着）你看，这是我们缴获共军情报站的情报，我们内部的情况都漏出去了。

（唱"快中板"）

连日调兵除共患，

　　　　　　　　　　四路合围大岭山，
　　　　　　　　　　共军知情又走散，
　　　　　　　　　　是谁泄漏天机当内奸？
陈　建　（暗暗吃惊）何以见得有人当内奸？
徐　光　（"口鼓"）我中途袭击了一个共军情报站，
　　　　　　　　　　搜出了有关我军的情报一大摊。
　　　　　　　　　　件件情报都十分清楚并无虚撰，
　　　　　　　　　　这就充分说明我们有内奸。
　　　　（唱"滚花"）要彻底清查严加防范。（把情报交给陈建）
陈　建　（接过情报一看，另场）这一张不正是我提供的！
　　　　（捏了一把汗，转向徐光接唱）
　　　　　　　　　　我一定谨遵你指示切实执行！
　　　　（白）我看这是有些机关太不注意保密之故，如上次抓两乡共党之事，只有县党部知道，他们不泄漏出去，两乡共党怎知道逃跑呢？
徐　光　对。这件事我们还没有找县党部算账呢！你派人去县党部把老袁头叫来。
陈　建　是。
勤务兵　（上）报告，袁书记长来访。
徐　光　来得正好。请。
　　　　〔陈建与勤务兵下。
　　　　〔袁复兴吃力地爬上楼来，一屁股坐在椅上。
徐　光　袁书记长，我正要找你呢！
袁复兴　我也正要找你。
徐　光　你先讲吧。
袁复兴　你先讲。
徐　光　好，我讲。
　　　　（唱"金钱花"）
　　　　　　　　　　机关之中出内奸，出内奸，
　　　　　　　　　　暗递情报给共党，

		要赶快肃清,消内患。
袁复兴	对,我也是这样想。	
	(唱"三脚凳")	
		你出发那一晚,游击队劫电台,
		守卫开枪打,"共匪"忙撤退。
		我们特工组,很快追出来,
		发现几个人,走得好狼狈。
		向赠产所搬去,电报机一台。
徐　光	(接唱)	那些是什么人,
		可有彻底查清佢?
袁复兴	(唱"滚花")	是孙尚文与陈建,
		屋里还有李蔓与阿梅。
徐　光	(白)他们意欲何为?	
袁复兴	(接唱)	他们说听到枪声,
		即将电台移别处。
徐　光	(接半句)	为什么不移到兵营去?
袁复兴	(接唱)	事实太可疑,
		陈建还说是你同意。
徐　光	胡说,哪里是我同意。(向楼下)勤务兵,快把陈建叫来。	
	〔楼下应声"是"。陈建很快跑上楼来。	
徐　光	那晚游击队劫电台,你把电台往赠产所运走?	
陈　建	是!	
徐　光	(冒火)谁叫你这样做?是我同意的?	
陈　建	(不慌不忙,"口鼓")	
		那天晚上听到枪声,
		就把电台作保护性转移,
		关于这一点,
		司令早有手谕。
徐　光	("口鼓")我没有叫你向赠产所转移。	
陈　建	("口鼓")我们本来向兵营搬去,半路碰到守军开枪追截,	

| | 我们逼得往赠产所暂避。
| | 不料碰到党部袁秘书，他不敢往枪声追去，却掉转头把我们盯住。
| | 我们几经解释，他还是怀疑。
| | 难道我们司令部的译报员、发报员都是共产党？
| | 那未免放肆吧！
| 徐　光 | （完全相信陈建的话）神经过敏！陈建上尉，没你的事，下去吧！
| 陈　建 | 是！（下）
| 袁复兴 | （阴阳怪气）不要大意失荆州呀！
| 徐　光 | 什么大意失荆州。
| | （唱"霸腔滚花"）
| | 　　　　我完全信任陈建，
| | 　　　　因为他跟随我多时。
| 袁复兴 | （接唱）　还有那个新来孙尚文，
| | 　　　　你可有注意？
| 徐　光 | 注意什么？
| 袁复兴 | 他来了之后，很多可疑呀！
| | （唱"板眼"）单讲梅桂，余事可知。
| | 　　　　近来见她，双锁愁眉。
| | 　　　　沉默寡言，似有心事。
| | 　　　　是受孙尚文挑逗，儿女情痴？
| | 　　　　抑或受骗于人，信共产主义？
| | 　　　　是红是白，值得怀疑。
| 徐　光 | （妒火中烧）孙尚文敢勾引梅桂，马上与我抓起来。
| 袁复兴 | 司令，勾引姑娘事小，是异党活动罪大啊！
| | （唱"滚花"）不要打草惊蛇，鲁莽行事，
| | 　　　　有了证据，杀他未迟。
| | 　　　　他由同学介绍，任职来此，
| | 　　　　那同学是指挥部，香主任侄儿。

我已去电惠州，查他的历史。
除此之外，还有谁个可疑？

徐　光　（续唱）一个是李蔓，我已派人监视。

勤务兵　（上）报告，乌石方面来报，李蔓昨晚突然失踪，有人看见两个持枪的游击队把她接走。

徐　光　李蔓是共党无疑。梅桂包庇李蔓，大有问题。

袁复兴　梅桂也是异党分子？

徐　光　梅桂虽然不是共党，但她们常在一起，内情一定熟知，若梅桂肯讲，内奸马上可以抓住。勤务兵。

〔勤务兵上。

徐　光　你骑单车去把梅姑娘马上载来。

勤务兵　是。（下）

袁复兴　你叫梅桂来打算怎样讲？

徐　光　开门见山，要她把同李蔓的关系讲出来嘛。

袁复兴　你要她讲，她就讲了吗？

徐　光　她不讲？……我有办法要她讲！

袁复兴　操之过急，把她吓坏了，反为不美。我以为先劝导，用长者的身份关心感化为好。

徐　光　这就要看你的了。不过我提醒你，要梅桂供出她们的关系，决不能感情用事啊。听说你要娶她作媳妇，是吗？

袁复兴　不瞒你说，是有此想法。但是公是公，私是私，反共是件大事，袁某绝对不敢徇私，如果她是共产党……

徐　光　怎么样？

袁复兴　我宁可不娶。

徐　光　真的吗？

袁复兴　为了我儿子的前程，决不娶个共党媳妇。

徐　光　好，你不要我要。
（唱"滚花"）我不怕娶个红色姑娘做第四妾侍。
哈哈！哈！

袁复兴　你……

	（另场、续唱）他谋梅桂之心未死，
	无心一语泄天机，
	今后要防他为是。
徐　光	（解嘲）讲笑的，不必介意。
勤务兵	（上）梅姑娘来了。
徐　光	让她上来。
勤务兵	是！（下）
徐　光	对梅桂怎个谈法？
袁复兴	还是先礼后兵为好。
徐　光	好，你先和她谈。
袁复兴	最好请你避席。
徐　光	要我避席？也好。你那套"礼"遇不成，就要我的"兵"法了。（下，避到屏风后面）
	〔梅桂上。
梅　桂	（"诗白"）敢踏千重浪，
	管它风雨狂。
	袁书记长你也在这里？又说徐司令找我？
袁复兴	他有事刚走开，坐吧！
梅　桂	书记长……
袁复兴	（蛮慈祥地）叫我做世伯不就好了？我与你父亲是世交啊，你是我的世侄女。
梅　桂	那我就叫世伯吧。世伯，你叫我来做什么？
袁复兴	叫你来嘛……无非是关心你，因为近来见你……
	（唱"寻针"）仰天长叹气，
	心事自家知，
	是否有甚伤悲？失意？
梅　桂	（接唱）世伯关心我多谢你，我实情无问题。
袁复兴	（唱"和尚思妻"）
	愿你无出问题，
	但有人常说你，

		社交复杂，
		不善避嫌疑。
梅　桂	（接唱）	我交往，你都知，
		待人无分彼此。
袁复兴	（接唱）	你那些亲友，
		谁是共产党分子？
梅　桂	（接唱）	哪个是共产党，
		我又如何得知？
袁复兴	（接唱）	你交友要小心，
		不要轻率大意。
		我怕你受人愚，
		自己累自己。

梅　桂　世伯，你也相信我是共产党吗？有什么根据呢？

袁复兴　根据？根据就是你与共产党有关系的人来往。

梅　桂　啊？我与同共产党有关系的人来往？那么他是谁呢？

袁复兴　（支吾）……总之我熟悉他！

梅　桂　你熟悉他，也与他有来往，那么世伯你也是共党了？（见对方被问哑了，不觉好笑）

袁复兴　不要开玩笑，你是共产党也好，了解谁是共产党也好，讲出来有世伯作主，世伯保护你，不要怕！

梅　桂　（很反感，但俏皮地）世伯，你也不要怕，照实讲出来，有世侄女作主，世侄女保护你。

袁复兴　（觉得好笑）你用什么保护我？

梅　桂　我嫁个有权有势的大官，不就可以保护你吗？

袁复兴　（哈哈大笑）你这妹仔，真会讲笑。

〔徐光忍不住，从屏风后面冲了出来。

徐　光　不成！

（唱"快中板"）

　　　　　你休胡闹乱编词，
　　　　　你曾替共党来做事，

全盘与我倒出来。
　　　　　　（转"霸腔滚花"）
　　　　　　　　　　　你这玫瑰〔"梅桂"谐音〕是白是红，
　　　　　　　　　　　我要你当堂表示。
梅　桂　（接唱半句）司令你讲笑……
徐　光　（接唱）　你立刻回答不许你儿戏。
梅　桂　（故作吃惊）请问司令，是红的怎样？是白的又怎样？
徐　光　白的就是我的人，我们相亲……（找不到适当的词）相爱。
梅　桂　是红的呢？
徐　光　红的就是共产党，就是游击队，要杀头！
梅　桂　（直截了当）梅桂是红的。
　　　　〔两人愣住了。
徐　光　好，你自己招供是红的。
袁复兴　梅桂你太任性了。是白的就不能说红的嘛！
梅　桂　不能说是白的。
袁复兴　为什么？
梅　桂　司令不是说，白的就是他的人，要和他相亲相爱吗？
袁复兴　他的意思是说白的是自己人，就可以相安无事。
梅　桂　原来是这样，好吧，那我是白的。
徐　光　不成！
　　　　（恼羞成怒，唱"滚花"）
　　　　　　　　　　　已经招认是红，不能改白，
　　　　　　　　　　　大丈夫一言既出，驷马难追。
袁复兴　（白）她哪里是大丈夫。
　　　　（接唱）　对这不懂事的姑娘不要意气用事。
　　　　　　　　　　　世侄女，你就再说一次！
　　　　〔梅桂撅着嘴，不开腔。
袁复兴　为什么不说，说吧。
梅　桂　（唱"木鱼"）我说什么司令也不会放松，
　　　　　　　　　　　命中注定我爱红。

　　　　　　（稍停，续唱）读书我爱读《红楼梦》，
　　　　　　　　　　　　穿着衣服我爱穿红通通，
　　　　　　　　　　　　赏花我爱赏红芍药，
　　　　　　　　　　　　看景我爱看东升旭日山河红。
　　　　　如果凡是红的都要杀头，那还了得？世上红的东西多得很啊！岳飞的词叫《满江红》，国旗是青天白日满地红，人的血是红的，你三姨太的指甲是红，口唇是红，你司令的鼻子……

徐　光　我鼻子是什么？
梅　桂　司令的鼻子也是红的。
　　　　〔袁复兴几乎笑出来，但又为梅桂的大胆任性着急。
　　　　〔徐光暴跳三尺。
徐　光　（唱"新腔快打慢唱二流"）
　　　　　　　　　　　骂声梅桂太放肆，
　　　　　　　　　　　你是红色玫瑰已无疑。
　　　　　　　　　　　放走李蔓真该死，
　　　　　　　　　　　若不招认后悔迟！
　　　　　　　　　　　我问你，李蔓哪里去了？
梅　桂　她被你打得遍体鳞伤，回沦陷区家乡养伤去了。
徐　光　撒谎，共产党把她接走了，你是她同党。
梅　桂　这是捏造。
徐　光　你不招认，就怪不得我了。来人！
　　　　〔卫兵上。
徐　光　把她带去刑讯室。
卫　兵　是！
　　　　〔梅桂面不改容，昂首阔步下。卫兵跟下。
袁复兴　（简直不相信）老徐，这、这、这、不是太过了吗？
徐　光　对付共产党就要这样。
袁复兴　（"白榄"）梅姑娘，一向任性，
　　　　　　　　　怎能凭她一句话，
　　　　　　　　　就加以共党罪名？

　　　　　　　我要娶她作媳妇，
　　　　　　　儿子回来就下聘。
　　　　　　　他是政治大学高材生，
　　　　　　　甚得陈立夫好评。
　　　　　　　事情若闹大时，
　　　　　　　上司不高兴，
　　　　　　　万一来责怪，
　　　　　　　你我怎担承！

徐　光　这个……（有点压力，想转弯）
　　　　（"白榄"）消灭共产党，
　　　　　　　这是大事情；
　　　　　　　说她不是共产党，
　　　　　　　你拿什么来保证？

袁复兴　（接唱）　有保证，有保证。（袁复兴从公事袋拿出一份表格）
　　　　（唱"扑灯蛾"）
　　　　　　　要她加入国民党，
　　　　　　　我带来入党登记证。

徐　光　她肯申请？
袁复兴　我保证！
徐　光　那好。我也不过吓她一下的。来人！
勤务兵　（上）有！
徐　光　把梅姑娘带回来。
勤务兵　是。（下）
袁复兴　（斟了两杯酒）徐老兄，借此一杯酒，感谢你赏光。干！
徐　光　（悻悻地）什么时候请喜酒呀！
袁复兴　快了，快了！哈哈哈！……（一饮而尽）
勤务兵　（上）报告司令，梅姑娘不肯出来。
徐　光　为什么？
勤务兵　梅姑娘说：要她入去容易，请她出来难！

袁复兴　这玫瑰真是浑身是刺啊！司令你看……（徐光气得别过脸）我去请吧。（下）

〔徐光恼怒地来回踱步。

〔梅桂在袁复兴陪伴下，昂然上场，她威严地向徐光瞪了一眼，阔步下。袁复兴拿着登记表追下。

徐　光　（气怒地）不成，查不出梅桂与共产党的秘密，我决不罢休！勤务兵，传侦缉组长！

勤务兵　是！

〔幕落。

第五场

〔赠产所。

〔开幕时场上阒无一人。

〔特务王星，长衫、毡帽、右手挟公事包，左手拄着一黑布雨伞上。他见屋里没有人，用手轻轻叩门，仍不见有人出来，便探头探脑地向室内窥望。

王　星　（向内）里面有人吗？

梅　桂　（上）你找什么人？

王　星　找你们负责人。

梅　桂　我是，你有什么事？

王　星　（四顾无人，神秘地，唱"四不正"）

　　　　　　刚从韶关专程至，

　　　　　　知道游击队转移。

　　　　　　你是联络点领导，

　　　　　　一宗大事靠你通知。

梅　桂　（接唱）　我听来，全不懂意思，

　　　　　　你把地址搞糊涂，

　　　　　　这是民间赠产所，

　　　　　　只做接生与赠医。

王　星　是赠产所就对了。上级说这是我们的秘密联络点，请你相信我。我有紧急情况要找你们的负责同志。

梅　桂　（背场唱"长句滚花"）
　　　　　　　无经验，无经验。
　　　　　　　是假是真我难判断。
　　　　　　　不如设法暂拖延。
　　　　　　　问过孙尚文再打算。
　　　　（向王星）先生。
　　　　　　　我讲的并非虚言，
　　　　　　　事实此处并无联络点。
　　　　　　　你只管留下地址，
　　　　　　　若有人找你，我代口传。

王　星　（接唱）　地址我不能留，
　　　　　　　因你说此处不是联络点。
　　　　　　　对不起，我走了。

〔王星回身想走时，有一封折成三角的信跌在地上。

梅　桂　（拾起信）这是你遗下的吧！（念上面写着的字）李蔓同志亲启。

王　星　是我的。（赶快要回去）这是领导同志要我带给她的，找不到人，误大事了。

梅　桂　（自语）看来这人是真同志啊！（回过头来）我认识李蔓。

王　星　你送不到的，她已经撤离乌石医社那个联络点了。

梅　桂　啊，那你现在要到哪里去？

王　星　找不到联络点，我只好回韶关去。（向外走）

梅　桂　不！你回来。我给你找李蔓。

王　星　那你是我们的同志咯！

梅　桂　我？……怎么说呢，把信交给我吧！

王　星　我要见她本人，亲手把信交给她。

梅　桂　好，你明天晚上来吧，我一定帮你找到她。

王　星　（定神一想）也好，也好！一言为定。
　　　　（唱"滚花"）明晚再见我走先。（下）

〔梅桂背起十字箱，准备出去找人。

〔雷鸣上。

梅　桂　孙尚文你来得正好，我正想去找你呢。韶关有同志来找你们。

雷　鸣　韶关有同志来找我们？现在哪里？

梅　桂　刚走了，我约他明天晚上来。

雷　鸣　啊，他是什么人？找"我们"干什么？

梅　桂　（唱"减字芙蓉"）

　　　　　　　他说特地到来，
　　　　　　　找游击队联络点。
　　　　　　　有信面交蔓姐，
　　　　　　　不肯交给我代传。

雷　鸣　（接唱）　分明是信口开河，
　　　　　　　冒充来招摇撞骗。
　　　　　　　李蔓她在乌石，
　　　　　　　何以投信到这边。

梅　桂　这个人难道是假的？

雷　鸣　本处没有设站或点，就是有，也不叫联络点。同时，上级来人为什么会找到这里？既然来了，为什么又不找区委负责人，偏要找李蔓？这是卑鄙的试探。

梅　桂　真可恶，我上他的当了！（从窗口望去）陈建来了，他可能找你回去发电报吧。刚才那件事还没谈完，你千万不要走，请到里面等一下好吗？

雷　鸣　好吧！（下）

〔陈建上。

陈　建　梅姑娘，你知道蔓姐在哪里？

梅　桂　你要找她？（直觉地）为什么这么多的人要找她？你是不是也想约她来？

陈　建　不！叫她千万不要来。

梅　桂　为什么？

陈　建　（唱"凤阳歌"）

司令已把令传下，逮捕她归案。
　　　　　　　　　　　因有人见证她与共产党牵连，
　　　　　　　　　　　你快通知她要远离去。
梅　桂　（接唱）　她既有风险，我梅桂是否会受嫌？
陈　建　（接唱）　鹰犬已派出，勿大意失算。
梅　桂　多谢你提醒……你还有话对蔓姐说吗？
陈　建　（沉默有顷，"口鼓"）
　　　　　　　　　　　只有一言请代转，
　　　　　　　　　　　你说我衷心钦佩他们。
　　　　　　　　　　　有朝一日阳光艳，
　　　　　　　　　　　污泥也会出白莲。
梅　桂　好，我一定把你的话告诉蔓姐。（握手）
陈　建　（压低声音）最近风声很紧，县党部那班家伙贼心未敛，正在多方侦察电报机下落，想把此事揭穿。你快些取得司令放行条，把电台运出司令部，迟恐生变。
梅　桂　好，我尽快去弄放行条，让电台早日搬迁。
　　　　〔陈建下。
　　　　〔哑女、雷鸣上。哑女出外把风去了。
梅　桂　陈建已经说了，周围已经派出"鹰犬"。
雷　鸣　那个所谓韶关来人是特务无疑。
梅　桂　真糟糕，他明晚来，我该怎么办？
　　　　（有点焦急，惴惴不安）
雷　鸣　要冷静，想办法对付他们。
梅　桂　哪有什么更好的办法？
　　　　〔两人低头在想对策。
雷　鸣　陈建刚才不是催你向徐光拿放行条吗？运电台的事确实很急。我们可以利用特务这件事，来他个一石二鸟。来，你听我讲。
　　　　〔雷鸣在梅桂耳边低声说着。
　　　　〔梅桂听了，激动不已。
梅　桂　好极了！

雷　鸣　你敢干吗？

梅　桂　我敢！

雷　鸣　你敢就好了。

（唱"滚花"）让他们搬石头打自己脚，

最后落得个有口难言。

梅　桂　（十分赏识，接唱）

感谢你为我解围惩鹰犬，

一条妙计可回天。

你有勇谋有决断，

同你一起令人气壮志坚。

雷　鸣　在一起的时间不多了！上级已下令我撤退。

梅　桂　（十分意外）你撤退？到哪里去？

雷　鸣　回游击区！

梅　桂　我呢？我的参队请求，组织批准了没有？

雷　鸣　你的参队请求，组织已经批准了，现在我正式通知你，你是我们部队的成员了！

梅　桂　批准了！真的批准了？我的参队愿望终于实现了！那我可以跟你一齐走吗？

雷　鸣　跟我一齐走？

梅　桂　是的，既然批准我参队，为什么不让我马上走呢？

（兴奋地唱"长句二黄"）

无日不相催，投身前线去，

横枪跃马，听那战鼓频播。

夜宿寨，参加篝火会，

仰望星星北斗，展望未来。

战友亲情，已在梦魂相聚。

若我哥哥还在，和他那位战友雷鸣一定赞许。

（转"合尺滚花"）

何不让我，早日追随。

雷鸣，你可认识？

雷　鸣　认识。

梅　桂　哥哥说他是位赤胆忠心、智勇双全的英雄,是吗?

雷　鸣　不!不是的,他不过是个普通战士!

梅　桂　(不以为然)难道你比哥哥更了解他?你知道他现在何处吗?

雷　鸣　他?……远在天边,近在眼前。

梅　桂　他到底在哪里?难道你?

雷　鸣　(点头)

梅　桂　(惊喜)啊!雷鸣同志。

　　　　(热泪夺眶而出,唱"剪剪花")

　　　　　　　　原来就是你,

　　　　　　　　难禁泪盈眶。

　　　　　　　　相逢不相认,

　　　　　　　　实在难料想。

　　　　　　　　我哥哥总把你夸奖,

　　　　　　　　你是好榜样,

　　　　　　　　值得敬仰。

　　　　　　　　关于我的事情,

　　　　　　　　他可有道其详?

雷　鸣　(接唱)　　他有嘱咐找他亲妹。

梅　桂　(接唱)　　你为何把话藏?

雷　鸣　(唱"孔雀开屏")

　　　　　　　　生怕一朝出事,把你牵涉拖累,

　　　　　　　　因我安危未可知,

　　　　　　　　又鉴于此处还有不少反动权势,

　　　　　　　　他们暗逐明追在你周围。

　　　　　　　　你的举止、来往都受人注意,

　　　　　　　　这时感情需要隐蔽,

　　　　　　　　个人行动不能大意。

梅　桂　(唱"银河会")

　　　　　　　　得到参队我真高兴,

　　　　　　　今晚又遇到你，
　　　　　　　喜上加喜。
　　　　　　　我求你工作跟我一齐，
　　　　　　　携手并肩，
　　　　　　　高飞展翅，
　　　　　　　飞向解放了的自由天地。
　　〔梅桂热烈而又深情地向雷鸣伸出手来，雷鸣压抑着感情，接过伸来的手。
雷　鸣　（唱"滚花"）与你一起工作，我当然欢喜。
　　　　　　　唯是我们已参加革命，
　　　　　　　一切行动要听指挥。
　　　　　　　我今晚到来是辞行，
　　　　　　　二是向你传达上级指示。
　　　　（"口鼓"）根据目前形势，
　　　　　　　麻石情报工作不能放低，
　　　　　　　它处两县重要地位，
　　　　　　　关系局势成败安危。
　　　　　　　上级决定我走之后，
　　　　　　　此地情报工作由你接替。
梅　桂　（简直不相信自己的耳朵）此地情报工作由我接替？
雷　鸣　是的，留下你做党和部队的耳目，贴在顽固派的身边，搞情报，搞材料。
梅　桂　我能够胜任吗？
雷　鸣　凭你的忠诚、勇敢，是能够胜任的。你的意见呢？
梅　桂　我？我已经参加部队了，我应该一切行动听指挥，可是……你我为什么不能在一起呢？
雷　鸣　这是工作的需要啊！
梅　桂　我……（欲言又止，忽地低下头来，忍着眼泪走开了）
雷　鸣　你难过了？
梅　桂　（唱"梆子慢板"）

我梦见一颗流星，
　　　　　　　　　使我心灵震动，
　　　　　　　　　他神奇光焰。
　　　　　　　　　速如疾风，
　　　　　　　　　我来不及，
　　　　　　　　　欢迎赞颂，
　　　　　　　　　一瞬间，便离去，
　　　　　　　　　消逝在夜空。
　　　　　　　　　我来不及，
　　　　　　　　　道一声珍重，
　　　　　　　　　却难忘那光彩真容。
　　雷　鸣　（唱"新曲"）心灵荡漾春风，
　　　　　　　　　我也情怀激动。
　　　　　　　　　谁无理想，
　　　　　　　　　谁无感情，
　　　　　　　　　谁无梦！
　　　　　　　　　怎奈国家水深火热，
　　　　　　　　　人民灾难重重。
　　　　　　　　　现实的磨难，
　　　　　　　　　驱除了浪漫的幻想，
　　　　　　　　　惊破了甜蜜的美梦。
　　　　　　　　　我们必须接受挑战，
　　　　　　　　　投身滚滚抗日洪流，
　　　　　　　　　革命斗争中。
　　梅　桂　（唱"南音"）今夜见，你行踪，
　　　　　　　　　梦里流星喜相逢。
　　　　　　　　　相聚瞬间又将你送，
　　　　　　　　　我留你去各东西，
　　　　　　　　　忍受分离心虽懂，
　　　　　　　　　试问何日再相逢。

雷　鸣　（接唱）　　何日相逢，一时难料中，
　　　　　　　　　　　今后望情谊不断，讯息相通。

梅　桂　（感动地一字一板重复对方的话）我、们、今、后、情、谊、不、断、讯、息、相、通！？（闪着泪花一步步走向雷鸣，两人紧紧握手）
　　　　〔哑女上，示意有人来。

雷　鸣　我该走了。

梅　桂　不！应该提高警惕！（拿起听筒）你不是来看病的吗？快坐下。
　　　　〔雷鸣依从坐下，听任梅桂诊脉。
　　　　〔哑女会意地微笑。
　　　　〔幕落。

第六场

　　　　〔上场第二天晚上。
　　　　〔二幕前。

梅　桂　（内唱"追信头"）
　　　　　　　　　既招架，更还刀！
　　　　〔梅桂带着王星上。

王　星　（接唱）　　来寻共产党，我早已相告。
　　　　　　　　　烦劳你向导，又跋涉长途。

梅　桂　（"白榄"）要我当向导，你须听调度，
　　　　　　　　　用布绑起了眼睛，沿途一声不能露。

王　星　（"白榄"）绑起我眼睛？不能这样做！

梅　桂　（"白榄"）你不肯，就算数。
　　　　我走了！

王　星　你不要走，你不要走。

梅　桂　（有所发现，"白榄"）后面有个人，似是跟踪特务。

王　星　（急掩饰）特务？不，不要疑心。
　　　　（"白榄"）绑不绑眼睛，全听你摆布。

梅　桂　（动手把王星的眼睛绑了，"白榄"）
　　　　　　　那是秘密联络点，你应该知道。
　　　　　　　绑住你双眼，
　　　　　　　就是不让你识得去路，
　　　　　　　因为提防奸细与叛徒。
王　星　这个我知道。
梅　桂　现在去找共产党了，我要你行就行，要你企就企。
王　星　是，是，你要我去东，我决不去西。
梅　桂　走！
　　　　〔梅桂拉着王星的黑伞，带他下。
　　　　〔一个便衣特务尾随过场。
　　　　〔二道幕开。
　　　　〔徐光的战时公馆。景同第五场。
　　　　〔开幕时，徐光架着二郎腿坐在狗牌留声机边听唱片。唱片放出哆声哆气的色情粤剧。他在摇头晃脑，拍腿打板，想入非非。最后烦躁地把留声机关上。
徐　光　（念）三姨太大腹便便入医院，
　　　　　　　我这里翻来覆去夜难眠。
勤务兵　（上）报告司令，梅姑娘到来求见。
徐　光　梅姑娘？快请。
勤务兵　是！（想下）
徐　光　慢！梅姑娘来了以后，谁也不准上楼，梅姑娘没有我的命令也不准下楼。
勤务兵　知道。（下）
徐　光　（"七字清"）鬼使神差她来进见，
　　　　　　　神仙美眷天赐良缘。
　　　　〔徐光喜得手舞足蹈。
　　　　〔梅桂上。
徐　光　梅姑娘来了，请坐，请坐。上次的事你不要见怪啊！
梅　桂　徐司令已经赔礼了，还敢见怪吗？为什么袁书记没有来？

徐　光　他来干什么？

梅　桂　他答应我来，一齐办这件公事。

徐　光　公事？什么公事？

梅　桂　（煞有介事地，压低声音）我送共产党来了。

徐　光　什么？送共产党来了？

梅　桂　（"白榄"）昨日和今天，有人来捣乱，
　　　　　　　　　行为好鬼祟，引起我疑团。
　　　　　　　　　我问他干什么？他效毛遂自荐，
　　　　　　　　　讲要找共产党，求我代通传。
　　　　　　　　　我看他不是好人，所以带他来进见。
　　　　　　　　　请司令你发落，免我再受嫌！

徐　光　共产党？有几个人？现在哪里？

梅　桂　只是一个人，现在门外等着。

徐　光　勤务兵！（勤务兵上）你跟梅姑娘到门外把犯人抓上来。

勤务兵　是！

〔梅桂与勤务兵下。

〔徐光抽出手枪，检查一下子弹，又放回手枪袋里，然后焦急地踱步，等着。

〔梅桂与勤务兵押蒙了眼睛的王星上。

徐　光　（审问王星）你从哪里来？

王　星　韶关。

徐　光　你是来找共产党吗？

王　星　是的。我是上级派来执行重要任务的。

徐　光　那你真是共产党了？

王　星　真的，我真是共产党，一点不假。请问你是共产党的领导同志吧！

徐　光　什么共产党的领导同志，睁开你的狗眼！

〔徐光怒气冲冲，一把扯下王星绑眼睛的黑布。王星看见眼前站的是徐光，吓得脱帽、鞠躬，猛打哆嗦。

王　星　徐司令，我不……不是共产党，我是司令部侦缉组派出的侦缉

员王星。

徐　光　你?……饭桶!(一巴掌打过去)给我滚!

王　星　是!我滚,我滚!(连爬带滚下,勤务兵跟下)

梅　桂　(佯怒,唱"滚花")

　　　　　　　　原来是侦缉组假扮共产党人将我骗!

　　　　(白)对不起,我告辞了!(要走)

徐　光　不,是误会,大大的误会!梅姑娘啊!

　　　　(接唱)　你带得他来见本司令,

　　　　　　　　证明你清白无嫌。

　　　　既然你是"白"的,今后我们可以相亲……(改口)真诚相见。

梅　桂　("口鼓")不!我那天说过是红,

　　　　　　　　今天还是红始终不变。

徐　光　("口鼓")红的也好嘛,

　　　　　　　　我正想娶个红色的四姨太添。

梅　桂　("口鼓")不要脸!

徐　光　你讲什么?

梅　桂　(毫不示弱,"口鼓")

　　　　　　　　我讲你不要脸,有失司令尊严。

徐　光　(强忍着,打哈哈)梅姑娘呀!

　　　　(唱"清歌")本司令操生杀大权,

　　　　　　　　东宝一带算我至尊。

　　　　　　　　娶他四妾三妻好随便,

　　　　　　　　何至丢脸有失尊严?

　　　　　　　　劝奉姑娘要早打点,

　　　　　　　　找个对象结婚先。

梅　桂　找对象?我已经有啦。

徐　光　有啦?是不是书记长的袁公子呢?

梅　桂　不!不是什么袁公子。

　　　　(唱"清歌")他在坪石中大读医学院,

婚姻之事要等明年。

徐　光　啊，书记长没有说过要娶你做媳妇吗？

梅　桂　我没答应。

徐　光　不答应就好了。你说已经有对象，我知道是骗我的。
（唱"二黄"）须知我最关心，就是你的终身大事。

梅　桂　（"唱序"）多谢司令你好意。

徐　光　（续唱）战时艰苦，你收入低微，何不出来做点生意。

梅　桂　做生意？我哪里有本钱？

徐　光　本钱，我有嘛。来来来！
〔徐光为了达到引诱的目的，不惜亲自打开夹万，把一沓沓美钞、西纸拿了出来。

梅　桂　亏了本，我哪里来钱还给你？

徐　光　（数"白榄"）我们做生意，哪有亏本的事，
西药棉花最好市，还有禁运物资。
枪支与鸦片，更是一本万利。
有我的放行条，就可销流各地。

梅　桂　（见机会来了）你的放行条？可以运东西进来吗？

徐　光　（"白榄"）不只可以运进来，
而且可以运出去，
来来去去，
通行无碍。

梅　桂　（"白榄"）生意我不做，但求一件事，
给我写张放行条，可以不可以？

徐　光　你要放行条，干什么？

梅　桂　（"白榄"）我的赠产所，医药非常缺。
药品运入来，守军常拦截。
写了放行条，免得生周折。

徐　光　（"白榄"）写放行条，那还不容易。
吃点水果吧。（从柜子里端出香蕉、菠萝）请吃吧！

梅　桂　司令……

徐　光　不忙。今晚在这里吃夜宵。（向楼下）杀只鸡吧！（下面应声"是"）

梅　桂　时间不早了，我要走了。

徐　光　听听留声机嘛！（开留声机）

梅　桂　（背供，唱"减字芙蓉"）

　　　　　　　他迟迟不写，我怎好空手回。

徐　光　（背供，接唱）我要把她留，陪我同一醉。（到酒柜选酒）

　　　　（白）梅姑娘，你喜欢什么酒呢？

梅　桂　我不会喝酒。

　　　　（背供，接唱）他想行凶借酒醉，恕我少奉陪。

　　　　告辞了！

　　　　〔梅桂径自走下楼去，但给勤务兵很有礼貌地挡驾，退了回来。

徐　光　（背供，接唱）她不陪也得陪，下面无路退。

　　　　〔徐光悠然自得，架起双腿，坐在那里剥香蕉。

　　　　〔梅桂不时在窗前向楼下张望，忽然眼睛一亮。

梅　桂　（另场唱"滚花"）

　　　　　　　他软硬兼施将我钳制，

　　　　　　　你有围城计我有上城梯。

　　　　　　　袁复兴已依约而来，

　　　　　　　我要改变局势。

　　　　〔梅桂走近阳台，向楼下招呼。

梅　桂　袁书记长！世伯你来了，快上来吧！

　　　　〔袁复兴在楼下应声："无司令吩咐不得上来！"

梅　桂　司令在这里呢！司令，书记长要上来。

徐　光　（无可奈何向楼下喝令）让他上来吧！

　　　　〔下面应声："知道。"袁复兴随即跑上楼来。

袁复兴　（一见梅桂便唱"板眼"）

　　　　　　　听你说吃了饭，

		要押个共产党到此间。
		我早就赶来天色已晚，
		因给卫兵挡住四围行。
徐　光	（勉强应付）	不知道你来嘛!
袁复兴	真气人!	
梅　桂	原来世伯被人挡驾。刚才那场戏真好看，可惜你不在场。	
	（唱"快二黄"）	
		那共党押来，竟是侦缉假扮，
		他们装神扮鬼，有意同我为难。
袁复兴	（续唱）	用这种手段整人，真是丢人现眼。
		我几次保你，谁知越保越弯。
梅　桂	（接唱）	你纵有好心，怎奈事情难办。
		不得司令谅解，你自找麻烦。
袁复兴	（唱"滚花"）我与你到惠州找上峰告状，	
		若然有错我陪你请罪坐监!
	我们走!	
徐　光	袁书记长，不要发火，这是误会，是我下面的人无能，我已向梅姑娘道歉了。	
袁复兴	道歉就了吗？你审讯她在前，用侦缉取闹于后。今晚竟拒我于门外，把这姑娘困在府内，夜不放归，意欲何为？	
徐　光	这个……	
袁复兴	你讲，这又是抓共党吗？	
徐　光	（自知理亏）袁大哥，梅姑娘今晚押人来报案，这举动是清白无嫌，我哪敢把她当共党抓。说她是共产党，实在想吓唬她一下。	
袁复兴	（还不放过）不当共党，你当她作什么？	
徐　光	这个……	
梅　桂	（乘机转圈）司令是有不该之处，可我也提出过……	
袁复兴	你提出过什么？	
梅　桂	请司令写张放行条，让赠产所的医药免搜，放行无阻。	

袁复兴　这是应该的，写了没有？

梅　桂　还没有呢？

袁复兴　为什么不写？（怒问徐光）

徐　光　我写，我写，现在就写。（走到办公桌写放行条）

梅　桂　（另场，唱"了缘曲"）

　　　　　　　　官斗官，鬼打鬼，

　　　　　　　　助我渡过难关。

　　　　　　　　拿了证件。

　　　　　　　　立即返家，

　　　　　　　　免受刁难。

〔徐光把通行条交给梅桂。

梅　桂　谢司令。世伯，我们走吧！

袁复兴　不，我还有话讲，你先走吧！

梅　桂　那我告辞了。司令，请叫下面的人放我走吧！

徐　光　（向下面一挥手）让她走吧！

〔梅桂下。

徐　光　袁老兄，有何见教？

袁复兴　你的军队有问题呀！

　　　　（唱"三脚凳"）

　　　　　　　　调查孙尚文，

　　　　　　　　文书已拿返。

　　　　　　　　历史有案底，

　　　　　　　　九成是内奸。

〔拿出文书给徐光看，徐光看了冷笑一声。

徐　光　搞过学生运动，被学校开除，都是共党吗？你我都闹过风潮，都被开除过，你我也是共党？

　　　　（唱"滚花"）对军队的人，我绝不纵容偏袒，

　　　　　　　　拿到真凭实据，我就亲手除奸。

勤务兵　（上）司令，孙尚文呈递给你的请假报告。（递报告书给徐光，下）

袁复兴　孙尚文请假?
徐　光　是的,他说祖母病危,要请假回家。
袁复兴　我看他想溜走了。
　　　　("白榄")他这次告假回乡,大有文章在。
　　　　　　　一怕暴露撤退,二来嘛……会不会乘机运走
　　　　　　　电台?
徐　光　("白榄")你还怀疑那电台,真是妙想天开。
袁复兴　("白榄")因我手下的人有足够根据。
徐　光　有足够根据?如果不是事实……
袁复兴　我负荆请罪。如果是事实呢?
徐　光　(唱"霸腔滚花")
　　　　　　　我夸啦一声,当堂开枪治罪,
　　　　　　　要他们一个个血溅阶台。
袁复兴　好!
　　　　(接唱)　不愧是军人,真有英雄气概。
徐　光　(接唱)　抓住真凭实据,你就看我老徐!
袁复兴　好,好,好!
　　　　〔幕落。

第七场

　　〔二道幕前。
　　〔地点是司令部附近。
　　〔雷鸣、梅桂各从不同的方向上。两人碰面。
梅　桂　这是徐光写的放行条,请你立即运出电报机。(交放行条)
雷　鸣　好。你马上派哑女来运电报机,我已把它伪装成行李。
梅　桂　派哑女接"行李"?好,我叫她在司令部门前小巷等你。梅
　　　　桂、雷鸣分头下。
　　〔袁不凡带着特务鬼鬼祟祟地尾随上,发现有人来,马上躲在
　　　一边。
　　〔哑女上,向刚走的雷鸣方向走下。

袁不凡　好呀。

（唱"快滚花"）

大小老倌都上场，
看来真要演场大戏。
有我这个老秘在此，
谅你插翼也难飞。

特　务　你看，孙尚文从司令部拿出一袋行李，向小巷蹿去，快追!

袁不凡　慢着，你看从小巷出来的又是谁？

特　务　是哑女。她背上放的正是孙尚文那个行李袋，正向我们走来。

袁不凡　好，你装作无意，上去碰她一碰，目的要摸清袋里装的是什么东西。

特　务　好咧!

〔袁不凡避下。

〔哑女用棍挑着一件"行李"上。

〔特务故意向哑女撞去，哑女躲开。特务一手把"行李"从她肩上拉下来，用手想去摸袋，给哑女用棍隔住。他乘机跌在"行李"上伸手乱摸。哑女高举木棍，三两下子，把他打翻在地，挑起"行李"一溜烟走了。

袁不凡　（上，拉起特务）摸清楚了没有，里面装的是什么东西？

特　务　是电报机。

袁不凡　你有没有搞错？

特　务　没错，是用铁做的，大小与我们晚上看的那部电台一样。

袁不凡　很好，你立刻回去报告书记长。我去跟踪哑女。

〔两人分头下。

〔二道幕开。

〔地点仍是赠产所。

〔梅桂在焦急地等待哑女运"行李"归来。

〔雷鸣上。

梅　桂　你有看到哑女吗？她去接电报机现在还没有回来？会不会路上出问题？

雷　鸣　"行李"已交给她了，现在还未回？形势越来越紧张了！
　　　　（唱"快十字中板"）
　　　　　　　　　　袁复兴，闻到气味，对我生疑，
　　　　　　　　　　他派人，查来历，曾多方探试。
　　　　　　　　　　还对我，暗中监视，取得了徐光的支持。

梅　桂　（唱"滚花"）你的安全，必须注意。
　　　　〔哑女挑着"行李"匆忙上。

梅　桂　你把东西运回来了！
　　　　〔哑女挑着"行李"，袁不凡跟着追了上来。

袁不凡　（唱"跳花鼓"）
　　　　　　　　　　哑女太不应，将人打在地，
　　　　　　　　　　叫也叫不住，狡猾过狐狸。

梅　桂　她打了谁？
袁不凡　梅姑娘！
　　　　（唱"流水中板"）
　　　　　　　　　　本来没问题，（双）
　　　　　　　　　　缉私人员要查她东西，
　　　　　　　　　　她东躲西藏还将人打低。
　　　　　　　　　　他们委托我一来教训这哑鬼，
　　　　　　　　　　二来例行公事把东西睇一睇！（动手）

梅　桂　不准睇！
袁不凡　不准睇？别人就更加疑心里面有鬼了。
梅　桂　这是你疑心生暗鬼。
袁不凡　睇了就不疑心。
梅　桂　疑心也不准睇。
袁不凡　要睇。
梅　桂　（很气，逼视对方）你一定要睇？
袁不凡　一定要睇。
梅　桂　好吧，要睇，就先睇这个。（从哑女手里拿过通行条一亮）
袁不凡　这是什么？

梅　桂　你看吧。

袁不凡　（凑前一看）啊，徐司令的放行条！（马上怯退下来）

〔特务带着徐光、袁复兴、副官、士兵等一班人气势汹汹地奔上。气氛骤变，有的惊愕，有的自以为得计，有的镇静如常。

袁复兴　（向袁不凡）赃物在哪里？

袁不凡　就是这个。（指"行李"）

袁复兴　检查过了吗？

袁不凡　梅姑娘说有徐司令的放行条，不让打开检查。

徐　光　什么放行条，打开！

〔大家愣着不动。

徐　光　（大喝一声）给我打开！

〔哑女把开"行李"的钥匙交给梅桂，梅桂拿着又不动。

〔雷鸣从容地拿过梅桂手中的钥匙走向"行李"。

〔徐光怒目圆睁，"嚓"地从枪袋抽出手枪，对准开锁的雷鸣。

〔"行李"打开，袁不凡与特务把袋里的东西抖出来，一看，原来是一袋西药和医疗器材。

袁不凡　什么，是医疗器械，是药品？

徐　光　（怒不可遏）你……混账透顶，神经病！（怒冲冲率众走了）

袁复兴　（指着袁不凡）你……你……你虚报军情，简直是混账透顶。（气急败坏地追下）

袁不凡　（一手揪住特务的胸口）你说是电报机，你这混蛋！（一巴掌把特务打在地上，自己走了）

〔特务从地下爬起来，鼻孔流血，他拿了桌上的药棉塞上鼻子。

特　务　你打了老子，老子饶不了你。（奔下）

梅　桂　这是怎么回事？

雷　鸣　（笑对哑女）张女，你过来说吧。

梅　桂　（惊讶）你？！

雷　鸣　她是我们的地下交通员，叫做张女。

梅　桂	（紧紧抱着张女）真想不到，原来你是同志，幸亏有你，你怎么会拿了这些东西回来的?
张　女	这是雷鸣同志的巧妙安排。
雷　鸣	（"口鼓"）为了提防特务破坏运电台，我准备了两个同样的行李袋。 一个装电报机，交由张女运出来。 一个放在群众家里，用作迷惑特务的假电台。
张　女	（"口鼓"）刚才我奉命接运装电台的行李袋， 中途遇特务又摸又追。 我机警甩开"尾巴"， 跑到群众家中去， 放上那袋电报机， 换这袋东西出来， 等狗秘书追到， 我已桃将李代。
梅　桂	原来是这样！
雷　鸣	我明天一早便离开，我走之后，组织上会派人跟你联系，领导你工作。姓袁的世伯关系还可以继续利用。徐光抓不到把柄，对你一时还不会触动。当然，我们做情报工作的，随时会碰到危险和困难，随时要经受严峻的考验啊！
梅　桂	好！ （唱"二流"）感谢你勉励关怀， 自知自重， 我要经受考验， 决不忘记初衷。 我要把哥哥遗言， 见之行动： （转"滚花"）风霜何所惧， 玫瑰愿常红。
雷　鸣	我明天一早就带着电台走了。

梅　桂　祝你与电台安全回队！
三　人　（齐唱"煞板"）
　　　　　　　东江水，奔腾急，
　　　　　　　迎接风雷！
梅　桂　再见吧，雷鸣！
雷　鸣　梅桂珍重！张女再见！
张　女　再见！
　　　〔雷鸣与两人一一握手，下。
　　　〔梅桂与张女招手送别。
　　　〔光束照亮着梅桂挺秀刚毅的脸。
　　　〔"生当作人杰"的主题音乐越来越高昂、激荡。
　　　〔幕落。剧终。

伦文叙传奇

（广东地方掌故七场粤剧）

人物介绍

伦文叙　　阿琇　　伦　母　　胡员外　　胡夫人　　胡　蓉
梁二官　　书　僮　　法　师　　和尚二人　　护卫若干

柳先开　　梁　储　　赵士德　　弘治皇帝　　太　监　　旗　牌
中　军　　试　子　　差　官　　婢　仆　　　宫女若干

第一场

〔明朝成化辛丑年间（公元1481年）。
〔广东南海西禅寺大雄宝殿内外。
〔阿琇手挽拜神全盒领胡蓉小姐上。

胡　蓉　（"中板"）古寺西禅香火盛，
　　　　　　　　　烧香许愿祷神明。
阿　琇　（接唱）　他日如意郎君来下聘，
　　　　　　　　　小姐终身富贵享尊荣。
胡　蓉　当然啦！（倨傲自信）
　　　　（"滚花"）富贵贫穷天注定！
阿　琇　小姐，香已烧完，回家去吧。（二人下）
伦文叙　（内场叫卖）卖菜喇！（挑担上）

（"旱天雷"）瓜菜认真平，斤两又足秤，
　　　　　街坊熟客童叟无欺卖菜仔远近传名，
　　　　　阿婆爱食菜蔬所以能长命，
　　　　　大婶，阿姆，有么帮衬快开声。

〔不停叫卖，狗吠声。
〔阿琇急上，一见伦文叙不由分说，拉着就走。

伦文叙　你干什么？干什么？！（被迫放下菜担）

阿　琇　小姐她……她被狗追……快去救人！

〔伦文叙放下菜担，拿起担竿，跟阿琇急下。
〔少停，伦文叙和阿琇扶小姐上。

胡　蓉　（挣脱伦文叙的手，不满地）阿琇，他是什么人？

伦文叙　读书人。

胡　蓉　读书人？（瞅着菜担）那你担菜做什么？

伦文叙　卖菜啰！

胡　蓉　你说你是读书人？

伦文叙　我朝卖菜，晚读书。

胡　蓉　读书人为什么要卖菜？

伦文叙　因为家穷。

胡　蓉　家穷就要卖菜吗？

　　　　（"送情郎"）既系文人，要讲庄敬，
　　　　　　　　你却上街挑担为何情？
　　　　　　　　元荽葱蒜唤卖不停，
　　　　　　　　难免被人暗睇轻。

伦文叙　做小贩就丢面吗？（不悦转释然一笑）我看未必，
　　　　就讲圣人孔夫子——
　　　　（接唱"送情郎"）
　　　　　　　　世人们都对佢尊敬，
　　　　　　　　论他家世却籍籍无名。
　　　　　　　　年少家穷卖烧饼。

阿　琇　（觉得有趣）孔子卖烧饼！有没有搞错啊？

伦文叙　有书为证。（念书）子曰："吾少也贱，故能作鄙事。"
　　　　（续唱）　　孔夫子当年也出身轻。

胡　蓉　你敢与孔夫子比？哼！
　　　　（"减字芙蓉"）
　　　　　　　　　　何不将尊容，照下菱花镜？
　　　　　　　　　　周身无贵气，
　　　　（转"滚花"）成只马骝精。

伦文叙　哈、哈。
　　　　（"滚花"）若是猴王孙大圣，（介）
　　　　　　　　　　倒可一翻筋斗闹天庭。

胡　蓉　贫贱之人也想上天？
　　　　（接唱）　　鲇鱼上竹竿，上极唔到顶。

阿　琇　……小姐，我们曾求助于他。
胡　蓉　那好，打赏他几个钱吧！
阿　琇　小哥，这银两是我家小姐打赏你的。
伦文叙　不，"君子不食嗟来之食。"
胡　蓉　又穷又酸，不要就算。
阿　琇　我们打搅了他卖菜……
胡　蓉　把菜全买下来，问他要多少钱？
阿　琇　（对伦文叙）把菜全买下来，小姐问你要多少钱？
伦文叙　我的菜是供人食用的，不是供人施舍的，不卖。
阿　琇　小姐，他不卖。
胡　蓉　哼！分明是斗气，把菜挑过来。
阿　琇　这……
胡　蓉　去吧。
　　　　〔阿琇无奈去搬菜担，伦文叙拦阻，又不便拉拉扯扯。
伦文叙　（突然高声佯叫）不好，狗来了！
胡　蓉　（一惊）狗！
阿　琇　（探头一望，不见有狗，会意地向伦文叙一笑，回头哄胡小
　　　　姐）小姐快走。

〔阿琇拖胡蓉急下，胡蓉在慌乱中碰翻了菜担，踏烂了白菜。

伦文叙　（拾起地上的白菜，自嘲自谑地）菜呀菜……
　　　　（"快二黄"）我为救人受辱，累你也被欺凌。
　　　　　　　　　好个红粉娇娥，可惜刁蛮任性。
　　　　　　　　　无奈从头收拾，惨淡经营。（拉腔）
　　　卖白菜，有大白菜卖……
〔圆场，到寺前。
〔一和尚走了出来。

伦文叙　师父，买菜吗？
和　尚　买呀，不过，未买菜，先买才。
伦文叙　买才？
和　尚　唔！
　　　　（"白榄"）我们寺里百贤殿，
　　　　　　　　　欲求才子作门联。
　　　　（白）联中要合一百之数。
　　　　（接念）　若然题得好，打赏钱三千。
伦文叙　（接念）　分明是"大话三千"将人骗。（掉头想走）
和　尚　慢走！
　　　　（接念）　这是法师之命，我不过把话来传。
伦文叙　啊！是法师之命？好！
　　　　（接念）　即席写门联，拿来纸、笔、砚。
〔和尚们即拿出纸、笔、墨，伦文叙在小和尚的背上即席挥毫。
和　尚　（接过写好的对联，念）杏坛七十二贤贤贤希圣，
　　　　　　　　　　　　　　　云台二十八将将将封侯。
　　　七十二贤加二十八将，正好切合一百之数。（赞赏）好对呀，好对。
　　　（"滚花"）快挑菜入伙房，见法师领赏钱。（仄）
〔和尚带着伦文叙从大雄宝殿后面下。
〔一阵鼓乐声。

〔伦文叙挑了空担与和尚复上。

伦文叙　因何外面鼓乐喧天？
和　尚　（"口鼓"）乡贤梁储大人来此烧香了愿。
伦文叙　（"口鼓"）闻说梁储出身贫薄，
　　　　　　　　是位苦学成才的大员，我早仰慕此公，能否容我
　　　　　　　　拜见？
和　尚　不能，不能。
　　　　（"口鼓"）我是出家人，
　　　　　　　　你是卖菜仔，
　　　　　　　　他是一品大员。
伦文叙　（"口鼓"）可否在一旁偷窥大官威严？
和　尚　不可，万万不可。
　　　　（"口鼓"）给大人发现，
　　　　　　　　你我罪大弥天，
　　　　　　　　你走吧！
〔拉着伦文叙的菜担不放，伦文叙急中生智，双手一松，乘机躲在神台底。
〔梁储与护卫一干人等在法师陪同下上。
梁　储　（"诗白"）古寺西禅，佛地庄严。
　　　　　　　　祥光普照，亿万斯年。
法　师　大人请上香。
〔梁储向三宝佛参拜，上香，口中念念有词，护卫兵丁两边肃立。
梁　储　（忽见神台上有黑影，惊呼）快拿刺客。
〔护卫蜂拥而上，从神台下拖出伦文叙。
法　师　（暗责）原来是你！
梁　储　（"口鼓"）大胆狂徒，何以藏在神台下面？！
伦文叙　（气慑答不上话）……
〔和尚急向法师耳语。
法　师　（忙向梁储施礼，"口鼓"）

此乃本地神童伦文叙，贫僧托伧写对联。
　　　　　　　他才思敏捷，向学心坚。
　　　　　　　家虽贫仍勤攻书卷。
　　　　　　　今日无知冒犯，非是品行不端。
梁　　储　有这等事？
　　　　　（端详一下伦文叙，"口鼓"）
　　　　　　　既是读书人，
　　　　　　　本官要试你，
　　　　　　　出一上联，
　　　　　　　对得通恕你无罪，
　　　　　　　若对不通处罚从严。
伦文叙　好，大人请出上联。
梁　　储　（抬头望了一下殿上神像，念）三尊宝佛，坐鳌、坐象、坐莲花。
伦文叙　（眼珠一转，念）一介寒儒，攀龙、攀凤、攀丹桂。
　　　　〔伦文叙对语一出，满堂皆惊，暗赞不已。
梁　　储　（高兴地）好呀！果然对得工整。
伦文叙　大人过奖！
梁　　储　（"口鼓"）你的天赋甚高，学识不浅。
　　　　　　　"一介寒儒"对"三尊宝佛"，贴切自然。
　　　　　　　"攀龙、攀凤、攀丹桂"心高志远。
　　　　　　　将来一定，名播南天。
　　　　　　　好吧，赠你五十两银，助你勤修不倦。
　　　　　（"滚花"）他日科场角逐，定卜一马当先。
伦文叙　（接过白银，不知所措，法师示意，才知下跪，咽声高叫）谢大人！
　　　　〔切光。

第二场

　　〔胡蓉独坐绣阁，徘徊等待。

胡　蓉　（"燕子楼中板"）
　　　　　　　美景良辰难永在，
　　　　　　　好花开要趁春来。
　　　　　　　今早三声喜鹊得人爱，
　　　　　　　爹爹开筵招婿选英才。
　　　　　　　寸心儿，飞向华堂外。
　　　　　　　偷打听，阿琇未回来。
　　　　　　　不知选中谁人，好教我心难耐。

　　（唤）阿琇！
　　〔阿琇内应"来了！"兴高采烈地上。

阿　琇　（"秋水伊人"）
　　　　　　　华堂选婿，许多学子上门来，
　　　　　　　儒儒雅雅，赋诗作对考文才，
　　　　　　　老爷亲身作总裁。
　　　　　　　我在后堂偷偷看比赛，
　　　　　　　选中伦氏相公果真一位好人才！

　　这伦文叙原来就是那个卖菜仔，一年前遇到的卖菜仔就是伦文叙，真是有眼不识泰山，好在小姐而今还未知道。

　　（续唱）　这消息我慢慢揭开，
　　　　　　　未知小姐佢爱不爱，
　　　　　　　错过良机就实在呆！（上楼）

　　小姐，恭喜你，佳婿选到了！
　　（"秃头滚花"）
　　　　　　　老爷有眼识英才，出土明珠生异彩。

胡　蓉　选到了，他是谁？
阿　琇　他就是大名鼎鼎的伦文叙。
胡　蓉　伦文叙，的确很有才名，怎么挑到的？快讲！
阿　琇　看小姐急成这样，让我先透顺了气好吗？（介）
　　（"白榄"）筵席堂前摆，
　　　　　　　书生列两排；

吟诗兼作对,

     老爷乐开怀。

  ("荡舟")那伦文叙,最吃得开,

     各家公子尽庸才,

     只有梁二官偏逞能耐,

     自认奇才,

     挥笔忙写下,半副楹联摆在台。

胡　蓉　那梁二官的对联怎么写呢?

阿　琇　他写了上联:"小犬无知嫌路窄",要伦文叙对下联。伦文叙顺口吟来:"大鹏展翅恨天低"。当场有人赞好。梁二官不服,又出一上联想难倒对方,他说:"天作棋盘屋作子,谁人敢下?"哪知伦文叙朗声念道:"地当琵琶路当弦,哪个能弹!"搞到梁二官满面羞惭。他又出一联想讥笑伦文叙,他说:"鹦鹉能言难似凤",他把自己比作凤呢。

胡　蓉　伦文叙怎样对下联?

阿　琇　伦文叙从容答对:"蜘蛛虽巧不如蚕"。

胡　蓉　哈,把梁二官比作蜘蛛了,对得好。

  ("流水清歌")

     阿琇精灵能说会道,

     才郎文叙学比人高,

     天赐良缘传喜报,

     面红心跳我意陶陶。

  ("滚花")还要面会伦郎,

     阿琇快些引路。

阿　琇　知道。(扶小姐下楼)

  〔胡员外带着伦文叙上,正与下楼来的胡蓉、阿琇相遇。

胡员外　女儿,快来与这位才高八斗、远近闻名的伦公子见面吧!

胡　蓉　女儿遵命。(赶上前施礼,急不及待抬头看伦文叙,骤然面色大变)你,你,你……真是伦文叙?!

伦文叙　小生正是伦文叙。

胡　蓉　　爹爹，你要将女儿嫁给这个人？
胡员外　　为父正想问你呢。
胡　蓉　　我堂堂富家小姐，嫁与贩夫走卒卖菜仔，你不觉得玷辱家门么？
胡员外　　什么卖菜仔？
伦文叙　　一年前小生曾挑担上街卖菜。
胡员外　　啊！那不要紧，伦公子满腹经纶，一时穷窘，并不妨碍他日金榜题名，状元及第。
胡　蓉　　卖菜仔能金榜题名、状元及第？除非鸡毛飞上天，日出西边。
胡员外　　女儿太放肆了。
胡　蓉　　不是女儿放肆，我看这种人绝不会发迹，所谓"龙生龙，凤生凤，老鼠生儿会打洞"。
胡员外　　你住口！
胡　蓉　　住口就住口，一个卖菜仔，想娶我？（傲慢地拂袖走开）
伦文叙　　（自语地）可惜呀，可惜！
胡　蓉　　（回身）可惜什么？
伦文叙　　小姐的朱楼绣阁，缺少了一条梁。
胡　蓉　　（举头上望）你乱说！哪里缺少一条梁？
伦文叙　　这也难怪。所谓"一叶障目，不见泰山"，当然不知道缺少了那"放眼量［梁］"。
胡　蓉　　放眼量？啊——你骂我"量"不到你的远大前程么？
伦文叙　　（赔笑）告罪，告罪！（拱手）
胡　蓉　　哼！（咚、咚地跑上楼去，阿琇跟下）
胡员外　　（急）公子请勿介意。
伦文叙　　（气愤，拂袖而行）
胡员外　　公子留步，留步！
　　　　　　（"二黄"）公子大人有大量，恕小女礼数全无。
　　　　　　　　　自古相女配夫，作主都由父母。
伦文叙　　（接唱）　员外虽然下顾，小生不敢攀高。
　　　　　　　　　今者有负隆情，日后定当图报。

胡员外　不敢，不敢。

伦文叙　小生告辞。

胡员外　且慢，（取出十两纹银）公子笑纳。

伦文叙　不必，多谢，心领了！（急下）

〔胡员外持银，无奈地叹息。

〔夫人上，见介，一手抢过银两。

胡夫人　如今叫你开善堂呀！喂，梁二官件事怎办？

（"卜灯花"）女儿婚事你怎匹配？

又何须多考虑，

配二官就是登对。

让老身来作主……

胡员外　呃！

（接唱）　婚事慢谈我正踌躇。

胡夫人　（不悦）哼！（向内招呼）二官，你来共姨丈讲啦。

梁二官　（内应）来了！（上，有点跛腿）姨丈啊！

（"板眼"）那伦文叙，枉吹嘘，

家贫卖菜，腐乳咁霉，

焉能配得上我表妹？

牡丹岂会插在牛粪堆。

我梁家世代簪缨，表妹是名媛淑女，

正好亲上加亲光耀门闾。

胡夫人　如何？

胡员外　何如？

胡夫人　我问你呀？

胡员外　我……还是那句……

（重唱"卜灯花"尾句）

婚事慢谈我正踌躇。

胡夫人　（发怒）哼！我睇透你！

（"白榄"）把我外家人，看不在眼内。

须知佢梁家，用钱如用水。

	二官读饱书，何难便中举，
	什么叙伦文，伦文叙。
	莫想踏我门，莫想娶我女，
	我女眼角高，嫁猪嫁狗都唔嫁佢！

胡员外 （怕妻免吵）好，好！
（"白榄"）一切你"揸庄"，我封埋把嘴。
　　　　　横竖系泼出个水！

〔胡员外愤然摇头下。

胡夫人 （得意地，慢"白榄"）
　　　　　今回跟我去，礼厚你表妹。
　　　　　话要软绵绵，笑要咪咪嘴。
　　　　　行莫两边摇，顾住个条腿。

梁二官 （接念）　对、对、对。（指跛足）
　　　　　保证合规矩。（得意地一踬一踬地随胡夫人下）

胡员外 （内唱"引子"）
　　　　　骄纵女儿真激气。
（上，续唱）她吓跑凤凰远处飞。
（"口鼓"）闺中女儿哪晓父亲心意。
　　　　　我有财无势每受人欺。
　　　　　见到州府官员要下跪，叫我怎服气。
　　　　　决心招个有功名女婿，一朝光大门楣。
　　　　　伦文叙才高，他日定出人头地。
　　　　　我绝不能眼白白坐失良机。
（"滚花"）有何良策挽回这一桩婚事？（想计）
　　　　　啊，有了，阿琇那里？

阿　琇 （上）老爷叫我？
胡员外 正是，老爷对你一向可好？
阿　琇 收养之恩不敢忘。
胡员外 今有一事，想叫你去做。
阿　琇 老爷尽管盼咐。

胡员外　要你到伦文叙那里为小姐说亲。
阿　琇　小姐不是已经回绝了？
胡员外　小姐回绝，老爷我要。
阿　琇　老爷你要，伦相公就肯吗？
胡员外　肯的，我教你讲，你话——
　　　　（"秋江别"中段）
　　　　　　　小姐佢，已尽悔前非。
　　　　　　　敬公子你，愿效于飞。
　　　　　　　命奴婢把金钗暗送来。
　　　　　　　情似金坚，望早赋佳期。
阿　琇　暗送金钗，伦相公就相信了吗？
　　　　（"戏皇叔"）小姐曾两次，将人讽刺。
　　　　　　　谁也会怀疑——（转慢）
　　　　　　　小姐怎会一旦变宗旨。
胡员外　（自语）是，不大可信！（对琇）那你说，该如何是好？
阿　琇　我也不知道，让我想想。
　　　　（旁念）我想伦家相公，他日必成大器。
　　　　　　　可惜小姐势利，看人只看一时。
　　　　　　　老爷倒有眼光，叫我玉成好事。
　　　　　　　何妨从中撮合，且做一缕红丝。
　　　　　　　伦相公家穷，读书难以专心致志。
　　　　　　　认了这头亲事，倒可得点支持。
　　　　（想计）老爷，我倒有个办法，不知可行不可行？
胡员外　快讲？
阿　琇　（念）除了送去金钗，还要有小姐题诗寄意。
　　　　　　　向伦相公表明爱慕，胜过我万语千词。
胡员外　好，使得，你就写吧。
阿　琇　我不会写。
胡员外　跟你教馆先生的义父读书多年，怎么不会写？
阿　琇　这种情书……（羞涩）老爷你写好。

胡员外 老爷墨水唔多滴。对了，人说："熟读唐诗三百首，唔会吟诗也会偷。"你就偷一首去吧。

阿　琇 偷一首？……

胡员外 即系叫你抄一首。

（"滚花"）有情诗与金钗为赠。
　　　　　　　伦公子定深信不疑。

快去！

〔二人下。幕落。

第三场

〔伦文叙的穷居。

〔音乐，伦文叙在窗下攻读，两眼凝望窗外，思潮起伏。

伦文叙 卖菜仔始终是卖菜仔！穷措大永远是穷措大！贩夫走卒辱没了胡小姐的家门！哎！（愤激）

（唱民歌"牧马"自由板）
　　　　　熠熠珠玑爱惜者稀，
　　　　　时人眼浅只慕势利。
　　　　　天地虽宽不容奋飞，
　　　　　心头涌起多少恨事！

（"新腔中板"）
　　　　　蒙正时穷遭笑耻，
　　　　　文章烂熟不疗饥。
　　　　　谁使黄钟偏废置？
　　　　　不教骐骥任奔驰。
　　　　　慨白眼如刀，
　　　　　叹红颜俗气。
　　　　　问世无人事，
　　　　　到处不投机。
　　　　　神但看猪头，
　　　　　鬼惯欺寒士。（转慢）

扬子云逐贫无计。〔汉，扬雄字子云〕

伦文叙仰屋兴悲。

（转"梆子流水"）

与其默默而终埋义地，

何如孜孜为利养亲慈。

投笔经商，欺行霸市，

搏个腰缠万贯，家润屋肥。

谁敢嗤之以鼻？尽都俯首低眉。

（捧起若干书本，愤然）呸，这些误人的东西！

（"牌子头"）扫净牢骚将你弃！（丢书、痛心、枯坐）

〔伦母在外叫："伦儿，伦儿快来！"

〔伦文叙应声往外跑。

〔伦母有气无力地背山柴上。

〔伦文叙接过伦母山柴往屋里放。

〔伦母坐下捶腰，文叙忙侍母在侧。

伦　母　怎么？一地的书？

〔伦文叙忙去拾书。

伦文叙　（"口鼓"）妈，以后莫去打柴，

我要出城打工学生意。

伦　母　什么？不读书啦？

伦文叙　我读书娘受苦，不如赚钱养母，尽点孝思。

伦　母　胡说！

（"四时果"）弃儒学经商，实属不明智。

（"白榄"）只要你学业有成，为娘辛苦也乐意。

近日你心烦恼，受不了眼前欺。

且放宽胸怀，更加坚志气。

（续唱）　莫贪一时之利。

伦文叙　（接唱）　听从娘亲训示。

伦　母　知错就好，读书也罢。（挑起水桶欲下）

伦文叙　（抢过水桶）娘亲歇息，让儿去挑水吧！（下）

伦　母	真难为他了。（望着儿子背影）
阿　琇	（左顾右盼地上）
	（"滚花"）阿琇遵嘱行事，甘当月下老人。
	为找伦家，四邻探问。（走圆场）
	〔伦文叙挑水上。
阿　琇	（惊喜）伦相公，我正要找你！
伦文叙	（意外一愣）你……（随即掉头快步走避）
	〔阿琇拉着他的担杆不放，再三拦阻。
	〔伦文叙索性撂下水担，空身入屋，把门关上。
	〔阿琇呆在门外。
伦　母	什么事？
伦文叙	闭门推出窗前月。
伦　母	什么？"闭门推出窗前月"？
伦文叙	（在母亲耳边叽咕了几句）我憎死胡家的人。（下）
伦　母	那担水呢？
伦文叙	（内声）放在门口。
	〔伦母开门找水桶。
阿　琇	（礼貌地）大婶，你是伦相公的亲娘吧？
伦　母	是的。（动手挑水）
阿　琇	让我来。（帮伦母把水挑进屋去，倒进水缸）
伦　母	烦劳姑娘了，你是——
阿　琇	我叫阿琇，是胡家的下人。昨天员外招女婿，小姐一时任性，
	得罪了伦相公。
	（"木鱼"）如今命我登门道歉，小姐出自真心。
伦　母	不用道歉了。
	（接唱）　　穷人该受贱，古语都有云。
	弄到姊姆不和，舅甥不近。
	世人多近视，谁不见钱亲。
阿　琇	大婶明理。（放眼四处寻找伦文叙时，发现桌子上、书架上，
	都是书，惊呼）书！书！书！这么多的书！（拿起桌上的

	书看）
伦　母	你不要动……文叙最不喜欢人动他的书的。
阿　琇	大婶，真想不到你们有这么多书。
伦　母	我儿从小就爱读书。
阿　琇	怪不得有这样好的才学。
伦　母	（听人赞自己儿子，高兴地）他那点文才实在得来不易啊！
	（接唱）　　他四岁能背诗词，心思灵敏，
	可惜无钱上学，自少家贫。
	忍痛卖了祖田，供他勤修学问，
	夜夜挑灯攻古籍，日日餐头咬菜根。
	虽是卖菜为生，仍是不忘发奋。
	昨日给小姐一激，激得他读书都无精神。
伦文叙	（上）妈，你讲多了。
	（"秃头滚花"）
	我们义不受哀怜，人穷心振奋。
阿　琇	伦相公有礼。（施礼）
伦文叙	（瞪眼）施礼何来？
阿　琇	（接唱）　　小姐过后自知唐突，
	命奴赔罪敬重斯文。
伦文叙	姑娘如此大礼，替你小姐赔罪，岂不令小生折福！（走开）
阿　琇	请相公息怒。
伦文叙	算了！此来还有何意？
阿　琇	一番好意！相公请听。
	（"红豆曲"）小姐暗卜时运，三次求签去问神。
	都说公子必大贵，合有姻缘之分。
伦文叙	（接唱）　　无谓开玩笑，分明戏小生，
	自顾家空物净，攀唔上贵府千金。（摆手）
阿　琇	（接唱）　　公子请释前恨，还请大量容人，
	小姐题了首诗，向郎君表心悃。
伦文叙	题诗？什么诗？

阿　琇　公子请看。（递诗）

伦文叙　（接念）多情却是总无情，
　　　　　　　　　唯觉尊前笑不成。
　　　　　　　　　蜡烛有心还惜别，
　　　　　　　　　替人垂泪到天明。
　　　　　　　　　伦公子文叙赐教。

阿　琇　是啊，我小姐知错了，她很内疚，一晚都睡不着！所以"垂泪到天明"。

伦文叙　是真的？

阿　琇　是真的。

伦文叙　不骗人？（向母亲耳语）

阿　琇　不骗人。

伦文叙　（不禁发笑）哈哈……
　　　　（"木兰从军"）
　　　　　　　　诗确写得好，千载生余恨。
　　　　　　　　可惜非小姐作品，作诗的是个男人。
　　　　　　　　望送回令主人，堪笑蚕丝自困。

阿　琇　你怎么知道不是小姐写的呢？

伦　母　姑娘，刚才文叙对我说，这是一首唐诗，是唐朝才子杜牧的诗。

阿　琇　啊！（随机应变地）
　　　　（"口鼓"）借唐诗表情意，小姐正聪明得很。
　　　　　　　　一来怕羞，免直抒情感，
　　　　　　　　二来藏拙，免见笑才人。

伦文叙　这样说来，小姐传诗许嫁是真的了？

阿　琇　是真的。

伦文叙　小姐不是说过，贫贱之人永远贫贱，怎会真心嫁我这卖菜仔？

阿　琇　这……（语塞）

伦文叙　小姐说过，嫁个贩夫走卒是玷辱家门，何以会急不及待上门求亲？

阿　琇　这……

伦文叙　你讲。

阿　琇　这……这是她变了主意。

伦文叙　变了主意？你那小姐，富贵骄人，会变初衷，实难相信！我倒怀疑……

阿　琇　怀疑什么？

伦文叙　我来问你，今日上门说媒，究竟受何人差遣？得了什么好处，如实讲来！

〔伦文叙口气一硬，阿琇乱了方寸。

阿　琇　我，虽是受人差遣，并无得人好处，相公不要冤枉好人。（委屈拭泪）

伦　母　（喝止儿子）不要大声大气。姑娘不要难过，你说是受人差遣，那人是谁呢？

阿　琇　实不相瞒，是我家胡老爷，还命我送上金钗，作为订亲信物。（出示金钗）

伦文叙　什么订亲信物？小姐不肯，我也不允，胡老爷一厢情愿，你就替佢说亲？

阿　琇　我来说亲，虽是奉主人之命，也是为相公着想。

伦　母　你为我儿着想？

阿　琇　是呀。

（"慢板"）相公担瓜卖菜，无奈家境清贫。

胡家富有钱财，大可周急济困。

平时赠你膏火，免为生计分心。

他日上京文战，定必资助成行。

许亲既得佳丽，又可快步青云。

一举两得其宜，还请参详是幸。

伦　母　（旁唱"减字芙蓉"）

姑娘一席话，打动老年人。

她为怹苦怜才，愿把红丝牵引。

伦文叙　（旁续唱）　自古媒人多大话，哪有几句真。

　　　　　　　　　　　　唯是这姑娘，态度还诚恳。
阿　琇　（旁续唱）　看他母子都感动，认亲似有可能。
伦　母　（"滚花"）不应错怪姑娘——
伦文叙　（续唱）　还要弄清底蕴。
　　　　请问抄这首唐诗，究是谁人主意？
阿　琇　明人做不得暗事，相公请谅，实是我的主意。
伦文叙　那你也知书识字了？
阿　琇　（羞怯）懂一些喇。
伦文叙　因何沦作女奴，莫非遭逢不幸？
阿　琇　既蒙相公垂问，且把身世直陈。
　　　　（"南音"）说身世，泪暗吞，
　　　　　　　　我原是西江肇庆人，
　　　　　　　　家住农村一小镇，
　　　　　　　　无田无地卖豆腐为生。
　　　　　　　　生下我来连名字都不会谂。
伦文叙　你叫阿琇——
　　　　（接唱）　取名琇字见丰神！
　　　　（白）琇者美玉琼瑶，不是庸脂俗粉。
阿　琇　这个琇字是人家起的。
　　　　（"秋江别"后段）
　　　　　　　　村中教馆先生，
　　　　　　　　说我秀丽天真，
　　　　　　　　取个琇字最肖合其人。
　　　　　　　　及后又得他教训，
　　　　　　　　所以我断字识文。
伦文叙　（接唱）　这落魄的村夫子，
　　　　　　　　称得上是你恩人。
阿　琇　后来还认我做义女，
　　　　（接唱）　怎奈人间偏多不幸，
　　　　　　　　灾荒岁月——（转慢）

伦　母	一场大水吞没了整村人。（泣）

伦　母　过去的苦难就不要想它了。

伦文叙　有道是"大难不死，终有厚福"。

阿　琇　话是这么说，可是我——

（爽唱"诉冤"中段）

　　　　　　历尽苦辛，

　　　　　　饱遭厄困。

　　　　　　天高杳杳诉无闻。

　　　　　　落得流离剩此身，

　　　　　　为报主人与小姐恩义，

　　　　　　大户为奴至于今。

　　　　　　愿撮合婚姻做媒人。

　　　大婶、公子！

（慢唱）　请谅茕茕弱女一点心。

伦　母　可怜的姑娘，你真苦啊！（拉过阿琇，阿琇伏伦母膝下抽泣）

伦文叙　（激动，"新腔流水"）

　　　　　　此女身世凄凉无倚凭，

　　　　　　饱经灾劫剩孤身。

　　　　　　冰雪聪明伶俐甚，

　　　　　　却屈居奴仆痛沦沉。

　　　　　　如此好人天不悯，

　　　　　　穷字摧残世上几多人！

（"滚花"）穷人不会永远穷，否极泰来能转运。

阿　琇　（接唱）　感激相公激励，阿琇立志为人。

　　　　　　虽则处境坎坷，不忘先师教训。

（"口鼓"）他说尧舜之舜是个百姓平民，

　　　　　　殷朝宰相傅说，

（"音悦"）是泥水佬掌印，

　　　　　　大臣胶鬲也是鱼贩出身。

　　　　　　所以要紧者不在出身，而在勤修学行。

       我用此律己，也用此看人。

伦文叙 （"滚花"）姑娘不同流俗，慧眼识人。
       小生他日有成，一定不忘援引。

阿 琇 （感激地续唱）
       但得相公垂爱，阿琇铭感殊恩（行大礼下跪）

伦文叙 （一下扶起阿琇，端详，不觉脱口赞叹）姑娘是秀气非凡。

阿 琇 相公过誉了！
    〔阿琇才感到伦文叙仍扶着不放，羞怯地脱身避开。

伦 母 （看在眼里，唱"滚花"）
       心地善良情切恳，姑娘原是热肠人。
       他日快婿乘龙，不知谁家福分？

阿 琇 大婶不要笑我。
    （"快二黄"）何来福分，虚度芳辰。
       为小姐求福而来，若蒙允肯，
       就是相公大婶成全我这媒人。

伦文叙 （"滚花"）你休再提亲，我攀不上高门贵品。

阿 琇 （失望地唱"沉腔滚花"）
       怎向老爷复命，定怪阿琇无能。

伦 母 讲实在吧姑娘。我们家穷，怎配得上你家小姐呢？能娶个像阿琇姑娘你这样的人，就心满意足了。

阿 琇 大婶又笑我了。

伦 母 （双关地）文叙你说呢？

伦文叙 我说嘛……妈心满意足……

伦 母 你呢？

伦文叙 儿当然也心满意足。

伦 母 光心满意足有何用，要想个法子呀！

伦文叙 那还不容易，捉媒人上轿便是。

伦 母 捉媒人上轿？好。（笑对阿琇）姑娘你这媒人做不成了。

阿 琇 为什么？

伦 母 要捉媒人上轿啦！

阿　琇　捉媒人上轿？

伦文叙　（摇头晃脑地）上轿者，嫁人之谓也。

阿　琇　嫁人？要我……谁人要我这苦命丫环？

伦　母　有人要，（轻轻一指）就是他。

阿　琇　啊！（醒悟）我不配，我不配。

伦　母　什么不配，穷配穷啊！

　　　　（"白榄"）千两金，万两银，

　　　　　　　　唔似揾个贴心人。

　　　　　　　　担挑得你来接转，

　　　　　　　　我就大光元宝谢天神。（介）

伦文叙　妈，慢谢！主意还在那边！（望阿琇）

阿　琇　我？我不知道。

　　　　（另场唱"引子"）

　　　　　　　　是幻，是梦，是真？

　　　　（"新曲"）心潮滚滚，面泛红云！

　　　　　　　　苦难之身，骤感千福万幸。

　　　　　　　　眼前一片五彩缤纷的云，

　　　　　　　　突然降临又使人不敢相信。

　　　　　　　　不敢相信，我不敢相信——

　　　　　　　　眼前彩云忽然变作疑云。

　　　　　　　　我怎能忘却不幸之身，

　　　　　　　　我怎能轻信陌生之人，

　　　　　　　　这头婚姻——

　　　　　　　　我怎好轻于答问。（久不出声）

伦文叙　为何总不出声？（见阿琇羞避，有点急）妈，你说是为何因？

伦　母　妈怎知道，你问她吧。

阿　琇　……（逃避般往外走）

伦文叙　你不要走……

阿　琇　（止步）

伦文叙　（喜叫）媒人上轿了。

阿　琇　（自语）这一走，叫我如何回复老爷?
伦文叙　那容易，就说"菩萨话，今年订婚不吉利，待到金榜题名时，再谈花烛事"。
阿　琇　"待到金榜题名时，再谈花烛事。"好，多谢相公解窘，阿琇告辞。（急下）
伦文叙　姑娘，你……（愣着）
伦　母　还不快追!
伦文叙　追?（接唱）走了和尚走不了庙，
　　　　　　　　　　她仍是胡家的人。
　　　　　　　　　　胡家小姐嫁不成，
　　　　　　　　　　阿琇呢（这）杯茶归你饮。（作捧茶介）
伦　母　（笑接唱）　何不趁热打铁，
　　　　　　　　　　托人前去说亲。
　　　　　　　　　　如此好姑娘，
　　　　　　　　　　打灯笼都无处揾。
伦文叙　（接唱）　　阿妈无须为我急，
　　　　　　　　　　"自有奇逢应早春"。
伦　母　你呀就是不着紧!
伦文叙　哈，哈，我都几着紧㗎!
　　　　〔幕下。

第四场

〔村外大榕树下的埗头。
〔书僮挑着书箱上，后跟着梁二官。
梁二官　（吆喝书僮）等一等，夫人、小姐送行来了。
　　　　〔胡夫人、胡蓉、阿琇上。
　　　　〔梁二官忙趋前笑面相迎。
梁二官　（"春江花月夜"）
　　　　　　　　　　为猎取功名，应试赴京城，
　　　　　　　　　　谢姨母共表妹，送客舟，别长亭。

胡夫人	（接唱）	你要心高气盛，力争金榜题名，
		那时共表妹亲上加亲倍高兴。
梁二官	（谄笑）嘻嘻！那时嘛——	
	（接重唱尾句）折得宫花送与卿卿。	
胡　蓉	（怫然）且住！	
	（"花好月圆"）	
		我的心意早说分明，
		婚约须要我承认，
		老娘乱作主，也强不得我顺情。
阿　琇	（悄告梁二官，接唱）	
		二官人，你赴京城，
		有靠山易成名，
		但令小姐得尊荣。
		好事成双敢保证。
梁二官	（得意地）对！	
	（接重唱尾句）衣锦荣归显本领。	
胡　蓉	娘亲，我企到脚酸啦！	
胡夫人	快开船的了。	
梁二官	表妹，有什么离别情话，多嘱咐几句吧！	
胡　蓉	"灵神唔在多致嘱"，你听住——	
	（"流水南音"）	
		一方梦想你呼不应，
		两厢情愿至事得成。
		三元不中是你无福命，
		枉读四书共五经。
		六礼送来我都唔受聘，
		七除八拆莫怪无情。
		九族皆知奴品性，
	（转"七字清中板"）	
		十分如意——方肯系赤绳。

胡夫人 妈，回家去吧。

胡夫人 二官，你坐稳船啦！

书　僮 （上叫）相公，开船啦！

〔胡蓉扯夫人急下。

〔梁二官和书僮向埠头方向下。

阿　琇 （停步回望，"口鼓"）

当日伦家母子提亲事，我又惊又喜口难言。

及后细思量，委实辜负人家心一片。

俗语话"自求多福"，过了罗浮就不遇仙，

今日听闻相公应试上京，

真想吐露心声，

又怕难以为情……

唉！倒不如不见。（留恋回顾，无意中丢下了纱巾。下）

伦文叙 （内唱"武西厢"引子）

万里为求名。

〔"撞点"伦文叙上。

伦文叙 （"长句二流"）

一肩行李，赴试京城，

作伴无人唯只影。

抛家别母，书生无奈逐功名。

此去战春闱，多少人争竞，

未必风骚能独领。

苏秦落魄岂是欠才情？

几许玉折兰摧，空叹有文无命。

（"合尺花"）白屋埋名姓，邦国失精英。

听瓦釜雷鸣，怎不叫人气盛！

（转"孔雀开屏"尾段）

倘我他朝得志，

不弃一介之士，

使各尽其才共请缨，

　　　　　　　　支撑大厦永不倾！

　　　　　　　　书生徒自意难宁，

　　　　　　　　世道崎岖铲唔平。

　　　　　　　　奈何，奈何！

　　　　　　　　不说，不说！（转慢唱）

　　　　　　　　怎得心上人来说句"一路福星"。

　　　　　　　　阿琇是否知情今日我上京？

　　　　〔阿琇上，低头找手巾。

伦文叙　（惊喜）阿琇姑娘，你来了？

阿　琇　（暗喜）来了，我来找手巾。（俯身去拾遗在地上的纱巾）

伦文叙　（先把手巾拿起）这手巾似与我有缘。

阿　琇　伦相公，手巾给我吧。

伦文叙　给你？可以。你必须先回答我一句话。

阿　琇　什么话？

伦文叙　那天向你求亲，你因何一走了之？

阿　琇　这……阿琇自怜命苦，只怕不配。

伦文叙　我娘亲说过，阿琇是个好姑娘，打起灯笼都无处找，哪有不配之理？啊，我知道了。

阿　琇　知道什么？

伦文叙　（使用激将法）因为嫌我家穷！

　　　　〔阿琇摇头。

伦文叙　因为我是卖菜仔，怕人说你是卖菜婆！

　　　　〔阿琇委屈地猛摇头。

伦文叙　啊，我明白了，你要等我中了状元，才肯……

阿　琇　相公不要将人看扁了，就算你失意归来，

　　　　（唱"滚花"）我也为你将家务操持，糟糠同命。

伦文叙（大喜）媒人上轿了。

　　　　（接唱）　　姑娘一句话，足以表赤诚。

　　　　　　　　　何须海誓山盟，一语便把终身定。

阿　琇	你我终身定，那我家小姐，她又如何？	
伦文叙	你家小姐？她不是有梁二官吗？	
阿　琇	小姐嫌他脚跛。	
伦文叙	哈哈，那岂不容易。（向阿琇耳语）	
阿　琇	（喜悦）那我就放心了。	
伦文叙	真是有情有义的阿琇呀！（拿起纱巾）	
	纱巾啊，你果然与我带来缘分啊！	
	（"仿毛毛雨调"）	
	借此纱巾，借此机会话离情。	
阿　琇	（接唱）　拿此纱巾，好送君北上夺头名。	
伦、琇	（齐唱）　纱巾啊，共你三生订，	
	纱巾啊，共你三生证。	
阿　琇	（"新曲"）此去迢迢千里，须防体力不胜。	
	寒加衣，倦将息，免招疾病。	
	饥则餐，渴则饮，好自调停。	
	水驿山程晓行夜宿须醒定。	
伦文叙	（接唱）　临别依依嘱咐，饱含寸寸柔情。	
	姑娘勉励多端，此行定不辱命。	
	望你多多珍重，候我高中回程。	
	那时捷报飞来，合家欢庆。	
阿　琇	（接唱）　相公荣归之日，我当叩谢神明。	
	纵然落第莫灰心，十年磨剑英雄性。	
伦文叙	（接唱）　听此贴心一语，使我更感高情。	
阿　琇	行装收拾齐了。	
伦文叙	收拾齐了。	
阿　琇	盘缠路费可够？	
伦文叙	得到亲友帮忙，员外资助，撙节一些也就够了。	
阿　琇	相公呀！我这里有银环一双是义父遗物，交你带去，以作不时之需。	
伦文叙	先人遗物，你留在身边纪念吧。	

阿　琇	常说，在家穷不算穷，出外穷才是真穷，还是带去，使我心安。（给环）
伦文叙	（接环）多谢盛情，独惜我身无长物，（摸出一串锁匙）只有门匙一串，回赠与你。
阿　琇	（接过锁匙）门匙我定好好珍藏，一来留作信物；二来，多上你家去，照顾老娘亲。
伦文叙	知我者，唯阿琇也。

〔内场呼叫："开船了！"

阿　琇　开船了。

（接唱"新曲"）

　　　　道珍重一声，祝风平浪静。

二　人　（同唱）　信鸳鸯同命，向锦绣前程。

〔内再呼："开船啦！"

〔伦文叙急别下，阿琇目送。

〔幕下。

第五场

〔京城繁华大街，广东会馆、湖广会馆门前。

〔梁二官带着书僮逛街。

梁二官　（"荡舟"）日长无事，饱览京师，

　　　　六街三市似过年时，

　　　　初上京师参会试，

　　　　乐怡怡，

　　　　一朝鸿运到，

　　　　高中头名未算奇。

〔书僮指吊着的灯笼，灯笼写着"鳌头独占柳"。

书　僮　相公，你看。

梁二官　（念灯笼上的字）鳌头独占柳，（怒介）呸！

（"滚花"）谁个狂妄匹夫，炫才露己，

　　　　居然目无余子，把我相欺，

什么鳌头独占，不知羞耻。

（白）拆他的灯笼。（跳起想拆灯笼竟将帽甩在地上）

书　僮　公子，你的帽子落地啦！

梁二官　什么落地？"落地"与"落第"谐音，还未考试就讲落第，大吉利市。

书　僮　不讲落地，讲什么？

梁二官　以后什么东西落地，都要改口叫"及第"。

书　僮　知道，要讲及第。公子，我帮你戴紧顶帽，就不会及第了。

梁二官　什么不会及第？

书　僮　及第及第，公子"三及第"——个碗粥呀！

梁二官　竹！快入去会馆担把竹梯出来。

书　僮　干什么？（二官向他耳语）哦，明白了！（下，端梯）

梁二官　（"滚花"）顿时灵机一动，教训你个乳臭小儿。

〔广东试子与端竹梯的书僮上，正要上梯，湖广试子上。

湖生甲　住手！

（"口鼓"）大胆狂徒休得无礼，

　　　　　　多管闲事，胡作非为。

梁二官　还未应试春闱，何来鳌头独占，真是人不笑狗也吠。

广生甲　门前张灯炫耀，真是荒诞无稽。

湖生乙　听住，柳先开是我们湖广才子，家运兴隆文章盖世。他舅父身为主考，定必金榜题名。

梁二官　胡说，他当状元，我当什么？

湖生乙　你当"撞鬼"。

梁二官　呸！

（"快中板"）谬认状元真可恨，

　　　　　　目中无复有能人。

（"滚花"）夸啦啦！拆下灯笼将他教训。

〔伦文叙从广东会馆上。

伦文叙　住手。

梁二官　什么？你还护着他，你看这是什么？

伦文叙　（看灯笼，念）鳌头独占柳。
　　　　（"滚花"）自认鳌头独占虽可哂，
　　　　　　　　又何必动手失斯文。
梁二官　（"七字清"）是可忍时孰不可忍？
　　　　　　　　不加教训气难申。
伦文叙　（接唱）　听讲此人有些学问，
　　　　　　　　心高气傲浪称能。
　　　　　　　　若要将他来教训——
梁二官　有何妙计？
伦文叙　（在梁二官耳边说了几句，续唱）
　　　　　　　　他用文来我用文。
梁二官　（点头，对书僮）快去拿笔墨来。
　　　　〔书僮应声进广东会馆拿来笔墨。
　　　　〔伦文叙在灯笼的柳字下面加上"未必"两字。
　　　　〔试子乙见状即入湖广会馆报信去。
梁二官　（念）鳌头独占——
众试子　（齐念）柳未必！哈哈哈！
　　　　〔柳先开内喝一声"好胆"，率湖广试子上。
柳先开　谁敢拆我个灯笼。
梁二官　你盲了么？大个灯笼高高挂起。
柳先开　（一看念）鳌头独占柳未必。好胆！
　　　　（"滚花"）你们可知罪过，竟敢冒犯本人？
伦文叙　（白）看来你就是柳先开公子了？
　　　　（"可怜我"）恕小生，向公子一声借问，
　　　　　　　　部试未行待开科，
　　　　　　　　你却独占鳌头实新闻。
柳先开　听住！
　　　　（唱前调）我柳先开，掇高科，京师有定论。
　　　　　　　　日后定然宰官身，
　　　　　　　　你休多言动我激愤！

	你是何人？
伦文叙	广东伦文叙。
柳先开	伦文叙，我也略有所闻。
	（"秃头滚花"）
	可惜你世代贫穷，状元及第无你份。
	我早已拟好上联：粤东花未放。（对湖广试子）
	你们对下联吧。
试子乙	湖广柳先开。
	〔众起哄、呼"好"！
伦文叙	（"滚花"）朝廷有哪条律例，状元不准与贫民。
	我也有上联，向台端奉赠。
	（念）湖广柳开人未中，
梁二官	（念）粤东花发状元来。
	〔众起哄、呼"好"！
梁二官	状元是我们的。（众人跟着叫喊）
试子乙	状元是我们的。（众人跟着叫喊）
梁二官	（命书僮）将灯笼拆落来！
	〔双方争持不下，大打出手，秩序大乱。
	〔"嘭嘭"大官开道的头锣传来。
	〔差官甲内喊"太师梁储大人到！"
	〔差官乙内喊"主考赵士德大人到！"
	〔试子们闻声停手立候。
	〔梁储、赵士德分边上。
梁　储	赵大人，请。（拱手）
赵士德	梁大人，请。（拱手）
梁、赵	（同唱"滚花"）
	试子京畿闹事为何因，
	偶遇途中同过问。
柳先开	（向赵士德）柳先开拜见舅父。
赵士德	免礼。

伦文叙　（向梁储）伦文叙拜见梁太师。

梁　储　你是伦文叙！西禅一见，不觉好多年了！免礼。

赵士德　你们何事争执？

柳先开　他涂改我们的灯笼。

伦文叙　两大人请看这是什么字样。

　　　　〔梁、赵看灯笼。

梁　储　这样小事，何必大动干戈。

　　　　（"滚花"）都是圣门弟子，国士之身。

　　　　　　　　　　只宜逐鹿科场，不合街头挑衅。

赵士德　（续唱）　一旦龙廷降罪，岂不有辱斯文？

伦、柳　学生知错，请大人恕罪。

梁　储　知错就好，赶快平息事端，准备应试。

赵、梁　（续唱）　部试入围，定向我皇荐引。

伦、柳　谢大人！

　　　　〔切光。

第六场

　　　　〔宫殿。
　　　　〔梁储、赵士德同上。

梁　储　（"七字清"）选士开科今古重，

赵士德　（接唱）　天下英才入彀中，

梁　储　（接唱）　你我当日也曾拼命拱，

赵士德　（接唱）　拱来拱去拱到如今总算拱出窿——

梁　储　（快接唱）也快拱入窿！（指黄泉）

　　　　〔二人同哈哈笑，内场声："摆驾！"

梁、赵　（同唱）　主上驾临忙趋奉。

　　　　〔快奏"小桃红"前小段。宫娥、太监簇拥弘治皇帝上，梁储、赵士德恭迎。

皇　帝　（秃头唱"七字清"）

　　　　　　　　文运兴昌国运隆，

     今年养士他年用。
     不爱瓦釜，爱黄钟，
     歌赋诗词，孤王懂，（登位）
     御前亲点状元红。

梁　储　启奏陛下，新科魁首伦文叙、柳先开朝房候觐。

皇　帝　宣！

太　监　（向外）宣伦文叙、柳先开见驾。

〔伦文叙、柳先开上，俯伏叩拜。

柳先开　臣柳先开见驾。

伦文叙　臣伦文叙见驾。

柳、伦　万岁，万万岁！

皇　帝　平身。

柳、伦　谢万岁。

皇　帝　（"滚花"）两卿文章各有千秋，不相伯仲。
     今召你们面试，分甲乙，决雌雄。

伦、柳　谢皇上。

皇　帝　梁太师，你先出一联，让两人作对吧！

梁　储　遵旨，我先出上联，你们各对下联。上联是："雏凤学飞，万里风云从此始。"

柳先开　（略一思索）下联有了："鳌头独占，九霄日月为君驰。"

皇　帝　"雏凤学飞"对"鳌头独占"，"从此始"对"为君驰"，倒也工整。

赵士德　堪称绝唱，柳先开该点状元。

梁　储　呃！须等两下对完，方可定夺。

皇　帝　如此，伦文叙对来。

伦文叙　遵旨。臣对的下联是："潜龙奋起，九天雷雨及时来。"

皇　帝　好！词句铿锵，胸怀广大。两卿以为哪一联较好？

梁　储　臣以为伦文叙较胜一筹。

赵士德　柳先开的好。

梁　储　伦文叙的好。

赵士德　柳先开的好。

皇　帝　两卿家，仅此一联是难定高下的，朕再以兴邦治国为题，命你两人各做一对联吧。

伦、柳　遵旨。

柳先开　（思索）我的对联成了。

赵士德　快念。

柳先开　（念）半部《论语》能兴国，
　　　　　　　　一代良臣可殿邦。

赵士德　真乃天下奇才。伦文叙呀，有道是献丑不如藏拙。

梁　储　你又来了。不比较怎能见高低，伦文叙你说吧。

伦文叙　遵命。
　　　　（念）治世师尧舜，
　　　　　　　　明君重于民。
　　　　〔伦文叙吟罢，满座惊叹。

皇　帝　（"古腔十字清"）
　　　　　　　　他二人，口吐珠玑，才华出众。
　　　　　　　　一时间，教寡人，难决雌雄。
　　　　　　　　状元郎，点来点去难点中，
　　　　　　　　两卿家，有何高见，他俩谁占上风。

赵士德　伦文叙稍逊于柳先开。

梁　储　柳先开稍逊于伦文叙。

赵士德　柳先开好。

梁　储　伦文叙好。

皇　帝　这……

太　监　（上）启禀皇上，太后懿旨，选了状元招为驸马，即报内宫。

皇　帝　知道。
　　　　〔太监下。

皇　帝　母后有言，谁中状元就招驸马，这两人之中，究竟谁人适合？
　　　　（望梁、赵）

梁　储　论才应是伦文叙。

〔柳先开骤然跪下。

皇　帝　（诧异）柳先开为何下跪？

柳先开　梁大人说，"论才应是伦文叙"，臣心不服。

皇　帝　啊！论才你不服伦文叙？方才兴邦治国对联，他的"治世师尧舜"就比你的"半部《论语》能兴国"高啊。看来——以诗文分高下，难以服你，不如两人再比一下智慧。（望梁、赵）如何？

梁、赵　好，好，再比智慧高低，请颁题目。

皇　帝　每当早朝，文武百官，手持牙简，山呼万岁。朕要你们在牙简之上，写上一万个数目。

柳先开　区区牙简，怎能写上一万个数目？

皇　帝　这叫"难者不会，会者不难"。梁、赵两卿家快各给牙简，看谁写得好，写得快。

梁、赵　（分别从袖中取出牙简与伦、柳，并低声叮嘱）中了状元便招驸马，好生应考得来。

〔柳先开用心在牙简上细写。

伦文叙　（心绪不安）唉，难呀！

柳先开　（幸灾乐祸）你也知道难咧！

伦文叙　（旁唱"长句二黄"）

　　　　　　　国太一言动五中，
　　　　　　　驸马恩荣诚贵重，
　　　　　　　世人谁不羡尚主又从龙。
　　　　　　　唯是乡土一枝梅，
　　　　　　　情胜宫闱七彩凤。
　　　　　　　又岂可二三其德，
　　　　　　　做一个有始无终。
　　　　　　　我不贪驸马尊衔，
　　　　　　　却难舍状元美梦。

梁　储　为何还不快写？

伦文叙　快了，快了。

（"手托"）身显贵，怎可便背初衷，
        三生证，临别两情重，
      逆君意，表我亮节高风。
  就是这个主意，（提笔略作思考，在牙简上迅即写了几行字，趋帝前）臣已写完，恭呈御览。

梁　储　你草草交卷，太不争气了。

皇　帝　（一看牙简，龙颜大展）好！好！一万数目，十二个字就包括齐全。"穷则变，变则通"。此之所谓智也。来！（把牙简交梁储）你们"奇文共赏"。

梁、赵　（齐念牙简）一而十，十而百，百而千，千而万。

皇　帝　缩龙成寸，真乃天纵聪明！

梁　储　伦文叙，陛下说你天纵聪明，还不赶快谢恩。

伦文叙　（没想到草草了之的答案，竟受皇帝赞许，一下惊呆了，经梁储提醒，慌忙下跪）臣……臣实不敢当。
  （"滚花"）臣向家穷，惯于悭俭。
      故能将一万紧缩在十二字之中。

皇　帝　（接唱） 智慧都从历练来，（望着柳先开）
      官宦中人未必懂。

柳先开　臣佩服，佩服！（不悦）

皇　帝　你的答案如何？

柳先开　臣答的是，万民山呼万岁，万岁，万万岁，万岁江山万万年，按照他的算法，我比他还多了好多万。

皇　帝　也有道理，不过……
  （"口鼓"）你虽有文才，对世道人情，尚多不懂。
      你出身富豪，易生骄纵，今后要学谦恭。
      赐你榜眼一名，好生珍重。

柳先开　（"口鼓"）谨遵训示，谢主恩隆。（叩拜，退下）

皇　帝　伦卿家。

伦文叙　臣在。

皇　帝　（"滚花"）卿家穷不夺志，积健为雄。

　　　　　　　不但激励人心，孤亦为之感动。
　　　　　　　赐你鳌头独占，人来速报后宫。

伦文叙　陛下，慢，慢……
梁　储　伦驸马，快快谢恩！
伦文叙　（无奈，跪地）谢，谢，谢天谢地。
梁　储　什么"谢天谢地"，快谢岳皇！
伦文叙　哎，谢不得，谢不得。
皇　帝　伦状元，你说什么谢不得？
伦文叙　臣实不配做状元，请陛下收回圣谕。
皇　帝　啊！为什么？
伦文叙　（"快慢板"）恕不堪，当驸马，攀龙附凤。
　　　　　　　臣有妻，虽未娶，难变初衷。
皇　帝　秃！为何不及早声明？
伦文叙　（续唱）　臣决心，弃状元，岂料状元偏得中。
　　　　（"滚花"）纵是状元该点，委实驸马难充！
皇　帝　可恼！
　　　　（"快中板"）皇帝女儿谁不重。
　　　　　　　何难另找状元公。
　　　　　　　是你自甘把荣名断送！
　　　　叉了下去——（槌）
　　　　〔两名侍卫疾上，把伦文叙押起。
伦文叙　且慢！
　　　　（"秃头滚花"）
　　　　　　　臣有一言，请示圣躬。
皇　帝　讲！
伦文叙　臣今科放弃，下届春闱，准否再来应试？
皇　帝　准又怎样？
伦文叙　若蒙恩准，回去勤修苦读，下科殿试，再搏金榜题名。
皇　帝　不准呢？
伦文叙　不准么？断了这条仕路，死了这颗雄心，老死乡间，与草木

皇　帝　这……（惋惜）朕真不解，你苦读诗书，无非为一朝得志。而今功名到手，却又轻轻放弃，这是为何？这是为何？……啊，朕明白了，那女子定是千金小姐，艳绝人寰，致使你大好前程甘愿放弃？

伦文叙　非也，此女并非千金小姐，却是个孤苦女儿，人家侍婢。
〔皇帝十分意外，群臣也大为震动。

皇　帝　却又来，既是人家侍婢，乃下贱之人，怎比公主金枝玉叶，怎比驸马富贵尊荣，怎比状元高官厚禄。何况你与那女子，只是口头承诺，并未过门，你若怕人非议，朕即下旨，为你将婚约解除。

伦文叙　（叩头）主上！主……上！
朝廷恩典，铭感不忘，唯是患难之交与"信义"两字，其重千钧，臣与李女阿琇，誓相终始。（跪求）

皇　帝　（为之动容。"滚花"）

　　　　　　　伦文叙，他他他，真是个多情种。
　　　　　　　他不慕虚荣，不图富贵。
　　　　　　　应明加奖劝，使天下相习成风。
　　　　　　　他坦率陈情，令孤心中感动。
　　　　　　　向母后禀明真相，料必改旨通融。
　　　　　　　伦文叙，朕许你祭祖还乡，与淑女谐鸾凤。
　　　　　　　祝你夫妻白头偕老，爱无穷。

伦文叙　（大喜，白）谢主隆恩！
〔幕下。

第七场

〔胡家华丽厅堂。
〔婢仆们忙于摆设、布置，来回穿梭。
〔阿琇喜气盈盈上。

阿　琇　（念）捷报从天降，佳音向画堂。伦相公名登金榜。他说道，准备凤冠霞帔和仪仗，到来与我拜花堂。一闻此讯我心花放，如醉醇醪喜欲狂。唯是……唯是今时不同以往，我是苦命女他是状元郎。尊卑太悬殊，郎心可变样？人情冷暖，不由阿琇暗心慌。唯有诚心祷告上苍，保我鸾凤相偕齐眉举案。

胡　蓉　　（上）阿琇，

　　　　　（"口鼓"）今日我喜事临门，

　　　　　　　　　你不陪我，

　　　　　　　　　到花厅何干？

阿　琇　　我帮老爷打点，好迎接状元郎。

胡　蓉　　想不到伦相公，赴试居然名登金榜。

阿　琇　　街头猛讲，这叫"腊肠煲汤"。

胡　蓉　　（白）"腊肠煲汤"什么意思？

阿　琇　　让你估不到啰！

　　　　〔小姐愧怍。

　　　　〔夫人内喊"女儿"与员外上。

胡夫人　　（"滚花"）状元荣归来拜望，

　　　　　　　　　吉星高照我家堂。

胡员外　　（接唱）　未曾确定婚姻，何以首先过访？

胡夫人　　他不是说过，待到"金榜题名时，再谈花烛事"吗？

　　　　　（接唱）　家有梧桐树，何愁没凤凰。（望着胡蓉）

　　　　　　　　　他既"金榜题名"当然要把"花烛"点亮。

胡员外　　但愿如此，却又怕……

胡夫人　　怕什么？

胡员外　　（接唱）　当日论文选婿，女儿辱他一场。

　　　　　　　　　今番得志归来，诚恐跟寻旧账。

胡　蓉　　寻旧账？

　　　　　（"沉腔滚花"）

　　　　　　　　　哎呀呀，一天好事却怕付汪洋。

　　　　　（"三脚凳"）自恨我当时，有眼无珠睇错相。

　　　　　　　　　他若然来算账，难免受辱一场。

不如避往斋堂，落得把清福享。
胡夫人　（接唱）　　女儿休错见，吓坏了为娘。
阿　琇　（"滚花"）本来喜事一桩，何以越讲越走样。
　　　　　　　　　　人家状元大量，岂有狭隘心肠。
胡员外　阿琇，你有什么消息？
阿　琇　伦相公不是来算账，是来……提亲。
胡员外　提亲？唔，婚事定过抬油，状元大人大量！
胡夫人　（笑咧了嘴）这就好了，阿琇，到底是你精乖伶俐，将来定配檀郎。
　　　　〔内场侍从高声喧叫："伦状元过府提亲。"
全　家　（欣喜若狂，齐呼）果然求亲来了！
胡员外　不要吵，听他讲来。
　　　　〔内场侍从继续喊道："状元过府求亲，送上凤冠霞帔，阿琇即来受领。"
胡员外
胡夫人　阿琇，快去领凤冠霞帔！
阿　琇　知道。（下）
胡　蓉　呃！凤冠霞帔为什么叫阿琇去领？
胡夫人　阿琇是下人嘛。
胡员外　况且，她还是个媒人！
胡夫人　你是个千金小姐，状元夫人当然是你。
胡　蓉　是我？女儿是状元夫人呀。哈哈！
　　　　（"四季歌"）一片春光，满院花芳。
　　　　　　　　　　庆贺我配得个状元郎。
　　　　　　　　　　妙龄靓女该有贵人傍。
　　　　　　　　　　上戴珠冠身披锦帔人人看凤凰。
胡夫人　你看，吉服领来了。
　　　　〔阿琇捧凤冠霞帔上。
　　　　〔胡蓉、胡夫人、胡员外一拥而上，围着阿琇转了个圈，欣赏阿琇手中的凤冠霞帔，羞得阿琇垂首举衣，让他们看个够。

胡　蓉　状元来提亲了？
阿　琇　来提亲了。
胡　蓉　凤冠霞帔送来了？
阿　琇　送来了。
胡　蓉　状元马上来拜堂了？
阿　琇　这……
　　　　〔胡蓉不待阿琇回答，一声"给我"便一手抢过衣冠下。
阿　琇　（愣着，不知所措）小姐……
胡夫人　小姐出嫁了，还不去替她梳妆打扮？（强推阿琇下，望着胡员外，松了口气）一天都光了。
胡员外　你不是要女儿嫁给梁二官的吗？
胡夫人　今时怎同往日，自古有话，价高者得。
胡员外　你呀，就是"眼光短浅，也欠缺一条放眼梁〔量〕"。
胡夫人　量不量，我还是状元的丈母娘！
　　　　〔内传"新科状元到"。
胡夫人　到了，到了。
胡员外　大开中门。
　　　　〔乐声中，胡员外、胡夫人以及男女婢仆列队迎候。
　　　　〔旗牌引路，中军相随。
　　　　〔伦文叙官袍华服打马上。
伦文叙　（"点翰中板"）

　　　　　　跃过龙门三级浪，
　　　　　　一朝钦点状元郎，
　　　　　　十载寒窗功不枉，
　　　　　　匣剑帷灯总放光。
　　　　　　奉旨迎亲将妻访。

　　　　〔下马介，中军牵马下。
旗　牌　（入门通报）伦状元到。
胡员外　出迎！（介）伦状元新科高中，可喜可贺，有失远迎，望求恕罪。
伦文叙　岂敢，文叙得员外相助，至有今日，特来道谢。

胡员外　愧不敢当，请！
　　　　〔宾主坐下，家人奉茶。
伦文叙　（举头四望）为何不见我妻？
胡夫人　正在房中打扮。
伦文叙　快请！
旗　牌　（内向）有请状元夫人。
胡　蓉　（内应）来了。（穿一身凤冠霞帔上）
伦文叙　（起身相迎，愕然）不对呀，不对！
胡夫人　对呀，她正是我家女儿。
胡员外　你不是上门求亲吗？
伦文叙　我上门求亲，求的是府上阿琇。
胡夫人　（不相信自己的耳朵）什么？阿琇……
胡员外　我家侍婢阿琇？
伦文叙　正是阿琇。
　　　　（"快二黄"）我与阿琇情投意合，早已约定成双。
　　　　　　　　曾有信物为凭，缘证三生石上。
　　　　　　　　奉旨完婚此日，来遵俗例拜堂。
　　　　今番来意嘛。
　　　　（"秃头滚花"）
　　　　　　　　中得状元归，即时花烛亮。
　　　　〔胡蓉羞愧交加，扑在胡夫人肩上嚎哭。
胡员外　（大失所望，暗唱"沉花"）
　　　　　　　　鲤鱼不受金钩钓。
　　　　　　　　摆尾摇头出大江。
胡夫人　（接唱）岂能乱点鸳鸯，耍的什么花样？
胡　蓉　（抬头怒视伦文叙）伦文叙！
　　　　（"血泪花"中段）
　　　　　　　　什么状元郎，状元郎，
　　　　　　　　你得志便狂妄。
　　　　　　　　休要滥逞风光，作势装腔。

		此来有意寻旧账，
		羞辱我当小事一桩？！
伦文叙	我没有羞辱你呀。	
胡　蓉	你上府求亲，送来吉服，弄的什么玄虚？	
伦文叙	哦，那衣冠声明是送与阿琇的，你却拿去穿戴，这与我何干。	
胡　蓉	伦文叙！	

胡　蓉　　（"怀旧"）休当你好馨香。
　　　　　　　　　什么的状元郎。
　　　　　　　　　小小街边个卖菜仔。
　　　　　　　　　未堪匹配本姑娘。
　　　　　（取下凤冠，恨恨地抛在地上）

伦文叙　哈哈，你骂卖菜仔，骂状元郎，虽然无理，唯是勇气可嘉。
胡　蓉　你受不了，是吗？
伦文叙　我不赞赏小姐脾气，小姐勇气我倒欢喜。
胡　蓉　你又有什么花招？
伦文叙　窈窕淑女，君子好逑，这是人之常理，故此我乐意成全他和你。
胡　蓉　哼！（走开）
胡员外　（敏感地）你说"我乐意成全他和你"，此话怎解？
伦文叙　好解。
　　　　（"仙女牧羊"）
　　　　　　　　　你家姑娘爱风光。
　　　　　　　　　我有心牵线做红娘，
　　　　　　　　　福禄鸳鸯，天设一双。
　　　　　　　　　保她中意，如意以偿。

胡员外
胡夫人　（同接唱）　谁人能配，请道其详。

伦文叙　（接唱）　　且听喜乐齐奏鼓声响。
　　　　　　　　　　贵人到府上。
　　　　（白）有请新任知府梁大人。

〔梁二官在内高喊："来了！"在侍从的簇拥下，官袍玉带，洋洋得意地上。

梁二官 （"七字清"）爹爹在朝将印掌。

我差些得中状元郎。

多得伦兄加个鞋掌，（指一足）

两脚唔跛胜往常——

看我态度轩昂。（昂然进入）

新科进士，现任知府梁二官拜见姨父姨母。

〔胡夫人、胡员外出乎意料，睁眼上上下下打量梁二官。

胡夫人 你是二官外甥？

梁二官 正是。

胡员外 中进士了？

梁二官 中进士了。

胡夫人 做高官了？

梁二官 现任知府。

伦文叙 有道是"士别三日，刮目相看"。还不向小姐求亲，更待何时？

梁二官 （向胡蓉深深一揖）新科进士，现任知府梁二官向表妹求亲来了：表妹要的"十分如意"都怕有九分了吧。（显官派）

胡　蓉 （从头到脚打量梁二官）你是表哥？

梁二官 正是二官，如今是大官了！（介）如何？

胡　蓉 （羞怯地低头）

梁二官 婚事答应了？

〔胡蓉矜持有顷，终于点头，引起哄堂喜笑。

伦文叙 好！小姐既然答应，还不拾起嫁衣。

胡　蓉 （难为情地）这……

梁二官 这是伦状元送你的吉服，还邀请我俩与状元夫妇同拜花堂。

胡　蓉 啊，那阿琇的吉服呢？

伦文叙 早已准备，人来，快把凤冠霞帔送与夫人！

〔旗牌应声将锦绣衣冠，交与丫环送入房去。

〔胡蓉把地上的华冠拾起。梁二官小心体贴地帮她戴上。又引起一堂笑声。

伦文叙 （向内）有请阿琇贤妻。

随从等 （齐声）有请状元夫人。

〔鼓乐齐鸣。

〔阿琇上。锦衣绣裙，头戴凤冠。艳丽夺目，光彩照人。

〔在场的人无不为之惊叹，欢呼。

〔伦文叙上前迎迓，一对新人，双双起舞。

众　人 （齐唱，共舞）患难相知终成眷属，
　　　　　　　各得其所共拜花堂。

〔鼓乐声中幕下。

〔剧终。

1993年9月定稿

花蕊夫人

（新编历史粤剧）

人物介绍

花蕊夫人（后蜀妃子）	赵匡胤（宋帝）
孟　昶（后蜀帝主）	赵　普（宋丞相）
李　氏（孟昶母）	王全斌（都部署）
李　昊（后蜀丞相）	曹　彬（都监）
王昭远（后蜀主帅）	赵彦韬（密使）
小　玉	太　医
后蜀副将	太　监
后蜀太监	宋副将
大臣多人	宋兵多人
宫女多人	宫嫔多人
	传　令

第一幕

〔北宋乾德三年（公元965年）某夜。

〔宋宫大明殿，殿外大雪纷飞。

〔钟鼓声中大幕启。

〔太监、宫女两旁侍立。赵匡胤上。

赵匡胤　（"中板"）残唐藩镇争权柄，

　　　　　　　五代干戈未厌兵。
　　　　　　六军拥我承天命,
　　　　　　孤——定要一统江山致太平。
　　　〔赵普、王全斌、曹彬一身风雪同上。
赵王曹　（同参拜）臣赵普、王全斌、曹彬见驾。
赵匡胤　平身！雪夜宣召众卿，入宫同商大政，略备羊羔美酒，为众卿消寒解乏……
赵王曹　愧沾陛下隆情。（各就座）
　　　〔太监炽炭，并司酒炙。
　　　〔君臣对酌一杯。
赵匡胤　众卿家。
　　　　（"滚花"）大宋开国六年，一统之功未竟,
　　　　　　　　西蜀南唐北汉，依然割据拥兵。
　　　　　　　孤欲伐汉北征……（半句）
曹　彬　先打北汉，臣以为不妥。
　　　　（接唱）　　收复北汉并州，便与契丹接境。
　　　　　　　　那时西南未定，北方边患频仍。
赵　普　曹将军之言有理。
　　　　（接唱）　　定西南，固根基，北伐方能制胜。
王全斌　好，上策！
赵匡胤　依丞相之见，应先削平哪国呢？
赵　普　陛下。
　　　　（"三脚凳"）蜀主骄奢失政，群臣狗苟蝇营。
　　　　　　　　文官个个贪财，武将人人惜命。
　　　　　　　　此际欲攻西蜀，正好有机可乘。
赵匡胤　攻打西蜀有机可乘？
赵　普　（"滚花"）兵发西川，可借此蜡书为把柄。
赵匡胤　此蜡书何来？
赵　普　西蜀派一密使，联络北汉。密使向我投诚，交出此藏在蜡丸之内的密信。（呈蜡书）

赵匡胤　（看罢，微笑）原来蜀、汉密谋合兵，侵我宋境，朕若出兵攻蜀，便是师出有名。传密使到来，问清究竟。

太　监　（朝外）传蜀国密使赵彦韬。

赵彦韬　（上，下跪）臣西蜀赵彦韬，叩见宋皇陛下，万岁，万万岁。

赵　普　你如实上奏，西蜀内情。

赵彦韬　西蜀内情吗？

　　　　（"快中板"）偏安腐败小朝廷，

　　　　　　　　　外凭天险夸雄胜，

　　　　　　　　　内无良将与精兵。

　　　　（"滚花"）国君迷恋花蕊夫人，久荒朝政。

赵匡胤　（接唱）　她还惑主，力主蜀汉合兵。

　　　　　　　　　蜀汉合兵，竟是妇人之命？

　　　　这花蕊夫人孤也略有所闻，她到底是何等样人啊？

赵彦韬　（从怀中取出真像递上）这是花蕊夫人真像，敬呈御览。

　　　　〔太监接过展开画像。

　　　　〔众看。

赵匡胤　（观赏有顷）倒有点灵秀之气。

赵　普　不同凡俗。

王全斌　比天仙还美。

曹　彬　此乃祸水，定必误国。

赵彦韬　主上……

赵匡胤　下去也吧！

赵彦韬　遵旨。（下）

赵匡胤　众卿家！

　　　　（"快中板"）迷蒙风雪尽澄清，

　　　　　　　　　此际孤家谋已定。

　　　　王全斌、曹彬听旨。

王、曹　臣在。

赵匡胤　（"滚花"）命你两人为将，伐蜀西征。

王、曹　臣领旨。

〔切光。

第二幕

〔西蜀孟昶宫中，傍晚后至次晨。

〔内报"圣驾到"。

〔奏"小桃红"，一群宫女急上列队迎候。

〔孟昶在太监、宫嫔的簇拥下，上。

众宫女　（下跪）恭迎圣驾。

孟　昶　花蕊夫人可曾回宫？

小　玉　尚未回宫。

孟　昶　可有派人催促？

小　玉　派人去了。

孟　昶　唉！

　　　　（念）夫人归里情难耐，

　　　　　　　一日三秋望转来。

　　　　（"秋水龙吟"）

　　　　　　　　张红灯兮〔读"啊"〕挂绿彩，

　　　　　　　　室有芝兰为卿栽，

　　　　　　　　我心无别载，爱卿情似海，

　　　　夫人，你归宁半月——

　　　　　　　　知否锦宫芙蓉〔谐"夫容"〕总未开？

〔徙倚，难耐，闷坐一旁。

小　玉　主上，要茶么？（孟摇头）要酒么？（孟又摇头）我来唱个歌儿，主上想听吗？

孟　昶　（正侧耳凝神）听！

小　玉　（喜）主上想听，奴婢就唱了！

孟　昶　（指外）我是叫你听！

　　　　〔一阵銮铃声响。

小　玉　啊！銮铃声响，想必是夫人回来了。

孟　昶　快，快去迎接。

〔众宫女下，音乐，同拥花蕊夫人上。

孟　昶　（迎上去）夫人，总算把你盼回来了！

花　蕊　臣妾归迟，君王恕罪！

（"贵妃醉酒"）

老病爹娘，不知此生得否再相见。

妾在家中，怎不稍作流连？

孟　昶　（楔白）这就把孤害苦了！

（接唱）　苦我日夕悬念，对玉液珍馐只生厌，

终宵辗转难眠。

花　蕊　（楔白）臣妾知道君王思念，今天就百里兼程，赶回宫内。

（接唱）　难禁烈日炎炎，汗透罗裳多件。

孟　昶　（代拭汗）哎呀，果然香汗津津。（转对宫女）

（"滚花"）快收灯火端上夜明珠，去暑招凉齐打扇。

〔众宫女忙熄灭灯烛，端上斗大的夜明珠，满室生辉，两宫女为花蕊打扇。

孟　昶　（接唱）　你等调冰雪藕，摩诃池上摆琼筵。

〔两宫女应命下。

花　蕊　（接唱）　主上莫作张罗，臣妾食难下咽。

孟　昶　啊！夫人玉体欠安？

花　蕊　不是。臣妾此次归宁，听乡亲们说……

孟　昶　说什么？

花　蕊　说："宫廷一席宴，农户十年粮。"

孟　昶　十年粮算得什么？朕是一国之君，比百姓们多些享受，本应该。

花　蕊　只是我们享受越多，百姓们就越苦了。

孟　昶　此何所见而云焉？

花　蕊　妾一路的归来悲所见——主上！

（"可怜我"牌子）

过乡村，断炊烟，但见枯井破垣，

十里未闻吠鸡犬，

荒郊多有尸骸未收殓。

孟　昶　（不以为意）哦，夫人所经之处，可能是受了天灾吧！
　　　　（续唱）美西川，锦西川，最得天眷念。
　　　　　　　　地富物饶号"天府"，
　　　　　　　　不必稍有灾情便罢酒宴。

花　蕊　唉！不受灾的地方，百姓也一样苦哩！
　　　　（唱自由板"流水南音"）
　　　　　　　　妾身家近都江堰，（上板）
　　　　　　　　故里今多破落村。
　　　　　　　　民不聊生衣食欠，
　　　　　　　　繁苛租税苦相缠。
　　　　　　　　父老口颂皇恩心内怨，
　　　　　　　　臣妾空言难为解忧煎。
　　　　　　　　临别乡亲齐祖饯，
　　　　　　　　虔诚备礼托我献尊前。（拉腔）（向里招手）
　　　〔宫娥送上托盘，内放禾穗一束。

孟　昶　这是什么？
花　蕊　这正是臣妾家乡的禾穗。（递上）
孟　昶　啊，丞相日前禀奏：西川出现嘉禾，预兆岁稔年丰，民安国泰。此宗祥瑞，莫非就出自夫人家乡？
花　蕊　你看，全俱空壳。
孟　昶　空壳？（接过试捏谷粒）
花　蕊　这就是乡下的收成，正好比如今的西蜀！
孟　昶　（把禾穗递回宫娥）你是说，蜀国外称天府，内实空虚？（摇头）近年宫内，虽然靡费多些，但也决不至此。（一想）哦哦，我明白了，夫人是为家乡父老，恳求减免钱粮，孤王恩准就是。你就放心与孤饮宴去吧！（拥花蕊欲下）
花　蕊　（叹息）唉！……
　　　〔太监急上。
太　监　启禀主上，都统王昭远求见。

孟　昶　真烦,叫他明天来吧。
太　监　王都统说是十万火急。
孟　昶　急!急!急!叫他去找丞相商量办理!
太　监　遵旨。(下)
花　蕊　(欲阻不及)王都统夤夜求见,说不定是边关大事。主上还是……
孟　昶　(打断)何必庸人自扰呢!
　　　　("爽梆子慢板")
　　　　　　　　东有三峡之雄,北有剑门之险,
　　　　　　　　更与北汉联盟,外敌无缝可钻。
花　蕊　(接唱)　外力不足凭,山河非天堑,
　　　　　　　　主上励精图治,方能确保万全。
孟　昶　(接唱)　世事不胜烦,欢娱何太短。
　　　　　　　　夫人说话偏多,误我荷池夜宴。
　　　　("滚花")定要严加处罚……
花　蕊　处罚?
孟　昶　(续唱)　罚卿歌舞筵前。(再拥花蕊欲下)
　　　　〔宫女扶李氏急上,李昊、王昭远随上。
李　氏　(气冲冲地)好啊!壮士军前半死生,美人帐下犹歌舞。哼!
孟　昶　母后何出此言?……
李　氏　你问问王昭远。
王昭远　主上,宋军侵蜀,两路入川!
孟　昶　(惊)如此重大军情,为何不早报?
王昭远　臣入官求见受阻,只好与丞相同禀太后。
孟　昶　(理亏)这……这,现在宋军已到何处?
王昭远　北路王全斌破剑门南侵,东路曹彬夺夔门西犯。
李　昊　主上,两路夹攻,成都危险!
孟　昶　北汉救兵何时可到?
李　昊　唉!密使降宋,联盟解体,难望北汉救援!
孟　昶　这个吗!(晕眩,勉强支持)

（"武二归家腔"）
    弄成这局面，孤寸心大乱。
（对王昭远）众卿家，怎挽狂澜，望把良谋奉献。

李　昊　是啊，都统有什么良谋？

王昭远　（对李昊）是啊，丞相又有何妙算？

李　氏　（见君臣庸懦，激愤。唱"快二流"）
    保卫西川（六），兵来将挡（工），
    水来土掩（工），以战图存（尺），
    西川有四十万甲兵（合），

王昭远　（接唱）老弱病残不堪一战（上）。

李　氏　（接唱）招募新军十万（工）。

李　昊　（接唱）难筹军饷国库无钱（尺）。

孟　昶　（接唱）原来国库全空……
    这……这如何是好？

花　蕊　主上！
（"二黄滚花"）
    劝谕朝野富豪捐输助战。（径指王昭远等）

王昭远　什么？要我们捐输助战？

李　昊　应该，应该！只是谁个有钱呢？

花　蕊　闻说丞相、都统都是巴蜀富豪，数十年聚金银无算。

王昭远　这……这绝无此事！

李　昊　纯属谣传！主上历年赐予夫人不少金珠，不知可能捐献？

孟　昶　夫人首饰不捐也吧！

花　蕊　主上，臣妾愿捐！
（唱"秋江别"中段）
    扫烽烟，妾心坚，愿效力支前，
    尽把金珠献，赏赐虎将能员。
    陛下亲督战，鼓舞士气昂然。
    齐奋勉，保河山色不变，
    苍天鉴谅，定然佑我哀兵奏凯旋。

李　昊　（冷笑旁白）真是闺阁谈兵。

王昭远　（旁白）妇人之见！

孟　昶　两位卿家！夫人所议是否可行？

二　人　（同时）请主上乾纲独断。

孟　昶　孤正是没有主意，你们一将一相何以都缄口不言？

〔早朝的景阳钟急速敲响。

花　蕊　主上，上朝的钟声响！

（"滚花"）何不朝堂聚议，决策金銮？

孟　昶　好吧！

（"快中板"）救亡朕欲师勾践，

报国谁扬祖逖鞭。

求贤问计金銮殿。

摆——驾！

〔奏牌子，君臣齐下，婆媳目送。

李　氏　（回头瞪花蕊一眼）累皇儿骄奢失政，都是你！（顿足下，两宫女随下）

花　蕊　（"滚花"）太后严词切责，教人有口难言！

〔暗灯。

第三幕

〔中幕前。成都城外，王全斌军营。

王全斌　（内唱"首板"）

横扫西川挥戈陷阵。（率兵将上）

（"滚花"）已把成都围困，孟昶遣使称臣。

把求和使者带上。

〔李昊被副将带上。

李　昊　拜……拜见都统大人。

王全斌　免礼。

李　昊　禀都统，我主伏请受降，呈上降表一道，礼单一份。（恭呈）

王全斌　（略看一眼）哼，礼单中少了一件珍宝，本帅决不开恩。

李　昊　什么珍宝？都统明言，敬呈不吝。
王全斌　谅你们不敢不送，我要的是花蕊夫人。
李　昊　什么？那……花蕊夫人……她……
王全斌　（拍案而起）回去告诉那些败兵之将、亡国之君、花蕊夫人我要定了。限明天一早送来，过时不送，我便杀入成都，屠城三日。（掷下降表）送走！
〔李昊拾回降表，被副将带走。
传　令　（上）报——东路我军明天可到，曹都监说，千万不可屠城，已把文案退回。
王全斌　（接过文案）不好，明日曹彬一到，定然坏我好事。传令，快把求和使者追回。
传　令　是！（下）
〔副将重将李昊推上。
王全斌　你听着：提前在今夜子时，把花蕊夫人送到，子时不送，我便下令屠城。
李　昊　这……（惊惶跌坐地上）
〔切光。

〔中幕开，蜀宫中偏殿。
〔孟昶跌跌撞撞地上，李昊惶恐地随上。
孟　昶　（唱"叨叨令"牌子）
　　　　　　　恨只恨，那宋家军，
　　　　　　　议和逼我献夫人，屈辱甚！
李　昊　（接唱）　若不献出，他连夜屠城鸡犬杀尽。
孟　昶　（愤怒）杀就让他来杀吧！
　　　　（"快滚花"）与其亡国辱身，不若孤先自尽。
李　昊　万万不可，万万不可！
　　　　（接唱）　主上纵然殉社稷，难救全城百姓臣民。
孟　昶　（接唱）　唉！生亦难时死亦难……
李　昊　（接唱）　唯有献出夫人暂求安稳。

孟　昶　卿且暂退，容孤三思。（挥手令下）

李　昊　（着急）主上，到了子时……

孟　昶　（烦躁）到了子时叫王昭远先竖降旗就是！

李　昊　（无奈）臣遵旨！（下）

孟　昶　（仰天长叹，唱"秋江别中板"）
　　　　　　　苍天呀那宋军太狠！
　　　　　　　祖宗呀我孟昶太昏！
　　　　　　　今日赔了江山又送夫人，
　　　　　　　可叹亡国之君宰割由人！

花　蕊　（内唱"昭君怨"引子）
　　　　　　　传来噩耗我如丧三魂。（急上）
　　　　　主上！主上！（扑向孟昶）

孟　昶　夫人何事惊慌？

花　蕊　主上要送妾求和，可有此事？

孟　昶　这……夫人从何处听来？

花　蕊　宋军用箭书射入城中逼降，宫内人人传说，难道竟是真的么？

孟　昶　唉！……事到如今，叫孤有何办法呢？

花　蕊　（惨厉地）苍天——天哪！（晕过去）

孟　昶　（抱住）夫人苏醒！夫人苏醒！

花　蕊　（慢慢醒来，续唱"昭君怨"）
　　　　　　　今日城危国破，
　　　　　　　岂是我祸国误了苍生？
　　　　　　　竟将妾身作礼品恭送与敌人！

孟　昶　（接唱）　我对你羞愧难禁，
　　　　　　　　往日多番劝谏，是我不肯听信，
　　　　　　　　骄奢失政弄到国土沦亡城被困。

花　蕊　（接唱）　你今番得教训，
　　　　　　　　已铸下千秋家国恨，
　　　　　　　　教我怨君复痛君！

　　　　　（"乙反长句二黄"）

　　　　　　君王本是有为君，
　　　　　　继位英年曾振奋，
　　　　　　孜孜求治效唐主李世民，
　　　　　　日久承平便把初衷泯，
　　　　　　征歌逐舞意气日消沉，
　　　　　　赋税繁苛不念黎民苦困。
　　　　　　穷奢极侈种下亡国祸根。

孟　昶　（"乙反南音"）
　　　　　　大错铸成空抱恨，
　　　　　　巴山蜀水痛沉沦。
　　　　　　被困危城谋力尽，
　　　　　　磨刀霍霍宋家军。
　　　　　　无辜百姓罹锋刃，
　　　　　　消弭浩劫我愁无能。（腔）
　　　　　　谁个挺身肩重任？
　　　（"乙反二黄"）
　　　　　　枉有满朝文武，却只仰赖一昭君！
　　　（"昭君怨"）此身似肉在砧，国土蒙受蹂躏，
　　　　　　只得包羞忍耻送表称臣。

花　蕊　（接唱）　不幸作臣虏，
　　　　　　在屈辱里偷生更可悯。
　　　　　　唯愿皇上赐我自刎，
　　　　　　到泉台化作西山杜宇魂，
　　　　　　夜夜啼红唤国人，
　　　　　　牢记此日悲愤，
　　　　　　牢记沉痛的城下盟。（尾句散板）
　　　　　　我决不入宋军忍耻偷生！

〔花蕊拔孟昶佩剑自刎，夺剑。
〔李昊领四朝臣急上，跪下。

众　臣　夫人不能死，夫人死不得啊！

臣　甲　夫人一死，宋军屠城，鸡犬杀尽！

臣　乙　夫人一死，成都一郡，玉石俱焚！

〔两宫女拥李氏上。

花　蕊　（扑向李氏）太后，为孩儿作主！

李　氏　李丞相，你有何应付之方呢？

李　昊　只有劝夫人舍身，才能挽救屠城劫运。

众　臣　是啊，只有劝夫人舍身了！

李　氏　对了，只有劝夫人舍身，才能保住你们的娇妻美妾，珠宝金银！

〔众臣尴尬，面面相觑。

李　氏　（对君臣摇头叹息，唱"长句滚花"）

　　　　　　祖宗基业，尽化灰尘，
　　　　　　君臣上下腐败无能，
　　　　　　百官敛财个个家肥屋润，
　　　　　　君王失政日日醇酒美人，
　　　　　　国难临头，只靠一妇人来解窘！

孟　昶　母后，儿知错了！现在只求一解救之方！

李　氏　儿呀！知错迟了！

　　　　（"滚花"）国中可有勤王师旅……（半句）

孟　昶　（摇头）……

李　氏　（续唱）　朝中可有卫国之臣？

孟　昶　（摇头，唱"滚花"）

　　　　　　真是水尽山穷，眼看子时已近。

〔王昭远急上。

王昭远　主上，宋军催献夫人！

孟　昶　唉，容孤再作商议。

王昭远　还要商议？子时已到，臣在城上已竖降旗。

孟　昶　（愤怒起座）该死！谁叫你竖降旗？

王昭远　是丞相。

李　昊　是主上方才命臣传旨。

孟　昶　吓！（重锣鼓跌回座上）唉！是我！都是我！
花　蕊　（唱"上小楼"牌子）
　　　　　　　　闻此事，更可悲！
　　　　　　　　君王下旨竖降旗。
　　　　　　　　痛三军俱解甲，
　　　　　　　　更无个是男儿！（锣鼓，到案题诗）
　　　　　　　　此身不作臣虏，
　　　　　　　　同仇敌忾难移！（扔笔，拂袖急下）
孟　昶　（拿起诗稿念）君王城上竖降旗，
　　　　　　　　　　　妾在深宫那得知，
　　　　　　　　　　　四十万人齐解甲，
　　　　　　　　　　　更无一个是男儿。
李　氏　对，骂得好，骂得好！
　　　　〔突起号炮声，战鼓声。
　　　　〔太监急上。
太　监　主上不好，宋军攻城！
　　　　〔场上君臣大惊。
孟　昶　（急呼）夫人……（下）
　　　　〔切光。
　　　　〔号炮声、战鼓声。起奏"烟腾腾"牌子。

　　　　〔灯复明。偏殿经过抢劫，陈设东歪西倒。
　　　　〔宋兵追逐众宫女过场。
　　　　〔王全斌与副将甲、乙上。
王全斌　孟昶全家，一人不漏；蜀宫珍宝，一件不留。与我搜！
两副将　遵命！（分下）
王全斌　（"滚花"）趁曹彬未到，我先夺花蕊夫人，
　　　　　　　　　且喜我晚年，交上个桃花大运。
　　　　〔副将甲带七宝溺器上。
副将甲　都统，搜到了，搜到了。

王全斌　啊！在哪里搜到？

副将甲　在孟昶寝宫。

王全斌　是花蕊夫人？

副将甲　是一件奇珍。（示溺器）

王全斌　（失望）呸！

副将甲　都统不要看它不起。

　　　　（念）此物分明好值钱，

　　　　　　　大腹便便口向天。

　　　　　　　浑身珠宝金光闪。（递到王面前）

王全斌　（推开）微闻臊臭带腥膻。

　　　　〔副将乙上。

副将乙　都统，搜到了，搜到了。

王全斌　你又搜到了什么珍宝？

副将乙　搜到了孟昶全家。

王全斌　可有花蕊夫人？

副将乙　如今也在其中。

王全斌　（对甲）搜来珍宝，全部集中。（对乙）先把花蕊夫人带上。

两副将　遵命。（同下）

　　　　〔王全斌整理衣冠，得意洋洋。

　　　　〔花蕊夫人尽去头饰，素服，被副将乙押上。花蕊背向王不跪不拜。

副将乙　禀都统，花蕊夫人带到。（见王示意，即下）

王全斌　（绕花蕊一周，细看）哈哈哈！

　　　　（"反线芙蓉中板"）

　　　　　　　　　不愧是天生尤物，天下名闻！

　　　　（过序楔白）知道我是谁吗！（见花蕊不理）

　　　　（续唱）　得我垂青，是你弥天福分，

　　　　　　　　　我是宋皇驾下大将军。

　　　　（"反线七字清"）

　　　　　　　　　讨伐西川掌帅印，

　　　　　　　　　三军都统王——全——斌！
　　　　（"滚花"）莫负良宵，你来来来！就在此宫中侍寝。（牵花蕊，衣拉士字腔）

花　蕊　（猛掴王一巴掌，唱"快慢板"）
　　　　　　　　在成都，烧杀抢，刀下多少冤魂，
　　　　　　　　灭吾国，辱我君，还要淫污妃嫔，
　　　　　　　　虎狼心，禽兽行，正是你王全斌！

王全斌　你胆敢不从？
　　　　（"快中板"）你是笼中之鸟难飞遁，
　　　　　　　　　 逆我者亡顺者生。

花　蕊　（接唱）　留得清白无遗憾，
　　　　　　　　　宁可断头不辱身。

王全斌　（接唱）　合该美人名将同衾枕，
　　　　　　　　　何必守身如玉为昏君？

花　蕊　（接唱）　昏君误国堪哀悯，
　　　　　　　　　你是衣冠禽兽不齿于人！

王全斌　可怒也！
　　　　（"滚花"）不信你骨头硬得过我手中兵刃！（拔剑）
　　　　你从也不从？（执花蕊）

花　蕊　誓死不从！（挣扎，被王推跌在地，跪地甩发绞纱）
　　　　〔"雁儿落"牌子，王举剑欲杀，花蕊昂然不惧，引颈受戮。

曹　彬　（内场）慢动手！
　　　　〔曹彬与两随从急上。曹把王拦住，两随从即把花蕊扶下。

王全斌　曹都监，你敢坏我好事？
曹　彬　王都统，曹彬虽然来迟一步，但你在成都的事，都已查明。
王全斌　查明又怎样？
　　　　（"恨填胸"）我身居主帅统三军，
　　　　　　　　　　西川一战有功勋。
　　　　（"白榄"）玩女人，不过分，
　　　　　　　　　官场事，莫认真。

|（尾腔）|你休来作梗！作梗！

曹　彬　（接唱）　天子委我总监军，
　　　　　　　　　职司执法秉公心。
　　　　（"白榄"）杀良民，抢妃嫔，
　　　　　　　　　既逆旨，又欺君。
　　　　（尾腔）　你深负国恩，国恩。

王全斌　什么？我逆旨欺君？

曹　彬　出师之日，圣上面谕两条，你可记得？

王全斌　这……

曹　彬　第一，大宋只要西川土地，不得滥杀良民；第二，孟昶全家，不论男妇，不得侵犯，派人妥送回京。（催快）如今你下令屠城，血洗成都，容纵兵丁，奸淫掳掠。你身为主帅，竟要淫污妃嫔，强夺花蕊夫人。这是不是逆旨？（介）是不是欺——君？！

王全斌　这个吗？
　　　　（"滚花"）估道桃花照命，谁知祸水浇身！
　　　　〔幕急下。

第四幕

〔汴京，宋宫。

太监甲　（上）万岁登殿，排班侍候！
　　　　〔奏牌子。宫女、太监、侍卫上，全副仪仗依次站好。
　　　　〔赵匡胤上。

赵匡胤　（"中板"）风云叱咤乾坤转，
　　　　　　　　　大宋西征奏凯旋。
　　　　　　　　　可恼王全斌，居功生妄念，
　　　　　　　　　屠城夺妃嫔，罪过大如天。
　　　　　　　　　今日孟昶夫妻来觐见。（登座）
　　　　　　　　　朕要恩威并用，显我天子尊严。

〔赵普、曹彬上。

赵、曹　　启禀陛下，孟昶夫妻宫门候旨。
赵匡胤　　花蕊夫人也来了？
赵、曹　　也来了。
赵匡胤　　快传。
太监甲　　万岁有旨，孟昶夫妻进见。
　　　　　〔孟昶、花蕊夫人上。
　　　　　〔两人屈身同跪。
孟　昶　　降臣孟昶率内妾叩见皇帝陛下，万岁，万万岁！
赵匡胤　　平身。
孟　昶　　降臣待罪阙下，不敢起来。
赵匡胤　　卿家既已归宋，就是朕股肱之臣，快快起来，锦墩赐座。
孟　昶　　谢主上。
　　　　　〔内侍搬来锦墩。孟昶夫妻就座。
　　　　　〔赵匡胤的目光一直凝视花蕊夫人。
赵　普　　（发觉赵匡胤失态）主上！
赵匡胤　　（惊觉）啊啊，孟卿，夫人。
　　　　　（"滚花"）王全斌冒犯夫人，朕已将他罢免，
　　　　　　　　　还该如何惩治，不妨对朕直言。
　　　　　〔赵直视花蕊，想她回答。花蕊一直低头不语，暗推孟昶。
孟　昶　　（接唱）　　降臣无德无才，一切皆由圣断。
赵匡胤　　非也。孟卿高才，朕有一事，还望解答。
孟　昶　　（惶恐）不知主上有何教谕？
赵匡胤　　（向内场）呈上来。
　　　　　〔太监乙用盘捧七宝溺器上。
赵匡胤　　此乃孟卿宫中之物，不知此物何名，要来何用？
孟　昶　　（尴尬）这……这……
赵匡胤　　（严肃地）卿家明白奏来！
孟　昶　　此物名……七宝溺器，乃是臣……臣……
赵匡胤　　哦！溺器就是尿壶了，尿壶也镶珠宝，卿家如此所为，蜀国哪有不亡之理！

孟　昶　（离座俯伏）臣罪该万死！罪该万死！

（以为赵借此杀他，惊悸）

赵匡胤　朕还要问一事：当日西川要联北汉抗宋，是何人主张？

孟　昶　（发抖）这……这是……

花　蕊　（直认不讳）这是臣妾主张。

〔四座皆惊。

赵匡胤　难道你不知是罪？

花　蕊　（不亢不卑）闻说陛下兵雄势众，早有兼并诸国、统一江山之意。我西川地处边陲，偏安积弱，联兵北汉只为自卫图存，此乃人之常情。想圣明陛下，换了臣妾处境，也会这样做的。耿耿忠心，各为其主，何罪之有？

赵匡胤　（惊喜）啊，夫人果然有胆有识，才智过人，令孤敬佩，敬佩！内侍宣旨。

太监甲　（打开圣旨）圣谕：授孟昶为检校太师兼中书令，封号秦国公。钦此。

孟　昶　（惊魂未定）谢……谢主隆恩！

赵匡胤　朕为卿新建国公府第，内臣与朕送秦国公回府。

孟　昶　主上大恩大德，臣下没齿不忘。

〔孟昶被夫人扶起，拭汗，随太监甲下。

〔赵匡胤目送花蕊，挥手令宫女、太监、侍卫退下。

赵匡胤　（离座）两卿家，王全斌可否赦免呢？

曹　彬　臣日前也曾禀奏，王全斌立有战功，虽有过错，亦听从制止，请陛下容他改过自新。

赵匡胤　朕要赦他，并非为此。

赵　普　那是为何呢？

赵匡胤　那花蕊夫人是颗夺目明珠，凝聚蜀水巴山的钟灵秀气，朕见犹怜，何况全斌？有道王法本乎人情！

（"滚花"）不是人情练达，怎为九五之尊？

赵、曹　陛下圣明。

〔切光。移去宝座，换上书案。

〔灯复明。赵匡胤在看奏本，精神恍惚。

赵匡胤　（放下奏本，离座徘徊唱"梆子慢板"）
　　　　　　　厌倦看表章，无心批奏本，
　　　　　　　坐卧不宁，只觉心如絮乱，
　　　　　　　心底总萦回，眼前时隐现，
　　　　　　　金銮殿上，那位阆苑天仙。
　　　　　　　似白璧无瑕，似寒梅素艳，
　　　　　　　更似出水芙蓉，纤尘不染，
　　　　　　　呖呖吐莺声，轻盈移玉步，
　　　　　　　飘飘裙带，牵动我意马心猿。
　　　　（"中板"）唉！我今天，何以如此荒唐，竟妄生绮念？
　　　　　　　她虽是，身为臣房，难抗我天子威权，
　　　　　　　我若然，君夺臣妻，清议难防，
　　　　　　　半世英名蒙污玷，
　　　　　　　更恐怕，董狐史笔，直书不隐，
　　　　　　　使我遗臭万年。
　　　　（"滚花"）罢，罢，罢！想做有道明君，
　　　　　　　先要摒除杂念。（音乐，踌躇）
　　　　（"寻针"）想自御妻辞世，
　　　　　　　昭阳成了空院。
　　　　　　　多方，挑选。
　　　　　　　粉黛三千皆俗艳，
　　　　　　　那及伊人绝世娇妍！
　　　　（"滚花"）枉我君临天下，
　　　　　　　不如孟昶艳福齐天！（颓然跌坐，抱头冥想）
〔灯光变暗，朦胧中，幻现花蕊夫人翩然而至，背身赏花观景。
〔聚光，赵匡胤轻步走到夫人背后。

赵匡胤　（惊喜）夫人，（花蕊一惊欲跌，赵趁势扶住）夫人受惊了！
花　蕊　（轻轻摆脱）谢主上！

赵匡胤　（唱"小桃红"）
　　　　　　　　　　估道碧波现洛妃，
　　　　　　　　　　竟是云天有凤来仪。
花　蕊　（接唱）　贪恋千红万紫，
　　　　　　　　　喜爱牡丹荼蘼，
　　　　　　　　　误进宫苑望宽恕。
赵匡胤　（接唱）　何用求恕？只盼天天莲步至。
　　　　　　　　　喜对花香人艳，令孤俗念除，
　　　　　　　　　愿向卿卿求佳句。
花　蕊　臣妾哪会写诗？主上取笑了。
赵匡胤　"君王城上竖降旗，妾在深宫那得知，四十万人齐解甲，更无一个是男儿。"这不就是爱卿万人传诵的佳作吗？
花　蕊　（续唱）　妾身哪懂诗？
　　　　　　　　　偶有感触与忧思，
　　　　　　　　　写几句俚语抒我心志。
赵匡胤　（接唱）　卿乃名满西川一才女，
　　　　　　　　　精通诗画琴棋，
　　　　　　　　　孤更深知——
　　　　　　　　　卿卿最美妙迷人是舞姿。
　　　　如果爱卿能在牡丹花前一显舞姿，那时孤就是唐明皇，卿就是杨贵妃，真是"名花倾国两相欢，长得君王带笑看"呀！
花　蕊　君王莫出此戏言！
　　　（"红豆曲"）臣妾心常记，君臣有尊卑。
　　　　　　　　　　愿君遵礼义，出言莫相戏。（走开）
〔赵追上花蕊，二人在一趋一避，半推半就。
〔一群宫嫔上，冲散二人，赵拨开宫嫔找寻花蕊，形成大调度的群舞。
〔赵挥退宫嫔，执花蕊拥入怀中。
〔孟昶上，赵忙松手。花蕊奔向孟昶，孟为她拭汗、整衣，相偎而下。

〔收聚光，场上灯渐亮。

〔赵匡胤在朦胧中醒来睁眼四望。

赵匡胤　（还沉浸在梦境中）真耶？幻耶？芳踪杳矣！

太　监　（上）陛下，宴请秦国公时辰已到，请陛下起驾。

赵匡胤　朕躬不适，由丞相作陪就是。

太　监　遵旨。

〔暗灯。

第五幕

〔孟昶新居秦国公府。

〔小玉上。

小　玉　（向内）有请秦国公！

〔孟昶上。

孟　昶　何事？

小　玉　都统王全斌来访。

孟　昶　王全斌？（欲不见要下）

小　玉　（忙劝）国公——

孟　昶　唉！在人檐下过，哪得不低头？

〔王全斌已闯了进来。

王全斌　（打着哈哈）秦国公，恭喜，恭喜。

孟　昶　失迎，失迎。不知喜从何来？

王全斌　你捞了秦国公，不是一喜么？

孟　昶　那是皇上恩典……

王全斌　因此特来道贺。

孟　昶　不敢，不敢。请坐。

王全斌　坐。

孟　昶　奉茶。

〔宾主就座，小玉奉茶后自下。

王全斌　（眼盯小玉）好漂亮的姑娘呀！

　　　　（"板眼"）老兄艳福不浅，堪称陆地神仙，

　　　　　　　　　　环肥燕瘦绕跟前。
　　　　　　　　　　唯是受用过多必招寿损，
　　　　　　　　　　不如开笼放雀让我雨露均沾。
孟　昶　王将军不要讲笑。
王全斌　（续唱）　　今日到来有个心愿，
　　　　　　　　　　一桩好事望你成全。
孟　昶　什么心愿？
王全斌　（细声）请你把花蕊夫人让给我。
孟　昶　（愕然）你说什么？
王全斌　（大声）把花蕊夫人让给我。
孟　昶　哼！
　　　　（"反线课子"）
　　　　　　　　　　好个大宋将军不要脸，
　　　　　　　　　　谋夺人妻强纠缠。
　　　　　　　　　　若然上告金銮殿。
　　　　　　　　　　你定丧声名获罪愆。
王全斌　（"慢十字清"）
　　　　　　　　　　让美妾，赠妖姬，古来惯见，
　　　　　　　　　　重交情，识进退，割爱为然。
孟　昶　（"快三字经"）
　　　　　　　　　　我夫妻，曾誓愿，
　　　　　　　　　　生同室，死并肩，
　　　　　　　　　　花蕊重情情不变，
　　　　　　　　　　劝你另寻佳丽觅天仙。
王全斌　哼哼！
　　　　（"跌字滚花"，步步逼前）
　　　　　　　　　　你不依从失打算，
　　　　　　　　　　到头苦果吃不完。
孟　昶　（"滚花"）我虽为臣虏，今是国公——（半句）
王全斌　哈哈，你这秦国公——

（秃头接唱）狗咁贱！

也罢，为你这个国公顾全体面，何不这样……

孟　昶　怎样？

王全斌　花蕊夫人，你我一人一半——

（续唱）　　这叫风月同天。

孟　昶　（气极）你，你，你给我滚！

王全斌　滚吗？可以。还请你再三考虑，好自为之。（施施然下）

〔孟昶拿起茶杯真想向王全斌掷去。无奈，却向桌上猛然拍下。

花　蕊　（卸上，贴近孟昶）孟郎！

孟　昶　（吓了一跳，转身）啊，原来是夫人。

花　蕊　方才那姓王的话，我都听到了。

孟　昶　提起这人面兽，教我好羞好恨啊！（顿足）

花　蕊　孟郎不必如此。

（"红烛泪"）夫郎且听劝，莫如釜自煎。

但当耳边风，何须怯雷电。

夫妻应是同巢鸟，大难临头爱越坚。

万劫也情难断。（略慢）

劝君宽怀自解，我心匪石永不转。

孟　昶　好夫人！

（唱"新曲"）难越深，情越显，

堪敬你往日尊荣不复念，

此际你身居屈辱却悠然，

唉！悔我半世长将诗酒恋，

山河断送，宗庙难存，

离蜀道，别川江，

一双风雨离巢燕。（与花蕊相互依偎）

花　蕊　妾在梦中还常见西川父老，巴蜀江山。

孟　昶　（续唱）　　我已不堪回首，故国山川。

〔小玉上。

| 小　玉 | 启禀国公：皇上差人请国公赴宴，派来车马，已在门前。
| 孟　昶 | 我此刻心情，如何赴宴？我，我就托病推辞算了。
| 花　蕊 | 皇上御宴，只怕推辞不得哩！
| 孟　昶 | 我这个战败之君，面对一班凯旋将帅，岂非要我当场受辱么？
| 花　蕊 | 孟郎小心应对就是。
| 内　声 | 请秦国公登车！
| 孟　昶 | （无奈）来了！

〔孟昶急下，小玉随下。

〔花蕊倚窗目送孟昶。

〔静场片刻，只闻蹄声渐远。

〔花蕊坐下静候丈夫赴宴归来。

| 花　蕊 | 夫君他入宫赴宴，我暗自担忧，一瓣心香，默祷苍天多庇佑。

〔落更锣鼓，灯略暗。

〔小玉捧烛随李氏上。

| 花　蕊 | （施礼）婆婆。
| 李　氏 | 初更已过，昶儿赴宴还没回来么？
| 花　蕊 | 没有。婆婆请回房中歇息，媳妇等他就是。
| 李　氏 | （深情地望着花蕊）媳妇啊，自从国遭大变，你九死一生，与我儿患难相扶，忍辱负重，方知你淑德贤良。往日错怪你了！
| 花　蕊 | 婆婆何出此言呢？婆婆教训媳妇，都是为媳妇好。
| 李　氏 | 唉！可叹蜀宫如梦，去日难留。此后但愿合家安宁，无灾无咎。

〔打二更。

| 小　玉 | 啊！二更了！
| 内　声 | 秦国公回府！

〔太监扶着烂醉如泥的孟昶上。

〔花蕊、小玉忙扶孟昶到床上躺下。

| 太　监 | 太夫人，秦国公狂饮大醉，神智不清，我去请太医来。
| 李　氏 | 有劳公公。

〔太监下。

花　蕊　夫君醒醒！
李　氏　孩儿醒醒！
孟　昶　（睁眼）我没有醉！（狂笑）

（"戏妲己尾腔"）

　　　　饮饮饮，不醉不休！

〔孟昶爬起，跌跌撞撞地到桌上拿起茶杯递到小玉唇边。

孟　昶　（"金钱吊芙蓉"）

　　　　饮饮饮，饮干这杯酒，

　　　　你是刘备之子叫阿斗。（又递给花蕊）

　　　　胜胜胜，胜左我仲有，

　　　　要你乐不思蜀死在中州。

花　蕊　夫君，你不要这样！
孟　昶　（狂笑，唱"下西歧"）

　　　　快快拿拿拿大斗，

　　　　一醉才得万事休。

　　　　想我在巴州，风流号泰斗，

　　　　哪桩哪样任由我享受。

　　　　却又有谁识得天机透，

　　　　一朝变作笼里囚。

小　玉　国公，你要保重啊！
孟　昶　国公？哈哈，我被封为秦国公，当年阿斗被封为安乐公。国公国公，我同阿斗都是失国的衰公！

（续唱）　今日在筵前，曾将气饱受。

　　　　一肚气时没地透。

　　　　失国的衰公，分明贱过狗。

李　氏　我儿受了谁人之气，受了谁人之辱？
孟　昶　（摇头顿足似哭似嚎地）我对不起巴蜀江山，对不起西川父老，对不起父皇母后，对不起我的好夫人……

〔孟昶力竭，众人忙扶他到床上躺下。

〔太监带太医上，众欲与为礼。

太　　监　　大家先不必多礼，为国公诊脉要紧。

〔太医为孟昶诊脉后与众离开床边。

太　　医　　秦国公盛怒伤肝，烈酒伤脾，气郁结于中，血逆行于上。随时会有危险，要小心照顾。我马上回太医院配药送来！

李、花　　有劳太医！

小　　玉　　（惊叫）夫人，快来看看国公！

〔众急回床边。

太　　医　　（再摸脉息后沉痛地）秦国公辞世了！

〔重锣鼓。花蕊、小玉分别痛呼"夫君""国公"。李氏咬牙忍泪不哭。

〔太监与太医互相示意，沉痛地卸下。

李　　氏　　（"叹板"）儿你含恨身亡，谁下毒手！

　　　　　　　有谁为你，申冤报仇！

　　　　　　儿——呀！（晕眩）

〔小玉忙把李氏扶入内室。

花　　蕊　　（极度悲伤中，斟满一杯酒，酹在地上，默默对着孟昶）我与你，曾誓愿，生同室，死并肩。而今你已殡天，花蕊决意一死，与你同赴黄泉。（欲自尽）

〔王全斌上，把花蕊拦住。

花　　蕊　　是你！你来做什么？！

王全斌　　我来为秦国公吊唁。

花　　蕊　　吊唁？我夫刚死……

王全斌　　这就更好，夫死夫还在，你嫁我就更风流。

花　　蕊　　我夫刚死，你从何得知，定是你……你下的毒手。

王全斌　　你不要冤枉好人。

内　　声　　圣旨下！

王全斌　　圣旨？还是避之则吉。（急下）

太　　监　　（上）秦国公夫人接旨。

〔花蕊下跪。

太　　监　　（读圣旨）惊闻秦国公仙游，不胜哀悼，今厚加赙赠，并派人踵府治丧。钦此。
花　蕊　谢主隆恩。（起）公公，秦国公死得可疑，妾要向皇上禀奏。
太　监　夫人修好奏本，咱家自当代为呈送。
花　蕊　谢公公。
〔太监下。
〔小玉哭着奔上。
小　玉　夫人不好，太夫人自缢身亡！
〔重锣鼓。花蕊夫人呆住。
〔切光。

第六幕

〔宋宫。
〔赵匡胤拿着奏本，带两侍卫上。
赵匡胤　可恼！可恼！
（念）初犯曾赦免，
　　　　再犯律从严！
传王全斌！
侍　卫　传王全斌！
王全斌　（上）臣王全斌见驾。
赵匡胤　王全斌，秦国公因何暴死？快从实招来！
王全斌　陛下，臣只会陷阵冲锋，怎会对死亡原因作诊断？况且秦国公遗体，亦已安葬多天。
赵匡胤　（拍案）大胆！
〔王全斌吓得跪下。
赵匡胤　（"快慢板"）骂一声，王全斌，还来狡辩？
　　　　　　你为人，你品行，孤心内了然。
　　　　　　对花蕊，你素来，心存邪念，
　　　　　　害其夫，夺其妇，有下毒之嫌。
（"滚花"）且看夫人奏章，开列你罪名桩桩件件。（掷奏本）

王全斌　（拾奏本看）臣冤枉！

赵匡胤　你有何冤枉？

王全斌　侮辱国公，冒犯夫人，臣无言可辩。若说是臣下毒，此乃千古奇冤。

赵匡胤　不是你下毒，何以国公刚死你便得知，还去抢占人家女眷？

王全斌　臣路遇太医，听说国公亡故，觉得机不可失，就……

赵匡胤　就怎样？

王全斌　就像冲锋那样，一马当先。

赵匡胤　王全斌啊王全斌！

　　　　（"滚花"）你虽是孤王爱将，也不能容你无法无天。
　　　　　　　　孤曾宽恕你一回，为何还不改恶从善？

王全斌　臣很想改，只是花蕊夫人使我无法改。

赵匡胤　为什么？

王全斌　（狡黠地）陛下也说过：那花蕊夫人朕见犹怜，何况全斌。

赵匡胤　（噎住）呃……胡说，朕是怜她，你是抢她。

王全斌　（旁白）我正是想怜她才去抢她，抢回家后再怜她几怜还不是一样？

赵匡胤　（拍案）王全斌，你自言自语说些什么？

王全斌　呃……臣……臣是说，当日丞相与曹彬也一同饮宴，臣是否下毒，找他们一问便了然。

赵匡胤　孤自然要问他们。

王全斌　望主上明断。

赵匡胤　若查明是你下毒……

王全斌　杀人填命，理所当然。

赵匡胤　好！把王全斌先押下天牢！

　　　　〔两侍卫押王全斌欲下，与刚上来的赵普、曹彬相遇。

王全斌　哎，两位老弟，快救老哥一命。

赵　普　又是为"花"死，为"花"亡了？

　　　　〔两侍卫押王下。赵、曹入内。

赵、曹　臣赵普、曹彬见驾。闻得王全斌被打入天牢，不知身犯哪条律典？

赵匡胤　孤正要宣两卿来查问，秦国公夫人告他有下毒之嫌。
　　　　（把奏本交二人同看）

赵　普　（"滚花"）那日筵前席上，王全斌确有许多无礼之言。还辱及花蕊夫人，又不听我们规劝。至于下毒嘛？……（摇头）不像！

曹　彬　（"三脚凳"）那日我们同一席，行令又猜拳。
　　　　　　　御酒甫开埕，佳肴刚烹煎。
　　　　　　　觥筹时交错，尊罍迭相传。
　　　　　　　若是毒在酒肴中，
　　　　（"滚花"）席上无人能幸免。

赵匡胤　是啊，怎会只一人中毒呢？

太　监　（上）陛下，卢太医呈来脉案，秦国公并无中毒征象。（呈脉案）

赵匡胤　（接看）嗯，看来是王全斌把人气死，不是毒死。

赵　普　啊！这就难倒我这个丞相了！
　　　　（"滚花"）气死人如何定罪，历朝律典都无法可援！

赵匡胤　王全斌死罪可免，活罪难饶，两卿把他送交刑部，按侮辱国公，冒犯夫人议罪就是。

赵、曹　遵旨。

赵匡胤　秦国公已死，花蕊夫人德容兼备，朕拟纳宫中，封为皇后。

赵　普　（大感意外）花蕊夫人乃亡国之妃，怎能统率六宫，母仪天下？

赵匡胤　什么亡国之妃？朕立了她就是大宋兴国之后了，不要学迂夫子之见。

曹　彬　陛下，臣有话启奏。

赵匡胤　是否立后之事？

曹　彬　正是。

赵匡胤　朕意已决，不必多言。内侍，你到秦国公府，告知夫人：国公死因，经已查明，朕宣她入宫，把详情面谕。（拂袖而下）

曹　彬　（痛心疾首地）若让花蕊入宫，从此祸根深种。

赵　普　为今之计只有……（向两边张望后，与曹彬耳语）否则后患无穷。

曹　彬　好，这事由我来办。

（"滚花"）纵使人头落地，也是为国尽忠。（与赵普同下）

〔太监引身穿孝服的花蕊夫人上。

太　监　（向内）启禀主上，秦国公夫人遵旨入宫。

〔赵匡胤上。

花　蕊　臣妾叩见主上。

赵匡胤　快快起来，快快起来。赐坐！

花　蕊　谢坐。

〔太监搬椅让花蕊坐下后，退下。

赵匡胤　夫人，你禀请查究之事，孤已查得明明白白了。

花　蕊　有劳主上费心了。传旨公公，也曾告知臣妾，丞相与曹将军都是公忠为国之臣，既有他们作证，又有太医脉案为凭，臣妾再无疑了。

赵匡胤　夫人如此通情达理，孤心甚安。

花　蕊　臣妾奏本中还有请求护送秦国公与太夫人灵柩返回西川一事，也求陛下恩准。

赵匡胤　夫人护送灵柩返回西川之事吗？容孤再作考虑。

花　蕊　（见赵目光灼灼，有所警觉）臣妾重孝在身，不合多留，谢过圣恩，便当告退了。（离座）

赵匡胤　（急起身制止）夫人慢走，孤还有话说。

花　蕊　（无奈）请主上教谕。

赵匡胤　夫人啊！

（"中板"）秦国公，与太夫人，
　　　　　　　　今已入土为安，还望节哀顺变。

花　蕊　（接唱）　　感君王，多眷念，
　　　　　　　　派人治丧吊唁，惠及黄泉。

赵匡胤　（接唱）　　怜爱卿，年正青春，

花　蕊	（接唱）	独守空帏，难免春愁秋怨。
		未亡人，心若死灰。
		形同槁木，但求终老西川。
赵匡胤	（接唱）	望夫人，能在朕身边，
		大展才华，多作辞章留翰苑。
花　蕊	（接唱）	哭亡夫，悲故国，
		眼枯泪尽，早抛却断简残篇。（拉腔收）

赵匡胤　夫人前途似锦，不该万念俱灰。

（"滚花"）孤王深爱夫人（一槌）爱夫人

　　　　清丽辞章，读之不厌。

夫人离蜀来京，途中题壁有"采桑子"新词——

（念词）初离蜀道心将碎，离恨绵绵。

　　　　春日如年，马上时时闻杜鹃。

不知何故只得半阕呢？

花　蕊　军士催行，不容再写。

赵匡胤　（双关地）丽如美玉明珠，不续完〔谐"缘"〕就太可惜了！

花　蕊　（知意，楔白）妾无意再续了。

赵匡胤　待孤续完。

（念词）三千宫女如花貌，卿最婵娟。

　　　　此际朝天，赢得君王宠爱专。

如此续完，卿可满意？

花　蕊　臣妾有话要问陛下。

赵匡胤　请讲。

花　蕊　陛下发迹之前，曾在盗窟之中救出一个孤身女子，不辞跋涉，护送回家，故有"千里送京娘"的传说，此事当真？

赵匡胤　真有此事。

花　蕊　那女子对陛下也是情有所钟，陛下却不为所动，又是何故呢？

赵匡胤　当日正闯荡江湖，志在四方。故此，她虽有意，朕却无心。

花　蕊　这不正是人各有志了吗？

赵匡胤　这个……（有点愠怒）

（"滚花"）什么人各有志？孤家乃是九五之尊，
　　　　　　天下臣民，谁敢不顺从孤意愿！

花　蕊　陛下是以天子之威，对妾这般相逼么？

赵匡胤　是卿太不体念孤的苦心了！

花　蕊　（含泪）臣妾国破家亡，屡经惨变，陛下何曾体谅过妾的苦衷呢？

　　　（"双星恨"）家国恨深已难填，
　　　　　　一家被押送中原迢迢路八千，
　　　　　　夫妻对泣泪如泉，
　　　　　　几番勒马回头，回头看我锦西川。
　　　　　　哀失国之人——
　　　　　　天天以眼泪去洗面，苦水强吞咽。
　　　　　　夫君受尽了讥嘲纠缠，
　　　　　　日里深宫赐御筵，
　　　　　　夜里归家丧黄泉，
　　　　　　幸有君主作出明断。
　　　　　　今天我谢圣恩虔诚入禁院。
　　　　　　却横来受此逼煎。

　　　罢了！
　　　（"乙反长句滚花"）
　　　　　　亡国妇，贱鸡豚，
　　　　　　一任烹炮（读庖）宰割有谁怜，
　　　　　　亡夫尸骨未寒，我余哀未断，
　　　　　　望主上恩准，臣妾回川，
　　　　　　定省晨昏，把爹娘养赡，
　　　　　　抛开世事，隐退林泉，
　　　　　　花蕊此生，永感我皇恩典。（忍泪）

　　　陛下是仁义之君，请饶我这苦命之人吧！

赵匡胤　你可知，这是却了朕的情！

花　蕊　（含泪不语）……

赵匡胤　这是伤了朕的心！

花　蕊　（不语）……

赵匡胤　这是违背了朕的谕旨！

花　蕊　我心匪石，不可转也；我心匪席，不可卷也。

赵匡胤　你心既不可转，又不可卷，那就莫怪孤王要这样做了。（向内）拿上来。

〔宫女捧酒壶、酒杯上。

赵匡胤　（拿起酒壶斟满一杯，唱"滚花"）

　　　　　　此酒有剧毒，名叫鹤顶红，

　　　　　　饮毒酒，还是入皇宫？

　　　　　　两者任凭挑一种！（坐下静观其变）

花　蕊　这个吗？

　　　　（"反线中板"）

　　　　　　好帝主，顿变作杀手元凶，

　　　　　　说什么，仁义不忘毫无信用，

　　　　　　什么万民表率，今已暴露真容。

　　　　　　半生哀乐浑如梦，

　　　　　　千古兴亡恨满胸。

　　　　　　一朝洁骨埋荒冢，

　　　　　　年年化作杜鹃红。

　　　　　　手捧鹤顶红，举杯自奉。（拉腔）

〔赵匡胤稳坐不动，宫女惊骇地看花蕊把酒一口饮尽。

　　　　花蕊掷杯，昂然挺立，含笑待死。

赵匡胤　（赞叹，续唱）视死如归气如虹。（拉腔收）

　　　　〔赵匡胤举酒壶自己一口一口饮下。

宫　女　（大惊）万岁爷——

赵匡胤　这不是鹤顶红毒酒，是珍珠红——饯行酒。

花　蕊　这不是毒酒，是饯行酒？！

赵匡胤　夫人果真是富贵不能淫，贫贱不能移，威武不能屈啊！

　　　　（"滚花"）你千秋义烈可风，令孤深为敬重，

只怨孤王福薄，姻缘难令强依从，

      夫人可以返西川……

花　蕊　此话当真？

赵匡胤　君无戏言！

花　蕊　（接唱）　　多感君王恩义重！（下拜）

      臣妾叩谢君王万岁，万岁，万万岁！

赵匡胤　（对宫女）送夫人出宫。

宫　女　遵旨。

花　蕊　（再深深一礼）臣妾就此告辞了。

〔花蕊、宫女下。

赵匡胤　（惆怅地）唉！死至无情，不能强缘之断，好比夫人与孟昶；

    生至多情，不能强缘之合，正是孤家与夫人。

〔宫女神色惊惶奔上。

宫　女　万岁爷，夫人被曹将军射伤了！

赵匡胤　你说什么？！

宫　女　夫人刚出宫门，曹彬将军一箭射破香车，夫人身受重伤。

〔太监与宫女们把花蕊扶上抢救。

〔曹彬与赵普同上。

曹　彬　（跪）臣曹彬向主上投案自首。

赵匡胤　曹彬大胆！

曹　彬　臣为宫廷除去祸根，虽死无怨！

赵匡胤　什么除去祸根？夫人宁死不愿入宫，孤已准她返回西川。

曹　彬　这个……（与赵普面面相觑）

赵　普　（跪）臣与曹彬合谋，臣有罪！

赵匡胤　你们一将一相，嘿！（顿足）

    （"滚花"）可知杀人填命，国法难容！

〔音乐奏"2—4—2—"

花　蕊　（乙反"川拨棹"引子）

      箭穿胸，胸中只觉热血涌。

宫　女　啊！夫人醒过来了！

赵匡胤　　夫人，孤定要严惩凶手，为你申冤。人来，把赵普送交刑部议罪。凶手曹彬，推出斩了！

花　蕊　　主上，不可！

赵匡胤　　夫人，你为他们求情？

花　蕊　　曹将军当日救我，今天杀我，都非为一己之私，乃是耿耿忠心为其主，错就错在囿于成见，怕我骄奢惑主为祸宋宫。

赵、曹　　夫人！错了。

花　蕊　　今天虽有错——

　　　　　（"散板"）我贱命残躯，犹存敬重。

赵、曹　　（眼泪夺眶而出。接唱）
　　　　　　　　　夫人宽怀大量，使我等无地自容！

花　蕊　　（接唱）　庸臣害政残民，我有切肤之痛。
　　　　　　　　　忠良之士，应得天地宽——容！（死去）

赵、曹　　（惊号）夫——人——！！！

赵匡胤　　（大恸）夫人——！！！

　　　　　〔全场痛切，下跪致哀。

　　　　　〔切光。剧终。

饮马珠江

（多幕现代粤剧）

小 序

60年前的10月1日，毛主席在北京天安门城楼上宣布：中华人民共和国成立了。这一天，我正随在北京组成的接管广州干部工作团走在南下广州的行军路上，从广播里听到这一消息，雀跃三尺，热血沸腾，恨不得一步跨入广州。

相距不到半个月（即10月14日），广州解放了。随着敌人破坏海珠桥的一声巨响，我进入广州，参加了广州军管会工作，被任命为军管代表，接管广州所有文化艺术方面的敌产。因为这职务和工作关系，我接触了许多人和事。

当时，刚解放的广州，局面非常混乱。国民党留下大批散兵游勇和土匪特务，到处打黑枪，造谣言，包庇烟赌，杀人越货，大大破坏了广州的治安和社会秩序。甚至，逮捕了他们一些人，集中交代政策时，竟然开枪杀害我们在台上讲话的负责人。

面对这种严重的局面，我们许多同志为了保卫新政权，不怕冒险犯难、流血牺牲，与敌人进行殊死斗争，表现了革命者的铮铮铁骨，英雄气概，作出了有历史意义的贡献，给我的印象很深，经久难忘！

今年是欢庆建国60周年的日子，我想起了他们，萌发了写剧本的念头。以他们这种无私奉献的革命精神和坚韧不拔的爱国之心来纪念建国60周年，这是最有意义的。我不避三四十度高温，于七八月间写了这个《饮马珠江》。

有人说庆祝活动已经过去，剧本是不是迟了。不！歌颂革命英雄的主旋律，永远不会过时。

新中国成立前我本从事话剧，回广州后才接触粤剧。1952年奉命率广东粤剧代表团去北京参加第一届全国戏曲观摩演出大会，看到全国几十个剧种精湛异常的戏曲艺术，更知道它有广泛的观众基础和中央对戏曲改革的重视，我心动了。听人说："早知梨园有今日，悔不当初入戏行。"我说：现在入行也不迟。

会演回穗后，我欣然接受筹组广东省第一个国营粤剧团，直至后来改为广东粤剧院，几十年来虽几经坎坷，磨难不断，但我却不离不弃，一直干到1985年离休。离休后还为粤剧写了《伦文叙传奇》《花蕊夫人》等几个剧本。而今我年已九十，《饮马珠江》怕是我最后一个戏了！

人生诚苦短，半世读梨园，

家人谏何苦，安知个中缘。

二〇〇九年十二月

人物介绍

张大明（接管芳村的军管代表）　　陈伯南（潜伏特务头子）

甘晓燕（原东江游击队成员）　　　陈　九（特务）

曾一文（军管代表助手）　　　　　劳　天（绰号"飞天螭蟒"）

王营长（解放军）　　　　　　　　二　婶（陈伯南妻）

小　章（部队通讯员）　　　　　　秋　婵（婢女）

王海民（地下党员）　　　　　　　伙　计

陈　朱（地下党员）　　　　　　　老工人甲、乙

陈雪妹（酒店职工）　　　　　　　流氓散兵若干人

邵　伦（新亚酒店总管）　　　　　记者两人

钟二嫂　　　　　　　　　　　　　医生一人

解放军若干人　　　　　　　　　　护士两人

自卫队若干人　　　　　　　　　　锣鼓手两名

序 幕

〔1949年10月14日下午5时许。

〔广州郊区,战云密布,空无行人。

〔一长列武装人民解放军,背负辎重,一个接一个地赶路。(以上由天幕播放录像)

〔远处传来广播声:中国人民解放军以排山倒海之势,席卷华南地区。先头部队像箭般直插广州城,锐不可当。

〔起音乐。张大明内唱"大首板"

　　　　　北战南征,乘风劈浪。

〔张大明牵着战马上,后随着通讯员小章。

张大明 (唱"花下句")

　　　　　兵临百粤,饮马珠江。

(把马交给小章)让马饮饱珠江水吧。

小　章 是。(牵马到江边去,起音乐)

张大明 〔蹲身江边,双手掬起江水,痛快地洗面。

(唱"新曲")珠江水,浪打浪。

　　　　　白云山,莽莽苍苍,

　　　　　更有无数乡亲被迫受害,

　　　　　凄凉万状。

(楔白)今天,你的子弟兵回来了!

(续唱)　挥戈扫荡,消灭豺狼。

　　　　　人民解放,大地重光。

小　章 大明同志,你是广州人吗?

张大明 是的。

小　章 你很早就参加革命吗?

张大明 (唱"正线中板")

　　　　　我读中学那时,

　　　　　就参加读书会,

　　　　　研讨国事。

　　　　　　　　　　后来参加地下学联，
　　　　　　　　　　积极追求进步，努力求知。
　　　　　（转"七字清中板"）
　　　　　　　　　　日寇侵华，
　　　　　　　　　　我入了党当了游击战士。
　　　　　　　　　　真想不到十年之后，
　　　　　（转"滚花"）正好赶上解放广州之时。
小　章　（接"滚花"）你既是东江纵队战士，
　　　　　　　　　　又是淮海战役的战斗英雄，
　　　　　　　　　　回来一定喜煞许多亲友旧知。
张大明　（接唱）　隔别多年我也很想念他们。
　　　　　　　　　　特别是其中有些人！
小　章　什么人？
张大明　（"口鼓"）是东江打游击时一个女同志，
　　　　　　　　　　我们失散在1946年东纵北撤烟台那时，
　　　　　　　　　　她因公外出，
　　　　　　　　　　没有赶上，
　　　　　　　　　　故此失去联系。
　　　　　　　　　　我只知道她有个舅父在广州居住，
　　　　　　　　　　可惜没有地址。
　　　　　（唱"爽中板"）
　　　　　　　　　　她是否还活着，谁也不知，
　　　　　　　　　　听说北撤之后，反动派背信弃义，
　　　　　　　　　　杀了不少留下的东纵健儿。
　　　　　（转"滚花"）而今她讯息全无，
　　　　　　　　　　怎不令人关注！
　　　　　〔广州方向忽然传来一声巨响，震耳欲聋。
张大明　这样大的爆炸声，一定是敌人破坏，他们要逃走了。
小　章　那我们快回去吧。
　　　　　〔传令兵上，向大明行了一个军礼。

传令兵　大明同志,首长说你不用回单位了,可以直接跟部队入广州。(出示介绍信)拿这介绍信到广州爱群大厦,找朱光同志,由他分配你工作。

张大明　(接过介绍信)知道了。(指着江边的马)这马是首长坐骑,我因疟疾,行军不便,是首长给我坐的,现在我的病好了,请代我把马还给首长吧。

传令兵　进入城市有车,首长说过,这马由你处理。

张大明　那好,请代我感谢首长。

传令兵　啊!你快追上入城部队吧,刚才那爆炸声,说明敌人要逃跑了。

小　章　炸了什么建筑?

传令兵　广州海珠桥。

张大明　("滚花")罪恶破坏必严惩,
　　　　　　　　看他横行到几时!
　　　　我们走。
　　　　〔分头下。落幕。

第一幕　护　旗

〔1949年10月14日下午7时许。
〔广州西濠口新亚酒店底层铺面。
〔海珠桥爆炸的巨声刚过去,市民的慌乱和惊愕情绪未息。酒店的职工甘晓燕和陈雪妹等几个青年职工和神色张皇的市民,交头接耳、七嘴八舌地议论:
"这样大的爆炸声真吓人!"
"炸弹炸到什么大建筑啊!"
"听说是炸海珠桥!"
"定是国民党逃走前的大破坏!"
"他们不得好死!"
〔王海民从外面回来,大家围着他询问:"怎样?"

王海民　(唱"滚花")国民党炸毁海珠桥,

　　　　　　　　　半截桥身落江中，
　　　　　　　　　过路行人伤亡惨重，
　　　　　　　　　桥下船艇都炸毁，
　　　　　　　　　尸浮江上，水都染红。
甘晓燕　（接唱"滚花"）
　　　　　　　　　想不到他们死到临头，
　　　　　　　　　还如此凶残反动。
王海民　有人在墙头写了一首打油诗，我抄了回来。（拿出诗）
甘晓燕　（接过诗来高声朗读）
　　　　　　　　　珠江水，日夜流，
　　　　　　　　　不忘血泪仇，
　　　　　　　　　活捉蒋光头！
众　人　（齐声）骂得好！
王海民　有人看到白云山，满山都是解放军。
甘晓燕　真的？
王海民　那人说他亲眼看见。
甘晓燕　来得真快呀。
　　　〔远处传来鞭炮声。
甘晓燕　是欢迎解放军的炮仗？
　　　〔大家都兴奋起来。众人望窗外，一片鞭炮声，人声沸腾。
全　体　（合唱小曲"沧海一声笑"）
　　　　　　　　　鞭炮声声振，
　　　　　　　　　一片沸腾，
　　　　　　　　　热情迎接解放军。
　　　　　　　　　天海也欢笑，
　　　　　　　　　一片沸腾，
　　　　　　　　　人民庆祝大翻身。
王海民　别人用炮仗欢迎解放军，我们用什么欢迎呢？
甘晓燕　我们用五星红旗欢迎好不好？
王海民　那当然好，哪里找到五星红旗？

甘晓燕　我是从报摊《华商报》上看到国旗的样式，就买回来和陈雪妹两人照样做了一面。

王海民　晓燕、雪妹，快去把国旗拿来，我们新亚的员工升起第一面红旗，欢迎人民解放军。

〔大家齐声说好。

〔甘晓燕与陈雪妹应声入内。

职　工　国旗是怎样的？

王海民　我们都没看过，一定是很庄严、壮观。

〔甘晓燕、陈雪妹拿上红旗，呼啦一声将国旗打开。五星红旗一下展现在众人面前，大家热烈鼓掌叫好。

王海民　把红旗挂在门口好不好？

〔大家齐声应"好"，有人动手把枱凳搬出门口，甘晓燕和王海民爬上枱去，在门头上插上红旗。

〔酒店的总管邵伦走出来制止。

邵　伦　什么？

（"白榄"）你们挂红旗，

　　　　不怕把酒店连累？

　　　　大家听着：

　　　　快把红旗收起来！（重句）（没人理他）

〔冲头锣鼓。特务陈九和两个持枪家伙跟上，见到门头红旗。

陈　九　你们挂共产党红旗？

邵　伦　（续"白榄"）是这些职工不对，不关酒店事。

陈　九　快把旗落下。

（无人理睬，"白榄"）

　　　　你们不落我来落……（他爬上高枱）

甘晓燕　（高喝一声）谁都不准落！（接唱）落旗都有罪，都有罪！

（一个飞身跃上高枱护着国旗）

陈　九　你是什么人？

甘晓燕　中国人！

陈　九　去你的中国人！（双手想把甘晓燕推落高枱。甘晓燕侧身躲

　　　　过，回头一掌把陈九打落地去）
陈　九　（从地上爬起来拔出手枪）我毙了你！（冲向晓燕）
　　　　〔王海民率众职工上前拦住陈九。
　　　　〔陈九向天打了一枪。"嘭"的一声枪响，惊动了酒店内的"自卫队"。
　　　　〔冲头锣鼓五名持枪的自卫队员箭般冲了出来，护着职工们与陈九对峙着。
　　　　〔陈伯南在两名持枪打手护卫下匆匆上场。
陈伯南　（见对峙局面，急问陈九）什么事？
陈　九　他们，挂共产党旗。（指高挂在门头的五星红旗）
陈伯南　他们是哪个部队？
陈　九　（转问自卫队）你们是哪个部队？
王海民　是长堤一带新成立的商铺自卫队，专门保卫商店防止坏人。
陈伯南　（瞪了陈九一眼）这是什么时候，你过来。（召陈九耳语一阵，指着来路）快去带路，我在村口等你们。（陈九点头急下，陈伯南也匆匆向陈九来时的方向下）
陈雪妹　（追上去呼唤陈伯南）南二叔，南二叔！……
甘晓燕　（问陈雪妹）你认识那个人？
陈雪妹　怎么不认识？他是芳村大当铺的二当家，我们陈家祠管公堂的头人。
甘晓燕　啊，兵荒马乱，三更半夜还出来活动，我看不像生意人。
　　　　〔外面忽然传来几声枪声。
王海民　什么事？
伙　计　（上）有两个解放军向我们酒店走来，受到一阵黑枪袭击，被阻在路口。
王海民　刚才接到有关方面电话，说有一批解放军要进驻我酒店，马上就派人来联系，说不定来的就是联系人，（向自卫队招呼）跟我出去看看。（王海民与自卫队同下）
　　　　〔甘晓燕与职工们把升红旗的高枪搬回屋内。
　　　　〔王海民与自卫队带着两名解放军上。

王海民　这就是你们要找的新亚酒店。
　　　　〔一个解放军拿着一封信函。
解放军　请问哪位是王海民同志?
王海民　我是。
解放军　有关方面介绍我们来住宿。（递上介绍信）
王海民　（看介绍信）有关方面已经联系过，欢迎解放军进驻。有多少人?
解放军　有四五十个政工干部。
王海民　什么时候来?
解放军　马上就来。
王海民　（即命众人，"口鼓"）
　　　　　　　解放军同志来我店住宿，
　　　　　　　这是我们的荣幸，
　　　　　　　大家快去准备房间，迎接客人。
　　　　〔众人应声"是"，下。
　　　　〔甘晓燕为解放军上茶。
甘晓燕　请饮茶。
解放军　谢。
甘晓燕　这次解放广州有没有东江纵队的人?
解放军　东江纵队已改为两广纵队，有一部分参加粤赣湘边纵的人都参加解放广州来了。接管人员多数住爱群。
甘晓燕　你可认识东纵有个同志叫张大明?
解放军　张大明? 不认识。你可以到爱群大厦去问一问。
甘晓燕　谢谢!
　　　　〔外面响起了鞭炮声、锣鼓声。
甘晓燕　来了，来了，大家快来欢迎解放军!
　　　　〔楼上、楼下的职工一齐拥上，列队热烈鼓掌欢迎。
　　　　〔落幕。

第二幕　斥　敌

〔广州近郊芳村一间旧房子。开幕时房子空无一物，除了几张帆凳，最显眼的要算是那块写着"广州市国民警察局芳村分局"的木招牌，打横放在地上，显然是从门前被人落下来的。

〔军管代表张大明与助手曾一文、通讯员小章同上。都穿军服，有枪。右臂有"广州市军管会"臂章。

〔他们放下行李，陈朱匆匆上。

陈　朱　曾一文同志你们来了。

曾一文　来了。（介绍）这是军管代表张大明同志。这位陈朱同志是芳村的地下党员。（张大明与陈朱热情握手）

陈　朱　（唱"滚花"）早就盼望上级来接管，

　　　　　　　　已组织三人小组协助你们。

曾一文　（接唱）　前两天我先来蹲点，

　　　　　　　　他已组织了两位进步青年，

　　　　　　　　成立了三人治安小组，

　　　　　　　　帮助张贴禁令维持治安。

陈　朱　（接唱）　此地散兵流氓很多，治安很乱，

　　　　　　　　请同志千万注意安全。

　　　　这就是旧公安局的办公厅，这是他们的旧招牌。（指木牌）

〔张大明看牌后，与陈朱细声谈话，了解情况。

小　章　一文同志，我真不明白，他（指张大明）是部队的副师级干部，为什么派来芳村接管一个小区？

曾一文　（"口鼓"）是的，论级别，他应去更大的单位接管。

　　　　　　　　据情报，敌人有一大批军火藏在芳村。

　　　　　　　　因案情重大，首长特别点名要大明同志前来接管破案。

小　章　啊！

〔进来两位老工人，后面陈九带着一伙人陆续进入。

陈　九　请问哪位是军管代表？

张大明　　我是，你是什么人？叫什么名字？这么多人来干什么？

陈　九　　（"口鼓"）我叫陈九，芳村人，都系做生意。

　　　　　　　　　大家很反感见到你们出的告示。

　　　　　　　　　而今百业萧条，揾食不易。

　　　　　　　　　什么都禁了，岂不是把生路断绝？

　　　　　　　　　大家来请求取消禁烟禁赌，请你立即拍板定夺。

来人甲　　是啊，开个赌局，碍你们屁事？我们一家大小全都靠它，不要把人赶绝。

来人乙　　鸦片烟禁了，叫那些"道友"去哪里抽烟？我反对禁烟。

　　　〔众人附和——是啊！我反对，反对。

　　　〔静场，再没有人说话了。

　　　〔陈九逼视那两位老工人，示意他们发言。

老工人　　（怯生生地说）我……我们……（望了一下另一工人）是工人。

　　　　　（"白榄"）而今工厂关门了，

　　　　　　　　　一下失业，

　　　　　　　　　手停口停，

　　　　　　　　　我而今全家……（拭泪）粮绝。

　　　〔静场。

张大明　　还有谁要讲？（稍静）没人讲了，那我来讲。先讲这位老伯提出的工厂关门、工人失业问题。

　　　　　（唱"反线芙蓉中板"）

　　　　　　　　　国民党撤走之时把海珠桥炸断，

　　　　　　　　　带走无数国家财物与金钱，

　　　　　　　　　留下工厂停工，失业工人一大片，

　　　　　　　　　社会经济瘫痪，人民苦不堪言，

　　　　　　　　　还有散兵游勇，明抢暗占。

　　　　　（行弦托白）广州中共市委面对国民党留下的烂摊子，

　　　　　　　　　紧密依靠人民，执行中央政策。

　　　　　（唱"三脚凳"）

　　　　　　　　大力展开镇压特务，保护人民安全。
　　　　　　　　对困难的工人，特别关怀照顾，
　　　　　　　　救济粮食，决定发放优先。

陈　九　你对烟赌问题都没有答复。

张大明　（唱"霸腔滚花"）
　　　　　　　　人民惨受烟赌之害必须禁止，
　　　　　　　　严格执行不能改变。（一槌）

陈　九　（"白榄"）你真好胆（双）你这三人敢来管我芳村？

张大明　（唱"滚花"）我们现在是三个人，
　　　　　　　　但背后有千千万万解放军支援。
　　　　（唱"士工慢板"）
　　　　　　　　近日百万雄师所向无敌，
　　　　　　　　横渡长江天险，
　　　　　　　　南京、上海全都攻克，
　　　　　　　　人民高唱《解放区的天》（续奏乐，衬白）
　　　　　　　　十月一号中华人民共和国成立大典。
　　　　　　　　毛主席在天安门宣布中国人民站起来了。
　　　　　　　　万民同庆，举国欢腾，
　　　　　　　　蒋介石滚到台湾去了。
　　　　　　　　反动的国民党统治已彻底玩完。
　　　　（转"滚花"）我话已讲完请你们统统出去，勿再上当受骗。
　　　　　　　　执迷不悟绝无好结果，勿谓有言在先。

〔有人动摇想走。

陈　九　（大声制止）不要听他的，（拔枪）给我杀！

〔特务纷纷亮枪。

〔小章一个箭步，跳上高枱，打开上衣，露出一排手榴弹。

小　章　（大喝一声）通通放下武器给我滚出去！

〔众匪惊恐，纷纷放下枪支，抱头鼠窜。

〔陈九上前想制止。

〔曾一文在后用枪指着他。

曾一文	别动。
	〔小章上前缴了他的枪。
陈　九	我犯了什么法？
曾一文	你聚众闹事，私藏枪支，还不是犯法？
张大明	带到治安小组去严加看管，等候审查。
	〔曾一文与小章、陈朱押陈九下。
	〔电话铃响，张大明接电话：我是张大明……对，芳村形势是很复杂，原来的国民党区长与警察局长都跑了。一些小头目露出水面，设赌局，开烟馆，刚才又聚众闹事，为首的给我们押起来……交由一个临时治安小组看管，小组由原来的一个地下党员和两个积极青年组成……对，我们一定提高警惕注意安全……上面决定派解放军来芳村？那太好了，太好了！来多少人？什么时候来？……好！好！（放下电话）
	〔小章兴奋地跑进来。
小　章	来了，她来了。
张大明	谁来了？
小　章	就是她呀。（指着已经跑上来的甘晓燕，自下）
甘晓燕	大明！
张大明	晓燕！是你！
	〔两人热烈握手。（起音乐衬托转二黄短序）
甘晓燕	（唱"长句二黄"）
	望眼欲穿，苦煞我晓燕。
	今日幸能相会，已盼望了三年。
	知你进驻在芳村，立即前来见面。（句）
张大明	（续唱）　一日不见如三秋，三秋离别再相见，
	你精神面貌，不减当年，
	回想当日北撤烟台，遍寻你不见，
	到底所因何事？大家都为你挂牵。（句）
甘晓燕	（唱"快二黄"）
	想当年，接到通知，即赶到沙鱼涌。（一才）

	（转"合尺花"）
	无奈你们船开去远。
张大明	（接唱"滚花"）
	我真担心您会被国民党杀害。（士）
	那您怎样度过这三年？
甘晓燕	（"秃唱三脚凳"）
	往事容日再详谈，幸安然无事勿挂念，
	我靠舅父介绍，在酒店当服务员。
张大明	好，以后慢慢地说，你来得正好，我这里的工作千头万绪，正需要人，你来参加工作吧。你可是党员，快把组织关系转过来吧！
甘晓燕	当年我赶不上北撤，党的关系已断。
张大明	（很意外）没有组织关系？那你就不能马上参加工作。
甘晓燕	为什么？
张大明	这是组织原则。你这情况必须有人证明。
甘晓燕	你给我证明不成吗？
张大明	（唱"中板"）我可以证明你在东纵这一段，
	但不能证明，你离开部队这三年。
	三年生活在蒋管区，谁知你的表现？
	坚持组织原则，要证明是理所当然。
甘晓燕	（唱"三字经"）
	这三年多我没有变，
	我意志不减当年，
	甘晓燕仍是甘晓燕。
张大明	（续唱"中板"）
	没有证明爱莫能助，恕我直言。
	〔甘晓燕失望地两眼外望，眼泪也快流出来了。
张大明	不过，东纵的人有的来了，快去找当日与你联系的人取证。
	〔曾一文上。
曾一文	大明同志。芳村陈家祠的族长陈伯南要求见你，他说积极响应

号召前来缴枪，并称自己是这个地方的开明人士。

张大明　啊！让他们进来。

曾一文　是。（下）

张大明　（对甘晓燕）真对不起，希望你早日把组织关系转来。

〔曾一文带陈伯南上，后跟两名打手。

曾一文　（介绍）这是张大明军管代表。这是芳村陈家祠的族长、芳村当铺老板。

陈伯南　军管代表来芳村履新，我们芳村各行商贾社会贤达应该早日出迎。

张大明　这倒不必，这里有客，请到里面谈。（招呼入内，小章紧紧跟入）

曾一文　（招呼甘晓燕）你好，小章向我介绍过了，你是大明同志的战友。我是他同来接管的助手，姓曾。

甘晓燕　你好，曾同志。（握手）

　　　　（"白榄"）请你告诉大明同志：

　　　　　　刚才那个人，并非什么开明人士，

　　　　　　国民党撤走那晚，

　　　　　　我见他在持枪人的护送下招摇过市，行动诡秘，

　　　　　　提防其中有诈。

　　　　　　请你们留意，

　　　　　　我走了，再见。

曾一文　不等大明一下？

甘晓燕　不等了。（下）

〔两个伙计推了一小车长枪上。

一伙计　我们陈家祠围口，集中护沙大队长枪十支，遵照族长吩咐，依时送到。

曾一文　（向室内高声地）陈家祠枪支送到！

〔张大明、陈伯南等五人从内室上。

陈伯南　（向张大明介绍）这是我们围口看更的枪支，全部十支都缴齐了，请军管代表点收。

张大明　　就是十支？

陈伯南　　就是十支，不敢隐瞒。

〔张大明示意小章与曾一文把枪支从小车卸下。

陈伯南　　（唱"海南曲"）

　　　　　　　　　尊声军代表，听说那陈九，

　　　　　　　　　竟敢与你斗，实在太胡闹，

　　　　　　　　　他与陈家祠无关，一切自作自受。

　　　　　请军管代表明察。

张大明　　（接唱）　我一定会查明，有罪定追究。

陈伯南　　拜托，拜托。告辞。（点头哈腰下）

曾一文　　谈得怎样？

张大明　　他缴了十支枪。表示拥护政府。他实际是来探听虚实，特别来探听陈九的情况。

曾一文　　刚才来找你的女同志说，在国民党撤走那天深夜，她见到陈伯南在特务护送下，行动诡秘，请我们注意。

张大明　　啊！她见过陈伯南？……她现在哪里？

曾一文　　走了。

张大明　　走了？

〔一阵敲锣打鼓声。跟着钟二嫂带着两名锣鼓手上。

张大明　　什么事？

钟二嫂　　（"口鼓"）刚才我的儿子，在江上游水险些溺死，

　　　　　　　　　好在你们的女同志经过，下水将他救起。

　　　　　　　　　我们特来感谢救命的大恩大德。

　　　　　　　　　送个表扬红牌，谢恩报喜。

张大明　　女同志救了你的儿子？我们这里没有女同志呀？

钟二嫂　　有呀，我们问她单位与姓名，她不肯讲。一身湿透，说声再见，便雇艇仔走了。有人见到她从这里出入呀。

曾一文　　见她从这里出入？是不是留有两条辫、穿白恤衫的二十多岁的女同志？

钟二嫂　　是的，是的。

张大明　她说的是甘晓燕救了她的儿子？
曾一文　（对钟二嫂）是有这个人，但不是我们这单位的。但我们可以把这红牌转送给她。（代接过红牌）
钟二嫂　好，那麻烦你们，我们走了。
　　　　〔钟二嫂与锣鼓手下。
曾一文　她甘晓燕做了好事。
张大明　她有没有留下地址？
曾一文　没有呀！
张大明　啊！（沉思）
　　　　〔幕下。

第三幕　回　顾

〔新亚酒店职工宿舍，甘晓燕卧室。
〔甘晓燕坐在房里对灯发怔。

甘晓燕　好啊，你一句"爱莫能助"就把我打发了。这是为何，这是为何？
（唱小曲"柳底莺"）
　　　　　　想当年，未能随队北撤烟台，
　　　　　　只因通知迟来，不是我本人的过错。
　　　　　　昨日佢说来使我茫然，当日情感怎会骤变？
（唱"二黄慢板"）
　　　　　　我与他分别三年有多，
　　　　　　（序）时常盼念！
（白）个中苦况，你可关心，可有问过？我们是陌路人么？
（"二黄"）我们曾经是同生共死的战友，患难相援！
（唱"爽二黄"）
　　　　　　有一次我被敌人机枪封锁，万分危险，
　　　　　　你孤身闯阵，把敌人机枪打哑救了我与全连。
　　　　　　又一次战斗，你中弹坠下深渊，
　　　　　　我冒死下坑救你安全脱险。

　　　　　　　多少往事桩桩件件出现眼前。
　　（转"南音"）对灯怀想，不觉阵阵辛酸：
　　　　　　　你随东纵北撤，一去三年，
　　　　　　　今日解放广州，重逢会面，
　　　　　　　该是满怀喜悦，两双情牵，
　　　　　　　想不到一语无情，晴天骤变，
　　　　　　　事已至此，真不知其所以然！
　　（过门，转"合尺花"）
　　　　　　　难道我离开部队时间太长，
　　　　　　　感情脆弱，思想蜕变？（收）
　　（思索）不，显然责任在他不在我！我以后再不理他，再不去芳村！（顺手拿来墙上挂剑，悻悻舞动起来）
　〔陈雪妹送开水上。

陈雪妹　燕姐，（见她舞剑）好开心呀，找到解放军的男朋友了？
甘晓燕　这……找到了！
陈雪妹　他在哪里工作？
甘晓燕　接管芳村。
陈雪妹　接管芳村？真巧，那是我的家乡。燕姐，我真想回去工作，能给我介绍吗？
甘晓燕　不想在新亚酒店干了？新亚酒店不好吗？
陈雪妹　我们新亚酒店比别的酒店好多了，但解放了，我想出去闯一下。
甘晓燕　新亚酒店比别的酒店好？
陈雪妹　（唱"木鱼"）过去新亚住的都是财主恶霸、政府高官。
　　　　　　　他们把酒店工人，当奴隶使唤。
　　　　　　　工人既无地位，生活又无保障，工资少得可怜。
　　（"韵白"）那年前后来了王海民与你两位人员，
　　　　　　　成立职工同乐会，把文体活动开展，
　　　　　　　压下资方打骂与开除工人的气焰，
　　　　　　　争取到女工有产假，小费也多分了一半，

燕姐你真好,工友都感谢你们!

甘晓燕　我几年来工作做得不够,请提意见,今天我要你同我去一趟芳村。

陈雪妹　又去找接管芳村的心上人?

甘晓燕　不是,想去了解你们的族长陈伯南。

陈雪妹　了解他干什么?

甘晓燕　我今天在芳村见到他。
　　　　("白榄")他现在是芳村的开明绅士,
　　　　　　　　替政府收缴枪支。

陈雪妹　真的?

甘晓燕　("白榄")为何那晚有带枪的人作他的卫士?
　　　　　　　为何兵荒马乱,他三更半夜还出来招摇过市?
　　　　　　　我怀疑,我怀疑!

陈雪妹　(唱"滚花")他是陈家族长、当铺老板,
　　　　　　　　未见他做过什么坏事。

甘晓燕　(接唱)　谁知他有无做过坏事,
　　　　　　　　去芳村,暗中一查便知。

陈雪妹　带你去芳村?

甘晓燕　你怕?

陈雪妹　我不怕,只是怕带你一个陌生人前去,别人盘问起来怎么答复?

甘晓燕　也是。

陈雪妹　这也不难,我有办法。我芳村的婶娘身体不好,
　　　　(唱"滚花")我们带个药箱前去,说是给她看病便是。

甘晓燕　好办法,可行。
　　　　(唱"滚花")我们明天一同前去,看病行医。

陈雪妹　好。
　　　　〔幕下。

第四幕　惩　凶

〔临时治安小组，设在芳村办事处附近的一个房子里。
〔这小组三个人，背着枪看守着被绑在椅子上的陈九。

陈　九　（在椅子上挣扎一轮，见没人理睬他，便大声叫嚣）（唱"板眼"）放开我，快把我放开。

　　　　　勿听外人鬼话，自招其祸。
　　　　　我们同姓同乡，应该互相帮助。
　　　　　跟我同捞同煲，包你好处多多。

陈　朱　呸！

　　（续唱）　你欺压乡亲无恶不作，
　　　　　　今日翻身解放，把你彻底地诛锄。

陈　九　好胆，等着吧。

〔叩门声。

陈　朱　谁人叩门？

外　应　军管代表。

〔陈朱开门。
〔进来的是陈九手下的那帮匪徒，他们手执刀枪，一拥而上，经过搏斗，治安小组三人被拿，陈九被放。
〔叩门声又响。
〔一匪徒问：谁？
〔外面答：我是小章。

陈　九　小章？就是身上装上炸药的那个通讯员。（随即挥手命令把陈朱三人移入室内）

　　（"口鼓"）他身上绑有炸弹，我们的枪不能开。
　　　　　　怎么办才安全？对，只能用智取。
　　　　　　你们两人各拿一大棍，等门打开，
　　　　　　他一入门便迎头将他打晕拖入来，
　　　　　　然后小心把他身上的炸弹卸去。

众匪徒　是。

〔两匪徒各拿大棍站在门后，另一人去开门。

〔门开，小章迈步入门，便被打晕在地，立即抬在桌上，被解衣企图想卸去手榴弹。

〔又有叩门声。

〔匪徒问：谁？

〔门外应声：张大明。

陈　九　　是军管代表。来得好呀，快把这小章抬入房去。（众匪徒迅速将小章抬入房复出，又响紧迫的叩门声）

陈　九　　来了，来了，你（指挥匪徒）去开门，门一开我们几支枪集中火力，一齐开枪，把军管代表打个稀巴烂，死无全尸。

〔大家准备：……开门。

〔一人把门迅速打开，几支枪向黑洞洞的门口一齐开火，砰、砰、砰！但门口没有张大明。

〔张大明突然从屋内侧房跳出，出现在他们背后。

张大明　　（大喝一声）陈九，你们的末日到了！（连续开枪把群匪打倒）

〔小章带伤扶墙急上。

〔治安小组三人也挣脱绳索同上。

〔以张大明为首，在强劲的音乐中围着倒毙的匪徒集体亮相。

张大明　　把他们拉走。

〔众人把陈九等人尸体拉入房内。

〔甘晓燕与背着药箱的陈雪妹上。

张大明　　啊，你来了。

甘晓燕　　来了，不是有敌情我不会来。（介绍）这是我的同事陈雪妹，芳村人，她带我来了解到不少重要敌情。

张大明　　重要敌情？请讲。

甘晓燕　　敌情之一：

（唱"减字芙蓉"）

　　　　我两人刚来，四处转了转，

　　　　发现大批武装匪特潜来芳村，

　　　　　　　　　　扬言要赶走消灭你们。
张大明　小章你听到了吧？敌情确实严重，快通知一文同志，去了解
　　　　情况。
小　章　知道。（与陈朱等急下）
甘晓燕　敌情之二：
　　　　（接唱）　地主恶霸长期霸占，裕安等围口所有农田。
　　　　　　　　　他们掌握地方政权，村民惨遭踏践。
　　　　　　　　　而且勾结土匪，妄想变天。
　　　　更重要的第三件：有人看见，
　　　　（转"白榄"）广州解放那一天，深夜三点，
　　　　　　　　　　有大批铁箱麻袋运入芳村，
　　　　　　　　　　陈伯南领头行先又遮遮掩掩，
　　　　　　　　　　像怕被人看见将他行为揭穿。
　　　　　　　　　　这更证实我那夜所见，
　　　　　　　　　　他命人带路，自己等在村口，
　　　　　　　　　　前后对照，显然可见。
　　　　（转"滚花"）他是个头子，理所当然。
张大明　啊，
　　　　（接"滚花"）陈伯南啊陈伯南，你终于浮出水面了。
　　　　（白）感谢你们。（与她俩握手）
陈雪妹　这全是燕姐的功劳，我不过是带路的。
甘晓燕　陈雪妹初次参加工作，也很积极，带药箱掩护也是她提议的。
张大明　谢谢！
　　　　〔曾一文急上，反身将门关上。小章等人也从房内出来。
曾一文　大批特匪包围了办事处，一会很可能来这里，快撤。
张大明　（看了看这一大帮人，一想）好，走！
　　　　〔全体下。
　　　　〔外面人声杂乱，喊打喊杀声。
　　　　〔张大明一行全退了回来，小章关上门。
张大明　来不及了，准备战斗。

〔各人持枪，选好据点。

甘晓燕　给我枪。

〔小章把原先陈九用的枪抛给她，她接过枪，拉雪妹伏下。

陈雪妹　我怕！

甘晓燕　不用怕。勇敢点，多参加两次战斗就不怕了。

〔外面响了两声枪。

〔并传来了喊叫声：里面军管代表听着，你们被包围了，快出来投降吧……快些打开门，我们叫一、二、三，再不开门我们就冲进去，杀你一个不留。听着：一、二……但没有听到报三。

〔外面忽然传来密集枪声和军号声。

张大明　听，有号声，我们部队的冲锋号。

曾一文　解放军来了。

小　章　我们部队来了，（把门打开）敌人撤了。

〔张大明第一个冲出去，大家陆续跟下。

〔稍停，张大明招呼解放军王营长上，后随曾一文与小章和王营长的卫士。

张大明　王营长请。

王营长　我们没有来迟吧？

张大明　不，来得很及时，请坐。

王营长　（唱"滚花"）上级很关心军火大案，
　　　　　　　　故令我们火速入村，
　　　　　　　　此案目前有何进展？

张大明　（接唱）　我们进驻前后仅仅有三天，
　　　　　　　　案情刚浮出水面，
　　　　　　　　族长陈伯南半夜领军火入村。
　　　　　　　　他是收藏军火的最大疑点。

曾一文　我也认为这个人可疑性很大。这样大的一批军火，只有他的当铺可收藏。我建议，解放军马上去搜查陈伯南的当铺，打他个措手不及。

张大明　我也这样想。

（唱"长句滚花"）

　　　　　　立即集合部队，兵分三路：
　　　　　　一路搜查陈伯南的当铺，
　　　　　　二路扫荡全区的烟赌，
　　　　　　再一路围剿各围口，消灭匪徒。
　　　　　　若不缴械投降立即逮捕。

曾一文　好！

（接唱）　来个雷霆扫穴。
　　　　　全面出击，肃清匪徒。

王营长　是，照你们说的办。（全体起立）

〔幕下。

第五幕　诬　陷

〔在一个大"当"字下面的当铺正门，楼下客厅。

〔陈伯南一个人坐在那里紧张地抽着水烟筒。

〔二婶从外面匆匆上。

陈伯南　情况如何？

二　婶　（"白榄"）尸体遗下十多具，
　　　　　　　　　大批人马慌忙撤退，
　　　　　　　　　他们还问要不要派人来，接你出去？

陈伯南　我堂堂族长，当铺老板，为何要出去？

（唱"王祥哭灵"）

　　　　　　我陈伯南并非等闲之辈，
　　　　　　共军敢来，我定当奉陪。
　　　　　　明枪虽败，还有暗箭可取。

二　婶　什么暗箭？

陈伯南　（接唱）　此事要你配合，附耳过来。（两人密议有顷）

（转"滚花"）给他们当头泼上一盆污水，
　　　　　　让他身败名裂，出丑当衰。

二　　婶　　他们要是不承认呢？

陈伯南　　丑闻已传出去，他不承认也没用。

〔外面有解放军的脚步声，二婶出去一看，回头对陈伯南。

二　　婶　　解放军果然来了，我去准备。（急下）

〔传来大队解放军"立正""报数"的声音，并且喊着"全体就地候命"，众高声应"是"。

〔张大明上。后面跟着全副武装的解放军军官与个别战士。

〔陈伯南忙站立迎接。

陈伯南　　迎接军管代表光临，请坐。各位长官请坐。

张大明　　不必了。

（"口鼓"）人民解放军今天进驻芳村，

　　　　　　现在来检查你们当铺，

　　　　　　为了整治地方治安。

陈伯南　　（"口鼓"）我们一向诚实经商，

　　　　　　与民方便，公平典当，未有发生违法的事件，

　　　　　　进行搜查，是否可免？

张大明　　有没有违法，不查怎么知道？同志们到一、二、三楼全面查看。

〔解放军应声行动，有的进入一楼，有的上二楼、三楼。

〔张大明不顾陈伯南的拦阻，推开他阔步上楼。

陈伯南　　（被推倒椅上，抬起头来，咯咯咯地冷笑）你、你、你好凶呀，任你凶似老虎，但老子是天，让你老虎咬天，永远咬不着边。只要我略施小计，包你名誉扫地，滚出芳村。（向屋内一招手）

〔陈伯南老婆带着婢女秋婵上。

陈伯南　　（"口鼓"）别看他们来势汹汹，

　　　　　　你们不用怕，

　　　　　　你们只依计行事，

　　　　　　保管这群恶狼变成个癞蛤蟆。

（命令秋婵）把上衣撕开，快！

　　　　　（秋婵有点害怕，陈伯南发狠）已经讲好的，为何变卦？
　　　　〔陈伯南动手撕秋婵的衣服，秋婵闪避。
秋　婵　我怕。
二　婶　（听到解放军下楼声。"口鼓"）
　　　　　　　　　老爷，这事交给我，你放心吧！（拉秋婵下）
　　　　〔张大明从楼上下来，陈伯南幸灾乐祸地斜视着空手下楼的张大明。
王营长　报告，一、二、三楼都搜过，不见有违禁品。
陈伯南　我说没有就是没有，事实证明，你们私搜民宅实属不当。你们第一件是扰民。
　　　　〔二婶陪着嚎哭的秋婵上。秋婵的上衣破裂，袒露肩膀。
陈伯南　（假惺惺地）什么事？什么事？
二　婶　秋婵被人奸污。
陈伯南　被人奸污？是真还是假？谁人奸污你？
秋　婵　……（只是啜泣）
二　婶　她被搜屋的人奸污啦！
　　　　〔大家很意外，（重槌锣鼓）继而愤怒异常。
张大明　（怒斥）你胡说！哪个人奸污你，你说嘛。（指着解放军）现在所有搜楼的人都在这里，你说是哪一个？
　　　　〔秋婵不敢抬头。
张大明　你指不出就是诬陷解放军。
陈伯南　（拉着秋婵）你说嘛，是哪一个？（指着张大明）是不是他？（秋婵仍不敢抬头）是他，那就点头。
　　　　〔秋婵被逼点了点头。
张大明　什么，是我？
　　　　（暴怒，唱"梆子流水"）
　　　　　　　　　你含血喷人胡说八道，
　　　　　　　　　生安白造，任意冤诬。（对陈伯南）
　　　　　　　　　你搬起石头打自己的脚，
　　　　（"滚花"）勿谓我言之过早。

王营长　（白）她头也没抬眼也没望，就讲是他强奸，谁人相信？

秋　婵　（又哗声大哭起来）

陈伯南　（对着王营长"白榄"）

长官，你与我都不在场，谁也不知道实情。

这样吧，不如大事化小，小事化无，

此事作罢，留个面子给解放军好不好？

张大明　（白）不能算了作罢。

（唱"滚花"）我们一定要查个水落石出，

惩治你妄自使婢驱奴。

走！（率众解放军下）

〔幕下。

第六幕　扫　荡

〔二幕前陈雪妹追甘晓燕上。

陈雪妹　晓燕姐，晓燕姐，大事不好，芳村好乱！

甘晓燕　出什么大事？

陈雪妹　你的男朋友，张大明军管代表，搜查陈伯南当铺，强奸陈伯南婢女秋婵。

甘晓燕　你胡说八道！

陈雪妹　不是我胡说八道。这消息已在芳村周围传遍。

甘晓燕　你相信吗？

陈雪妹　我不相信，但有人说共产党"共妻共产"……

甘晓燕　住口！

（唱"三脚凳"）

这是国民党的反动宣传，

陈伯南有意捣乱，

这事军代表绝不会干。

（一想）你可认识那个秋婵？

陈雪妹　认识，陈伯南买她回来才十岁，我们都是穷孩子，一齐玩大一齐癫！

甘晓燕　那好。

　　　　（唱"新腔快中板"）

　　　　　　　　我们一起芳村去。

　　　　（"三字清"）我去问大明。

　　　　　　　　你去问秋婵，

　　　　　　　　两下一问便一目了然。

陈雪妹　好！

　　　　〔两人下。

　　　　〔二幕开。

　　　　〔景与第三幕同。

　　　　〔张大明在主持会议，参加的有王营长、曾一文、小章。

张大明　（"口鼓"）部队进驻第一时间，

　　　　　　　　全部出击，锐不可当。

　　　　请王营长先讲一讲。

王营长　（唱"中板"）我们第一连担负的任务是把烟赌扫荡，

　　　　　　　　解除了烟赌档所有武装。

　　　　（转"花鼓芙蓉"）

　　　　　　　　二连行动迅速，大军似从天降，

　　　　　　　　缴获机枪九挺，围口全部缴械投降。

　　　　　　　　首恶必办，其余教育释放，

　　　　　　　　群众欢迎说我们为民除害，造福地方。

　　　　（转"滚花"）至于当铺的行动，

　　　　　　　　军管代表你都参加了，

　　　　　　　　我就不再讲。

张大明　（唱"西皮下句"）

　　　　　　　　一、二连的出击给敌人全面扫荡。

　　　　　　　　打击了敌人，稳定了地方。

　　　　　　　　（序）为民除害，

　　　　　　　　应嘉奖表扬。

（众人鼓掌，转"滚花"）

　　　　　至于搜查陈伯南的当铺受到诬陷顽抗，

　　　　　我们要召开一个全区的群众大会，

　　　　　揭发这条恶狼（收）。

王营长　召开全区的群众大会揭发陈伯南我赞成。

曾一文　同意。

张大明　我们现在要研究的是那批军火，既然不藏在当铺，又藏在什么地方？

曾一文　容纳这一大批军火，除了当铺还有什么地方可放？

张大明　我们要进一步深入群众，细心调查，只要这批军火藏在芳村，一定会找出来的，今天就谈到这里，大家分头工作去。

〔大家站立。

〔甘晓燕上，大家与她打招呼。

〔曾一文示意小章为她上茶，相继下去。

甘晓燕　解放军进驻芳村了？

张大明　当日就搜查陈伯南的当铺，搜不出军火。

甘晓燕　芳村风传你奸污了他的婢女。

张大明　你信吗？

甘晓燕　当然不信。但满街都传开了，破坏党和政府的威信。

张大明　对这老狐狸，我们决定狠狠打击，召开芳村全区的群众大会进行揭发。你来得正好，有些工作要你帮忙。

甘晓燕　什么事？

张大明　陈雪妹可认识陈伯南的婢女？

甘晓燕　我问过雪妹，她说认识。

张大明　那太好了。她是这个家庭的下人，是被奴役的劳动人民，我们可以争取她，揭发陈伯南是怎样逼她诬陷我们的。你是不是马上去找陈雪妹一齐去访那婢女？

甘晓燕　好，我就去。

张大明　这就太感谢你了。前天，关于你要求工作，我关心不够，真对不起！我要向你敬礼，赔礼道歉！

甘晓燕　我又不是你首长，敬什么礼。（转身下）
张大明　好大的气啊！你必须谅解，越是亲人，我更需要坚持原则啊！
　　　　（思考）
　　　〔幕下。

第七幕　飞　天

〔学校操场外的一个小亭。通过树木顶端，可以见到群众大会的招展红旗和听到嘈杂的人声。
〔开幕时甘晓燕和陈雪妹带着秋婵步上小亭坐下。
〔秋婵还是愁眉苦脸，低头拭泪。

陈雪妹　秋婵，
　　　　（唱"新曲"）而今芳村开大会，
　　　　　　　你敢不敢把诬赖好人的事揭露出来？
秋　婵　……（哗声哭起来）
甘晓燕　（唱"前曲"）你怕什么？有共产党解放军在，
　　　　　　　你应抹掉眼泪，把头高抬。
秋　婵　（虽停止哭泣，但仍没有开腔）
陈雪妹　（急得顿脚，接唱）
　　　　　　　你再不开腔，我们就回去！
甘晓燕　你到底顾虑什么？
秋　婵　（唱"前曲"）我、我、我冤枉解放军，我有罪！
陈雪妹　你若揭发坏人便是有功。
秋　婵　有功？我好苦呀！！！（放声大哭）
陈雪妹　又哭又哭，我不理你，走！
甘晓燕　（摇头制止）
陈雪妹　过去她不是这样的，我们自小玩在一起，又说又笑，还学人唱龙舟呢，我还记得那首龙舟：
　　　　（唱"龙舟歌"）
　　　　　　　凼凼转，菊花园，
　　　　　　　炒米饼，糯米团，

阿妈叫我睇龙船，
我唔睇，睇鸡仔，
鸡仔大，捉去卖，
卖得几多钱？
够买两亩田。
春下秧，秋开镰，
欢欢喜喜过大年。

〔秋婵停止了哭。她入神地听着，给这首歌唤起了当年纯真的童心。

秋　婵　雪妹，你是我自小玩大的姐妹，你是共产党吗？快救下我！

陈雪妹　我不是共产党，张军管代表是共产党，还有人民解放军，都可以救你苦海脱离。

秋　婵　（大声诉苦）老爷讲解放军强奸我是假的。他让劳天，这个万恶的"飞天蟛蜞"奸污我才是真。

甘晓燕　让劳天奸污你？
（唱"快打慢二流"）
　　　　劳天是什么人？胆敢如此放肆？

陈雪妹　（接唱）　劳天是陈伯南的爪牙、打手，
　　　　　　　　绰号叫飞天蟛蜞，
　　　　　　　　因为他能跳会飞。

甘晓燕　（接唱）　这个恶人现在哪里？

秋　婵　他白天不露面，
（转"滚花"）
　　　　半夜到我房来，
　　　　干了就从窗口飞离。（收）

甘晓燕　你可知他去哪里？

秋　婵　他没讲，似替老爷去办事。

甘晓燕　他去替陈伯南办什么事呢？
（考虑，"口鼓"）
　　　　秋婵你不要怕，

　　　　　　我们一定替你申冤雪耻。
　　　　　　一会在芳村开揭发陈伯南的大会，
　　　　　　你必须大胆揭发不再迟疑。
　　　　　　但是劳天这件事，
　　　　　　暂时不要说，
　　　　　　你在大会揭发以后，
　　　　　　照样回陈伯南家里住，
　　　　　　会后我们要他保证你的人身安全。
　　　　　　谅他不敢不依。
秋　婵　（点头）
　　　　〔张大明上。
张大明　大会开始了，请你们进入会场。
　　　　〔陈雪妹带秋婵下。
张大明　谈得怎样？
甘晓燕　很好。秋婵同意在大会上揭发。除了这件事，还发现了一个非常主要的情节。
　　　　〔两人低头讲话，同下。
　　　　〔传来大会的高音喇叭响声。
广播声　芳村群众揭发斗争大会开始！
口号声　不准污蔑中国人民解放军！揭发反动派反攻倒算！肃清特务、土匪、散兵游勇，维持社会治安！中国共产党万岁！中华人民共和国万岁！
　　　　〔压光。

　　　　〔灯光复明，大会已经散了，张大明、王营长、甘晓燕和曾一文、小章在小亭上开会。
张大明　（"口鼓"）经过大会批斗，
　　　　　　陈伯南的气焰打了下去，
　　　　　　群众的情绪明显提高，
　　　　　　但是那批军火没有搜到，

大家议议，该如何是好？

甘晓燕　（"口鼓"）劳天那家伙如此神秘，

　　　　　　可惜线索全无。

张大明　定要找到这个飞天螭螵。

甘晓燕　据秋婵说，他白天不出现，但晚上必到。

王营长　我们可以打伏击。

甘晓燕　他是从窗口飞入，不走大路。

王营长　让部队埋伏窗下把他打倒。

张大明　万一打死了，就断了线索。

王营长　这也是。

甘晓燕　让我去吧。

小　章　女同志去不方便，还是我去好。

曾一文　劳天会"飞"的，你能吗？

小　章　这……

张大明　本来让晓燕同志去是适合的。

　　　　（唱"长句滚花"）

　　　　　　她在东江曾抱着炸药包，飞入敌人城堡，

　　　　　　炸死敌人无数，立过一等功。

　　　　　　她被称为"云中飞燕"。

王营长　（接"滚花"）好个云中飞燕！看不出晓燕同志有这样大本领！

　　　　　　真是智勇双全！请问你这本领是从何得来的？

甘晓燕　自小跟父亲学的，父亲是京剧团的武打老师，南北稍有名声的甘老泉。

王营长　那跟踪飞天螭螵的任务非晓燕同志莫属了。

张大明　不成，她还没有归队，不是我们的组织成员。

甘晓燕　不是组织成员就不能工作吗？我做一个义务侦察员成不成？

王营长　义务的侦察员？我看可以。

曾一文　可以吧！

小　章　我同意。

　　　　〔一片赞同声。

〔幕下。

〔天幕。(放影像)
〔黑沉沉的夜空下,一片死寂的矮屋顶。
〔甘晓燕蹲在小阁楼,双眼盯着远远的三层当铺的一间窗口。窗口露出微光,间或有人影晃动。甘晓燕看了手表,已过十二时。窗口灯光忽然变亮,一个影子在窗前出现,一会就跳落在窗下的小屋顶望了望,即纵身向东飞去。甘晓燕立即飞身追上。一切归于静寂。

第八幕 军 礼

〔甘晓燕卧室。
〔第二天,甘晓燕一个人在房间里发闷。

甘晓燕 (唱"卜灯花")

    认同我参加了侦查工作,
    思想得到锻炼,
    大家信任我,
    为党为国家,
    纵使辛劳也是甜。

(起"士工慢板短板面")
(唱"士工慢板")

    昨晚夜,追踪劳天,
    到涌边,忽然不见,
    举头望,四野茫茫,
    这劳天,许多疑点,
    我要求,继续参战。

(转"滚花")但大明不许,我便一气离开芳村。
〔王海民带曾一文上。

王海民 甘晓燕有人找。
〔甘晓燕抬头见曾一文即招呼坐下。

王海民	你们谈，我出去一下。（下）
甘晓燕	曾一文同志，是张大明要你来的吧，不明白他为什么不允许我再去追踪劳天？
曾一文	因为此事，大明同志受批评了！
甘晓燕	应该批评。
曾一文	是批评他好让你工作啊！ （唱"中板"）因为你离开组织三年多， 　　　　　　没有证明怎能让你参加工作？ 　　　　　　刚刚接管的敌区，形势极其险恶， 　　　　　　要防微杜渐，避免百密一疏。 （白）上级说严密的组织纪律，是党在血的教训中取得的，是党的生命线，大家必须遵守。上级又说， （唱"滚花"）既是自己同志，何必自造风波？ 　　　　　　只要找到单位证明，无须违规犯错。 （白）大明接到批评后，马上派我来新亚了解取证，现在好了，你的证明书已在我手（举证明书），你是个好同志。
甘晓燕	谢谢你，大明知道吗？
曾一文	我已打电话告诉他，他马上要来新亚。
甘晓燕	他马上要来？我累他受批评，我要不要向他道歉？
曾一文	这个你看着办吧。据我所知，他很关心你，他所以不同意你马上参加工作，正说明他是个党性很强的党员。我曾经同意你去跟踪，我也要检讨。
甘晓燕	我累了他，我更要检讨。 〔陈雪妹带张大明上。
陈雪妹	燕姐，你看谁来了？
甘晓燕	（抬头一见张大明，即上前热情握手并轻松地）欢迎军管代表驾临。 〔曾一文向张大明递上新亚酒店的证明书，他翻了又翻，交回曾一文。
张大明	好，晓燕同志，你归队了！

甘晓燕　我归队了！
张大明　我也同东纵的同志联系上了，他们同意马上把证明寄来。
甘晓燕　感谢，非常感谢！
曾一文　（对雪妹）听说新亚酒店是广州有名的高层建筑，雪妹你带我去见识见识好吗？
陈雪妹　好。
　　　　〔两人同下。
甘晓燕　这次我可以去追踪神秘的劳天了。
张大明　不必追踪，这军火案有了新的发展。
　　　　（唱"二黄"）陈伯南父亲，在抗战之前，曾开过一间米铺。
　　　　　　　　为了囤积居奇，在米铺之下，挖了个大地牢。
　　　　　　　　可存放几百袋米粮，很少让人知道。
　　　　　　　　难得有个工人老伯为他曾经扛米下牢。
　　　　　　　　今天向我们举报实情，大胆揭露。
甘晓燕　这米铺是不是就在劳天失踪的河边？
张大明　正是在那河边，大家估计劳天行踪定与这批军火存放的地方有关。
　　　　（唱"快中板"）
　　　　　　　　我们决定派人侦察地牢。
　　　　（转"滚花"）事果属实便将之一举尽扫。
甘晓燕　（接唱）　请把这事交给我，保证完成不辞劳。
张大明　这……
甘晓燕　我再一次请求……
张大明　不是我不给你去，因为：
　　　　（唱"反线中板"）
　　　　　　　　地牢下面，有无伏兵，无人知见。
　　　　　　　　若有武装把守，就不止对付一个劳天。
　　　　　　　　我不能让你一个女同志，
　　　　　　　　去冒这样巨大的风险。
甘晓燕　（接唱）　你亦知道，以前多大的风险，

　　　　　　　也没阻挡我勇往直前。

张大明　（转"七字清"）

　　　　　　　在东江，你冒险犯难，英勇善战，
　　　　　　　大家都有眼见，唯是今日——

甘晓燕　（"反线花"）难道今日胜利了就要保命求全？
　　　　（白）把任务交给我吧！让我以压抑了多年的求战欲望向你请战！

张大明　（另场，考虑）看来她这股劲，可鼓不可泄。（下决心）好，我答应你。

甘晓燕　（跳了起来）真的？

张大明　任务紧迫，可能很快就要行动，你马上回芳村给我准备三件事：一、领一支快制驳壳枪武装起来；二、穿上一件防弹衣以防万一；三、还要带上一支信号枪，一旦发现地牢军火，就马上发射信号弹，我们埋伏周围的部队，马上冲进去接应你。

甘晓燕　好啊！你想得真周到，我坚决执行。大明你真好……（感动得热泪直流说不出话来）我错怪你了，我要向你道歉！（行军礼）

张大明　我也粗心大意，欠缺对你的关怀，使你难过，我应该向你道歉！（行军礼）

　　　〔两人互相致礼后，热烈握手。张大明激动地一下抱起甘晓燕，让她双脚离地，就地转了几个大圈。甘晓燕尖声地欢叫着。

　　　〔幕下。

第九幕　破　牢

　　　〔在一个油漆剥落的米铺旧招牌下，一排木门前。
　　　〔一个高大的影子在门前落下，推门进内，随即关门，室内亮起灯光。
　　　〔甘晓燕闪身而上，打量一下四周，想了想，从地面拾起一块小石，向门上抛去，发出了声响。室内的人即从内开门出来，这时甘晓燕躲在一角，那人四处张望，见没什么，即关门进内。

〔这时甘晓燕再现身，下决心拿了块大石头，向门上掷去，砰然一声，惊动了室内的人，他又持灯冲出，一面狰狞，高大粗壮，这就是劳天。

〔甘晓燕在劳天打开门的时候，闪身躲入那扇门的后面，当劳天迈步向前寻找打门人的时候，她侧身进入米铺。

〔劳天四处找不见人，便恨恨地进入米铺把门关上。

〔景，即转米铺地牢。

〔地牢果然堆满了许多铁箱，麻包。

〔甘晓燕拿了支铁棍，把一个铁箱撬开，捧出了一支机枪。

〔这时劳天提着灯下来了。

〔甘晓燕迅即把机枪放下，发出了一点声响，劳天发觉有异，即拔枪上前。一个在躲避，一个在追寻，气氛异常紧张。

〔甘晓燕意图走近高处，临窗向外发射信号弹，给劳天发现连开两枪，甘晓燕中弹倒地。劳天小心接近晓燕，临近甘晓燕时她一跃而起"砰、砰、砰"开了三枪，劳天中枪身亡。她迅速向外放信号弹。

〔随即一片漆黑，在黑暗中，外面传来军号声和解放军的喊声。

〔好一会，在张大明和王营长的率领下，解放军举着火把和电筒冲了入来，包围了铁箱、麻袋。

〔张大明高高站在铁箱堆上，拾起刚才晓燕拿过的机枪，并抬头找甘晓燕。

张大明　（高声大叫）晓燕，甘晓燕……（不见回应）

〔王营长指挥部队经过。

张大明　王营长，

（"口鼓"）你可见甘晓燕？

王营长　（接"口鼓"）没有，只见一大汉死在牢前。

〔张大明一齐检看了死在地上的飞天螭螯。

张大明　（更急，唱"快滚花"）
　　　　　　　　　死者可能是劳天，
　　　　　　　　　但甘晓燕为何不见？

小　章　（上）报告：发现这地牢有一暗道直通外边，暗道血迹斑斑，
　　　　　　　　　还有许多脚印可见。

张大明　（唱"花下句"）
　　　　　　　　　王营长请你检查一下这现场莫迟延，
　　　　　　　　　我马上去暗道一看。

〔张大明、小章齐下。

〔王营长在翻箱倒柜，搜出了两张敌人的委任状。

王营长　（高兴地拿着委任状）反共救国军给陈伯南的委任状，陈伯南
　　　　呀，陈伯南这一下你可原形毕露了。

〔张大明与小章上。

张大明　（唱"十字中板"）
　　　　　　　　　果然有一暗道直通地面。
　　　　　　　　　可见把守这地牢，不止一个劳天。
　　　　　　　　　他们定是以多胜少，劫走了晓燕。
　　　　　　　　　估计这股敌人尚未出村。
　　　　（转"滚花"）请赶快命令部队，
　　　　　　　　　封锁全村路口，
　　　　　　　　　防止其逃窜。

王营长　（接唱）　我马上去布置，
　　　　　　　　　此事不能拖延。
　　　　现搜出反共救国军委任状两件，陈伯南为反共救国军大队长，
　　　　劳天为中校副官。（交委任状给张大明）

张大明　太好了！
　　　　（唱"煞板"）我马上去捉拿陈伯南归案。
　　　　　　　　　并追究晓燕的下落与安全。

〔两人分头下，小章跟上。

〔幕下。

第十幕　追　踪

〔陈伯南当铺楼下的客厅。（景如第七场）没有灯光，一片漆黑。

〔有紧迫的叩门声。

〔陈伯南持灯上。

陈伯南　谁人叫门？

〔门外答道：是我，军管代表张大明。

陈伯南　又是军管代表？

（唱"跳花鼓"）

　　　　　　　三更半夜搞到凶凶转。

　　　　　　我当铺已搜过，再来为哪端？

〔叩门声更紧。

〔二婶惊慌上，陈伯南和她耳语有顷，布置她入内应变，二婶点头下。

〔叩门声一阵紧似一阵。

陈伯南　来了，来了，我只好让你一人入来，其余官兵恕不接待。

张大明　好，你开门吧！

〔陈伯南把门开了，进来的有张大明，还有小章随上。

〔陈伯南重把门关上。

〔张大明环视室内一周，然后直面陈伯南。

张大明　陈伯南，你被逮捕了。

〔小章给他戴上手铐。

陈伯南　这、这、这……我犯了什么法？

张大明　（出示委任状）这是反共救国军给你这位大队长的委任状。

陈伯南　这……这是别人陷害栽赃。

张大明　（唱"新曲"）白纸黑字，岂容狡辩推搪？

　　　　　　　更何况大批军火在你米铺收藏。

　　　　　　　你的打手劳天身当看守重任，

　　　　　　　除了他还有多少人马，帮你看守贼赃？

我们有个女同志牢下失踪，你可知情况？

陈伯南　不知道，我一点都不知道。（突然来劲）有个女同志失踪？这可是件大事，这事我或者可以帮忙。

张大明　你知道她在哪里？

陈伯南　劳天曾经对我讲过，他请了大围一批打仔帮他看更。对，这女同志一定落在他们手上。

张大明　你知道大围在哪里？

陈伯南　当然知道，事不宜迟，迟恐生变，我马上带你们去。但是（举手铐）带上这个不好看。

张大明　上路再说。

小　章　走！（推陈伯南下）

　　　　〔秋婵在内场高呼：同志慢走！
　　　　〔二婶拼命拉着秋婵不给她出来，秋婵大力挣脱。
　　　　〔大家见状止步。

秋　婵　军管代表，不要受骗，晓燕姐就在这屋里边。

张大明　是吗？（举步入屋）

秋　婵　（挡住去路）进去危险，有几个坏蛋用枪守住晓燕姐！

　　　　〔房内打枪出来，砰！砰！两声，秋婵应声倒地，张大明等连忙扶起她坐下来。

张大明　你中枪了！

秋　婵　不要理我，快去救燕姐……

张大明　燕姐怎样？

秋　婵　她……她，流血太多，迟恐不及……（不能说话，气绝）

小　章　秋婵，秋婵……（摇她不醒，用手试她鼻孔）她没气了！（愤起，拔枪，向房冲去）

　　　　〔张大明一把拉住他，摇头制止。自己焦急地来回走动。

张大明　（喝令陈伯南，唱"滚花"）

　　　　　　　你快叫里面的人，

　　　　　　　通通出来投降！

陈伯南　（冷笑，接唱）投降我看没有那么便当，

　　　　　　　　须知那女同志在他们手掌心。
张大明　你想怎样？
陈伯南　三件事，要请你帮帮忙。
张大明　什么事？你讲。
陈伯南　第一件，请除下手铐，给我松绑。
张大明　（稍加思考）可以。
陈伯南　（举起双手）手铐请除掉。
　　　〔张大明示意小章，把陈伯南的手铐除了下来。
陈伯南　好。第二件。
　　　（唱"减字芙蓉"）
　　　　　　　　请你护送我们到指定地方，
　　　　　　　　我们才能把你们安全释放。
张大明　第三件呢？
陈伯南　（接唱）　请你两人把武器放下，
　　　　　　　　暂时屈驾举手投降。
小　章　呸！（怒指陈伯南）
　　　（接唱）　该死特务，不准乱讲！
　　　〔张大明举手制止小章，把自己的手枪放在桌上，示意小章照办。
小　章　我不能缴枪。
张大明　（坚决地）缴！
　　　〔小章无奈，也把枪放下。
陈伯南　（拿起桌上的双枪，得意地狞笑）我就知道这个女同志对你们很重要，才胆敢提出这些要求，谢谢军管代表。好，（向房内喊话）房里的兄弟听着，把那女共产党押出来。
　　　〔一阵阴森的牌子和锣鼓点。四个匪徒持着长枪，扣着扳机，猫着腰如临大敌押着甘晓燕上。甘晓燕由二姊扶着，眼绑白布。
　　　〔张大明与小章一见甘晓燕就上前搀扶，把她安坐椅上，替她解去绑眼布。

张大明　　晓燕你怎样？

小　章　　甘晓燕同志，你身体好吗？

〔甘晓燕闭着眼睛，只点了点头，没有说话。

张大明　　（急对陈伯南）这女同志病成这样，要即送医院。

陈伯南　　不能送医院。全体跟我马上撤离。

张大明　　外面都是解放军，你不怕？

陈伯南　　他们敢动我们一根毫毛，我们就把你们杀掉，一个不留。

张大明　　杀了我们？你们保得住吗？（一字一顿）更是一个不留。

〔众匪徒听了，开始有些反应。

陈伯南　　（喝止匪徒）不要听他的鬼话。

张大明　　我讲的句句是人话，真话。

（唱"新曲"）几百名解放军已将此屋重重包围，

　　　　　你知我知，谁都知道今天是什么形势。

　　　　　刚才因为急要了解这女同志，伤多重，病多危，

　　　　　我答应放下武器，只是权宜之计，

　　　　　并非怕这位特务分子狐假虎威。

陈伯南　　你敢骂我？不怕我毙了你？（冲向大明）

小　章　　（猛然向前拦着他）你敢？！

〔小章的气势，使陈伯南后退半步。

张大明　　（"口鼓"）蒋介石已逃走台湾，

　　　　　他的军队已卸甲丢盔，

　　　　　潜伏下来的特务，

　　　　　只是一些残渣余孽、流氓烂仔。

　　　　　妄想反攻大陆，颠覆人民政权，

　　　　　简直荒诞无稽。

（刚才还在凶着的众匪，开始有些畏缩）你们跟着他们，与人民为敌，岂不是自取灭亡？（众匪反应更大）赶快放下武器吧，解放军有优待俘虏政策，缴枪不杀，还发给回乡路费。

一匪徒　　官长，我是本地人，我不要路费，放我走吧！（把枪放下）

陈伯南　　（气急败坏地，喝骂）我枪毙你！

〔又有一匪徒，应声也把枪放下，双手举起投降。

〔陈伯南跑去制止。

〔小章端起第一个投降匪徒的枪，从背后指着陈伯南。

小　章　把枪放下！

〔陈伯南偷看那一队匪徒，一个个都垂头丧气，知道一切无望了，便把枪双双放在枱上。

〔张大明把枪拿回来。

张大明　（命小章）把他扣上手铐。

小　章　是。（重扣陈伯南双手）

〔张大明把门打开。

〔王营长与曾一文上。

王、曾　（齐问）甘晓燕同志怎样？

张大明　（指着甘晓燕）快叫救护车，即送医院。（指着秋婵）还有一个被杀害的。

王营长　是！（敬礼，即后转跑下）

〔曾一文向甘晓燕走去。

〔切光。幕下。

尾　声

〔紧接上一幕的第二天早上。

〔医院手术室外面。

〔张大明、曾一文、王营长、小章、陈雪妹等人焦急地守望在手术室门外。

〔手术室的门开了，走出一个医生，众人围上去。

张大明　医生，甘晓燕同志的手术怎样？

医　生　大家请放心，甘同志的手术做得很成功，因为穿着防弹衣没有伤及要害。（下）

〔众人松了一口气。

〔《南方日报》吕记者与香港《大公报》的程记者上。

吕记者　请问哪位是芳村军管代表？

张大明　　我是。

吕记者　　（"白榄"）我是《南方日报》记者姓吕，他是香港《大公
　　　　　　报》的记者老程，特来采访芳村破获特大枪械
　　　　　　案，并想采访一下深入地牢受伤的英雄甘晓燕。

张大明　　好，请坐。
　　　　　（音乐口白）破获了二百挺机枪和大批财产金钱，
　　　　　　　　　　还有反共救国军发给陈伯南的证件，
　　　　　　　　　　委任他为大队长，劳天为中校副官，
　　　　　　　　　　劳天已被晓燕击毙，陈伯南已捉拿归案。
　　　　　　　　　　情况大致如此，没有什么值得宣传。

吕记者　　（唱"滚花"）我们很想了解甘晓燕的表现。

张大明　　（接唱）　最好请她的好同事陈雪妹讲先。（介绍陈雪妹）

陈雪妹　　讲到晓燕姐，她在酒店帮助我们与资本家斗争，是个好姐妹。她
　　　　　在战场，不怕流血牺牲，英勇善战是个女英雄。我非常非常佩服
　　　　　她，她是我们青年的好榜样。唯是我不明白，（转问张大明）
　　　　　（唱"反线中板"）
　　　　　　　　　　你们历尽千难万苦，前赴后继，生死无怨。
　　　　　　　　　　今日解放了，胜利了，应该论功，安享在先，
　　　　　　　　　　为什么还要流血牺牲，受难不断！
　　　　　　　　　　请军代表你先释我这一疑团。

张大明　　（唱"正线花"）
　　　　　　　　　　我们共产党员曾经宣誓：
　　　　　　　　　　为革命献身，一生不变，
　　　　　　　　　　艰苦奋斗永远向前！
　　　　　〔手术室门砰然打开，护士推着一病床出来。

众　人　　（齐问）是甘晓燕同志吗？

护　士　　是的。

甘晓燕　　（闻声挣扎着）是大明吗？快扶起我！
　　　　　〔护士扶她坐起，与大明握手。

两记者　　请稍停，让我们拍个照好不好？

〔两闪光灯猛闪着光。

吕记者　我只问一句话，成不成？

护　士　不成。

甘晓燕　问吧！

程记者　就是刚才那姑娘说的：解放了，胜利了，为什么还要流血牺牲？

甘晓燕　毛主席说，全国解放……（以下的话声音太弱听不清）

吕记者　她讲什么？

张大明　她讲：毛主席说全国解放只是万里长征的第一步。

〔病床被迅速推走，众人鱼贯跟下。

〔天空不断重复着响亮的回声：万里长征的第一步，第一步，第一步……

〔幕下。全剧终。

2010年3月修正

红颜知己英雄泪

(广东英烈传奇多幕粤剧)

人物介绍

陈邦彦(书院掌教、明末兵科给事中)　　郑芝龙(明朝福建总兵)
夫　人(陈邦彦妻)　　　　　　　　　　太　监
陈恭尹(陈邦彦子)　　　　　　　　　　明副将、兵丁
余　龙(绿林头领,后为义军)
金　姑(余龙女儿)　　　　　　　　　　李成栋(清朝广东提督)
余一彪(余龙堂弟)　　　　　　　　　　佟养甲(清朝两广总督)
王娇、马娣(女随从)　　　　　　　　　副　将
副　将　　　　　　　　　　　　　　　缇　骑
传　令　　　　　　　　　　　　　　　传令若干
义军若干　　　　　　　　　　　　　　清兵若干

第一幕

〔南明永历元年(即顺治四年,公元1647年)丁亥。
〔福建总兵郑芝龙帅堂。"郑"字帅旗高挂。
〔兵丁、副将上,分边站立。
〔郑芝龙迈步上场。

郑芝龙　　("英雄白")俺大明福建总兵郑芝龙,统领三军,一方为王。
　　　　　　清兵入侵,来势汹汹,锐不可当。

北京、南京，相继失守，主上驻跸南方。

重臣洪承畴、李成栋等相继投降，上了二臣榜。

据报广州又被攻陷，圣驾至今未知行藏。

（转"滚花"）明室垂亡，指日可待。

一旦江山易主，我怎免祸消灾？

〔内场声：圣旨下。

郑芝龙　（诧异）何来圣旨？（慌忙出迎）

〔太监捧圣旨上。

太　监　郑芝龙接旨。

〔郑芝龙下跪。

太　监　（宣旨）奉天承命，诏示郑芝龙：清妖南下，陷我广东，朕正撤往广西。即令郑芝龙出兵攻打广州，迫使追兵回师，以解朕忧。钦此。

〔郑芝龙接过圣旨，并恭迎太监上座。

郑芝龙　请问公公，圣体可安，而今驻跸何处？

太　监　（道白）主上急离广州，向广西撤离。

不料清兵穷追不舍，情急危殆。

危急之中，有臣子提议解危救急之策。

郑芝龙　什么解危救急之策？

太　监　（"白榄"）追兵原是广州守军，目前广州城防空虚。

我若用兵打广州，追兵势必回师救穗。

追兵一退，主上便可免受兵灾。

郑芝龙　（"滚花"）我身处福建，救火怎能用远水？

太　监　大人言之有理，所以这臣子便建议，

（唱"芙蓉中板"）

起用广东义军，就地攻城促追兵回师。

他更愿只身回乡，发动义军起义。

候你大军一到，便一起攻占广州城池。

郑芝龙　建议者是谁？

太　监　（口白）此人名陈邦彦，籍贯广东。在顺德设馆教学，学子

甚众。

清兵入侵，投笔从戎。英勇杀敌，屡建军功。

（转"滚花"）并献《中兴政要》救国策略，甚得主上重用。

郑芝龙　好个陈邦彦，你开涮要我埋单，你好嘢。好！

（顺水推舟地唱"煞板"）

即发兵，遵圣谕，攻打广东。

太　监　好，我就告辞了。

〔郑芝龙送太监下。

〔幕下。

第二幕

〔广东顺德大良木棉树下的陈邦彦家。

〔启幕。陈恭尹"急急锋"上，高声叫喊：娘亲，娘亲！

〔夫人从内出来。

夫　人　尹儿，何事惊慌？

陈恭尹　大事不好！满清鞑子，

（唱"快点"）出告示，绘图形，

要将爹爹捉拿。

夫　人　（接唱）　你爹爹，多年前，已离家。

陈恭尹　（接唱）　鞑子说，他已回，

显身乡下。

夫　人　你快去有关方面打听消息，快去快回！

陈恭尹　知道！（急下）

夫　人　（忧心忡忡地，起慢板序，"诗白"）

犬吠狼嚎惊世乱，

痛国伤离意戚然。

（唱"梆子慢板"）

我夫离家经年断音书，

落拓天涯，人似征鸿去远。

他本掌教为生，早就知名博学，

　　　　　　　　逾千学子，桃李满园。

　　（转唱"三宝佛"）

　　　　　　　　时遇甲申年，忧心惊国变，

　　　　　　　　他奋起参军西去，为国效命已经年。

　　　　　　　　我持家教子，心常眷念，

　　　　　　　　他怎会匆匆归家乡？

　　（转"慢板"）不免心挂肠牵。（拉腔收）

　　〔突然叩门声，一声比一声紧迫。

夫　人　何人叩门？

外　声　查户口。

　　〔夫人开门。

　　〔伍长率两清兵闯入。

伍　长　陈邦彦在哪里？

夫　人　他已离家多时，不知现在何处。

伍　长　胡说。他到东莞、南海四处煽动反清作乱。上峰查明，他已潜回本县。给我搜！

　　〔清兵如狼似虎，奔去内室搜查。复上。

清　兵　房内并无陈邦彦。

　　〔陈恭尹匆匆上。

陈恭尹　你们干什么？

伍　长　你是什么人？

夫　人　他是我儿陈恭尹。

伍　长　你的老子在哪里？

陈恭尹　不知道。

伍　长　妈的！（举鞭欲打，发觉恭尹还留着头发）你为什么还不剃头留辫？

夫　人　（以身护着恭尹）他一时还来不及剃头。

伍　长　清廷早已下令，所有汉人一律要剃头留辫，若敢违抗，轻则坐监，重则杀头。带走。

夫　人　（忙阻拦）军爷，请宽限。（从衣内取出银两递上）

我明天叫他剃头便是。

伍　长　（掂了掂银两）明天一定要剃。走！（率清兵下）

〔恭尹赶紧把门关上。

陈恭尹　娘亲，（悄声）爹爹回来了。

夫　人　你说什么？

陈恭尹　爹爹回家了。

夫　人　你爹爹回家了？！怎样回来的？现在何处？

陈恭尹　是由线人送他回来，就在我家后门，你快去开门，我到前门望风。

〔两人分头急下。

陈邦彦　（内唱"梆子首板"）

　　　　　　笑鞑子张牙舞爪，迎我回乡梓。

〔陈邦彦方巾儒服，气宇轩昂，从容不迫地上。肩上挂一小包袱。

陈邦彦　（唱"滚花"）联络仁人志士，高举义旗，

　　　　　　力挽狂澜，何惧腥风血雨。

夫　人　（跟上。忙替他卸下小包袱）快坐下歇息吧。

陈邦彦　夫人持家辛苦了，请受为夫一礼。（介）

夫　人　你还如此轻松，可知鞑虏已知你归来，四处搜你。你归来则甚？！

陈邦彦　说来话长，不说也罢。

夫　人　你不说，我也知道。

　　　　（唱"七字清中板"）

　　　　　　你日夜奔走，不顾安危。

　　　　　　到南海、莞城，

　　　　　　四方游说。

陈邦彦　（愕然接唱）我行踪缜密，

　　　　　　谁告你知？

夫　人　（接唱）　清兵搜家，

　　　　　　尽知你行止。

　　　　　　　　　　还说你躲得过今晚，躲不过明时。
　　　　　（转"减字芙蓉"）
　　　　　　　　　　此间已不安全，
　　　　　　　　　　必须回龙岗故乡躲避。（不过门）
陈邦彦　（接唱）　我有任务在身，
　　　　　　　　　　天亮之前要告辞。
夫　人　天亮之前要告辞？……我劝夫君不要再去了！
　　　　　（唱"芙蓉中板"）
　　　　　　　　　　君未抵家，已有通缉告示，
　　　　　　　　　　你行踪虽秘，鞑虏已尽知，
　　　　　　　　　　若再挺身走险，必然出事，
　　　　　　　　　　如有三长两短，这个家怎样维持？（拭泪）
陈邦彦　夫人呀！
　　　　　（唱"长句二黄"）
　　　　　　　　　　片刻相亲，瞬间别矣，
　　　　　　　　　　难怪贤妻，不愿分离。
　　　　　　　　　　平日我为你鼓琴，你帮我谈文论艺。
　　　　　　　　　　香茶鬓影，顾而乐之。
　　　　　　　　　　清课闺房，尽人间韵事。（句）
　　　　　（转"二黄"）夫人于我，实是形影难离，
　　　　　　　　　　但国难当头，
　　　　　（转"滚花"）怎能因此误国事？
夫　人　这样说来，你一定要去了？
陈邦彦　重任在身，不能不去。
夫　人　也罢！
　　　　　（唱"五才花"）
　　　　　　　　　　你既然要去，不能无人相随。
　　　　　　　　　　我即命恭尹孩儿，与你同去。（举步欲出）
陈邦彦　（忙加阻止）那地方不能去呀！
夫　人　为什么？

陈邦彦　此去甘竹滩，联系绿林余龙志士。
夫　人　（一惊）你要去甘竹滩找余龙？
　　　　（"韵白"）他是杀人越货的大土匪。
　　　　　　　求他出征杀敌，无异与虎谋皮。
陈邦彦　余龙乃明朝大臣瞿式耜旧部，一次兵败，才流落绿林。
　　　　（唱"快打慢二流"）
　　　　　　　如今鞑虏追杀桂王，主上处境万分危险。
　　　　　　　追兵全是广州将士，广州防务已空缺不全。
　　　　　　　我若兴师打广州，追兵必然回师救援，
　　　　　　　鞑虏一旦回师，桂王御驾便可保安全。（收）
夫　人　靠甘竹滩绿林去打广州救桂王？
陈邦彦　已联系南海、东莞义军一齐上阵。
夫　人　若大队鞑虏回师，你怎抵御？
陈邦彦　有福建郑芝龙大军作我们后盾。
夫　人　福建远在邻省，救得了你吗？
陈邦彦　郑芝龙已接圣旨，定及时赶来。
　　　　（"滚花"）主上有难，不能置诸不问，
　　　　　　　身为人臣，怎能忘却皇恩？
夫　人　（唱"反线中板"）
　　　　　　　朝廷今日，似风中残烛，气数将尽。
　　　　　　　你何不察，说什么难忘皇恩？
陈邦彦　我自幼拜孔圣像，读圣贤书，难忘忠君爱国之理。
夫　人　这样说来，你死也要去？
陈邦彦　请夫人谅我！
夫　人　孤臣如犬马，纵死也徒然！（掩面低泣奔入房去）
陈邦彦　夫人！（急追入房）
　　　　〔夫人复上，反手关上房门，加栓。
夫　人　（唱"石榴花"）
　　　　　　　真真对不起，把你关房里，
　　　　　　　我所以如此，为了爱护你。

　　　　　　　　屈你暂息房内，我为你煮食充饥，
　　　　　　　　食后赶快起程，举家回乡暂避。
　　　　　〔陈邦彦在房内频频打门，响起"嘭！嘭！嘭！"之声。
夫　人　你这样大声打门，会惊动鞑房的。
　　　　　〔打门声一下比一下更急，嘭嘭，嘭嘭……
陈恭尹　（上）什么事？
夫　人　你爹爹这样大声打门，定必惊动鞑房，（向房内）不要打门啦！
　　　　　〔打门声乃止。
夫　人　不要再打门了！我马上入厨房煮食。恭尹，你爹不走了，你应该为爹爹操琴解闷，给他奏一首他最爱听的《赛龙夺锦》吧！
　　　　　〔恭尹应声摆上扬琴，奏起《赛龙夺锦》。
　　　　　〔夫人满意点头下厨去。
　　　　　〔《赛龙夺锦》声韵铿锵，引人入胜。一曲将罢。
　　　　　〔夫人随着音乐用托盘捧上三碗热气腾腾的云吞面上。
　　　　（念白）夜宵已煮好，食饱好上路。
　　　　　　　　水饺与云吞，都是君爱好。
　　　　（打开房门）有请先生出来用餐。（不见人出来）恭尹，你入
　　　　　　　　去请爹爹吧。
陈恭尹　好。（突然"嘭嘭"两声大门给木桩猛力撞开。伍长与众清兵冲入。夫人与恭尹一下惊呆了）
伍　长　陈邦彦在哪里？
夫　人　他……他不在家！
伍　长　给我搜。（清兵冲入房去。夫人拦阻，被推倒。恭尹赶快扶起夫人）
　　　　　〔片刻，清兵垂头丧气地从房里出来。
伍　长　陈邦彦呢？
清　兵　不见有人？
伍　长　混账！（奔入房去，复出，怒容满脸）怎么搅？
清　兵　谍报人员来报，刚才此处确是异常吵闹……

伍　　长　（给清兵一个耳光）神经过敏！（气下。众清兵跟下。夫人赶快去关上破门，用桌椅顶着。陈恭尹奔入房去复出）

陈恭尹　房里果然不见爹爹。

夫　　人　他哪里去了？

陈恭尹　可能早在我为他弹琴之时，破窗爬墙走了。

夫　　人　在你为他弹琴之时，破窗爬墙走了？他哪里去？他一定去甘竹滩。

（唱"滚花"）此去荆棘满途，凶多吉少。

你快去截他回来，（半句）

陈恭尹　（接唱）　　他不同意又怎好？

夫　　人　（接唱）　　你保他平安，跟他一齐同赴征途。

（拿起陈邦彦留下的小包袱，挂在恭尹背上）

（接唱）　　这是他带回的包袱，带去给他。

陈恭尹　好。（急下）

〔幕落。

第三幕

〔甘竹滩急流飞湍，汹汹之声，撞击险峻的岸上。

〔场内起急"梆子首板"。

陈恭尹　（内唱）急母命，追爹爹，（上）

甘冒甘竹滩险！（拉腔，圆场下）

〔两持械土匪急上，尾随追下。

〔天气转晴，朝霞满天。

〔金姑率王娇、马娣上。

金　　姑　（唱"双飞蝴蝶"）

阳光现彩霞，朝暾初照锦云天。

云水浪飞溅，汹汹之声拍岸边。

山间苍翠绿野一片。

甘竹滩里曼舞海燕。

这边滩，小伙子，猎鸟打鱼勤厉练。

　　　　　　　那边滩，一个个，挥刀舞剑搏击练战。
　　　　　　　草泽纵横胜似仙，心舒展。
　　　〔匪甲押陈恭尹上。
匪兵甲　报金姑，这人闯上滩来被我擒获。
金　姑　（打量陈恭尹）你是什么人，为何擅自闯滩？
陈恭尹　我是寻找爹爹而来，爹昨晚说过，要来甘竹滩。
金　姑　你爹来甘竹滩作甚？
陈恭尹　他说要来探访亲友。
金　姑　（对匪甲）昨晚可有人来过？
匪兵甲　没有。今朝只见死尸一具，冲上滩来。
陈恭尹　（吃惊）这死尸现在何处？我要去看看。（想走）
王　娇　（拔刀制止）不准乱动！
　　　〔鸟叫。
　　　〔马娣高叫："有鸟！"
　　　〔金姑从腰间拿出弹子向空中打去。
　　　〔场内有人高叫："好眼界！"
　　　〔匪兵乙手持飞鸟并押陈邦彦上。
匪兵乙　金姑，这是你打下的鸟。
陈邦彦　鸟是你打的，好本领呀！
陈恭尹　（见陈邦彦意外惊喜）爹爹！
陈邦彦　你为何也来了？
陈恭尹　是娘亲叫我来找你的。
金　姑　（向陈邦彦）你来干什么？
陈邦彦　要见你们头人。
金　姑　（上下打量陈邦彦。唱"五槌滚花"）
　　　　　　　姓甚名谁速报上，要见头人为哪端？（句）
陈邦彦　（接唱）　玄妙不能谈，
　　　　　　　　畅谈需当面。
金　姑　既然玄妙不能谈？好！
　　　（接唱）　先给他绑上，带去聚义行辕。

〔两匪动手绑陈邦彦。

陈恭尹　你们不得无礼。（上前阻拦）

〔金姑一脚，把恭尹踢翻在地。

〔陈恭尹随手拾起一石块，想还击。

〔金姑轻蔑一笑，举起身旁一块半人高的巨石，跨步逼向陈恭尹。

〔恭尹在地上后退。

陈邦彦　（见状，小吃一惊）姑娘住手！

〔金姑抛下巨石，示意两匪把陈邦彦押走。（匪推陈邦彦下）

〔陈恭尹站起想追，给王娇拦阻。

金　姑　将他捆绑。

陈恭尹　为什么要绑我？

金　姑　（唱"减字芙蓉"）

说绑就绑，

此地本姑娘说了算。

陈恭尹　（接唱）　真是秀才遇大兵，

说不清所以然。

金　姑　（接唱）　我们不是兵，

是为劫富济贫而战。

（转"滚花"）在这兵荒马乱之中——（霍声拔出佩剑）

这就是"所以然"。

你说你是秀才，（介）我数一、二、三你能吟诗一首，本姑娘就放你一马。

陈恭尹　我不是秀才，我借"秀才遇大兵"这句成语来比拟。

金　姑　我不理，一二三就要吟来。

陈恭尹　曹子建七步成诗，已成千古绝唱，你要我一二三就……

金　姑　吟不出来了，我看你是个骗子（一槌）蠢材（一槌）。

陈恭尹　骗子蠢材？（受辱气愤）好，不用一二三，我马上就吟，你听着：竹滩生顽石，草野化外民，

厌看滩前水，无风浪泼人。

金　姑　此诗怎解？

陈恭尹　识者自然会解。

金　姑　你讲我是顽石，是化外民，讨厌我们"无风浪泼人"是不是？好胆！

（唱"手托"）敢借歪诗将我看扁，

　　　　　　送你一命到黄泉，

　　　　　　严惩小子胆大包天。

〔舞剑劈向恭尹。

〔恭尹面不改容，冷静地盯着对方。

（另场唱"手托"第二段）

　　　　　　她纵怒容厉色也徒然，

　　　　　　好男儿何惧野疯癫。

金　姑　（停剑。诧异地注视着恭尹）看来你倒有几分胆量。

（再一细看，随即响起一串银铃般的笑声。）

（唱"咸水歌"）

　　　　　　好个青靓白净的秀才，倒像大姑娘咁样（好呀）。

　　　　　　若然我是个山寨大王，定娶你作压寨夫人（啊哩）！

陈恭尹　你说什么？

金　姑　我说……我说大戏的戏文，你想听吗？（收剑）

陈恭尹　（猛摇头）匪夷所思，匪夷所思。

王　娇　他说什么？

金　姑　是个书呆子。（与王娇耳边，一齐大笑）

〔切光。

第四幕

〔甘竹滩的聚义厅。

〔"披星头"快点锣鼓，余龙与众匪兵上。

余　龙　（唱"快中板"）

　　　　　　　老子绿林称好汉，
　　　　　　　甘竹滩上我称王。（三槌扎架）

匪兵甲　（上）报告，有人闯入我滩，说要见你。
余　龙　带上来。
匪兵甲　是！（下）
　　　　〔匪兵带陈邦彦上。
余　龙　来者为何？
陈邦彦　（唱"滚花"）求见壮士余龙，
　　　　　　　久仰大名前来拜访。
余　龙　我就是余龙，余龙就是我。
　　　　（唱"霸腔滚花"）
　　　　　　　你是何方人士，
　　　　　　　到来为哪桩？
陈邦彦　（"中板"）鄙人乃顺德姓陈，
　　　　　　　来与壮士谈兵论相。
余　龙　（接唱）　这些江湖伎俩，请你卖向别方。
陈邦彦　目中无人，唯君可相！
余　龙　是吗？好，你就相吧！（扎架）
陈邦彦　（惊奇地赞叹）嗬！
　　　　（唱"中板"）虎头燕额剑眉张，
　　　　　　　将来定是一名虎将。
余　龙　（接唱"霸腔"）
　　　　　　　哈哈，如此吹捧，你到底为哪桩？
陈邦彦　（接唱）　风云际会时，定必前程无量。
余　龙　（不耐烦）你到底是什么人？
陈邦彦　小姓陈，陈邦彦，别名岩野。
余　龙　啊！你就是陈邦彦，顺德大名鼎鼎的书院掌教先生。
陈邦彦　不敢。
余　龙　听说你做了朝廷的大官"兵科给事中"？
陈邦彦　正是。

余　龙　（变脸）众左右，给我推出去斩！（众匪一拥而上，捉着陈邦彦）

陈邦彦　这是为何？

余　龙　你是官我是寇，水火不相容。

陈邦彦　（哈哈大笑）听说甘竹滩余龙是个行侠仗义的好汉，原来是个黑白不分的莽夫。

余　龙　你胆敢骂我。我怎样黑白不分？

陈邦彦　不说也罢！

余　龙　要说，不说我就把你碎尸万段。

陈邦彦　若要我说，除非屏退左右，以礼相看，先松绑。

余　龙　且听你说，若讲得不对，莫怪我刀下无情。（喝令众匪）给他松绑，你们下去。（众匪放开陈邦彦，退出）

陈邦彦　请问——你既知我是书院掌教，为何又视我为敌？

余　龙　因为你在朝为官。

陈邦彦　（唱"追信"）小小七品官，算不得极品，
　　　　　　　　若倚势弄权，绝非我所愿。
　　　　　　　　但求克己奉公，兼尽心，
　　　　　　　　为求保家国，泽荫于民。
　　　　　　　　唯是我不明，
　　　　　　　　你曾吃朝廷差饷，何以对官府如此憎恨？

余　龙　因我曾经被贪官诬陷，累到全家入狱，老婆死人！……哦，你怎知道我曾吃朝廷差饷？

陈邦彦　告知我者是大明兵部尚书瞿式耜。

余　龙　瞿式耜大人？他现在何处？快讲……

陈邦彦　他已随永历帝西去，被清军追踪，危险万分。他托我与你带来一信。可惜此信遗在大良家中，只好口讲面陈。
〔余一彪突然闯入。

余一彪　大哥，不要信他，拿不出书信证明就是骗子。来人，给我拉出去斩、斩、斩！
〔甲、乙两匪把陈邦彦上绑，欲推走。

余　　龙　等等,你真是陈邦彦?
陈邦彦　我正是陈邦彦。
余　　龙　为什么来骗我?
陈邦彦　我没有骗你,我是来转达瞿式耜大人之话的。
余　　龙　瞿大人有什么话?
余一彪　给我推出去斩。不要听他讲。
　　　　〔金姑与王娇、马娣带着陈恭尹上。
金　　姑　爹爹,有人到来说要找陈邦彦。
陈邦彦　(对金姑)我就是。(上前与恭尹招呼)你为何到来?
陈恭尹　你不辞而别,是娘亲叫我来找你的。
陈邦彦　(突然想起)你有没有将我遗留在家的小包袱带来?包袱里头有瞿式耜的重要书函。
陈恭尹　包袱?在我背后……(恭尹把小包袱从背上卸下)
陈邦彦　快快拿来。(接过小包袱,小心打开,把信拿出递给余龙)这就是瞿大人给你的信。
余　　龙　(急接信,念)余龙贤弟台鉴:两次接信,知你隐居绿林,仍不忘保国抗清,因时机未到,我未予答允。现今国事紧迫,该到志士卫国之时。邦彦先生是个志士仁人,望你统率众兄弟听其指引,抗房卫国,勿负此生。瞿式耜广西顿首。(重句)
　　　　(唱"霸腔滚花")
　　　　　　　他曾为我平冤雪恨,
　　　　　　　是我余龙的大恩人。
　　　　　　　他对我情同手足,
　　　　　　　我定遵从指引,(拱手)
　　　　　　　请恕我刚才因见不到此信,才冒犯先生。
　　　　　　　先生此来,有何教训?
陈邦彦　不敢。
　　　　(唱"滚花")我就将来意,坦率直陈。
　　　　(直转"中板")
　　　　　　　请壮士出山攻打广州,

　　　　　　　　以解广西危困。
　　　　　　　　南海陈子壮、东莞张家玉，
　　　　　　　　联合进军。
　　　　　　　　望万众一心齐上阵。
余　龙　还有东莞、南海义军一齐打广州。好、好、好！
　　　　（转"爽十字清中板"）
　　　　　　　　恨鞑子犯我国土，杀我良民，
　　　　　　　　还要我剃发留辫，俯首归顺，
　　　　　　　　这真是奇耻大辱，使人五内俱焚。
　　　　（转"滚花"）我要杀他个片甲不留，消吾此恨。
陈邦彦　（接唱）　壮士如此豪迈，真不枉我此行。
余　龙　为朋友，我两肋可插刀，（伸出双手）一定将心比心。（"三槌"握手介）
陈邦彦　恭尹快来拜见余龙大叔。
陈恭尹　（拱手）余龙大叔在上，请受小侄一拜。（下跪）
余　龙　免礼，免礼！（满意地点头）公子出身书香门第，一表人才，果然礼仪周周啊！（异常欣赏地扶起恭尹，不料恭尹站立不稳，一下跌坐地上）
金　姑　啊，真对不起，刚才我把他踢伤了。王娇、马娣，我们快扶他上药去。
　　　　〔王娇、马娣两人暗笑，应声扶恭尹下。金姑跟下。
余　龙　此女十分任性，请先生包涵。
陈邦彦　（唱"木鱼"）我看她武艺不错，定是个武林好婵娟，
　　　　　　　　此次攻打广州，未知是否参战？
余　龙　（接唱）　她跟我习武，已有多年，
　　　　　　　　这次攻打广州，我想向你引荐，
　　　　　　　　让她打头阵，效命军前。
陈邦彦　好，太好了。
　　　　〔余一彪突然闯入。
余一彪　大哥，你不要听他的。

　　　　　　（唱"快中板"）
　　　　　　　　　我们称霸绿林声威震，
　　　　　　　　　怎好投军受制于人？
余　龙　（唱"七字清"）
　　　　　　　　　栖身绿林，是我暂时退隐，
　　　　　　　　　而今投明弃暗，还我正义之身。
　　　　　　（转"滚花"）你若不愿，就给我滚、滚、滚！
余一彪　大哥，你听我讲。
余　龙　不听。
　　　　　　（转向陈邦彦接唱）
　　　　　　　　　请入内共商义举，布置广州进军。（余龙引陈邦彦下）
　　　　〔余一彪留场。
余一彪　不好。近日两广总督暗中派人来与我讲数，许我钱财福禄，要我率甘竹滩归顺大清。陈邦彦一来，岂不误了大事！这……这……
　　　　　　（唱"快中板"）
　　　　　　　　　速报清军，竹滩兵变，
　　　　　　　　　他们攻打广州迫在眼前。
　　　　〔幕下。

第五幕

　　　　〔一场。
　　　　〔广州两广总督府，可见五层楼远景。
　　　　〔总督佟养甲上。
佟养甲　（"扑灯蛾锣鼓，白榄"）
　　　　　　　　　俺乃大清总督佟养甲，
　　　　　　　　　坐镇广州南天独霸！
　　　　　　　　　派兵广西，追剿永历帝，
　　　　　　　　　眼看不久便可统一天下。

传令一 （上）报告总督，据甘竹滩内线密报，顺德甘竹滩余龙土匪即日出兵攻打广州。

佟养甲 有这等事？再探。（传令一下）

传令二 （上）报告——，东莞张家玉义军出师来犯广州。

佟养甲 岂有此理？知道。（传令二下）

传令三 （上）报告——，南海义军陈子壮出兵犯广州。

佟养甲 这还了得？快传缇骑。

传令三 是。（下，缇骑上）

缇　骑 拜见总督。

佟养甲 （唱"板眼"）忽听义军突来进攻，

　　　　　　　　城内兵少难招架，

　　　　　　　　你速去广西把追杀永历帝的李成栋提督召回，不得有差。

缇　骑 得令！（下）

〔二场。

〔广州城外，战云密布，战鼓咚咚。

〔打着"南海陈子壮"和"东莞张家玉"字样的旗帜，从山后奔走过场。（不一定见扛旗人）

金　姑 （内唱"披星头"）

　　　　　　　　挥军，直捣，广州。

〔"排子头"甘竹滩女兵簇拥着全身披挂的金姑上。

（接唱"披星"，边唱边舞）

　　　　　　　　众义军，四方云集，（二槌）

　　　　　　　　士气如虹歼寇仇。（排子头）

　　　　　　　　我金姑，浑身甲胄。（二槌）

　　　　　　　　奋勇争先攻城斩敌寇。

（向内）有请先生。

〔陈邦彦在余龙、陈恭尹的护卫下，打着"顺德陈邦彦"的旗号上。

陈邦彦　（唱"水仙子"）

　　　　　一声号令齐抖擞，

　　　　　义师齐集打广州。

　　　　　丛林埋伏，陈子壮攻占西角，

　　　　　张家兵夺取北门楼。金姑听令。

金　姑　金姑在。

陈邦彦　我们攻打南门。

　　　　（唱"霸腔滚花"）

　　　　　我击鼓扬威助你挥军战斗。

金　姑　得令。

　　　　（唱"快滚花"）

　　　　　挥军闯阵，敌忾同仇。（率众下，陈恭尹与余龙随下）

〔陈邦彦登高擂鼓，场内杀声四起。

〔压光。幕下。

第六幕

〔广州城外的义军指挥部。

〔王娇扶着腿伤的马娣，后随余龙、金姑"叨叨鼓"上。

金　姑　（"口鼓"）鞑虏死守不出，龟缩城中。

余　龙　（"口鼓"）广州城高墙厚，使我有力无处用！

余一彪　（"冲头"，上）

　　　　　打了十天十夜，徒劳无功，不如收兵回去。

余　龙　呸！

　　　　（接"口鼓"）你休得把军心摇动！

陈邦彦　（内场"快首板"）

　　　　　攻打广州，

　　　　　军心不能摇动！

　　　　（上，唱"滚花"）

　　　　　促鞑虏回师救穗，

　　　　　　　　只有加紧进攻。
余一彪　（接唱）　如今动静全无，望来福建兵是发梦！
　　　　〔众人气急与他争辩，一边说"要攻"，一边说"快撤"。
　　　　〔急急锋，传令上。
传　令　（"白榄"）探马报，探马报。
　　　　　　　　探得清兵退广西，
　　　　　　　　急为广州来解围，来解围。
陈邦彦　消息可确实？
传　令　（续"白榄"）请看谍报见端倪。（呈谍报）
陈邦彦　（接看）好、好、好。
　　　　（唱"快点"）清兵回师我得计，
　　　　　　　　西行陛下已解围。
　　　　　　　　庆幸此番功不废，
　　　　　　　　祝王福祉与天齐。
　　　　〔众人欢呼。
　　　　〔众义军拥上。
余　龙　先生此次兴义师，不但救了桂王，也救了我的大恩人瞿式耜，请受我与女儿一拜。（率金姑下拜）
陈邦彦　使不得，使不得。甘竹滩大义兴师，大功应该归你们。（扶起两人）
余　龙　成功围广州救桂王，足见先生有非常计智。
陈邦彦　这不过学战国孙膑围魏救赵之策。
余　龙　胆敢兴弱势之义军攻打广州，足见先生奇勇惊人！
陈邦彦　此举是受三国孔明"知其不可为而为之"的教训。
余　龙　嗬！先生饱读诗书，智多识广，大义大勇，敢作敢为，余龙今后愿跟先生赴汤蹈火，虽死不辞！
陈邦彦　好呀，谢壮士！
　　　　〔传令上。
传　令　鞑虏回师，先锋已到达郊区。
余　龙　就让我前去杀他一阵。

陈邦彦　今后行动,我早与恭尹谈过。恭尹,你先向大家讲讲。
陈恭尹　好。
　　　　("扑灯蛾白榄")
　　　　　　　郊外伏兵,截击鞑虏回师,
　　　　　　　固然可以煞其嚣张盛气。
　　　　　　　但与十倍于我之敌硬碰,难得便宜。
　　　　这是下策。回防甘竹滩,是我熟悉的老巢旧地,但它无险可守,难以长久维持。也是下策。
　　　　(唱"爽二黄")
　　　　　　　清远义军欢迎我军进驻,
　　　　　　　那里城高墙厚,百姓支持。
　　　　　　　高垒深沟,防守更为有利。
　　　　(白)这是上策。不知大家以为应取何策。
众　人　(同声)应取上策,进驻清远。
陈邦彦　好呀。
　　　　(唱"快二黄")
　　　　　　　围广州,救广西,
　　　　　　　首战告捷,胜利解围。
全　体　(齐唱"二黄下句霸腔")
　　　　　　　再接再厉,(工)
　　　　　　　扬我军威。(尺)
陈邦彦　出发。
　　　　〔压光。

　　　　〔升光。
李成栋　〔率部上。
　　　　(唱"霸腔滚花")
　　　　　　　挥军上万穷追永历帝。
　　　　　　　不料佟养甲命我回师救粤,
　　　　　　　至令一篑功亏。

传　　令　报告。义军已撤走，总督出城迎接来了。

〔佟养甲率兵上。

佟养甲　李提督，本总督出城迎接大驾，你为广州解围立一大功。

李成栋　（没好脸色）佟总督你要我来解广州之围，实在犯一大错。

佟养甲　（故作吃惊）啊！犯什么错？

李成栋　在桂林郊外我把永历帝团团围住，正要瓮中捉鳖，你却要我回师广州。好了，

（唱"海南曲"）

　　　　　　如今放虎归山，正中他们诡计。

　　　　　　依靠山河半壁，坐镇云贵、广西。

佟养甲　须知各地农匪猖獗，南北有合围之势，邻省定陶、曹州已失陷，广州倘若有失，你我罪责难逃。

传　　令　（上）报——陈邦彦向清远撤退。

李成栋　包围清远，格杀陈邦彦。

传　　令　喳！（下）

佟养甲　陈邦彦不能杀！要招降。

李成栋　要杀！他围广州，打乱我大局！

佟养甲　此人雄才大略，是个难得人才，朝廷决定招降。

李成栋　招降陈邦彦？谈何容易。

（唱"芙蓉中板"）

　　　　　　听说他力主抗清，名节比命还贵。

（"白榄"）何况是个广东人。

佟养甲　广东人又怎样？

李成栋　（接"白榄"）生性冒险尚义，敢作敢为。

佟养甲　什么冒险尚义，敢作敢为？

（接唱）　　我两板斧一出，保他屈膝下跪。

李成栋　什么两板斧？

佟养甲　第一板斧：我已派人去把他夫人捉来，听说陈邦彦与夫人是恩爱夫妻，用她来劝降，是个上策！

李成栋　我看不一定，他若不降又如何？

佟养甲　那就攻城。

李成栋　清远城高墙厚，易守难攻。

佟养甲　挖地道，炸开城门，杀他个措手不及，这就是第二板斧。
（唱"滚花"）城破之后，不信陈邦彦不依归。

李成栋　（反感）那你又得立功晋级了，恭喜你。（下）

佟养甲　你……！

〔幕下。

第七幕

〔二幕前。

〔夫人背一包袱上。

夫　人　（"白榄"）鞑虏突然上门，邀我去与丈夫见面。

说他兵败被困清远。

要我去劝他归顺免遭杀身凶险。

要他投降难呀，难过上天，

不如出去各方呼救。

趁清兵不觉悄悄溜出后门。

〔四望无人，举步就走。前面闪出一清兵挡住去路，夫人转身往回走，又一清兵拦路，结果被两兵劫持下。

〔大幕开。

〔清远城内义军指挥所。

陈邦彦　（唱"梆子流水"）

鞑虏清远围城天天骂战，

妄想诱我出战把我全歼。

千万稳住阵势勿受其骗，

等待郑芝龙来师增援。

〔传令上。

传　令　报——

陈邦彦　何事慌张？

传　令　佟养甲射来文书，请大人一观。（呈上文书）

陈邦彦　（接文书，念）你的妻子，已在我手。务必立即回书归顺大清。两个时辰之内，不见动静，即将人质斩首，勿谓言之不预。大清两广总督佟养甲。

　　　　这……（命传令）你且下去。

传　令　是。（下）

陈邦彦　虏我夫人作人质，要我卖身叛国？

　　　　（紧张思索，唱"恋坛二流"）

　　　　　　　　屈膝投降吾不擅，
　　　　　　　　不救妻她势被歼。
　　　　　　　　进退唯艰难决断，
　　　　　　　　苦思求计救婵娟。

　　　　〔音乐。

陈邦彦　两个时辰内，不见动静就要杀人？……我看不一定，这是讹诈，威胁，我决不上当。

　　　　（坐案上提笔直书）叫传令（传令应声上）即将这封回书射出城去。

传　令　是。（接过回书）

　　　　〔恭尹、金姑、余龙急上。

余　龙　什么事？

陈邦彦　鞑虏捉去恭尹娘亲，要我投降，此乃我的回书。

陈恭尹　（从传令手上取过回书，念）妻可杀，我不可辱。身为义师，决不投降。大明陈邦彦。（不解）爹爹，这个回书，岂不是置我娘亲于死地？！

余　龙　（一把夺过回书）这是什么话！明明叫鞑虏杀掉夫人，我不答应！（怒把回书撕成碎片，抛落地上）走，跟我杀出城去救回夫人！（转身向外走）

陈邦彦　回来，回来。（大声喝道）回来！

　　　　〔金姑与恭尹见状，赶紧上前把余龙拦住。

金　姑

陈恭尹　　（一齐跪下）请收回成命吧。
余　龙　　（也跪下）请下令救夫人！
陈邦彦　　余龙壮士呀。
　　　　　（唱"回龙腔二黄"）
　　　　　　　　　谢你临危要挽救我夫人性命。
　　　　　　　　　她身陷敌营我岂能置之不理。
　　　　　　　　　我恨不能马上杀出城去，
　　　　　　　　　从敌人屠刀之下挽救她回归。
　　　　　唯是——
　　　　　（转唱"武西厢"）
　　　　　　　　　城池已被围困，势难冲出重围。
　　　　　　　　　若是拯救夫人不出，义军又遭损伤，
　　　　　　　　　士气恐会更低，故切勿乱作胡为。
　　　　　　　　　当前要听指挥。
　　　　　你们怕我这回书，会使夫人丧命，我倒以为不会。
　　　　　（"韵白"）鞑虏利用夫人作招降诱饵，断不会只用此一回，
　　　　　　　　　钓鱼人第一杆失败，定必第二杆、第三杆钓
　　　　　　　　　下去。
　　　　　　　　　此次我若拒绝投降，敌人也会暂时把夫人保全
　　　　　　　　　下来，
　　　　　　　　　只要她夫人还在，我们就可以寻求营救机会。
余　龙　　啊，原来这样！（俯身拾起地上的碎片）回书撕碎了！
陈邦彦　　（唱"滚花"）众人若不反对，我可重写一回。
　　　　　〔众人点头，他坐下重写回书。音乐。
陈邦彦　　传令，速把回书射去。
　　　　　〔传令接过回书，急下。
　　　　　〔众人黯然无语。
陈邦彦　　（唱"滚花"）鞑虏借此动摇我军斗志，
　　　　　　　　　大家必须提高警觉固守城池。
　　　　　你们马上各回岗位，严加防范。

余　龙　　是。（三人下）

　　　　　〔陈邦彦拔出佩剑，愤然起舞。

　　　　　〔"急急锋"传令上。

传　令　　报——先生不好！

　　　　　〔余龙等三人闻声复上。

陈邦彦　　快讲。

传　令　　夫人……

陈邦彦　　夫人怎样？

传　令　　她、她、她被杀害，人头高挂城外。

　　　　　〔随即拉开窗前帷幕，只见城外高挂一血淋淋的女首级。

　　　　　〔重槌，全体震惊。

余　龙　　（狂怒，"杀嫂白榄"）

　　　　　　　　可恨佟养甲，

　　　　　　　　你好狠，你好狠！

　　　　　　　　不杀你，

　　　　　　　　枉为人，枉为人！

　　　　　〔余龙把阻拦他的陈邦彦推倒，掉头便走，金姑跟下。

陈邦彦　　（从地上站起来）恭尹，快去追他们回来。

陈恭尹　　爹爹，你的身体……

陈邦彦　　我不要紧，快去！

陈恭尹　　是。（下）

陈邦彦　　（站立，仰天长叹。"诗白"）

　　　　　　　　千磨万劫应无悔，

　　　　　　　　痛失夫人不胜哀。

　　　　　　　　夫人，你能谅解我吗？

　　　　　〔聚光，入神凝思。

　　　　　〔夫人在朦胧中出现。

陈邦彦　　夫人，夫人呀！

　　　　　（唱"反线中板"）

　　　　　　　　万恶鞑虏劫你为人质。

胁迫屈膝投降我怎能依？

事关大节，只有忍痛为之，望夫人宽恕。（躬身作揖）

夫　　人　（痛切地唱"沉腔滚花"）

你，你，你忘却多年情意，忍心让我死别生离！

我不想死，我死了谁来伺候你？

天寒地冻，谁来为你添衣？饥饿之时，谁来为你进食？

我再看不到你写的《中兴政要》，实行兴邦图治！

陈邦彦　听你此言，夫人呀，我更百身莫赎了！！！

夫　　人　说又何用，（低头拭泪）……夫君别矣！……（渐渐隐去）

陈邦彦　夫人，不要走，不要走。（大声疾呼）您是我难舍难分的红颜知己啊！！！（伏案揪泣，强音乐）

〔忽然从外面传来连续的爆炸声：隆、隆、隆！

陈邦彦　来人。

〔副将上。

陈邦彦　外面何来隆隆巨响？

副　　将　我也不知道，待我即去看来。（下）

〔爆炸声继续，陈邦彦迅速披挂仗剑。

副　　将　（上）鞑虏挖地道，想用炸药炸开城门，但城门没有炸开，余一彪反叛开城迎敌。

陈邦彦　余一彪开城迎敌？

副　　将　敌兵蜂拥入城，先生快走！

陈邦彦　你快去寻找余龙、金姑与恭尹。（仗剑）与我杀！

副　　将　是！（二人分头下）

〔压光。幕下。

第八幕

〔清远城内的朱家花园。园中有花木之外还有较高的假山和池塘。

〔大幕在喊杀声中急开。

〔义军与清兵厮杀过场。

〔余龙手持双斧上场，与围攻他的敌人格斗，凶猛异常。被打败的敌人在场外向他连放冷箭，他中箭不倒，忍痛拔出身上的箭杆，哈哈大笑。

余　龙　（唱"快二流"）

此仗杀得痛快淋漓，敌人胆丧。

志士何妨裹尸马革，驰骋疆场。

（转"二黄"）今日里，莽撞出兵，

不知先生安危怎样？

若有不测，

余龙难以心安。

（传来一片喊杀声。转"霸腔快合尺花"）

奋将余勇，灭穷寇，杀他个覆地翻天。

〔清兵涌上，余龙重创敌人。终于被打翻在地，十支枪向他刺来。

〔金姑突然闪出，一手挡住众敌枪，另一手挽起余龙。与敌人角力，来回三退三进，打走对手。

〔恭尹上，后面跟着敌人，也被金姑打退。

余　龙　恭尹，你可找到先生？
陈恭尹　还没有。
余　龙　你们快去找先生。
金　姑　爹你呢？
余　龙　我在此等候先生，快去！

〔金姑与恭尹齐下。

〔余龙伤痛不支跌坐池边。

〔余一彪带着清兵的弓箭手上。发现余龙。

余一彪　大哥，原来你在这里？赶快投降吧。
余　龙　你是谁？
余一彪　我是你兄弟余一彪呀。

| | （"白榄"）我打开城门迎清军，
| | 是个破城的大功臣。
余　龙　（接"白榄"）是你打开城门投降敌人？
余一彪　（接"白榄"）是我打开城门立了功，
　　　　　　　　请大哥你快归顺，快归顺。
余　龙　要我归顺？
　　　　（一转念，"白榄"）
　　　　　　　　好，
　　　　　　　　我归顺，我归顺。
清　兵　（"白榄"）快放下武器，若再反抗，格杀勿论。
　　　　〔余龙把斧头撂在地上。
　　　　〔余一彪走近，余龙将他一把揪住，拾起地上的斧头。
余　龙　你是禽兽，不是人！！！（将余一彪砍杀在地）
　　　　〔弓箭手齐射余龙，余龙中箭屹立不倒。
陈邦彦　（内场唱"五更头排子"）
　　　　　　　　今日里，城破了，
　　　　　　　　妖氛正盛。
清　兵　听这什么声音？赶快埋伏。（众退下）
　　　　〔陈邦彦一身刀伤血渍。持剑上。
　　　　（续唱）　拼热血，哪怕功败垂成。
　　　　〔见到站立的余龙尸体，大恸，强音乐。
陈邦彦　余龙壮士，请受陈邦彦一拜！（双膝下跪）
　　　　〔余龙倒下。
　　　　〔四面响着一阵阵"活捉陈邦彦"之声。
　　　　〔副将上。
副　将　先生快走。
陈邦彦　可找到恭尹、金姑？
副　将　他们已杀出城去，先生快走！
　　　　〔他们被四面的"活捉"声折回。
　　　　〔李成栋上。陈邦彦向假石山走去。

〔清兵涌上。

〔副将持剑守着假山路口。

陈邦彦 （站在假山之巅，仰天长啸。唱"新曲"）

　　　　　　　平生报国怀深，

　　　　　　　望断西面佳音。

　　　　　　　已共长弘化碧，

　　　　　　　还同屈子俱沉。

夫人我来了！（纵身投下假石山下的深水池，水花四溅）

〔清兵们向水池奔去。

〔李成栋向水池奔去。音乐不断。

〔切光。

〔升光。紧接前景。

〔佟养甲匆匆上，与正要向外走去的李成栋相遇。

佟养甲 陈邦彦怎样？

李成栋 陈邦彦跳假山自尽，被树托住，后跌落池中，已被救起，量无大碍，我去请个医生给他治病？

佟养甲 不要了。

（唱"跳花鼓"）

　　　　　　　我已请来一个好医生，

　　　　　　　对他拒降之病一医就灵。

李成栋 什么医生？

佟养甲 就是他的夫人。

（接唱"跳花鼓"）

　　　　　　　你对陈邦彦讲明，

　　　　　　　他夫人并未丧命，

　　　　　　　当日人头原是假，

　　　　　　　是别的犯人代受刑。

李成栋 上次用夫人劝降，不是失败了吗？

佟养甲 这次不同上次，而今两人都死过一次，当知生命更可贵。我已对夫人说，若再不降，两人都要死。她动摇了，好戏马上开场，你看吧。

李成栋　我看不一定。（掉头便下）

〔佟养甲也从原路下。

〔两清兵扶着负伤的陈邦彦上。放其坐在池边自下。

〔清兵从另一方向带夫人上，自下。

〔夫人见陈邦彦背影，审视良久，不禁潸然泪下，悲叫"先生——"

〔陈邦彦闻声大震，在一阵急骤的音乐中转过身来见到夫人，繁弦戛然而止。

陈邦彦　不出我所料，他们果然没有杀你。

夫　人　没有杀我！

陈邦彦　你……还活着！

夫　人　还……活着！！！

〔两人抱头大哭，音乐"哭相思"。

夫　人　（唱"新曲"）见亲人，珠泪迸！

陈邦彦　（爱抚有加）夫人受苦了！

夫　人　夫君才苦啊！

　　　　（接唱）　眼见我夫，
　　　　　　　　　遍体鳞伤，
　　　　　　　　　一面憔悴，
　　　　　　　　　全非往日颜容。

陈邦彦　（接唱）　难得相逢，
　　　　　　　　　不用悲伤，
　　　　　　　　　理宜高兴，
　　　　　　　　　共叙离情。（过序）

夫　人　（拭泪，白）恭尹我儿可好？

陈邦彦　恭尹他好。

　　　　（接唱）　清远城中，与余龙女，
　　　　　　　　　近已成亲，鸳鸯共永，

　　　　　　　　　　金姑媳妇，达理通情。
夫　人　（转唱"二黄"）
　　　　　　　　　　欣闻儿子成家，
　　　　　　　　　　心怀高兴，
　　　　　　　　　　愿他们同谐到老，
　　　　　　　　　　佳偶天成。
陈邦彦　（接唱）　更望他将吾志继承，
　　　　　　　　　　为国用命。
　　　　　　　　　　今日深感内疚，
　　　　　　　　　　累妻蒙难受刑！
夫　人　（接唱）　难得会君，
　　　　　　　　　　悲欢同命！
陈邦彦　鞑房为何让你来此？
夫　人　他们要我带来郑芝龙给你的信。（递信）
陈邦彦　郑芝龙给我的信？（忙接信，念）当日我复旨答应攻打广州城，而今局势已变。洪承畴大人引荐我归顺大清。大清皇上许我闽、赣、粤三省，你若合作，我许你广州城。（重句）
　　　　（怒撕来信）你背信弃义，不来增兵，还恬不知耻，要我跟你降清！我呸！
　　　　（唱"快打慢二流"）
　　　　　　　　　　骂一声，郑芝龙真可恨，
　　　　　　　　　　郑芝龙、洪承畴、文官武将，一个个投向敌人。
　　　　　　　　　　枉受朝廷福禄，妄图非分。
　　　　　　　　　　明目策反，更是面目可憎。
　　　　　　　　　　今日败势，已早伏祸根。
　　　　（转唱"旧苑望帝魂"）
　　　　　　　　　　山河遍野悲声，
　　　　　　　　　　长嗟苦哉百姓，
　　　　　　　　　　各地灾荒，战乱频仍，
　　　　　　　　　　谁来支撑国之将倾？

（转"木鱼"）帝王昏庸，信任宦官奸佞，
　　　　　　他们弄权误国，操纵朝廷，
　　　　　　结党营私，盘剥百姓，
　　　　　　横行霸道，暴敛横征。
　　　　　　多少才俊精英，不被录用，无门问政。
　　　　　　几许忠臣良将，遭受诬陷，累被严惩。
（转"流水南音"）
　　　　　　今日国将不国，败局已定。
　　　　　　亡我者不全是入寇清兵。
　　　　　　物先腐而后虫生，事实见证。
　　　　　　做成今日败局，
（转"二黄"慢唱）
　　　　　　多半是明室皇朝自毁长城。

夫　　人　讲得好！

陈邦彦　（有所警觉）他们叫你来，除了带信，是否还要劝降？

夫　　人　是的，敌人要我来劝你投降。我说我丈夫不是洪承畴、郑芝龙，敌人说你不去一试怎么知道。于是我就来了。我来不是劝降，我来有两件事。

陈邦彦　什么事？

夫　　人　第一件要告诉先生，我在牢狱中的所见所闻。

陈邦彦　在牢狱中的所见所闻？快讲。

夫　　人　（唱"乙反木鱼"）
　　　　　　我被押，到广州。
　　　　　　逼我劝夫背叛我摇头。
　　　　　　带我看行刑想吓我屈就。
　　　　　　刑场阴森恐怖尸弃壕沟。
　　　　　　有一大汉跪地，旁立刽子手。
　　　　　　我问大汉何罪要杀头？
（转"流水南音"）
　　　　　　他说鞑虏入侵如禽兽，

　　　　　　双亲被杀妻女受辱蒙羞。

　　　　　　他要报仇要除敌寇，

　　　　　　他有一口气，就要除寇报仇。

　　　　　　他的骂声把鞑子气得发抖，

　　　　　　气急败坏命刽子手将他斩首。

　　　　　　一时人头落地，

　　（转"乙反二黄"）

　　　　　　鲜血直流。

我眼前的鲜血与尸首，突然变成一座好大好大的血肉长城，我猛然感悟，就让敌人在这血肉长城面前发抖吧。

　　（转"合尺滚花"）

　　　　　　我面对凶残，心不惊眉不皱，

　　　　　　我双膝跪下，向他叩了三个响头。

我讲好兄弟你安心去吧！

　　（接唱）　　你这口气，

　　　　　　我丈夫有！（一槌）

　　　　　　我儿子有！（一槌）

　　　　　　我也有！（一槌）

陈邦彦　夫人你变了！

夫　人　我现在才明白，在敌人的屠刀下，求一家一户的安宁，绝不可能，覆巢之下无完卵啊！

陈邦彦　覆巢之下无完卵，说得好！那第二件事是什么？

夫　人　告诉你第二件事，我来殉夫。

陈邦彦　你说什么？

夫　人　我来殉夫，与你同死。

陈邦彦　你来与我同死？

　　（唱"沉腔滚花"）

　　　　　　唉吔吔，为夫不才累及妻儿遭极刑！

夫　人　非也。

　　（唱"浣溪沙"）

夫郎原是一代鸿儒，

鞑虏入寇，毅然弃馆从征。

丹心为国，为妻深感以夫为荣。

此生此世愿与我夫，

（转"乙反二黄"）

携手并肩，为国为民同命。

得失成败，荣辱处变不惊。

生死相依，情深意永。

陈邦彦 壮哉夫人！

（唱"正线长句二黄"）

你阻我离家，是为保全我性命。

你遣子相随，笃尽伉俪之情。

你却敌拒降，意志何其坚定。

今日更来牵手同生共死，

不愧为家国精英！（句）

我的好夫人，你是我高风大节的红颜知己啊！

夫　人 高风大节的红颜知己？（热泪盈眶）

（唱"乙反引子"）

听闻此语，使我感激涕零。（大恸，扑向丈夫，音乐"哭相思"）

陈邦彦 （关切地为她拭泪）不要哭，我们应该高兴，应该笑。

夫　人 笑得出吗？

陈邦彦 （仰天发泄地大笑）哈哈，哈哈，哈哈哈！（激动地双手掩脸）

夫　人 （深情地轻轻放下陈邦彦双手）先生你有眼泪。

（用袖子为之拭泪。道白，全用音乐衬托）先生自幼拜孔圣像，读圣贤书，才高志远，今日壮志未酬，此泪，乃感恨之泪！不过，尽忠于高官厚禄之时易，尽忠于国破家亡之时难，先生——你已经尽力了！！！

陈邦彦 谢夫人！（紧握夫人的手）谢夫人！

〔俯身拾起地上的树枝，在地上写着，夫人躬身读着他写在地上的诗句，幕后合唱队与夫人同声高唱：

（"新曲"）无拳无勇，无饷无兵，

　　　　　　联络山海，矢佐中兴，

　　　　　　天命不佑，祸患是婴，

　　　　　　千秋而下，鉴此孤贞。

〔强音乐。渐转哀乐。

〔灯光全灭。

〔声：讣告！（哀乐）讣告！（哀乐）讣告！（更强的哀乐）

〔灯光全亮。

〔陈恭尹与金姑率全体武装义军，缟素肃立。

〔声：陈邦彦夫妇于大明永历元年丁亥，九月二十八日就义于广州四牌楼。均享年四十五岁。

〔义军全体下跪致哀。转强音乐。

〔大幕下。全剧终。

一九九四年初稿

二〇一二年定稿

唐伯虎闯京

（大型悲喜粤剧）

人物介绍

唐伯虎	冬 梅	张 岳	李少枫	黄添福	华员外
管 家	知 县	师 爷	书 生	伍 长	老 妇
二夫人					

武 宗	刘 瑾	张 永	焦 芳	马永成	徐 正
张 彩	小太监	御林军	锦衣卫	舞 女	差 役
轿 夫					

第一场

〔明朝正德三年（1508年）。
〔京城李少枫寓所。
〔李少枫打引上。

李少枫 （"诗白"）一朝鸿运到，
　　　　　　　携眷上京都。
〔家丁上。
家　丁 启禀老爷，有两位大人到访。（呈上名片）
李少枫 （念名片）张岳、黄添福都是在京为官的苏州同乡。快请。
〔家丁应声下，即领张岳、黄添福上。

李少枫　　（拱手欢迎）两位学长失迎失迎，未及上门报到，实属失敬。
黄添福　　应事先知会，好备酒欢迎。
李少枫　　（唱"七字清中板"）
　　　　　　　　　刚接刘瑾太监来调令，
　　　　　　　　　未及通知两兄便启程。
黄添福　　是刘瑾太监调你来京的？你攀上刘公公这棵大树。
　　　　　（接唱）　很值得大家弹冠相庆。（打哈哈）
张　岳　　你何时攀附上刘瑾？
李少枫　　我本与刘太监素不相识，今年他来苏州为皇上选美，曾光临寒舍一叙，便匆匆离去。
黄添福　　如此说来你真幸运，有些人百般钻营，行贿万金，也难求一职呀！
张　岳　　刘太监这次提升你来京，你真的一点进贡也没有？
李少枫　　也有一点点吧。
　　　　　（"口鼓"）闻得刘太监曾经想找唐伯虎那幅《贵妃出浴图》，
　　　　　　　　　但寻遍苏州也无法找到。
　　　　　　　　　而今我给他找来了，
　　　　　　　　　算是尽点礼数。
张　岳　　（接"口鼓"）唐伯虎《贵妃出浴图》是名噪一时的墨宝。
黄添福　　快拿来一看。
　　　　　〔李少枫从书架取下画卷，打开展示。
张　岳　　好个一丝不挂的《出浴图》，还有诗呢。（念附在画上的诗）
　　　　　　　　　贵妃刚出浴，裸身候君王，
　　　　　　　　　妙哉灵与欲，谁不动春心？
黄添福　　这、这、这不就是赤裸裸的春宫图吗？想不到唐伯虎写这种画，真个丢人现眼啊。
张　岳　　什么丢人现眼？你错了。
　　　　　（唱"中板"）这幅人体画像集天地灵气，卓越非凡，
　　　　　　　　　唯独市井小人，才视为春宫图丢人现眼！

黄添福　（接唱）　叹世风日下，做人真难！
张　岳　做个是非不分、随波逐流的人又何难？
黄添福　你说谁个是非不分？
张　岳　不讲自知。
李少枫　好啦！好啦！大家既然提到唐伯虎，我也讲一下这位风流才子的近况。
黄添福　好，快讲。
李少枫　（唱"木鱼"）他有日在苏州，偶在华府门前游荡，
　　　　　　　　　被楼上一盆污水泼得一身肮脏，
　　　　　　　　　他抬头喝问是哪个瞎眼的混账。
　　　　　　　　　原来是个妙龄少女，华府的女仆冬梅姑娘。
　　　　（转"中板"）为了追求冬梅，他竟入华府为奴，行为放任。
　　　　　　　　　后被华府主人发觉，竟到我州府告其浪荡、流氓。
　　　　　　　　　我劝华员外成全两人好事，免把此事提审。
　　　　　　　　　华员外欣然同意，让两人共结鸾凰。
　　　　（转"滚花"）我也乘机向唐伯虎讨了这幅《贵妃图》，敲他竹杠。
黄添福　哈哈，一举两得，妙哉，妙哉。
张　岳　他早年丧妻，续弦也是应该的。
李少枫　我今已离开苏州，两人何时成亲，我就不得而知了。
　　　　〔家人急上。
家　人　老爷，刘瑾太监驾临。他的锦衣卫大队人马已到门前。
李少枫　刘公公驾临，赶快出迎。（向两客人）两位请到书房暂避。
　　　　〔张岳、黄添福下。
　　　　〔锦衣卫进入。
　　　　〔大锣大鼓吹打。刘瑾上。
李少枫　（迎接）刘公公驾临，有失远迎，恕罪！恕罪！
刘　瑾　此次来京，全家老小都平安到达了吧？
李少枫　都平安到达了。感谢公公提携，全家得来京上任。

刘　瑾　　你拿什么来感谢我？

李少枫　　（"白榄"）给公公带来唐伯虎一幅《贵妃出浴图》。

〔即把画卷打开。

刘　瑾　　（看罢，"白榄"）

好呀，见到这幅画皇上定然龙颜大悦。

（又睁眼盯着对方）你感谢我，只此一件吗？

李少枫　　这……（一时答不上）公公如此厚爱，我李少枫一身之外都是公公的！

刘　瑾　　好，这就对了。你的二夫人当然是你的身外之物，那我就笑纳了。来人！

〔锦衣卫齐声呼应。

刘　瑾　　你们到室内把二夫人带回宫去，不得有误。

〔锦衣卫吆喝着奔入内室。

李少枫　　（太意外了）公公，你说什么？要把我的女人带走？

〔锦衣卫如狼似虎地把二夫人从内室推出，她被布蒙了眼睛，绑了双手。

二夫人　　（大叫）老爷救我，老爷救我！！！

刘　瑾　　（喝令）带走！

〔张岳大喝一声"且慢！"从室内走出，冲着刘瑾：

张　岳　　请问刘太监，为何白日抢亲？！

刘　瑾　　（甚感意外）你是什么人？

张　岳　　翰林院庶吉士张岳。

刘　瑾　　啊，你就是翰林院那班狂生之首张岳？我早有所闻，你想怎样？

张　岳　　（唱"霸腔滚花"）

哪条皇法容你抢劫臣民妻妾？

刘　瑾　　（接唱）　本太监为皇上选美，不容置疑。

张　岳　　（接唱）　宫中有皇后贵妃与三千佳丽，

为何还要强夺人妻？

刘　瑾　　（唱"二黄"）臣民妻女与钱财无不属于皇帝，

皇恩浩荡，大可予取予携。

张　岳　（接唱）　如此歪理荒唐，违背明皇律例。

刘　瑾　好胆，给我拿下，推出午门杀头正法！

〔锦衣卫一声呼喝，如狼似虎把张岳五花大绑。

张　岳　（"口鼓"）你杀吧！

朝廷给河南的五百万两救灾款哪里去了？

我化作厉鬼也要找你这奸贼算账！

刘　瑾　你想知道那笔河南救灾款吗？看来一刀斩首而死，倒便宜了你。我要将你发配到最穷最苦的河南去，让那里的孤魂饿鬼告诉你吧。带走！

〔刘瑾一挥手，呼啸着，率众齐下。

〔黄添福从内室狼狈奔上。

李少枫　黄兄留步，请问天子脚下的皇城也白日抢亲，这是什么世道？

黄添福　你少安毋躁，听我讲来。

（唱"木鱼"）近年新帝即位，刘瑾公公手操大权。

坏人当道，朝纲落乱。

他们诱惑新主，抢占妇女，供其淫乱。

谁个反对，不是杀头便是谪戍边远。

连内阁大臣刘健、谢迁也难幸免，

你今妻妾被抢，千万不要声张。

（"滚花"）事过情迁，忍下就算。（急下）

李少枫　啊！……（跌坐椅上）

〔落幕。

第二场

〔华府豪华厅堂，附有内室。华员外坐幕。

华员外　（唱"中板"）皇帝果然欣赏《出浴图》，

命唐伯虎立即赴京报到。

准许携眷同往，内助效劳。

唯是唐伯虎与冬梅两人尚未成亲，怎能相携上路？

　　　　　这，这，这便怎生是好？（考虑再三）有了，
　　　　（唱"滚花"）今晚赶快洞房花烛，岂不是一着棋高？
　　　　〔叫管家。管家应声。

管　家　老爷有何吩咐？

华员外　今晚冬梅与唐伯虎相公举行结亲大礼，你速去准备喜帐红罗，
　　　　全套礼乐，不得有误。

管　家　（笑）喜事临门，保管办妥。（转身向内高喊）大家在天阶齐
　　　　集，要办喜事啊！（外面仆人齐应"知道"）
　　　　〔华员外也得意地随管家下。
　　　　〔唐伯虎手持酒瓶，醉醺醺地上。

唐伯虎　（唱"新曲"醉歌）

　　　　　　　　桃花坞里桃花庵，桃花庵里桃花仙。
　　　　　　　　桃花仙人种桃花，又摘桃花换酒钱。
　　　　　　　　酒醒只在花前坐，酒醉还来花下眠。
　　　　　　　　半醒半醉日复日，花开花落年复年。
　　　　　　　　但愿迷死花酒间，不愿鞠躬车马前。

　　　　〔渐渐不支，醉伏几上。
　　　　〔华员外上，见状着急。

华员外　唐解元快醒。

唐伯虎　（仰头）何事？

华员外　喜事，大喜事呀！
　　　　（唱"七字清中板"）

　　　　　　　　皇帝圣旨知府已接到，
　　　　　　　　他极赞赏你那《出浴图》，
　　　　　　　　召你赴京明天上路。

唐伯虎　召我上京？

华员外　（"白榄"）明天启程越快越好。

唐伯虎　（接"白榄"）我逍遥自在，无意仕途。

华员外　（接"白榄"）谁不想富贵荣华，光宗耀祖？
　　　　　　　　那也不如上京好，望勿糊涂。

（秃唱"滚花"）

　　　　　今晚你就与冬梅洞房，

　　　　　明天双双携手同赴京都。

〔唐伯虎不及回答，复醉伏几上。

华员外　就这样决定。传冬梅。

〔内应"传冬梅"，答话"来了"。

〔冬梅上。

冬　梅　（唱"陈世美不认妻"）

　　　　　奴本是，穷家女。

　　　　　卖华府为奴已数载。

　　　　　幸得唐相公垂爱哩，

　　　　　今生祈望福来，归家乡去，将娘会。

　　　　　老爷呼唤何事？

华员外　冬梅听着：今接皇帝圣旨，召见唐解元，明天就走，你与他一同上路。

（唱"七字清中板"）

　　　　　楼头一遇成婚配，

　　　　　独惜婚礼未行花未开，

　　　　　上京之前忙招赘，

　　　　　立即洞房花烛，张灯结彩。（拉腔）

冬　梅　老爷……

华员外　无须多讲，且听安排，叫管家，

〔管家应声"来了"。上，向室内一声招呼："起乐！"骤然鼓乐齐鸣，红光满室。男仆与丫环们一拥而上，搬来新床、红帐、花烛、彩球，并不由分说给唐伯虎与冬梅披红挂彩，推两人同坐新床，落下红帐，然后悄悄退出，把门轻轻关上。

〔一时寂然无声。

〔冬梅从罗帐里钻头出来，见四下无人，赶快扶唐伯虎坐几上，倒了一杯热茶给他醒酒。

唐伯虎　（醒来四望）这是什么所在？

冬　梅　　老爷为我们安排的婚礼新房。

唐伯虎　　新房？哈哈，真是身在福中不知福，有负东家一片情啊！员外呀员外，我是不会任你摆布的。冬梅，

　　　　　（唱"新曲"）来来来祝我们相亲永好，

　　　　　　　　　　　饮一杯百年好合美醇醪。

　　　　　〔斟酒要与冬梅共饮，被冬梅一手按住。

冬　梅　　相公，你还饮酒？

唐伯虎　　这合卺酒，应该饮。

冬　梅　　饮一杯热茶醒醒酒吧！（奉茶）

唐伯虎　　只有饮合卺酒，哪有饮合卺茶的？

冬　梅　　还是饮茶好。

唐伯虎　　好好好，不饮酒，也不饮茶，该当饮水。因为你我有今日，全靠"水"为媒啊！

　　　　　（唱"新曲"）当日偶经华氏府，

　　　　　　　　　　　楼上一盆覆水湿衿袍，

　　　　　　　　　　　不禁张皇生懊恼，

　　　　　　　　　　　书生意气一时高。

　　　　　　　　　　　抬头拟把牢骚吐，

　　　　　　　　　　　却见楼上红颜艳似桃。

　　　　　　　　　　　你向我赔情一笑，

　　　　　　　　　　　笑得真恰好，

　　　　　　　　　　　真、恰、好……

冬　梅　　哎，那天我泼了你，说过对不起啊！

唐伯虎　　一声对不起，你倒轻松，可是我，

　　　　　（续唱）　一颗心从此被拴牢，

　　　　　　　　　　恨无门路通媒保，

　　　　　　　　　　空望云霄想凤毛。

　　　　　　　　　　几次徘徊楼下思重睹，

　　　　　　　　　　缘不到，咫尺天涯隔两曹。

冬　梅　　（接唱）　所以你就卖身入华府，煮酒烹茶甘为奴。

唐伯虎　不错!

（接唱）　甘愿抛名抛利抛尘土,永与冬梅同朝暮。

冬　梅　冬梅自问,不配啊!

唐伯虎　只有冬梅你配!（摘下身上佩印相示）人说"寸丝可以为聘"。今晚花烛之夜,我以我的印章为聘,情同金石,请鉴我心!（双手举印章与冬梅）

冬　梅　（一看印文,唱"滚花"）
　　　　　印文刻着唐伯虎。

唐伯虎　（起立）在!

（接唱）　唐伯虎名唐寅,
　　　　　六如是我的外号。

冬　梅　哎哟,这这这更令我羞愧万分!你是当今名士我是下贱女奴!

唐伯虎　女奴又如何?

冬　梅　你可知我身世寒微,家门不幸?

唐伯虎　家门不幸?我愿听其详。

冬　梅　我生在豫北穷乡,家境苦。

（唱"乙反南音"）
　　　　　说来不禁泪滔滔,少小凄凉在难途。
　　　　　大荒之年亲父死,孤儿寡母两悲呼。
　　　　　饥寒交迫无处诉,忍交人贩卖作奴。
　　　　　记得那天娘亲起得早,为我披上破棉袄。
　　　　　一句句叮咛,一串串泪珠痛切肤。
　　　　　此情此景永铭心,母失亲儿儿失母。
　　　　　十年惨别难圆梦,何时会母报劬劳。

唐伯虎　哎!

（接唱"乙反红豆曲"）
　　　　　怜她遭穷苦,天涯隔子母,（对冬梅）
　　　　　愿帮一臂之力,助你出笼飞返乡土。

冬　梅　你助我还乡会母?这在何时?

唐伯虎　我与你先去游览名山大川,然后回江南安家,再去豫北接你母。

冬　梅　如此，相公大德，冬梅永世不忘！（恭身下跪，唐伯虎一把扶起投怀相偎）

唐伯虎　其实，应该我感谢你才对。

冬　梅　感谢我什么？

唐伯虎　（唱"滚花"）有人说你嫁的是个游蜂浪蝶小登徒。

冬　梅　（接唱）　也有人说我嫁的是个多情种子堪羡慕。

唐伯虎　（拥着冬梅）别人怎样讲，我不在乎，主要是你。你说我是登徒浪子还是多情种子？

冬　梅　你……（俏皮地）你是登徒浪子。（推开唐伯虎竟向新床走去，迅速落下罗帐）

〔唐伯虎哈哈哈大笑。偷眼见冬梅已入帐内，便拿起酒杯，一杯又一杯地向肚子里灌。

〔压光。全场昏黑。

〔喔！喔！喔！晨鸡唱晓。

〔升光。天亮了，男女仆人捧脸盆、手巾等物上，轻轻开门入房。

〔管家小心地走近罗帐，轻声呼唤："唐姑爷"，没有动静。

管　家　唐姑爷，天亮了，请起床梳洗，今天要上京了。

〔仍无反应。华员外冲头锣鼓上，高叫。

华员外　快叫唐相公与冬梅起床，县衙送他们上京的车马已到门前。

管　家　（率众仆人齐声对着罗帐高声喊着）唐姑爷、冬梅快起床，县衙送你们去京城的马车到了！

〔罗帐动了一动。众仆人马上两边站立躬候。

〔切光。幕下。

第三场

〔灰蒙蒙的苍穹，乌云低压，田野龟裂，树秃草枯，一片荒芜。

（"幕前曲"）苍天昏昧，雨露不施，
　　　　　赤地千里，百姓流离。
〔唐伯虎骑着骏马，冬梅坐着官轿，在伍长和两名衙差的护送下，行色匆匆上场。

唐伯虎　（唱"长句二流"）
　　　　　山州草县，无意流连。
　　　　　驿道崎岖，旅怀不展，
　　　　　心想为妻寻母早返家园。（句）
（一阵悲哭声传来）
　　　　　听哭声，情凄怨，
　　　　　千村万户苦颠连，
　　　　　一片萧条，满怀离乱。
〔悲凉音乐。

唐伯虎　这是什么地方？发生什么祸事？
伍　长　这是河南。因为久闹灾荒，死人无算。此处逗留不得，快走也吧。（吆喝轿夫）走！
〔官轿起步直走。
〔路边一棵榆树，一老妇在树下剥食树皮。见官轿来，转身求乞，轿夫收脚不及，向老妇撞去，老妇惨叫一声，倒在地上。
〔一干人停了下来。

唐伯虎　什么事？
伍　长　老妇拦路给官轿撞倒了。
〔冬梅闻声从轿上走下，急忙扶起老妇。

冬　梅　老人家醒醒，（命轿夫）快拿食物饮水来。（从老妇手里拿下两块树皮，递给唐伯虎）你看这是什么？
唐伯虎　（接过一看）榆树皮，怎么食得？
　　　　　（唱"沉腔滚花"）
　　　　　　　　哎呀呀，境况堪怜！
　　　　　（转唱"雨淋铃"）
　　　　　　　榆皮两片，眼见心酸（序），

满目灾情，百姓饱受熬煎。

（唱"快打慢二流"）

　　　　救济何以无人？天啊，你竟不怜念。

　　　　待我画下这凄凉景象，血泪诗篇。（从囊中取出速写簿，对老妇描写）

〔行弦。

老　妇　（渐渐缓过气来）哎！

冬　梅　老人家你怎么样？

老　妇　我饿，我饿……

冬　梅　（接过轿夫送来的水与食物）这是馒头，你吃吧。

〔老妇接过馒头连忙吞食。

老　妇　我好多天没东西吃了，多谢姑娘救命。（倒头便拜）

冬　梅　老人家不要跪，快起来，快起来。

　　　　（唱"二黄"）我也是穷苦之人，出身微贱，

　　　　　　　　今天能相见，也算是有缘。

　　　　　　　　请问老人家——

　　　　（转"滚花"）此处是何州县？

老　妇　这是河南淇县。

冬　梅　河南淇县？（意外惊喜）可知淇县有个西坡村？

老　妇　姑娘，这就是西坡村。

冬　梅　（很意外）这就是西坡村。（起立四望）我是西坡人，何以一点也认不出？

老　妇　连续灾荒，家园大变。姑娘，我也是西坡人，为何不认识你？

冬　梅　我叫小泉，父亲叫高老彦。

老　妇　（也惊喜）你就是十岁卖身葬父的小泉？我就是你邻居四婶啊！

冬　梅　（谛视认出）四婶！我娘亲近况如何？

老　妇　你离家之后，她时常思念，你一去十载，她望眼将穿。可怜你娘亲日瘦一日，气息奄奄。虽然如此，她还不断将你惦念。每天一早就爬到门口，双眼望得远远，有气无力地叫着你小泉，

小泉！

冬　梅　（早已泪流满面）娘亲，小泉已回来了。四婶，我娘现在何处？快带我去见面。

老　妇　这个……好，带你相见，就在前边。

〔冬梅跟着老妇"走圆台"。

〔唐伯虎等一干人跟进。

〔在一个大土坟前停下。

冬　梅　（不祥预感）四婶，为何不走？

老　妇　因为闹灾荒，在几个月前，你娘亲她……她，她，她已饿死，埋在里面。（一指）

冬　梅　什么？我娘埋葬古陌荒阡！（晕眩。唐伯虎忙去搀扶，她挣扎着扑向坟头。音乐引子）娘，我的娘亲啊！

（唱"浣溪沙"）

亲娘遭惨逝，乱葬千人坟。

泪飞溅，祭亡魂。

愧未报亲恩，哀哀父母，

欲见不得见，人天永别了，没世恨不申。

（转"乙反长句二黄"）

声声唤娘亲，娘亲何不幸，

你十载倚闾盼望，眼枯肠断唤亲人。

一旦灾荒断了母女情分，迟归一步抱憾终身。

（转"乙反滚花"）

估话苍天怜孝感，

怎知骨肉永相分！（哭）

唐伯虎　娘子节哀！娘子保重！（转向老妇）灾情如此，为何不向官府、知县求援？

老　妇　知县？一个二个都是贪官，（发觉有人来）官差来了，我不敢多言。（避下，冬梅等跟下）

〔两差役押着身披枷锁的张岳上。

差役甲　就地歇脚吧。（三人停下来。向县衙伍长）兄弟，可否给口茶喝？

伍　　长　好。（送上茶水）你们从哪里来？

差役乙　我们从京都押犯官来。你们好阔气呀，有车有马，送什么大人？

伍　　长　是钦点名家。

差役甲　什么名家？

伍　　长　大名鼎鼎的唐伯虎大人。皇上点名召见。

张　　岳　唐伯虎？（一下站立起来，张望）果然是唐伯虎。

〔唐伯虎闻声也走了过来，两人相对。

张　　岳　唐兄，果然是你，我是张岳呀！

唐伯虎　（意外地）张岳？张岳兄，你为何身披枷锁？

张　　岳　一言难尽啊！

差役甲　（上前干涉）不准谈话。

〔唐伯虎走向伍长，低声说了两句，伍长点头哈腰转身走向差役甲。

伍　　长　他是圣旨召见的大人物，就让他们道别两句吧。请到那边，有酒有肉。

差役甲　有酒有肉？好，（回头对张岳）安分点，不要乱说乱动。

〔伍长率众下。

唐伯虎　（延坐）张兄，这是怎么回事？

张　　岳　可恨呀！

（唱"滚花"）阉贼刘瑾诱李少枫来京，把其妾侍抢占。

　　　　　　　我力斥其非，反对其横行霸道，一手遮天。

　　　　　　　竟遭此贼，流放至此，百般糟践。

唐伯虎　（接唱）　难得我兄大义凛然！

张　　岳　（唱"反线二黄慢板"）

　　　　　　　他乘武宗，年少登基，圣聪性嫩。

　　　　　　　抢掠妇女，蓄收女婢，供其作乐寻欢。

　　　　　　　在朝排除异己，陷害忠良，天怒人怨。

　　　　　　　掌握京、禁、边三军所有兵权。

更窃取内宫监一职，把朝政全盘垄断。

（转"滚花"）此贼不除，快要变天，

我已将其罪恶写成书面，

桩桩件件，告到武宗御前。

（从靴筒里取出状纸）这是我拟好的状纸，刚才听衙差说皇帝要召见你。正好，请你当面呈上武宗皇帝。（交状纸）

〔唐伯虎接过状纸翻阅。

唐伯虎　（唱"快二黄"）

刘瑾他，害忠良，天怒人怨。

这状纸，用血泪，诉屈鸣冤。

（白）唯是我不能将它送达皇前。

张　岳　为什么？

唐伯虎　（"口鼓"）我此行并非打算上京，

所谓上京，只是那黄发知县一厢情愿。

二来嘛，我对权贵，素来憎厌。

要我上京见大权奸更请免言。

张　岳　（"口鼓"）这一举关系国祚安危，非同一般。

唐伯虎　张兄请谅！我经过那场冤狱出来之后——

（唱"新曲"）谁为我平冤，谁对我说过半句道歉之言？

我难忘那黑狱那酷刑，那丑恶的贪官嘴脸。

我愤慨我哀伤，我眼前一片漆黑如堕深渊！

我只有放任逍遥寄情杯酒，自乐自怨。

张　岳　（接唱）　你被冤入狱，我十分同情也异常愤懑。

但冤屈到底乃个人之事，今日不能忽视更重要一点。

唐伯虎　什么更重要一点？

张　岳　那就是社稷兴亡，民命关天！

唐伯虎　这早就与我无关了！

张　岳　唐兄，你是我最仰慕的乡贤才俊，今天太使我失望了。

（唱"古腔爽中板"）

　　　　　　这状纸随着我流放到此，
　　　　　　本以为再无机会上达之机，
　　　　　　将随我同埋在此荒郊野地。
　　　　　　今日逢兄本该是天赐良机，
　　　　　　想不到天不见怜，将我抛弃。（收）
　　　　此状纸投诉无门，我只有死！！！
唐伯虎　张兄，你讲什么？
张　岳　今日申诉无门，吾决以一死，抗议刘瑾专横，唤起文士反贼决心。（向悬崖走去）
唐伯虎　（大为振动，再三拦阻，把张岳安坐石上。"水波浪"锣鼓，大动作反思。唱"滚花"）
　　　　　　我兄义薄云天，使我惭愧万分，
　　　　　　伯虎决意闯京，状告刘瑾！
张　岳　好！（快步上前下跪）请受我一拜！
　　　　〔唐伯虎一把将他扶起，两人紧紧相抱。
　　　　〔冬梅上。
冬　梅　（唱"滚花"）我要随同上诉，我最是受害苦主！
唐伯虎　（接唱）　你举家受害，更当面圣直陈。
冬　梅　差役来了。
　　　　〔伍长与差役们醉醺醺上。
　　　　〔张岳被押。
　　　　〔唐伯虎等目送。
　　　　〔幕下。

第四场

　　　　〔刘瑾官邸大厅，宫殿般的富丽堂皇。墙上挂着"寿"字的红色喜帐。
　　　　〔马永成上，后面跟一辆伪装的粮车。
小太监　（高声向内通报）启禀刘公公，马大人到。
刘　瑾　（上一见粮车）这是什么？

马永成　这就是五百万两河南救灾款，全数运到。
刘　瑾　好，快快收存入库。
小太监　是。（即带粮车下）
　　　　〔马永成在刘瑾耳边低声说了几句。
刘　瑾　军方可稳？
马永成　（"口鼓"）内、外、边三军，
　　　　　　　接到公公手谕密，
　　　　　　　全都表忠。
　　　　〔小太监引徐正上。
刘　瑾　内阁如何？
徐　正　（"口鼓"）反对公公的人已分别入牢收监，
　　　　　　　其余各部都已表忠同意。
　　　　〔小太监引张彩上。
刘　瑾　法师那边怎样说？
张　彩　（"口鼓"）法师说公公寿诞那天，
　　　　　　　乃黄道吉日，
　　　　　　　正是举事之时。
刘　瑾　（喜形于色，唱"滚花"）
　　　　　　　好，好，好，一切就绪，举事日期决不改动。
马永成　（谄媚地接白）龙袍皇冠都准备好了，要否事先试穿？
刘　瑾　当然要试穿，看是否合身？
马永成　等一会即可穿戴了。
　　　　〔小太监上。
小太监　启禀公公，唐伯虎来京晋见（并在刘瑾耳边低声密报……）他在路上遇见张岳犯官……（刘瑾冷笑）唐伯虎还带家眷。
刘　瑾　先传唐伯虎。
小太监　是。（下。并带唐伯虎上，并予介绍）上座的就是刘公公。
唐伯虎　（向刘瑾拱手施礼）公公有礼。
刘　瑾　（打哈哈。唱"板眼"）
　　　　　　　难得大画师，来到了京畿。

　　　　　　　　沿途辛苦了，皇上常常提起你。
马永成　皇上请来的大画师？幸会，幸会。
　　　　（接唱"板眼"）
　　　　　　　　建议大画师，当场显绝技，
　　　　　　　　画幅祝寿画，贺公公寿诞佳期。
　　　　〔众人附和叫好。
刘　瑾　好嘛。人来，准备笔墨。
　　　　〔小太监在桌上摆好文具纸张。
唐伯虎　（很反感，另场唱"减字芙蓉"）
　　　　　　　　不等我同意，随便派差使。
　　　　　　　　你摆你架子，我有我发抒。
　　　　〔走近桌子提笔便画。（音乐）
　　　　〔众人得意地点头，欣赏有加。
　　　　〔刘瑾走近看画。
刘　瑾　（很觉意外）这是什么画？
马永成　（赶快走前一看）一只大乌龟？
众　人　（齐呼）什么意思？
唐伯虎　（气定神清，摇头吟唱般道白）这是乌龟，乌龟可活二百年。
　　　　俗语有云，龟鹤延年，乌龟乃吉祥之物。我画之为公公祝寿，
　　　　祝刘公公像老乌龟一样，长命百岁。
　　　　〔众人语塞。面面相觑。只好点头。
　　　　〔小太监上，走向马永成耳语。
马永成　公公的东西到了。
刘　瑾　你们先做准备，我马上就来。
　　　　〔众人急下。
刘　瑾　（对唐伯虎审视后"韵白"）
　　　　　　　　皇上对你的《贵妃出浴图》极其赏识。
　　　　　　　　故请你来京御前动笔。
　　　　　　　　望你不要听信谣言，
　　　　　　　　影响为朝廷尽力。

唐伯虎　请刘公公指教。

刘　瑾　听讲你路经豫北，路遇犯官张岳，他托你告状，可是事实？

唐伯虎　这……

刘　瑾　不要紧张，状纸到这里多得很。

（唱"滚花"）近来多少状纸递到皇上手中，

皇上多半是"留中"不用。

"留中"就是放入档案库存封，

还有部分状纸放在我书案（指室中书案）

我也懒得去动。

（拿起放在书案上的状纸，一一递给唐伯虎）这是告我吞没豫北十万两救灾款项的。这是告我杀忠臣良将的。这是告我阴谋夺位的。

（接唱"滚花"）

狠毒无聊，件件指向我这内监公公。

有兴趣你可拿去通读，看他们怎样摆乌龙。

唐伯虎　（白）谢公公，我读来无用。（把状纸放回）

刘　瑾　也好，来人，（小太监应声上）你即安排唐大人与亲眷入住，准备明天见驾。（下）

小太监　请唐大人小候。（下）

〔唐伯虎一人在发怔。

唐伯虎　（唱"滚花"）皇帝把状纸统统留中或不用，

此行来告御状岂不是一场空？

〔冬梅携画箱上，只见唐伯虎默默对着书案那堆状纸。

冬　梅　相公何故发愁？

唐伯虎　那刘太监讲，皇帝对告发他的状纸，都不理会，不是留中就是送到他这里。

冬　梅　（唱"滚花"）哎呀呀，此来申冤告状，岂不白走一遭！

（转唱"新曲"）

听君语，泪滔滔。我娘亲，冤将何诉？

千人坟，鬼泣魂嚎。张岳他，状纸白告。

桩桩冤案，申雪徒劳。

（转"滚花"）天呀天，你太不公道！（掩面而泣）

唐伯虎　娘子节哀。

冬　梅　（昂头拭泪）太监的话是真的？他是否怕我们见皇帝？

唐伯虎　这也难说，他是知道我们半路见过张岳。

冬　梅　这我们更要见皇帝，他不看状纸，我就跪地哭诉。

唐伯虎　你不怕皇帝？

冬　梅　拼将一命告奸贼，死何足惧！

唐伯虎　好，

（唱"西皮"）娘子一语志气高，

岂能偏信刘瑾胡说八道？

明天决定面圣，让他在劫难逃。

冬　梅　相公高见。

〔两人收拾画箱下。

〔奏登殿音乐。马永成、徐正、张彩三人拥着刘瑾上，刘瑾头戴衮冕通天冠，身穿金黄色绣有团龙的绛纱袍，手捧玉玺，全般皇帝扮相。

刘　瑾　（得意地环视众人。唱"板眼"）

人说当今武宗是坐皇帝，我是立皇帝。

你们说我如今是什么皇帝？（挺胸摆架子）

马永成　（抢先）公公就是坐皇帝。

刘　瑾　（接唱）　你果然有眼力，你该当左丞相。

马永成　（下跪）谢主隆恩。

〔徐正也就地下跪，爬到刘瑾膝前，把他右脚托起来。

徐　正　公公，我该封何职？

刘　瑾　你嘛当然是吏部尚书。

徐　正　谢万岁！（三叩首）

张　彩　（靠刘瑾跪下。唱"有韵歌"）

我与公公一样不留须，将胡须剃去，

发誓效忠公公，永世追随。（翘起下巴给刘瑾看）

刘　瑾　（大笑）好孝心的小子，果然把大胡须剃去，好，封你为朝之重臣，国之大老。

张　彩　（下跪）谢万岁。

三　人　（齐呼）万岁，万万岁！

刘　瑾　平身。（庄严起立，向前迈步。众人紧紧跟着）像龙行虎步么？

三　人　（异口同声）像，像，十足十像！

刘　瑾　我倒看不见自己的身影，怎能把这真像留下来，为登基那一天做准备。

马永成　那又何难？有唐伯虎大画师在此，一画便成。

刘　瑾　对，就请唐伯虎来画个像如何？

三　人　好，人来，即传唐伯虎。

〔内应声。小太监带唐伯虎上。

唐伯虎　（见到刘瑾这一身穿戴，莫名其妙）这……

刘　瑾　这是我借来的皇服，穿来玩的，好看吗？请你帮我画个像，一显大师身手。

唐伯虎　这……

刘　瑾　如何？

唐伯虎　画这样大的人像，要有画箱，待我唤贱内把画箱拿来，（向内）夫人有请。

〔冬梅应声"来了"。即把画箱挑上。

冬　梅　忽闻一声唤，挑箱到堂前。（见状莫名其妙）相公呼唤何事？

唐伯虎　刘公公要画像，请将画箱打开。画布侍候。

〔两人一下把画布竖立起来。

〔众人把刘瑾拥坐太师椅上。

唐伯虎　坐好不要动。开始画了。（动笔画起来）刘公公，把头仰高一点身体坐正。是的，就这样。（作画）

〔音乐。有的过来看画画，有的在交头密议。

〔好一阵。焦芳上，见到刘瑾坐着给唐伯虎画像这阵势吃了一惊。

焦　芳　（大叫）停下来，不能画，不能画！
　　　　（唱"快打慢二流"）
　　　　　　　让公公穿起龙袍，会惹来杀身之祸，
　　　　　　　还要画成图像，你们准是走火入魔！
　　　　　　　快停下，把画毁掉！
唐伯虎　（接唱）　画像还未画成，只有线条轮廓，
　　　　　　　问声刘公公，是否搁笔收科。
刘　瑾　（一脸不高兴）收就收吧。
焦　芳　大家快来帮公公换装吧。
　　　〔一干人拥着刘瑾下。
　　　〔唐伯虎气怒地扯下画布，想踏上一脚，但忽然停下，怔着不动。
唐伯虎　他说会惹来杀身之祸……杀身之祸？对呀……这是天赐良机……快拿酒来。
冬　梅　这哪里有酒？你为何这样高兴？
唐伯虎　（在冬梅耳边低声说了几句。唱"手托"）
　　　　　　　此语一出，给人露出了恶果，
　　　　　　　趁机会，打他个措手不及，
　　　　　　　让悲剧啊，变喜剧收科。
　　　　走，今晚漏夜开工，画成这幅画像。
　　　〔冬梅点头，两人搬画布画箱下。
　　　〔刘瑾上。一脸不满地上，后跟着焦芳。
焦　芳　（"白榄"）不是我多疑，确实仍未全准备。
　　　　　　　军方虽可靠，但内阁实情未尽知。
　　　　　　　星相之言不可信，匆忙起事会误事。
刘　瑾　（接"白榄"）你太令人失望，变得如此胆小无知。
　　　　　　　内定你为丞相，不想干了是不是？
焦　芳　（接"白榄"）在下实在忠心一片，目前确实未到举事之时。
刘　瑾　（"白榄"）你可知，那皇帝，已忘记我出力扶持，
　　　　　　　竟自作主张，不听我主意，大摆皇帝架子，

事到如今不能坐着等死，

应当机立断从速起事。

（唱"滚花"）成者为王，败者为寇，

谁当权谁就是真命天子。

（站起来向外走）

焦　芳　（追前。接"滚花"）

公公，武宗身边的王岳太监更是心腹大患，

要提防他滋事。

刘　瑾　（从身上拿出一份状纸。接唱）

这是他的罪状，我而今就去收拾这老东西。

（急下）

〔落幕。

第五场

〔布景内廷。

〔天幕群体美女，正在热舞。

〔武宗皇帝，倚在龙座上，盯着火爆的场面，用猎犬般的眼睛搜索猎物。

武　宗　（突然高喊）停！

〔音乐与群舞戛然而止，全体下跪。

〔武宗从龙椅座走近俯伏地上的舞女群，把其中两名舞女一手一个拉起向室内走去，同下。

〔全体伏地美女悄然向后撤。

〔稍后，刘瑾探头探脑上。小太监也很默契地从室内迎来。刘瑾做手势问皇上在不在，小太监点头。刘瑾要他通报。

小太监　（向内）启奏皇上，刘公公求见。

〔好一会，武宗一脸不高兴地上。

武　宗　（唱"减字芙蓉"）

他们食饱无事忙，又来告状是不是？

连朕男欢女爱也干预，一个二个都不是好东西。

刘　瑾	启奏皇上：查得有犯官金智在崇文门外，私立关卡，勒索过路行人钱财，两年以来已勒索五千银两，今有供词在此。
武　宗	既有供词，判刑便是。
刘　瑾	皇上，他是受人指使的。
武　宗	受何人指使？
刘　瑾	就是现任神机营总管太监张永。
武　宗	有证据吗？
刘　瑾	有。贪款签收都在，请皇上御览。
武　宗	（接看）张永呀张永，你为何做这种事？

〔外面突然有人大喊：冤枉呀冤枉！奴才要面圣……

武　宗	谁人呼冤？
小太监	（上）禀皇上：张永太监手持先皇御赐的龙头拐杖，在宫门呼冤候旨。

〔刘瑾愕然。

武　宗	让他进来。
张　永	（在外唱"倒板"）

满怀怒愤。

（快点锣鼓上，唱"快中板"）

竟然诬陷我为人，怒冲冲，上朝责问。

〔老太监张永手持龙头拐杖，秃顶，鬓发如霜，精神矍铄，声音洪亮，在一名小太监的陪同下上场，叩拜哭诉。

张　永	请皇上为老奴申冤！
武　宗	（和蔼地）张永起来，有话慢说，谁人陷害你？
张　永	（霍地站立，指着刘瑾唱"快慢板"）

就是他忘恩负义，作恶多端。

刘　瑾	（有些猝不及防。接唱"快慢板"）

我入宫，受公公提携，不忘恩典，

只因是金智犯法，公公备受牵连。

（转"滚花"）我不信才奏圣上，想了结此案。

张　永	（听了更火）我呸！

（唱"梆子流水"）

　　　　　　　　你这狗种，混进宫来，卖身自阉。
　　　　　　　　别人不知你老底，休想把我瞒骗。
　　　　　　　　我与金智，并无私交，不受任何牵连。
　　　　（转"滚花"）你将他毒刑逼供，阴谋将我暗算。
　　　　　　　　我与你誓不两立（举杖）惩戒你作恶多端。
　　〔刘瑾赶快躲在武宗背后。
　　〔小太监趋前劝阻，撂下张永的拐杖。

刘　瑾　（以为张永不敢再动粗，迎面向张永呸了一口）你不要撒野，料你不敢动我一根毫毛！
　　〔张永抡起右手，噼啪一声扇了刘瑾一个耳光。
　　〔刘瑾吃了眼前亏，大声叫喊，双手扯住张永的衣服厮打、呼叫。在场的人劝架的、惊恐的、走避的全场乱作一团。内宫的御林军拔刀冲出保护武宗。

武　宗　（大叫）你们全反了，全反了！全部给朕跪下！
　　〔场上所有的人，包括刘瑾、张永都下跪。

武　宗　太放肆了！你们都是朕倚重的人，闹成这样成何体统！（他来回踱着，有点气怒，但一看二看，见所有的人都一动不动地垂头跪着，觉得可气又可笑）

　　　（唱"爽十字清中板"）

　　　　　　　　你两人多年来侍奉在朕身边，
　　　　　　　　应该兄弟般相亲相善，
　　　　　　　　不能再闹下去没了没完。
　　　　不如这样，叫内侍为你们摆一桌和头酒，
　　　（转"滚花"）两人重归于好，了结此案，
　　　　　　　　以后不许再生事端。走吧！

众　人　遵旨。（纷纷起立散去）
　　〔刘瑾没有退下，还站着。

武　宗　你还有何事？

刘　瑾　唐伯虎奉旨，携眷进京，宫前侯旨。

武　宗　唐伯虎来了？快传。
刘　瑾　传唐伯虎。
　　　　〔唐伯虎上，下拜。
唐伯虎　皇上万岁，万万岁！
武　宗　平身。
　　　　（"白榄"）你画的《贵妃出浴图》朕甚欣赏。
　　　　　　　　近日可有珍品？
唐伯虎　有。
武　宗　现在何处？
唐伯虎　就在宫门外，我妻冬梅画箱之中。
武　宗　传。
小太监　传冬梅。
　　　　〔冬梅在外应声："来了。"上。
唐伯虎　快叩见皇上。
冬　梅　（下跪）叩见皇上。
武　宗　平身。画在哪里？
　　　　〔唐伯虎两人应声从画箱中翻出一幅皇帝画像，很快竖立起来。
　　　　〔武宗上前欣赏，惊愕。
武　宗　这画像是哪朝皇帝？
唐伯虎　回皇上，这不是哪朝皇帝，是刘瑾太监之像。
武　宗　这是刘瑾太监之像？为什么刘瑾穿起龙袍来了？（双目转视刘瑾）
　　　　〔刘瑾大惊失色，慌忙下跪。
刘　瑾　奴才该死，奴才该死！
武　宗　你竟穿起龙袍，这是为何？
刘　瑾　因为……因为平日对皇上万分爱慕，故穿戴龙袍，以示敬仰之情。
武　宗　你从哪里得来的龙袍皇冠？
刘　瑾　这是……从戏班后台的衣箱中借来的。

武　宗　戏班有这样珍贵的东西吗？

刘　瑾　有。这是演戏时用的。（看见唐伯虎在旁）这都是他自作主张，把画像加工美化的。

武　宗　（问唐伯虎）是你自作主张，加工美化的吗？

唐伯虎　回禀陛下：刘太监穿的龙袍、皇冠和玉玺件件都是珍品，我如实画下，分毫不假。

刘　瑾　大胆唐伯虎！竟敢在皇上面前胡说八道！来人，给我拿下！

武　宗　（制止）慢，这是为何？

〔张永在外大声喊道："有鬼！"持杖急上。

张　永　（唱"快中板"）

　　　　　　　此贼存心图篡位，

　　　　　　　阴谋现已露端倪。

（转"滚花"）欲知龙袍皇冠是假是真，

　　　　　　　应去一搜刘瑾官邸。

刘　瑾　皇上不要听他的鬼话。

武　宗　你急什么？一查不就更清楚吗？

刘　瑾　也是，也是。那就派锦衣卫去吧。

张　永　不好。锦衣卫是刘瑾属下的人，提防有诈。

武　宗　加派你的神机营，由你带领一同前去。

张　永　遵旨！（下）

刘　瑾　（大惊）皇上，此人不可靠，我必须去督察。（急下）

武　宗　谁要你去，回来！

〔但刘瑾没有回，再叫也没有回音。

唐伯虎　请皇上明察，他此去必有内情，谨防生乱。

武　宗　对。（向内高叫）御林军——

〔两御林军上。

武　宗　刘瑾他胆敢抗命，快去把他捉拿归来！

御林军　遵旨。（急下）

〔冬梅一下跪在武宗面前。

冬　梅　民女冬梅，有万千苦情，跪告御状。

武　　宗　你要告御状？

冬　　梅　（唱"爽慢板"）

　　　　　　　　民女是　豫北人　家乡贫贱，
　　　　　　　　我娘亲　饥无食　饿死村边。
　　　　　　　　同村人　用芦席　将她收殓，
　　　　　　　　乱葬岗　多少人　抱恨长眠。

武　　宗　世上竟有此惨事？

冬　　梅　（续唱）　我回乡　不见娘　哭坟祭奠，
　　　　　　　　见饥民　榆树皮　充饥强咽。（把榆树皮高举头上）
　　　　　　　　这就是饥民拿来充饥的榆树皮。

武　　宗　（接过树皮。唱"中板"）

　　　　　　　　朕闻所未闻，见所未见！
　　　　　　　　榆树皮，充肚饿，性命难全。（拉腔收）

唐伯虎　（唱"新曲"）冬梅所禀，句句实言，
　　　　　　　　臣经豫北，亲眼所见，
　　　　　　　　事实俱在，铁证当前。

　　　　（从靴筒取出奏章，唱"滚花"）

　　　　　　　　国子监犯官张岳，托我把状纸上献，
　　　　　　　　宦官刘瑾专权肆虐，一目了然。

武　　宗　（接奏章，大动作阅览，激动地唱"梆子流水"）

　　　　　　　　奏章血泪写成，倾诉灾民愤怨。
　　　　　　　　尽揭官场黑暗，阉人篡政专权。
　　　　　　　　人间惨似阎罗鬼殿。
　　　　　　　　朝廷内外，瘴气乌烟！

　　　　（转"七字清"）

　　　　　　　　张岳报国亲民，忠心一片，
　　　　　　　　即传朕谕嘉奖，予以翻案平冤。

　　　　人来。（小太监应声上）即传圣旨，给豫北张岳平冤。

小太监　遵旨。（下）

〔御林军、锦衣卫押刘瑾上,急跪下。

刘　瑾　主上救我,奴才冤枉!
〔张永大步踏上,后随抬箱的御林军。

张　永　启奏皇上:奴才奉旨搜查刘瑾府邸,搜出皇上专用衮袍、蟒衣十套,玉玺一个,玉带多条,请皇上审阅。

武　宗　(箱前审视。"口鼓")
　　　　果然是宫中用品,
　　　　刘瑾你还有什么话可说?

刘　瑾　("口鼓")我主明鉴:
　　　　收藏几件蟒衣便说反叛,
　　　　真是千古奇冤。

张　永　狼子野心,岂容狡辩!在你府中还搜出盔甲三千,与刀枪剑戟万件,还有金银珠宝、河南救灾款等大量储存。(呈上清单)记录清单在此,请皇上查验。
〔武宗看清单后大怒,把刘瑾踢倒在地并踏上一脚。

武　宗　我要将你这"千古奇冤"千刀万剐!
　　　　(唱"快点")狼子野心竟敢谋朝篡位,
　　　　立即传旨三司九卿,
　　　　会审刘瑾及其党羽,一个不遗。
〔张永率全体高呼"吾皇万岁万万岁"。
〔御林军押刘瑾下,全体齐下。
〔武宗与唐伯虎、冬梅留场。

武　宗　唐卿家,你关心民瘼国事,揭出祸国大贪,立下大功,该当御史。

唐伯虎　感谢皇恩,唯是难胜重任。

武　宗　莫非嫌朕偏听偏信,不是明君?

唐伯虎　不敢。

武　宗　朕当改过,今后亲贤远佞,勤政爱民。强征妇女,全部放人。

唐伯虎　此乃社稷之幸,万民之福。不才生性疏狂,欲献身艺文,放怀山水,陛下恩鉴。

武　宗　啊，朕明白了。你告倒刘瑾，为国除奸，便功成身退。好，不求名位，其志堪嘉。

　　　　（唱"滚花"）赐你黄金百两作盘川，

　　　　　　　　　从艺畅游以遂平生之愿。

唐伯虎　（接唱）　感谢君皇恩典，并陈真实之言，

　　　　　　　　　所赐黄金请向灾区捐献。

武　宗　（大喜）好，好，好！

　　　　（唱"快中板"）

　　　　　　　　　一门仗义堪称羡，爱国忧民夫妇贤。

　　　　　　　　　恩赐一块旌贤匾，送你回乡度百年。

唐、冬　（一起下跪）谢主隆恩！

　　　　〔武宗下。

　　　　〔唐伯虎与冬梅起立，相顾而笑。

唐伯虎　奸臣揭露了！

冬　梅　老母与乡亲申冤了！

唐伯虎　大可告慰张岳兄！

唐、冬　（同唱"滚花"）

　　　　　　　　　诗画生涯绘素愿，桃花庵里建家园。

冬　梅　（接唱）　先行领受旌贤匾。

　　　　〔两卫士高举"文坛虎贲"金匾急上。

冬　梅　（指着金匾念）文坛虎贲。

　　　　（接唱）　为你这不羁文士平反鸣冤。

唐伯虎　是吗？（仰看金匾，躬身下礼）谢主隆恩！

　　　　〔冬梅乘机轻步溜走。

　　　　〔唐伯虎发觉即急步追下。

　　　　〔"文坛虎贲"金匾仍停在台中，聚光。

　　　　〔剧终。

　　　　　　　　　　　　2012年5月改稿

痛打县衙三大板

（折子戏）

人物介绍

唐伯虎　冬梅　知县　师爷　书生
伍长　衙役多人

〔枣阳县县衙。

〔知县黄发上，后随师爷。

知　县　一朝当县宰，哪个不求财？

师　爷　（讨好）喜鹊枝头叫，财源滚滚来。

知　县　（唱"王祥哭灵"）

　　　　　　本县接干爹刘千岁手谕，
　　　　　　访寻唐伯虎半月有余。
　　　　　　踪影全无令人焦虑，
　　　　　　派人四围查察守通衢。

〔伍长手携画卷喜匆匆上。

伍　长　启禀大人：找到唐伯虎了。

知　县　你说什么？

伍　长　唐伯虎给我找到了。他在大街上摆摊卖画，画上都署名唐伯虎，我把他的画全数拿回来了。

〔伍长呈画介。

〔黄发与师爷赶快打开画卷观看。

师　爷　果然是唐伯虎。

知　县　（喜出望外）人在哪里？

伍　长　押到县衙。

知　县　什么押到？对名人雅士不得无礼，快请！

伍　长　是，快请！（下）

知　县　出迎。（动乐）

　　　　〔伍长带上一位衣冠不整的潦倒书生。一见黄发便倒头下拜。

书　生　小生拜见知县大人。

知　县　（一把扶起）岂敢，岂敢。阁下是当今名士，本县担当不起。请坐。

　　　　〔师爷端上椅子。书生尴尬坐下。

知　县　（指着刚打开的画）这些画都是你画的？

书　生　是的。请问大人要我到来何干？

知　县　（唱"有序中板"）

　　　　　　　　皆因阁下画名传远近，本官奉命请你上京一行。

书　生　请我上京？

　　　　（接唱）　　小生家道贫穷，谋生要紧，下赡妻女上事双亲。

知　县　（转"滚花"）家小怎比前程？还是上京要紧。

书　生　抚心自问，何德何能？（摇头）

知　县　你是大名鼎鼎的唐伯虎唐解元，怎能说无能？

书　生　（一惊）我不是……

知　县　你不用谦虚。

书　生　大人，你误会了，我不是唐伯虎。

知　县　什么，不是唐伯虎？你不是说这些画是你画的？

书　生　这画是我画的。

　　　　（"白榄"）此画是我临摹唐伯虎真品，

　　　　　　　　甚得买家欣赏，认为可以乱真。

　　　　　　　　小生靠此画艺为生，素来安分。

　　　　　　　　向买者声明是赝品，从来不骗人。

知　县　好胆！你冒充唐伯虎，以假画骗本官。

（唱"霸腔滚花"）
夸啦啦，给我打他二十大棍！
〔衙役呼喊着升堂。

书　生　（吓得双膝跪地）大人冤枉，小生从来未说过我是唐伯虎！
知　县　（一愣）伍长，他有没有说他是唐伯虎？
伍　长　我……我只见他的画写着唐伯虎……
书　生　那是画写唐伯虎，不是我说自己是唐伯虎。冤枉呀，大人！
知　县　说也好，写也好，连人带画给我撵出公堂！
师　爷　慢！（把黄发拉在一边）大人呀，这画虽然是赝品，但画得好，可以乱真。把画全留下，可换大把钱银。
知　县　这些画，可换大把钱银？好啊，把画充公，乱棍打走此人。
伍　长　是！把画留下，打走此人。
书　生　大人！可怜俺，养父母，就靠这（指画）唐伯虎。
知　县　（另场）可怜你？讲起来我比你更可怜，我整整用了十万两，才买到这七品官，至今才捞回九万九千九。还给刘千岁送了一半，而今有了这些画，大可本利还原。（回过头来）众衙差，（众应声）把伪画充公，此人打走！
衙　役　是。
〔衙役如狼似虎把书生乱棍打走。
知　县　妙呀！
（抱着画，乐滋滋的，唱"滚花"）
好在师爷提高见，不致肥水流到别人田。
师　爷　（接唱）　今朝喜鹊叫枝头，招财进宝果灵验。
〔两人相顾大笑。
〔伍长冲头上。
伍　长　大人，又找到一个唐伯虎。
知　县　（不大相信）讲！
伍　长　刚刚截来男女，一派斯文，又有书箱画具，男的好像唐伯虎。
知　县　啊！先传男的。
〔伍长下去带上唐伯虎。

伍　　长　（给唐伯虎介绍）上坐的就是知县黄发大人。
唐伯虎　（有点气愤）请问：硬把我们拖来，所为何事？把我的酒壶没收，又是什么王法？
　　　　〔知县、师爷见唐伯虎出言侃侃，气宇不凡，颇为客气地起立。
知　　县　伍长，可有此事？
伍　　长　禀大人，我请他来县衙，他一味饮酒不理我，所以我没收了他的酒壶。
知　　县　放肆！（回头）阁下请谅他无知。阁下谅是才人，且精于诗画吧。
唐伯虎　不敢说精，略知一二。
知　　县　请问尊姓大名。
唐伯虎　姓华名升。
知　　县　姓华？不是姓唐……啊，误会了，又误会了。
师　　爷　（拉过正要坐下的知县，低声地唱"跳花鼓"）
　　　　　　　　世有假乱真，也有真乱假，
　　　　　　　　最好画幅画，用来测试他。
知　　县　好。
　　　　（接唱）　你有画具与书箱，必然会画画。
师　　爷　（接唱）　为大人画全身像，展示你才华。
唐伯虎　（唱"滚花"）我只会画花鸟虫鱼，不会画全身像。
师　　爷　（接唱）　还请动笔，必有提拿。
唐伯虎　（另场）他想骗我露真相，你狡猾，我也精乖。（回头对师爷）画就画，画得不好，万望包涵。
师　　爷　给我用心画来。
　　　　〔衙役摆上画具。
　　　　〔师爷摆布知县端坐在椅上。
　　　　〔唐伯虎瞄了两眼，即在纸上画着。（音乐）
　　　　〔知县渐渐入睡，有大鼾声，一下从椅上歪倒，众惊呼，一齐去扶，师爷就近把他撑住。不久又东倒西歪，鼾声大作。

唐伯虎　（唱"了缘曲"）

　　　　　　　　　这县官，早听说，劣迹斑斑，

　　　　　　　　　盘剥百姓，为害地方，狐鼠纵横。

　　　〔知县大概梦入佳境，口鼻都在翕动。

唐伯虎　（唱"新腔中板"）

　　　　　　　　　听其言观其行心生感叹，

　　　　　　　　　芝麻官丑嘴脸，显然是一个"赃官"。

　　　　　　　　　骨碌碌的舌头和势利眼，

　　　　　　　　　拍马溜须，看风使舵！

　　　　　　　　　前张牙爪，后枕靠山！

　　　　　　　　　他窃据官衙（腔）。

　　　　（白）想我唐寅，

　　　　（续唱）　丹青一向存肝胆，

　　　　　　　　　不屑低眉画大贪。

　　　　　　　　　你要你威风，我依我习惯，

　　　　　　　　　提笔便写，拿笔便画——

　　　　　　　　　画他一个大框框。

　　　（只画靴袍，面目却画个大圈，丢笔）画好了！

　　　〔知县仍在打鼾。

唐伯虎　（高声）画，画好了！

知　县　（惊醒）什么事？

师　爷　大人，画，画好了。

知　县　啊！（四顾之后，才明白过来）画画好了。拿来一看。

　　　〔师爷把画送上。

知　县　（看画，唱"减字芙蓉"）

　　　　　　　　　为何只画顶戴靴袍，眼耳口鼻都无画到？

师　爷　（楔白）是嘛，只画个圆圈。

唐伯虎　（接唱）　非是我功夫不到，

　　　　　　　　　大人本来就面目全无。

知　县　什么？本官面目全无？大胆！叫衙差。（众应）

(唱"霸腔滚花")

把这小子抓起来，惩戒他胡说八道。

众衙役　是！

唐伯虎　（不慌不忙）且慢。

（念"白榄"）我无杀人行凶，又非强盗响马。

无欺又无诈，为何将我拿？

知　县　（接念）　你说本官无面目，就是将官来辱骂。

唐伯虎　（接念）　大人误会了，听我解释啦。

知　县　讲。

唐伯虎　（唱"新小调"）

当初我讲明，不会画全身画。

你们硬要我画，要我展示才华。

我迫于无奈，只好应承大驾。

画下，画下，你就睡着，猛打鼻鼾，声如雷炸。

口角流涎，观之不雅。

若然照画，笑坏人家。

为保父母官尊严，眼耳口鼻都淡化。

只画一个圆圈，留下丹青佳话。

知　县　我呸！

（唱"恨填胸"）

口花花，嘴吒吒，一派胡言，将官戏耍。

给我打，打，打！

〔衙役齐声吆喝，一拥而上，把唐伯虎按倒地上，举棒就打，打得一下比一下重。

〔冬梅内场高叫："住手！"（急上）

冬　梅　不能打，不能打！

〔衙役呼堂："啊……！"

冬　梅　（畏怯、怕羞、嗫嚅地）他、他……是唐伯虎。

知　县　什么？再讲一次。

冬　梅　他是唐伯虎，唐解元。

知　县　何以见得？

冬　梅　有印章为证。（出示印章）

知　县　（见到印章怔住）唐伯虎，唐解元？（态度马上改变）失敬，失敬。快扶起唐解元，端椅来。

师　爷　（端椅，作揖）请唐解元上坐。

〔唐伯虎忍着疼痛，不加理睬，让冬梅为他抚伤整衣。

知　县　（向唐伯虎深深一揖）请恕刚才冒犯，有眼不识泰山。

唐伯虎　（压抑着满腔怒火）请问知县大人：你常常如此打人吗？

知　县　对付刁民，凭此一手！

唐伯虎　我是刁民？

知　县　解元原谅，这是误会。

唐伯虎　趴在地上被打的滋味，你尝过没有？

知　县　那倒没有。

唐伯虎　好，那这场官司，我不能不打了。

知　县　打官司？（不觉一愣，退求师爷）他要打官司，你说怎办？

师　爷　（暗笑）大人的上司是知府和巡按，都是刘太监的人，你是刘太监的契仔，怕他什么打官司。你问他怎样打。

知　县　（回到唐伯虎跟前）请问官司怎样打？

唐伯虎　杀人填命，欠债还钱，应不应该？

知　县　应该，应该。

唐伯虎　你打了我三大板，应不应该还我三大板？

知　县　这……怎个还你三大板？

唐伯虎　就是打你三大板。

知　县　（一惊）打我？

唐伯虎　打不得吗？

知　县　这，这，这有碍朝廷律例。

唐伯虎　你打我根据朝廷哪条律例？

知　县　这个……（又去求助师爷）这如何是好？我求你……师爷我求你，去替我一次吧！

师　爷　（一惊）替你去挨打？……这，这，这不能代替的。（想法解脱）大人，你先动手打人已输了道理。他是皇上要召见的人，他见了皇上参你一本，那时大人你不但乌纱难保，恐怕还要抄家灭族。（知县心悸）大人，你还是让他打吧，叫衙役轻轻地打两下便是。

知　县　这……

师　爷　（见知县软了下来，赶快把他拖下台阶，低声吩咐动刑的衙役几句）唐解元，知县大人十分愿意挨打，请发令吧！

唐伯虎　动手吧。

〔衙役们小心地伺候知县趴下，并轻轻地把棍拍在知县屁股上。

唐伯虎　这样打公平吗？打一百下也不算数，要狠狠地打，一——（衙役真打下去）二——（再打）三——（狠打）！

〔知县被打得哎哟哎哟的如同猪叫。

师　爷　（与衙役扶起知县）大人，事不宜迟，赶快向解元讲明上谕吧。

知　县　哎哟，好，好，我讲，我讲。

（接唱"板眼"）

　　　　只因朝中刘太监，
　　　　命令官府到民间，
　　　　寻访解元不得怠慢，
　　　　若然寻到马上送京行。

唐伯虎　送我上京则甚？

（接唱）　我虽当过解元不当官宦，
　　　　山川游罢，便返乡关。

知　县　（接唱）　圣旨下来必须照办，
　　　　召你上朝面圣有幸得睹天颜，
　　　　况且路经名山大川可继续游览。

（楔白）你想探险登峰，有人随从护送。
　　　　你想饮番两盅，酒肉随时供奉。
　　　　你想写景描容，备有丹青听用。总之——

（续唱"板眼"）

　　　　　　　一清闲，二浪漫，好个"官费旅行"。

唐伯虎　这个……（仄槌。猛点头）好，好！

冬　梅　（一把拉开唐伯虎。另场介）你答应进京？

唐伯虎　此处进京，中途必经鄂豫，乘机到你家乡豫北寻访亲娘，岂不是好！

冬　梅　不进京吗？

唐伯虎　不进京了，接你娘亲回苏州去。

冬　梅　官府肯吗？

唐伯虎　到时山人自有脱身妙法。冬梅呀！

（半调侃地唱"荡舟"）

　　　　　果然是，孝感天心，
　　　　　有公差官轿送你回乡行，
　　　　　我亦沾光跨骏马，游戏红尘。
　　　　　早返乡寻母同拜老夫人。

（回头对知县，唱"滚花"）

　　　　　既是公文催促紧，从命明天就起行。

知　县　（喜出望外）谢唐解元。（深深一揖）

〔幕下。

II 艺论

I 振兴戏曲应遵循传统艺术规律
——对粤剧改革的一些见解

戏曲是我国的传统艺术，它创造了一套独特的演艺系统，具有很高的艺术性、历史性和完整性，成为世界三大戏剧体系之一。有人认为，要振兴戏曲首先是遵循戏曲传统的艺术规律，就是要戏曲化。我是倾向于这种观点的。

戏曲以"写意"和"程式"构成自己独特的风格。写意是戏曲内在的美学规律，程式是戏曲形式的外在特征，以写意为美学原则为主旨的戏曲程式，是戏曲的精髓。这种程式，化入了戏曲综合艺术的每一个微观的组成部分。如果我们细心分析一下，就可以看出，戏曲从剧本的分析结构和唱词宾白的搭配相间，到音乐的曲牌锣鼓，唱腔的板腔体式，表演的载歌载舞，化装的脸谱，服装的行当划分，舞美的象征，无一不是从写意出发而程式化了的。戏曲化所要求的，正是这种在写意原则下的戏曲各部门程式性的协调一致，任何样式的革新都不能偏离戏曲化这一根本原则。但是，这一原则还是有一些人不愿接受的。

有人认为"戏曲未能具备现代品格。唯一的出路是使戏曲脱胎换骨"；有人主张创造一种"现代戏曲"，而这种戏曲与"戏曲现代化"并不是同一概念。其实，在他们的意识中，就是认为"中国戏曲是过时的艺术，倒现代人的胃口，非要淘汰不可"。我认为这种观点是片面的。据我所知，近几年来戏曲在大城市的卖座力虽然较差，但在广大农村仍然吸引着很多观众，在海外也受到重视和欢迎，说明戏曲有着强大的生命力。当然，要适应观众审美观的不断演变，戏曲必须在改革中前进。

尊重戏曲的规律，这是对戏曲革新总的前提，也是带有共性的要求。由于各个剧种形成的时代、地域和所受的文化影响不同，它的形式规范是有差异的。就广东的剧种而言，有悠久历史的四大剧种：粤、潮、琼、汉与民间小戏发展起来的采茶戏、山歌剧就不一样。前者承袭戏曲传统较多；后者接近生活，生动活泼，承袭较少。就是四大剧种之间也有差别，要对每个剧种的现况进行具体分析，有针对性地进行改革才能避免盲目性。

就一剧之本的剧本来说，粤剧的剧目过去几乎是没有固定的本子的。每个戏的演出剧本往往因演员而异。同样一个戏，甲演的与乙演的会有很大的不同，到丙演时又做改动，有的改词曲、介口，甚至连主题戏轨都改了。因而大量的新戏取代了传统剧目，历史演义、民间传说、地方掌故、木鱼书、外国电影，以至凶杀命案的社会新闻都可编写成戏，搬上舞台。其次，粤剧舞台早就采用布景，取代了一桌二椅的老戏设置，把戏曲原有的分场、分折变为分幕。在分幕的同时，碰到非分场不可的，又两者兼用。如《搜书院》全剧是分幕的，即每幕都有实景，只有竹树坡那场戏是分场的。谢宝坐在轿上，前后有镇台和兵丁押着赶路。从书院到竹树坡，路上都有许多戏：老师与镇台斗智，轿夫被打，镇台中计让谢宝弃轿步行等等。这场戏在靠近天幕边只布一丛大竹的景，把整个舞台空间腾出来，既有实景，与整个分幕的设置较统一，又有较虚的舞台空间，使戏不受时空限制。这种既分幕又分场的做法，在《梁山伯与祝英台》中的十八相送和《大闹广昌隆》中的小乔上路复仇等戏都运用上了。它为观众所接受，这是对戏曲传统分场结构的突破。

戏曲本来有整套表演程式和高难度的表演动作。如京剧、昆曲的规范都是异常严格的，但粤剧的表演却较为自由。京剧的霸王或大将出征，上场一定要有"起霸"程式，粤剧的《楚汉争》中，楚霸王出场这程式都省略了。昆曲的女"起霸"是有翎子功的，粤剧的女将出征，虽然插上翎子，但不求有"功"。粤剧的传统动作和排场本来有160多种，今天有的已经失传，有的虽然还依样演出，但不是那么讲究规范了。

作为我国传统戏曲艺术之一的粤剧，从三十年代到现在不断变化着。从上述情况来看，我认为在粤剧改革中有些问题是应该着重去解决的。

（一）粤剧的传统剧目有不少优秀的表演，形式很美，有很高的欣赏价值，本应整理但却很少整理，失传太多了，这是个损失。对这问题不能等闲视之，要用大气力重点整理，使粤剧从内容到形式展示新面貌。

（二）不少传统剧目产生于封建社会，它的思维模式、伦理观念、美学思想都有局限。但粤剧的题材一向比较广阔，古今中外的人物和故事都可以搬上舞台，这就有利于打破局限，存精去糟。

（三）在改革中如果失掉戏曲"写意"的美学原则和"程式"性的表演，就会走入歧途。因此，恢复粤剧的传统艺术，加强演员手眼身法步等基本功锻炼是决不可少的。

（四）我们不能不看到粤剧表演较强的可塑性，可以更易突破僵硬、凝固的表演模式的束缚，为创造新的程式和表演现代生活带来更大的可能性。

（五）粤剧的结构既可分幕又可分场，或两者同时进行，给舞台的时间、空间带来更大的自由。演出也不一定拘泥于四堵墙，可以把舞台推向观众，加强演员与观众的交流。

（六）粤剧的腔调、曲牌、板色用之不尽，但它没有哪一个剧目或哪个名家的唱腔定型化，要后人一成不变地继承下去。就是有名的"薛腔""马腔""红腔""虾腔"也一样重视粤剧音乐和声腔的不断丰富发展，这就更有利于音乐在粤剧中的总体构思，使角色音乐形象具有性格化、个性化和戏剧化。

（原载1987年《广州日报》）

发挥粤剧优势初探

"十年浩劫",粤剧受到严重的破坏,成了重灾区的重灾户。粉碎"四人帮"以后,这四年来虽然做了大量的工作,但"灾痕"还没有完全消失。剧团行当不全,演员、编剧、导演、音乐、舞台美术等人才青黄不接,演出质量普遍下降。近年来由于强调用经济规律来管理剧团,许多剧团为了增加经济收入,专门选演一些上座率高的剧目。但既健康又"收得"的剧目有限,有些地区已经提出了"箱底翻完了怎么办"的忧虑。当然,也有人说:车到山前自有路,何必杞人忧天。意思是偌大的一个地方剧种,总不致中途夭折的。我以为要保持一个剧种兴旺的生命力,不能取侥幸、消极、等待的态度。任何一种艺术形式都有跟着时代前进的问题。时代前进,自己不提高就有被抛弃的可能。目前广州的话剧、电影、歌舞演出的场次比"十年浩劫"之前都多了,观众增加了,特别是电视,更吸引着大量的观众。这种现象预示着,电视在未来的文化娱乐的竞赛中,是个强劲的对手。粤剧要参加这个竞赛,决不能停留在目前的水平,满足于目前的状况。

粤剧是有竞争力的,问题在于能不能发挥自己的优势。

什么是粤剧的优势?粤剧是个地方大剧种。它不但流行在广东的广大城乡和广西的大部分地区,而且远及海外,澳大利亚、美国、加拿大、新加坡、泰国、马来西亚、越南,受到各地华侨和外国人士的欢迎。粤剧流行之广,影响之大,是地方剧种所罕见的。

粤剧有不少演出剧目,广州解放头两年就登记了1700个之多。1957年文化部门公布了其中健康的和较健康的331个。后来又补充了一批新编的和移植的历史剧和现代剧,这些剧目丰富了人民的文化生活,满足了群众的要求。

粤剧拥有一批中、老演员。其中有不少有一定的艺术造诣，至今仍然健在，他们焕发着艺术青春，活跃在城乡舞台。不少青年演员在实践中逐渐成长，有的担纲演出，受到观众的认可。

粤剧的唱腔和音乐，丰富、优美；南派的表演艺术，利落、刚劲；灯光布景，早负盛名……这些都是粤剧的有利条件，也可以说是粤剧的优势。但是，这些优势，随着时间的推移，已经失去了势头，在新的形势面前，要求有新的发挥。而发挥粤剧的优势，关键在于革新。

粤剧是个进取性很强和在艺术上可塑性很大的剧种。它一向勇于革新，善于革新。粤剧在历史上曾经不止一次地濒于绝境，由于发挥了自己的优势，终于峰回路转，化险为夷。到了清末，粤剧受到当时革命潮流的影响，开展改良运动，促进了粤剧内容和形式上的变革，不仅产生了一批直接反映斗争、鼓吹革命的剧目，而且新编的剧本突破了固定的程式和唱腔，根据新的内容重新设计声腔，除了梆、黄，还吸收了牌子、小曲和地方的民间说唱，如粤讴、龙舟、木鱼等。又把演出的语言从"舞台官话"改为"广州白话"，将演员唱的"假声"变为"平喉"。这一连串的变革，使粤剧迅速地走向群众化、地方化，发展成为独具一格的广东大剧种。在二三十年代以薛觉先、马师曾为代表的粤剧演员，既能演出传统剧目，又能打破常规，演出反映当代生活的戏，如穿西装唱的《白金龙》，着长衫唱的《野花香》，一样为观众所接受和欢迎。这突出地说明粤剧有很大的可塑性和革新精神。

发挥粤剧优势，一定要坚持"百花齐放，推陈出新"的方针，在正确的方针指导下工作。比方在剧目问题上，中华人民共和国成立前粤剧能为南洋烟草公司卖广告，编演了《白金龙》，为商业服务。今天为什么我们不能为"四化"编演《红金龙》《紫金龙》？整理传统剧目，昆曲可以从头绪纷繁的《双熊梦》整理出《十五贯》，莆仙戏可以从糟粕较多的《邹雷霆》改编出《春草闯堂》，为什么我们不可以从1700多个剧本中整理出几个好戏来？要发挥我们的优势，同编剧者的发动、剧团的分工（每个团每年抓一两个剧目重点整理）和领导的决心是分不开的。

粤剧的艺术改革，有些步子迈得很大。拿乐器为例，粤剧的伴奏乐器从"三架头""五架头",直到今天已经使用了十六七种乐器,其中小提琴和色士风等西洋乐器,几十年来一直参与演出。我们为什么不可以进一步吸收更多一点的西洋乐器。我们的乐队除了传统几大件齐奏之外,为什么不可以在有条件的剧团或某一个戏中(特别是现代戏)使用中西混合乐队,使用多声部的伴奏方法?

粤剧的革新和发展,目前很大程度上受到体制的制约。机构臃肿,人浮于事,捧"铁饭碗"、吃"大锅饭"的现象仍然存在。文艺领导部门,有一段时间对剧团工作什么都管,束缚了剧团的手脚;但是,后来听到批评的意见多了,有一段时间反过来什么都不管,变成放任自流。我以为粤剧任何时候都要有党的领导,没有领导对粤剧的帮助、支持,我们会一事无成,这是我多年实践的体会。当然,我们要的是实事求是的与粤剧工作者同甘共苦的领导,不是把粤剧抓死的而是把粤剧搞活的领导。

体制问题很多,其中重要的还有经济管理问题。经济规律与艺术规律,哪个是主要的?两者如何统一?演出不讲经济收入,当然不应该。把粤剧当作纯商品,也是不可。它到底是文化艺术。目前不论省、地、县哪一级的剧团都要政府补贴经费。但补贴了以后,还是受完成经济任务、赶场次的困扰,妨碍了艺术质量。看来,目前的体制非改变不可了。粤剧历史上最兴旺的时候,有所谓三十六班。为什么那个时候政府不给一文钱补贴也可以生存,现在非补贴不可?我还有一个想法,既然补贴了还是影响质量,那么,可不可以搞一些试验性的剧团,给以足够的经费,免除赶场次赶任务的负担,让其组织一批志同道合的人去发挥粤剧的优势,在革新方面取得经验?

粤剧和各种戏曲一样,只有从剧本到演出,全面地进行革新,才能实现"百花齐放,推陈出新"的目的。

周总理说过:"粤剧也有它自身的发展历史,过去我们只看到它的缺点,要求过高,对粤剧的艺术性和人民性忽视了。现在他们埋头苦干,不怕受挫,和老艺术家结合搞改革,局面立即改观,使粤剧发出新的光彩。"这虽然是二十四年前讲的话,但对今天我们发挥粤剧优势,仍然起着鼓舞和鞭策的作用。

(原载1980年11月26日《南方日报》)

漫谈戏曲"消亡"

今年7月,《光明日报》关于戏曲推陈出新的讨论中,有人从历史兴衰的角度提出警告,说戏曲如果停止革新,就有消亡的危险,并举京剧为例。这个警告也曾反映在一个有关的会议上,引起了许多不同的意见。

戏曲果真会消亡吗?我同许多人一样,对这观点一下子是接受不了的。但是,"消亡论"者提出的问题,也实在值得人们深思。它首先提出的是历史教训。历史上有些相当强大的国家、皇朝或文学思潮、艺术样式,转眼之间即衰落灭亡。拿中国戏曲来说,"高腔在兴旺之后被昆曲所代替,昆曲在流传全国许多年之后又被皮黄和各种地方戏所吞并、消化……"这种更迭的原因很复杂,主要的是同类事物的相互竞争,优胜劣败。有的在发展到一定高峰之后,逐渐保守、退化,失却了竞争力而受到无情的抛弃。其次一个理由是时代的要求。目前我们要建设四个现代化,随着人民生活的逐步改善,对文化的要求也日渐提高,百花齐放必然带来百花竞赛的局面,观众可资选择的文娱样式和节目越来越多,戏曲必然会受到前所未有的挤迫,这是意料之内的事。这种情况,可能在一两年内还不太突出,但再过五年、十年或几十年,戏曲将是什么样子,却是摆在每个戏曲工作者面前的严峻问题。这个有关前途的大问题,谁也不能回避。

"消亡论"者提出的这两个理由,看来是很有根据的。戏曲,作为整体来说不会消亡(如果社会发展最终连国家、政党也会消灭,戏曲可能也不例外,那是另一回事)。但在戏曲内部,个别剧种由于保守、僵化,不求改革,停滞不前,离开了人民的要求,逐步走向没落,却不是没有可能的。如果忽视了各种剧种之间的差别，坚持戏曲不会消亡，连个别剧种也包括在内，那倒是绝对化的观点。

所以，"消亡论"绝不是消极的对戏曲前途悲观失望的论调。相反，它是针对时弊，有感而发；是对戏曲事业积极的负责的态度；是解放思想，立足改革的态度；是向前看的态度。这种态度对麻木、僵化来说是一种历史的进步。

在此以前，有哪一家曾经如此尖锐地提出问题，如此坦率地进行批评？其不但敢于指出个别剧种在艺术和思想上的凝固保守，而且批评有些剧种的艺术家，只关心自己以及和自己合作的几个人，缺乏全剧观念以及对剧种前途的责任感。其实，这种情况何止某个剧种有，可以说是相当普遍的现象。这些话当然会使一些人不高兴。治病的药是苦的，但对病有好处，不管你高兴与否，有病总得把药吃下去。至于谁有病，谁没病，哪个病情重，哪个病情轻，那却要从剧种的具体情况出发，正如前面说的，要承认各剧种之间的差别。

粤剧至今仍然保持较好的上座率，日子是比较好过的。但是，我们也要清醒地看到，票房价值并不等于剧目的质量，粤剧的推陈出新工作并不是一切都没有问题了。别的不说，只谈谈目前上演的剧目，几乎都是建国头十七年上演过的，这是一。质量普遍下降，演出水平多半不及头十七年，这是二。个别剧团把头十七年时已经淘汰了的戏也拿来上演了，这是三。新编的历史戏很少，创作的现代戏更少，这是四。这种现象是倒退，还是保守？我想，起码不是改革创新。有不少关心粤剧事业的同志曾经努力做过一些工作，想改变这种情况。但也有些同志觉得粤剧目前问题不大。对当前存在的问题，看法不是那么一致。

譬如你说目前上演的传统戏很少出新；他说目前上演的戏，本本都是重新编写，出出都有推陈出新。你说粤剧舞台因循守旧，不够大胆革新；他说粤剧从来善变，不像别人墨守成规，食古不化。你说重要的是要抓好演出质量；他说最紧要的是演出满座。你说满座不一定是好戏；他说不满座的戏，好在哪里？你说城市很少青年看粤剧，值得注意；他说乡下看粤剧的青年多得很，不用担心……

"十年浩劫"，把粤剧的思想、艺术、组织、体制都搞乱了。要把粤剧搞好是多方面的，其中首先应该是思想。思想的保守、僵化必然带来艺术上的停滞、倒退。思想解放才能促进艺术上的革新。这一点在粤剧的历史上曾有过先例。辛亥革命前后，由于革命潮流的推动，粤剧进行过一次大规模的改良、变革，除了内容之外，还把舞台语言从官话改为广东方言。这一改革，带动了唱腔和音乐的发展、丰富，粤剧从此成为具有浓厚地方色彩的长期生根于粤语地区的剧种。全国解放以后，几乎濒于绝境的商业化殖民地化的粤剧又经过一场改革，这场改革就更深刻了，不仅在思想内容方面，而且在演出方面（诸如继承传统、净化舞台、废除胶片服装，特别是打破"六柱制"等）也进行了一场前所未有的脱胎换骨的改造。

这两次改革，都是伟大的政治革命推动人的思想革命的结果。这种革新对粤剧起了起死回生的作用。

今天，我们面临着一个新的历史时期。粤剧要进行一次怎样的革新，才能适应时代的要求？革新不是一蹴而就的事，要进行艰苦的努力，要有准备，有计划和步骤。前些时，有关领导部门号召省属粤、潮、琼、汉四大剧院，一年之内要创作演出一个到两个超过本单位过去水平的题目，对粤剧来说就是要编演一两个超过《搜书院》《山乡风云》的戏。这是一年之内的革新目标，五年、十年乃至二〇〇〇年粤剧的革新目标又是怎样的？这就要我们认真地作出科学的计划，有短打算，也有长安排，从编剧、导演、演员、音乐、舞台美术等人才的发掘和培养以至剧团体制的改革，都要进行有效的工作。在新的长征中，不进则退，任何停留后退就有掉队、消亡的危险，这是历史的教训。当然，历史教训有反面的，也有正面的。粤剧的正面教训是在转折关头，克服自满保守，解放思想，勇于革新，善于革新，把粤剧引向新的阶段。这支接力赛跑的火炬，今天传到了我们手里，是停留，还是前进？是让它熄灭，还是继续燃烧？两种结果都有可能。我们为什么不能从积极方面去接受"消亡论"的警告，高擎革新的火炬继续前进呢？

（原载1980年12月28日《羊城晚报》）

应该有"危机感"

过去只听说过资本主义危机,没有听过社会主义也有危机,所以骤然听到"危机感",不免小吃一惊。

近日报载,在工业生产战线上,自从实行鼓励竞争的办法,一向老大自居的鞍钢,产生了从来未有过的"危机感"。现在它的产品再不像过去那样由国家统购包销,好坏都有人要了。不合格的钢材被退回来,还有同行的企业同它抢生意。订货减少,生产压缩,这样势必危及企业前途和职工福利,因此就产生了"危机感"。

真是无独有偶,这些日子北京有些报刊说京剧也有"危机感"。因为京剧天天上演的大都是那些未经加工的多年前的旧剧目,远远不能满足观众的需要,上座率不断下降。今后何去何从?老大的京剧也产生"危机感"了。

鞍钢与京剧虽然一样有"危机感",但毁誉各异,反应很不一样。鞍钢的"危机感",舆论认为是职工们不甘心落后,励精图治的表现。"是一种鞭策自己前进的动力,是我国工业前进中的一种可喜的端倪。"可是,对京剧的"危机感",有人不仅不以为喜,反以为是过火偏激之词,是危言耸听。最近在北京召开的一个有关剧目的会议上,"危机感"一冒头,就给一片"形势大好,成绩很大"之声淹没掉了。

是的,"十年浩劫"给了戏曲毁灭性的打击。粉碎"四人帮"以后,三年多来全国两百多个剧种得到恢复,两千多个戏曲剧团纷纷上演,数以十万计流离失所的戏曲从业人员回到剧团,大量传统剧目不断演出,活跃了城乡舞台,丰富了人民文化生活。要对这个形势给予充分估计,大力肯定成绩,这是谁也不会反对的。但是,我们不能把成绩当作保险柜，以为大家都可以安安稳稳过太平日子了。对此，我看谁也不会同意的。何况地区与地区之间，剧种与剧种之间，甚至剧团与剧团之间的发展也是不平衡的。你那地区传统戏观众欢迎，我这地区现代戏一样叫座；你那剧种观众看腻了，我这剧种仍然兴旺不衰；你的成绩大一点，我的成绩差了些。这是毫不奇怪的。估计形势，必须从实际出发，不能一刀切。京剧这样一个大剧种，艺术上如此规整、凝固，如不变革，照旧搬演，不受今天观众的欢迎，是可以理解的，引起"危机感"也是不可厚非的。它与鞍钢的"危机感"一样，给我们提出了一个带普遍性的严峻课题：社会进入八十年代，不管是经济基础还是上层建筑，都要变革，不变革就不能适应时代的需要。当你感到不适应的时候，就可能产生"危机感"了。鞍钢和京剧不过首当其冲而已。

比方粤剧，目前上座率还是好的，据说是全国仅有的能保持上座率的几个剧种之一。但是粤剧的好景能持续多久？谁也没法估计。因为我们在改革工作上，还存在不少问题，诸如提高演出质量、培养艺术人才、编演历史剧和现代戏、抢救遗产、改革体制、争取新的观众等等，都还要花很大的气力，要做许多工作。当然，也有另外一种意见，认为粤剧在这块土地上是得天独厚的，只要锣鼓一响，就不愁没有观众，改革不改革没关系。这种意见显然是片面的，其看不到新时代的变化，看不到人民对文化生活日益增长的要求，也看不到面临话剧、电影特别是迅速普及的电视的挑战。乐观本来是好的，但看不到问题的存在，变成盲目乐观就不好了！

目前粤剧好似还没有"危机感"，但要提醒一下，倘若因目前演出尚能叫座而踌躇满志，故步自封，抱陈守旧下去，那就很可能产生真正的危机。

像鞍钢那样把"危机感"作为鞭策自己前进的动力，迫使自己急起直追，全面改进工作，这又有什么不好呢？因此在小吃一惊之后，倒觉得应该预感到这种"危机"的将至。

（原载1980年9月2日《羊城晚报》）

谈剧场上座率与观众的新结构

读了8月22日《羊城晚报》转载的香港《文汇报》的文章《从任剑辉的感慨谈起》，觉得文章提出的问题是很值得重视的。

文章的主要意思是：今天广州的粤剧为什么上座率差了？这与上演的剧目质量有关。粗制滥造、乱编乱演，"解放后不能演、不敢演，不屑演的戏"也拿来上演了，就是说把解放前的戏，不分精华与糟粕一齐搬上舞台。任剑辉问得好："难道所有这些还能跟得上社会发展的要求吗？"这种婉转的善意的批评，对于我们经历过三十多年戏曲改革和社会主义教育的人，难道不值得深思吗？

任何剧种都要讲究剧目的质量，在发扬传统艺术的基础上，要改革，要创新，要认真对待每一个演出（包括内容和艺术两个方面）。这在我们粤剧的演出实践中已经见到成效。时下《乱世姻缘》《昭君公主》等戏受到欢迎，就是最好的说明。有人说，《昭君公主》的卖座，是因为有红线女参加演出的缘故。我以为一个戏的质量，有名演员的参加是个重要因素，但不是唯一的因素。好像《昭君公主》这样从编、导、演、舞美、音乐各方面刻意求工，认真经营，构成一台这样完整的戏，这是十分可贵的，这应该是受观众欢迎的主要原因。

要改变粤剧"淡风"，争取更好的上座率，从我们剧团的主观要求来说，提高演出剧目质量是十分重要的，任何时候都不能动摇。

但是，我们必须清醒地看到粤剧"淡风"和广州的话剧、电影的上座率下降一样，是有其社会原因的。粤剧的艺术生产不是孤立存在的，它是群众生活需要的反映，同时受到特定的欣赏习惯所制约。王朝闻在《喜闻乐见》一文中说："社会对文艺的需要，是一种精神的需要，这种需要，归根结底是由物质生活、社会关系所决定的。"这个论点是完全符合恩格斯关于"政治、法权、哲学、宗教、文学、艺术等的发展是以经济发展为基础"这一科学论断的。

三中全会以后，由于贯彻执行了正确的路线、方针、政策，工人和农民的经济生活起了变化。特别在广东，实行特殊政策、灵活措施，广州又是个对外开放的城市，不可避免地引起了"物质生活"和"社会关系"的变化。例如电视机、收录音机遍布千家万户，各种刊物数量大增，这些都直接或间接影响人们对戏剧的需要，引起观众的自然调整和重新结构的趋向。换言之，人们的工余消遣、文化娱乐的花样方式多了，不像过去要过文娱生活就只有进剧场。过去高度集中的剧场观众，现在相对地分散了。这是特征之一。因为艺术趣味和欣赏习惯的差异，剧场观众比过去更分化归边了：青年人看话剧，老年人、中年人才看粤剧，两者虽然不是绝对一刀切，但趋势是明显的。这是特征之二。粤剧观众爱看古装的传统的剧目多，现代戏不是"冇人睇"，但比较古装戏是少得多了。这是特征之三。普遍要求我们的戏变革、创新，尤其突出的要求娱乐性，趣味性。这是特征之四。观众这种重新结构和它所表现的特征，是很值得重视和加以研究。不研究观众，我们就不能适应和满足广大观众对粤剧的鉴赏要求，也无法发展粤剧。

但是观众的要求是多种多样的。我们说适应和满足观众的要求，不能一味以庸俗、低级的东西来投合某些落后的审美观念，不健康的欣赏趣味。现在有些剧团不但翻旧粤剧的箱底，按旧日商业化的手法演出，甚至引进香港一些不好的剧目来吸引观众，刺激票房价值。这样做可能一时叫座，但绝不是我们的出路。对观众的审美观念和欣赏趣味，除了适应满足一面，不能忘记还有培养和提高的一面。比方对观众要求的娱乐性、趣味性，可不可以引导提高到更多一点的思想性、艺术性上来？又比方怎样才能引导观众对现代戏的欣赏兴趣和把粤剧观众面进一步扩大，争取更多的青年观众等等，这一切不能靠行政命令，主要是依靠我们广大的粤剧工作者通过不断实践和不断摸索才能逐步解决。

我们还应该看到，剧团的体制虽经过调整，部分地解决一些矛盾，但还没有彻底解决艺术规律与经济规律的矛盾和"大锅饭"的问题。这些问题解决不好,就必然妨碍了剧团前进的步伐和改革的速度。我是主张搞一个实验性的剧团,集中一批有志之士来做各种探索、试验的。科学家有实验室,戏剧家为什么不可以有个试验剧团?这对解决目前的"淡风"可能关系不大,但从长远利益、从加速发展粤剧事业这一角度来说,是有好处的。

(原载1981年《羊城晚报》)

也谈雅俗共赏

我写戏不多,谈不上什么创作经验。由于较长时期地从事导演工作,深感表演、导演这个二度创作是依托剧本这个一度创作而存在的。好像没有母体,婴儿就无从孕育、诞生一样。经常听演员说:"有戏则生,无戏则死。"这个"戏",很大程度上取决于剧本。一个好的本子,有时可以带动导演、表演、舞台、音乐水平的提高,一荣俱荣。反之,可能招致一损俱损。

剧本的重要性,大家都知道。但是什么是好剧本?好剧本的标准是什么?这就说不准了。观众是多层次的,各行各业都有,标准往往是因人而异。别的不说,单说研究专家和群众的标准,就有很大的差异。有些戏往往是很受观众欢迎,但研究专家却不感兴趣。相反有些戏专家说好,群众却不爱看。以至有些在评选中选上了的剧目,演不了几场便消失了。

戏是给群众看的,没有观众就没有戏剧。而专家往往掌握着质量的尺度,没有专家就难辨精粗、优劣。

这个矛盾一直困扰着剧作者,也同样困扰着不少同行。特别是在戏曲不景气的今天,再加上市场经济的压力,促使人们不能不探求出路,力求创作观众与专家都欢迎的戏,试图走雅俗共赏的路。我编写的《花蕊夫人》和《伦文叙传奇》,就是这种意图的尝试。

雅与俗,不是对立的不可调和的矛盾。既然要共赏,就要把两者统一、结合起来。"雅"不能高雅到群众不能接受,要像兰香一样,大家都能品尝到"博雅"。"俗"不能庸俗到专家摇头,要像出污泥而不染的莲花般"脱俗"。

花蕊夫人是蜀主孟昶的一个妃子，由于才貌双全，善于诗词而闻名。中国历史不乏女诗人女词家，同是宋人的李清照就是其中之一，她的诗词造诣和知名度就大大超过花蕊夫人，为什么我选择后者而不选择前者，主要与"博雅"有关。

李清照的"寻寻觅觅，冷冷清清，凄凄惨惨戚戚。乍暖还寒时候，最难将息……""红藕香残玉簟秋。轻解罗裳，独上兰舟。云中谁寄锦书来？雁字回时，月满西楼……"的确是不朽的经世之作。但是将之搬上舞台，就怕过于高雅，广大观众一下不易理解。花蕊夫人的诗同是上乘之作，但她的"君王城上竖降旗，妾在深宫那得知。四十万人齐解甲，更无一个是男儿"，却浅近易懂，憎爱分明，较为一般人所接受。这首诗我们在抗日战争的大后方，还常听到时人引用、传诵。其次，李清照的命运虽然与花蕊夫人同样悲惨——她遇上金人南侵，中原沦亡，同样有国仇家恨，同样有丧夫之痛——但她更多的是沉浸在内心痛苦、"无穷哀感"之中。可是花蕊夫人却经历了西蜀的兴衰，后又为宋朝的臣虏，受过两个王朝的折磨，落差变化大。且受多方的压力，不断激发起她反抗的火花，那就更富于动作性、戏剧性。基于上述的原因，所以决定请花蕊夫人这位妃嫔诗人从内廷深院走向"博雅"的广场。

伦文叙是广东南海人，因为出身贫贱，生活坎坷异常，从卖菜为生到状元及第，是个经历不凡的传奇人物。民间有不少关于他的传说、故事。其中有精华也有糟粕，特别是过去的粤剧把伦文叙写成一个恃才傲物、捉弄乡人的浪荡子，高中状元回乡又如何富贵骄人；发迹前，与他相识的丫环如何求神问卦，甘当他的二房；曾经嫌伦文叙贫穷拒绝婚事的富家小姐，见伦高中回乡，如何悔恨不已，跳楼自尽等等不少庸俗低下的描写。要写这个人物就要摆脱这些俗套、旧套，还他质朴的、乐天的、穷不夺志的本性；表现他聪明过人、才气横溢以及他富贵不能淫、威武不能屈的情操。务求达到"脱俗"，同时对传说的原材料，引用时加以必要的筛选。如传说中皇帝考状元，殿试伦文叙和柳先开的时候，由太师出一上联，命伦、柳两人对下联。上联是："鸦扑丫枝，丫折鸦飞，丫落地"。柳答的下联是："豹经炮口，炮响豹走，炮冲天"。伦答的是："鹄踣谷穗，谷垂鹄去，谷朝天"。这本来是民间的顺口溜，念起来是很有趣的，但有些文理不通。特别是皇帝殿试，代表着皇朝的最高文学水平，虽然是民间的传奇故事，诗词文章也不能不顾特定的环境和特定的人物。因此我只好把上联改作："雏凤学飞，万里风云从此始"。两个下联是："鳌头独占，九霄日月为君驰"和"潜龙奋起，九天雷雨及时来"。这些对联是借用明代政治家张居正12岁时应童子试的大作。这对联是最切合不过当时伦、柳的心智了。以上是要求"脱俗"的一二例而已。

要做到雅俗共赏，难度是很大的。我上述的两个戏，在广东省第五届艺术节上演出，虽然受到一些群众和专家的首肯，但距离"博雅""脱俗"尚远，今后当进一步加工、改进。谨此，以就正同好。

（原载1993年10月《新舞台》）

也谈粤剧兴衰

近日看到几篇有关粤剧兴衰存亡的文章,颇有感触。

其一是《三招拯救粤剧》一文。此文主张"举行一次隆重的封顶仪式,正式宣布粤剧已完成其发展使命",将粤剧"实行封固"。粤剧犯了什么错?原因无非两条:一是"每年春晚,央视一套均有京剧上台,黄梅戏、越剧也偶尔露面,但粤剧却无人理睬"。要是每年春晚粤剧没有在央视一台露面那倒是事实。全国今天还存活下来的地方戏有104个这么多,粤剧也是地方戏,它每年春晚没有上央视完全可以理解的。何况中央一台,也曾全剧播放过《山乡风云》,那能是"封固"理由?二是说"现在方言区少男少女,十个听见粤剧九个皱上眉",因此证明粤剧惹人讨厌,没人看了。粤剧真的没人看了吗?

据了解刚过的春节,广东粤剧院三个团下城乡共演出了96场,观众达45万人次。去年剧院的全年场次和经济都达到计划指标。我讲的不过只是一个广东粤剧院,还有广州粤剧院,佛山、肇庆、湛江的粤剧团。粤剧活到今天,没有观众能成吗?说它没有观众了要将之封固是不切实际的,太主观武断了!

其二,看到了访问稿《粤剧定型定格的说法不科学》一文,被访者虽然没有将粤剧"封固",但也认为粤剧"退潮不可避免"。主要根据是"现代化带来太多新式的娱乐手段:电影、电视、网络"等,夺去了许多观众,粤剧不可避免地要退潮。

其实电影、电视等早就出现了。远在五十年前,粤剧也曾为此苦恼过,那时已经出现电视、电影和许多娱乐场所,许多人都坐在家里的电视机旁,安安闲闲地看电视或去影院看电影,不来戏院看粤剧了,我们为之忧心忡忡！曾几何时，五六十年过去了，粤剧不是照样演照样唱吗？所以我很赞同这句话："粤剧再活一百年肯定没问题。"

今天粤剧不会封固不会灭亡，这是客观存在，不容否定的。但是，并不能说今天粤剧的发展没有问题。它存在诸多应兴应革的问题，别的不说，只说一个剧本问题。目前剧团演出，观众要求看新的剧目，但目前缺乏新的剧本。哪来新的剧目？没有新的剧目，观众就不来看，这是个当前相当突出的问题。

剧本是要靠编剧者编写出来的。粤剧本来有一批编剧者，今天已是老的老、死的死，虽然也特意培养一批年轻的作者，一下也难以接班。还可以请别的剧种或文化界来帮助，奈何受到粤语方言以及粤剧唱曲的制约，外界很难插手。稿酬又很低，一个剧本的稿费，比不上多集电视剧一集的钱。

当前重要的是认真培养一批编剧接班人，给以重视，改善他们的待遇。其次，对现存老一辈编剧给予应有的地位。

我还有一个建议，请广东作家协会的作家参与粤剧剧本创作，让他们与懂得粤剧曲牌、音乐的作者合作。此事若成功，便可有效解决目前以至长远的剧本荒。

也许有人认为要作家参加编写粤剧，会降低了身份，我认为不会，我有体会。我写过一个粤剧叫《伦文叙传奇》，这个戏已演了三百多场，观众近70万。我也是作协会员，如果我将伦文叙的故事写成一部小说，就会有那么多的读者受到伦文叙穷不夺志、富不变心的主题思想影响吗？恐怕一万读者也未必有！

剧本问题一直存在，应该引起有关领导的重视，我离休以后一直被这个问题窘扰着，在无可奈何的情况下，我只好自己动手写剧本。

离休期间我写了五个粤剧本子。头两个《伦文叙传奇》与《花蕊夫人》已由广东粤剧院上演；第三个是现代戏《饮马珠江》，已在《广东艺术》杂志发表。

第四个《唐伯虎外传》（即后来的《唐伯虎闯京》）获广东省繁荣粤剧基金会三等奖。后来我又对这个剧本作了较大的改动，删去了好几段戏。过了不久，我觉得删去的这些戏丢掉了有点可惜，于是把它修改补充，又写出了一个折子戏剧本《痛打县衙三大板》。

第五个戏是写明末广东陈邦彦的抗清事迹，这个戏写了十多年都没有写好，我锲而不舍，一改再改，直到今年才定稿。剧名《红颜知己英雄泪》。

也许我这些剧本无补于今日的局面，但总算尽了点心！

有医生说我能活到今日九十多岁，还没有去见马克思，与写戏动脑子有关。也许是吧。更有人送我两句话：

刻意求索，勤奋延年。

二〇一二年二月

Ⅲ 人物纪念文选

Ⅰ 马师曾生平及其艺术成就

一

今年是我国杰出的表演艺术家、著名粤剧演员、广东粤剧院院长马师曾诞辰九十周年。我们在此举行隆重的纪念活动，缅怀他的风采，师承他的艺术，总结他的成就和经验，是十分必要和有意义的。

马师曾大师原籍广东顺德县桂洲镇。1900年出生于破落的茶叶商人家庭。幼年跟随他的曾叔祖马贞榆（两湖书院经学馆馆长）攻读四书五经，后到广州读小学、中学，终因家穷而辍学。

20世纪初的中国，被帝国主义列强任意宰割，陷入了半殖民地的深渊，民族危机空前严重。国内军阀割据，内战频繁，经济受到破坏，人民陷于水深火热之中。这时许多有志之士，跑到海外去寻求救国救民的真理，也有的为了生计，流亡到外国。马师曾属于后者，他在辍学以后曾经当过学徒，在潦倒、失望中远走东南亚。但是他的境遇并没有因此而好转，在东南亚等着他的仍然是颠沛流离，极端的贫困。他"卖过膏药、挖过矿、拉过黄包车、替殡仪馆看守死尸。贫病交加之下曾跳海自杀，饱尝了旧社会底层生活的痛苦和海外孤儿的辛酸"（录自红线女口述《艺术大师马师曾》）。可是这段坎坷生活和经历对他未来的事业，有着至关重要的影响。

首先就是民族意识、爱国思想的影响。他常对我们谈及卖猪仔过埠的事。中国人到了外国，像"猪仔"一样被赶进检疫站的铁笼里，受尽打骂糟蹋，不被当人看待。甚至在他成名以后到外国演出，还免不了被敲诈、侮辱。他在越南曾被关入过监仓，他在美国曾被移民局拘留，都是借故诬陷或勒索不遂所至。在美国有一次参加舞会，因他的黄色皮肤，竟被拒绝进场。中国人被外国人看不起，备受侮辱欺凌，主要原因是国家衰弱，弱国无外交。他每次谈起这些事的时候都很气愤。他认为：中国有五千年文化，做中国人不应自卑，应当自豪；中国地大物博，人口众多，中国不会亡，一定会强盛。这些经历激发了他"国家兴亡，匹夫有责"的民族自尊和热爱祖国的思想。所以每次国家遭受侵略，他无不出钱出力，积极支援。

在1933年，东北义勇军奋起抗击日寇侵略，他在香港带头义演捐献支援前线。他还编演《洪承畴》《汉奸的结果》《秦桧游地狱》等戏，力图唤醒民众，团结抗日。1941年底太平洋战争爆发，日本军占领香港，四出搜捕被困在香港的爱国人士和进步文化人，还阴谋诱骗电影界、粤剧界为他们拍片、演出，替侵略者歌功颂德、粉饰太平。对此，马师曾断然拒绝，随即举家离开香港，冒险逃往澳门，继而投奔大后方，参加抗日的行列。

在大后方他旗帜鲜明地组织了"抗战粤剧团"在广西、广东各地演出。后改名为"胜利粤剧团"，与全国军民一起，艰苦奋斗，直到抗日胜利，才率剧团回到香港。马师曾是个爱国主义者，他于1955年从香港回来参加新中国的建设，参加粤剧改革，就是最好的证明。

那段坎坷生活不但影响他的爱国思想，而且影响他的艺术。他在舞台上那样生动，那样惟肖惟妙地扮演劳苦大众下层人物，为广大群众所欢迎，特别是受到下层劳动人民的欢迎，很大程度上与这段生活有关。马师曾了解下层民众，同情他们，刻意表现他们，为他们申冤叫屈，抱打不平。这是十分难能可贵的。

二

我认为马师曾的艺术成就，在于继承和发展粤剧，弘扬粤剧艺术的优秀传统；在于顺应社会发展，不断革新粤剧；在于创立独特的"马派"唱腔和演技；在于创造了余侠魂、谢宝等一系列性格迥异、气质反差很大的舞台形象。同时他也是个优秀的、多产的编剧家。

马师曾从小就爱好粤剧，向往新华、周瑜利、靓元亨等当时红伶的表演。在他四处碰壁，走投无路的时候，毅然投身"尖头馆"学艺。当时的"尖头馆"实际上是职业介绍所，专为剧团介绍补充下手演员，入馆传授一些基本动作，便往剧团输送。马师曾从"尖头馆"出来，先后参加"庆维新""人寿年"等戏班演出。由于他聪明机敏，勤奋好学，甚得班中名角的赏识，技艺上得到他们不少帮助。他曾拜著名小武生靓元亨为师。靓元亨的表演有很高的造诣，人称他作"寸度亨"，意思是说他的传统艺术是非常规范的，唱、做、念、打都是一流水平。马师曾虽然不是科班出身，但他的基本功和传统表演，在跟随靓元亨的学艺过程中，打下了基础。加上在演出中，处处留心名角的表演，偷偷学习各种行当各种流派，自己很快地掌握了生、旦、净、丑的演技。因此他的戏路很广，举凡帝皇将相、才子佳人，以至贩夫、走卒、乞儿、妈姐都可以演。他演过多少出戏呢？据李门同志说，"单以麦啸霞在《广东戏剧史略》所开列的有名剧目，马师曾就占了102出"。据杨子静同志凭一时记忆开列的常演剧目清单有60出，他说这仅是马师曾演过的剧目的三分之一，即该是180出。我想这个数目是比较接近的。因为麦啸霞所记的102出仅是抗战以前的数字，而且难免没有遗漏，更没有将战后和中华人民共和国成立后的剧目统计上去。马师曾演出的剧目多，戏路广，表现力强，这是一方面。另一方面正如大家所熟知的，他在生、旦、净、丑中最突出的成就是丑角，他的丑角艺术影响了一代之兴衰，给粤剧舞台带来无限的生机，大大丰富了粤剧表演艺术。且举他的首本戏《苦凤莺怜》为例，探讨一下他的丑角艺术。

他在《苦凤莺怜》中扮演乞儿余侠魂，这个人很穷，穷到衣食无着，四处赊借，甚至行乞。但是他心地良善，见到伤天害理的事，即挺身而出，见义勇为，称得上是个义丐。马师曾把这个人物演得活灵活现，谐趣横生。他在舞台上的表演是自由自在、无拘无束、挥洒自如的。他既不受制于传统的一招一式，很富于生活气息。但是他也没有忘记传统的艺术，需要的时候，则巧妙地加以运用。例如他在庙中偶然碰见冯彩凤，这正是他急切要寻找的人，他便"扑通"一声，双膝跪下，也许因为怕与对方距离太远，于是连忙一个滚地"筋斗"滚到冯彩凤跟前。这个"筋斗"既是戏曲传统动作，又贴切地表现这小人物当时的心情，故能一下子就引起满堂的笑声。再举他在这个戏中，公堂对证痛骂赃官的例子。在公堂，县官威风十足高居公案之上，开始余侠魂只好跪下。但是在审理过程中，只见他时而指手画脚，仗义执言，时而站起身来大骂县官好比街上的狗。最后，骂得赃官哑口无言的时候，他竟大模大样坐到县官的公案前，架起二郎腿与县官平起平坐。从跪在地上到坐到公案前这一连串动作，既合情合理，谐趣横生，又具有丰富的内涵。官民之间的森严界限被打破了，官府被难倒了，余侠魂反宾为主，反败为胜了，使人感到满足、痛快！这是马师曾表演艺术特点之一。

第二个特点是善于使用方言俚语，曲词口白，生动贴切，通俗易懂。还是举《苦凤莺怜》上述的余侠魂骂官为例。他大骂赃官"好比街头个只狗，见咗乞儿你就吠，见咗有钱佬你就走。把你个赃官，赃官！骂句赃官你糊涂来判，背靴缩膊，顾住只饭碗，真系阴间好过你衙门，我虽系乞儿，好过你个官。"这些话假如出自秀才、员外之口都不对劲，出在一个没有文化的乞儿之口，是最淋漓尽致不过了。他不仅使口白口语化，连填词难度较大的小曲也是这样。《刁蛮公主戆驸马》中有个小曲唱"呢个丈夫，唔呀唔及你，一张秋风被，冷冻冷坏，无人来料理……"就是一例。

至于他那首"我姓余，我老豆又系姓余……"的诙谐中板，更是家喻户晓，广泛流传，经历了半个多世纪，仍然传唱不衰。这是很不寻常的文艺现象。对此，田汉同志曾有诗赞许，诗云："词里惯驱佣保语，诗成先使老妪吟，香山佳句师曾剧，一例能抓大众心。"

谈到马派表演的第三个特点，当然首推他那著名的俗称"乞儿喉"的唱腔了。这唱腔节奏短促明快，吐字清楚，声音略带沙哑，惯用与众不同的"呃呃""哋哋"声拖腔，谐趣隽永，别具一格。关于"乞儿腔"的来由，有两种说法，一说认为是吸收潮剧生角的唱法，一说是从街上喊卖柠檬的小贩叫卖声提炼而成，故又名"柠檬腔"。我偏向这一说法。因为他要塑造余侠魂这一类的下层人物，到下层去找表现原形，找下层熟悉的音容笑貌，那是很自然的事。何况这种腔调适宜他那本来有些沙哑的喉底，使之与丑角结合起来，更珠联璧合，相得益彰。

有人说他的表演艺术使粤剧更加大众化、通俗化，我很同意这意见。大众化、通俗化是他的一大贡献。地方戏曲本来就是从民间产生，属于广大人民群众。但在发展的过程中，戏曲被引进宫廷和士大夫豪商巨贾的内院，变得典雅，高深难懂，因而不同程度地脱离群众。马师曾的戏，通俗易懂，妇孺皆知，老少咸宜，深受广大群众的欢迎，特别是劳动阶层的欢迎。在城市有不少拖着屐板来看戏的。他的演出往往是先满中下座位，然后满前上座位。战前他在香港的太平戏院演出，竟然一个劲地演了近十年。这不但现在没有，就在过去也是绝无仅有的奇迹。他的大众化、通俗化表演，使他风靡半个世纪，红遍半个南中国，当时与薛觉先互相竞技，争奇斗妍，形成了一个粤剧兴旺发达、蓬勃发展的时期。

三

马师曾编写过不少粤剧。有些戏曾经轰动剧坛，起过一定影响。由于他在表演上的杰出成就，作为一个编剧家的劳绩却被忽略了。实际上他演出的戏多半是出自自己之手。有些剧本虽然署别人的名，但故事、情节和主要场口仍然是他的主意。甚至别人的剧本，由他上演也要经他作出较大的改动。以《苦凤莺怜》为例，原剧余侠魂一角不过是个小配角，没有多少戏的，但剧本到了他手里，便改成这样一个贯穿全剧的中心人物，而且很受欢迎。他唱的"我姓余，我老豆又系姓余……"一曲，在民间广泛流传（改这剧本据说是征得原作者同意的）。他演出的戏几乎都是新编，而且无一不是围绕着他的表演而编，为了表演需要，他的剧本很少假手于人，他身边即使有专业编剧者，亦只能充当助手，帮写一些闲场。近代中国戏曲是以表演为中心的。他自己编剧，就是为了更好地发展这个"中心"。如果要考究他的剧本特点，那么一切为了表演，就是其特点之一。

特点之二是数量多，题材庞杂。粤剧不像京剧，名角有几出保留剧目，就可以反复上演，不轻易出一个新戏。这在粤剧却行不通，最大的老倌，也要不断出新戏，纵然有拿手好戏，也不能常演。

马师曾在太平戏院一演十年，可以想象，要多少新戏才能满足每晚演出的需要。当时粤剧正受商业化影响，同行之间竞争激烈。上座率稍一下降,戏院老板就要求更换剧目,有时一两个星期就要推出一出新戏。在这十年间,估计他写过100个以上的剧本,因此必然带来题材和内容的庞杂。如改编传统剧目的有《软皮蛇招郡马》(即《李仙刺目》)、《审死官》(即《双塔寺》《四进士》);取材于民间故事的有《斗气姑爷》《呆佬拜寿》;写风流才子的有《赢得青楼薄幸名》;从外国电影改编的有《璇宫艳史》《贼王子》《野花香》;穿西装演出的有《我为卿狂》《艺苑狂夫》;宣传爱国的有《洪承畴》《还我汉江山》;表现伦理道德的有《王妃入楚军》;劝善惩恶的有《苦凤莺怜》;武戏有《赵子龙》等等。

特点之三是演戏要有教育宗旨。他曾说过:"国人于娱乐之余,兼知劝惩之义。"他在剧作中没有忘记戏曲高台教化的作用。远在省港大罢工的年代,在《金钱孽果》一剧中就大唱特唱"祖国若沦亡,家财唔喋式,受人地专制,家财任人搦,总之谋救国,同胞为亲戚,有钱既出钱,无钱既出力,将来中国强,大家都有益"。这种宣传团结救国、御侮图强的思想,在《洪承畴》中也很强烈,他在台上一个劲地直骂"衰汉奸,病汉奸……"至于惩恶劝善的戏就更多了,《苦凤莺怜》就是代表之作。

还有第四个特点就是好标新立异,大胆突破许多别人认为禁区或不敢触动的领域。粤剧和其他剧种一样善于表现古人和古代生活,但他的戏,似乎并不受此制约而大演西装戏。除了著名的《璇宫艳史》《我为卿狂》《贼王子》等,还有《真假伯爵》《藕断丝连》《艺苑狂夫》等一大批。

他的剧目尽用"癫""狂""呆""戆""野""怪"等字眼,耸人视听,异乎寻常。他有些戏处理得十分破格,如京剧《四进士》中的宋士杰是个深谋远虑的讼师,是老生演的。他写的《审死官》中的宋士杰却是个嬉笑怒骂、寓庄于谐的人物,是丑生戏路。再如《三国演义》的孔明,谁都知道是个男性,可是在他编的《宝鼎明珠》中,孔明竟是个女的。马师曾自饰周瑜,花旦饰孔明,孔明三气周瑜,以女气男,别具一格。

上述的例子,说明他有丰富的想象力,有大胆革新的气魄。但是,这并不等于说这样做都是成功的,他的剧本并非都是香花,不该一律加以肯定。他的剧本有好亦有坏,正如许多传统剧目一样有精华也有糟粕。要整理马师曾的剧作,必须经过一番去芜存菁,恐怕比一般的传统剧目还要花更大的气力,因其受当时的商业化影响较大,民族传统的东西相对少了。今天我们面对着他留下的大量剧作,在肯定其创作劳绩的同时,关于他是怎样解决传统与革新的矛盾?其中有哪些编剧技法可以吸收?他的剧本怎样考虑发挥表演?除了考虑表演又如何考虑观众,考虑剧场?他的戏有多大的娱乐性、可演性和教育意义?等等问题,是很值得我们探索和研究的。

四

世界上没有一个艺术家,能因抱残守缺、故步自封而成功的。有成就有出息的艺术家,都是有所独创,有所革新的。马师曾就是这样的艺术家。他善于顺应时代的要求,进行大胆的革新。在三四十年代他吸收南乐、北乐以至个别西洋乐器,丰富"棚面"伴奏。采用电影的灯光布景,美化舞台。变化表演程式,加强表演的多样性,倡导唱平喉、真嗓,戏剧情节采用电影的故事等等。他的改革不是一蹴而就、一帆风顺的,有成功也有失败。他曾经尝试过取消打击乐,只用音乐伴奏。他又试过仿效西方电影演员菲宾氏(Douglas Fairbanks,现多译为"范朋克")的表演等,都因为不被观众所接受而失败。甚至唱平喉也受到反对。改革就是在搞试验,是要探索的。有时失败是难免的,受到阻力也是意料中的事。但是坚持改革这种精神应该受到肯定。何况马师曾的改革,许多方面是成功的。对此,当时在广东开办"戏剧研究所"的欧阳予倩先生写过评论文章。文章说:"马师曾唱平喉,许多人骂他。却是平喉吐字清楚,也未尝不是一个好法子。再者,师曾用的词句,的确有很粗俗的地方,不过能运用俗语却是很好。而且广东这种阳平低、鼻音重、入声强断的语言,求其拿俗话唱得自然,尤其不是容易的事。至于龙舟、南音之类,本不妨充分运用,这不能说马师曾不好,反见得他的聪明。论天才,师曾实有特出的地方。"(见《书〈粤剧论〉后》)由于他的大胆改革,对新中国成立前三十年粤剧的发展产生了很大的影响。

马师曾大师的改革精神更突出的表现是在1955年回内地参加工作以后，在社会主义制度和戏曲改革的大气候中，他塑造了谢宝、关汉卿两个脍炙人口的舞台形象。马师曾从演了几十年最受欢迎的丑生，一下转变戏路，改演老生；从扮演目不识丁的乞儿余侠魂，到改饰书院掌教谢宝和一代才人关汉卿；从一开腔就使人发笑的"乞儿腔"，改唱一本正经的腔调；两者不但表演行当、做派不同，在人物的性格、气质、文化修养、社会地位都有很大差距，这是180度的转变，是很不容易做到的。可是他做到了，而且做得很成功，其造诣之深，超越了他过去的任何时代。如果说30年代太平剧团在太平戏院演出的十年是他的全盛时期的话，那么回国后的十年塑造了谢宝、关汉卿就是他的艺术的顶峰时代。

《搜书院》是新中国成立后新编的优秀剧目，50年代初由广东粤剧团上演，原由黎国荣演谢宝，刘美卿演翠莲。马师曾、红线女两人回来以后，由他们分别饰演谢宝、翠莲两角，上北京演出，受到首都观众和文艺界的交口称赞。在全国剧协召开的有田汉、夏衍等同志参加的座谈会上，对剧本、导演、表演、音乐和舞台美术作了全面的评论，给予很高的评价。著名戏曲导演阿甲还著文称赞马师曾的成功表演，他写道："一个矮老头子提了一盏灯笼，伴随着一个风度潇洒的老夫子从第三幕里引出来了。那老仆人叫林伯，尹伯权扮演；老夫子叫谢宝，由马师曾扮演。两人一出场就好像一幅古画，一个朴实得像半截老树，一个昂昂然像一头仙鹤。……他们两人一出场就边谈边笑，风趣横生，林伯称老夫子博学多才，无所不晓；谢宝即说不晓有三：一不晓阿谀谄媚，二不晓颠倒是非，三不晓伤天害理。他说（唱'七字清中板'）：〔吏恶官贪真可叹，刑清政简再见难。附势趋炎吾不惯，卑躬屈膝太无颜。〕（唱'滚花'）：〔愿得天下英才而教育之，虽穷何憾？〕这短短几句唱，把谢宝的性格刻画出来了。马师曾嗓音有点沙哑，但口劲很强，情绪饱满，很能表达这种人的性格。造型上也有他的特点，在身段动作上，他不是从柔和、圆润的方面去寻找美感，而是从刚健苍劲的方面去寻找美感，因而也就没有那些花花招招的舞姿。近代导演学上为了启发演员创造形象有一种叫作寻找角色的核心，那么什么是谢宝的核心呢？

你看：严冬不凋的苍松，笑傲风霜的秋菊，出污泥而不染的青莲……他所扮演的谢宝，却是典型地表现了这种品格。"是的，他演的谢宝不仅在外形上而且在品格上，塑造了一个刚正不阿、不畏权势、淡泊为怀的老知识分子、老书院掌教的典型。

在"岁月抒怀"这场戏中，首先进入观众眼帘的，是一个怎样的打扮呢？他身穿银灰色大袖海青，上罩绣领的披风背心，头戴黑色丝绒软包巾，包巾两旁伸出一对各向下垂的黑翅，脚踏厚底的文生鞋，一步一步地走了出来，顾盼生辉，潇洒大方。与仆人林伯一唱一和，谈风论月，妙趣横生。这就是给人第一印象的谢宝。

当他发现收藏镇台侍婢，竟是自己心爱的学生张逸民，他何等恼火，痛骂张逸民，败坏道德教规，他顿脚、手指，满面严霜。可是当他得报，镇台带来兵丁包围书院搜捕翠莲时，同情之心又油然而生。如何应付镇台的搜捕？如何拯救这一对青年？如何缓解这紧急局面？只见谢宝背向观众，翘首望着壁上的青松画幅许久许久一声不吭，而那反剪放在背上的双手却不停转动，在全身静止的状态下，集中用手指来表现他那焦思苦虑的心情，这是何等精彩的心理描写啊。又只见在气势汹汹的镇台面前，谢宝从容不迫，针锋相对，讲理斗智。竹树坡前放翠莲脱险，他坐在轿上悠悠晃晃，得意之情，尽在不言之中。

马师曾把谢宝演得确实真实感人，不仅是形似，而且有神，是个形神兼备的人物。他十分注意掌握这个人物的性格，体验这个人物的心态、学问、修养。这一切不是凭空想象得来，而是有生活根据，有自己的经历和体会，据说他的曾叔祖马贞榆就是这样的人物，甚至连身上的装束打扮也是从他那里得到启发的。马师曾与许多前辈艺人一样是相当重视扮相的，常听他说："晓得装身晓做戏。"乍听起来好像先有外形后有戏，这与话剧的由内而外的表演理论相悖。其实生活着的有机体，就形与神的关系而论，实质上就是物质与精神的关系。形体是第一性，精神是第二性。荀子所谓"形具而神生"，也就是说形是基础，神是主导。无神则形不可活，无形则神无所生，形神之间是相互联系、相互制约的。中国的戏曲表演，首先把忠的奸的、穷的富的、文的武的、男的女的、老的少的各类古代人的生活分别提炼成一种固定的表现形式，这就是所谓"行当",同时给每个"行当"从头到脚设计一系列装束穿戴,什么行当怎样装束打扮,穿戴什么都是固定的,不能错穿别的服装,破了也要穿,即行话中所谓"宁穿破,莫穿错"。这规矩是很严格的。可见戏曲中的扮相装身也是从生活中来。"晓得装身晓做戏",不是从形式出发,而是形与神的辩证关系。这也是我们戏曲这一民族传统艺术,历时不衰的重要因素。马师曾塑造的谢宝,在外形上,十分潇洒、庄重。他不但有形而且有神。他的"神"是什么呢?他认为是书卷气。粤剧有几个人演过谢宝,在前后几个演谢宝角色的比较中,这一点,看得更清楚。马师曾扮演这样一个形神兼备的谢宝,的确是成功之作。至于他扮演关汉卿,在舞台上再现了这个元朝的大戏剧家,更是一腔正气,大义凛然,给人留下了不可磨灭的印象。

粤剧《关汉卿》是根据田汉同志的同名话剧改编的。1958年"世界和平理事会"把关汉卿定为世界文化名人,决定在六月份为这位大戏剧家举行创作活动700年纪念会。田汉认为,世界各国都纪念关汉卿,这是中华民族的光荣,也是我们戏剧界的骄傲。他除了准备在大会上作专题报告外,还写了话剧《关汉卿》,倾注了他全部的聪明才智和热情,歌颂这位反抗元朝统治者和黑暗势力的戏剧大师。这个戏写得很成功,演出也很轰动,在国内国外都产生很大影响。1959年粤剧改编了这个戏,由马师曾、红线女主演。他们演得也很好,周恩来总理在广州看了三次,盛赞马、红两人演得好,并且提出了把喜剧结尾改为悲剧结尾的重要建议。还决定广东粤剧院带这个戏赴朝鲜访问演出。

马师曾确实惟妙惟肖地扮演了这个人物,深刻地再现了关汉卿爱憎分明、不屈不挠的精神风貌。马师曾一开始就热爱这个角色,觉得这个角色与自己的经历、体会,有许多共同之处。诸如两人都是戏剧家,关汉卿是当时的"梨园领袖,杂剧班头";马师曾是今天的头牌名角,粤剧的团长、院长。关汉卿受到元朝统治者的迫害;马师曾也受过国民党军阀官僚的胁迫勒索,使他不能回广州演戏达十年之久。关汉卿为民请命,替窦娥抱不平;马师曾在战时的广西容县也曾经救过一个被当地恶霸企图侮辱的女演员。还有关汉卿对人随和,联系群众,他写的杂剧是给平民百姓看的,等等,都与马师曾为人很相似。他了解熟识这个人物，对这人物的思想行为，有较深体会。演员一旦与角色的性格、气质吻合，就会演得更得心应手，意切情真。

戏开始，他给人的印象，不过是个带点沉郁气的文人，并不怎样超脱非凡。当他听到朱小兰含冤负屈，要受极刑的时候，不平之气开始溢于言表。一会传来斩决朱小兰的号角声，他紧皱双眉，脸呈怒色，恨自己不能为民请命，终于顿足下场，要追查案卷去了。短短的头场戏，就把他的思想有层次地展现出来。第二场他跟朱帘秀诉说心中苦闷，恨自己只能医治人的伤风咳嗽，无力救百姓于水火之中。朱帘秀建议他把朱小兰的冤情写成剧本，揭露奸官。一个说："你敢演？""我敢写。"一个说："你敢写？""我敢演。"人们深深地体会到两颗真挚的心拼在一起，迸出战斗的火花，有火有热，比举手宣誓，更能使人信赖。

叶和甫这个戏行败类奉命对关汉卿威逼利诱，阿合马死党郝祯到后台强迫他改戏，他没有动摇，都一一加以严词拒绝，表现了他的干劲和气节。既要演出又不改戏，一定要出事的，怎样办？朱帘秀劝他快走："青梅红粉惯风涛，重担千斤由我负。"只见他把头一摇说："我决不离开，戏决不改。"至此，响当当的铜豌豆的人格进一步推向高潮。结果他入狱了。在狱中他写了一首新曲赠与朱帘秀。"将碧血，写忠烈……"一曲《蝶双飞》朱帘秀唱得感人肺腑，荡气回肠。一边唱他一边用各种架式衬托着。这长达十来分钟的唱段，他呆着不动不好，动作大了也不好，他用轻柔、细慢的舞姿，合拍的节奏，表达了共同的心曲。他被当局流放了，朱帘秀到卢沟桥畔送别，又一曲《沉醉东风》诉尽了多少离情别绪。"破笼终有日"，"百折不能回"。别了，众位乡亲！别了，朱帘秀！他终于昂起头来，义无反顾地扬长而去。在极其慷慨悲壮的行色中，他完美地完成了塑造关汉卿的任务。

广东粤剧院访问朝鲜前夕，到北京汇报演出。田老一连看了三次《关汉卿》，异常高兴地赠予马师曾、红线女一首词："马红妙技真奇绝，恼人一曲双飞蝶，顾曲尽周郎，周郎也断肠。卢沟波浪咽，以送南行客，何必惜分襟，千秋共此心。"对他们评价是很高的。

本来他还演出过《屈原》，塑造了这个古代爱国诗人的形象，在某些方面并不差于谢宝、关汉卿，可惜这个戏演出不多，没有谢宝、关汉卿的影响大。谢宝和关汉卿，无疑是马师曾表演艺术的两座丰碑，是粤剧艺术宝库中的优秀之作。

马师曾大师的成就，一再说明他是当之无愧的改革先驱。他对粤剧的大胆改革，不断求新，是前无古人的。他的改革精神，永远值得我们纪念，值得我们学习。

（在马师曾诞辰九十周年研讨会上的发言）

殷殷红豆寄相思
——悼念田汉同志

古人把殷殷两字比作忧愁，比作哭声。我把殷殷红豆比作斑斑血泪，比作万恨千仇，比作愤怒的火焰，烧向万恶的"四人帮"以悼念我们杰出的革命戏剧家和无产阶级文化战士田汉同志。

田汉同志是我国革命戏剧运动的奠基人和戏曲改革运动的先驱者。他与全国各个剧种都有密切的联系，我们粤剧这朵花也毫无例外地得到他的关怀和辛勤培育。就我个人来说，也受过他不少教益。

远在广州解放那年，我就参加了戏曲改革工作。当时我对戏剧只是一知半解，对戏曲更是一窍不通。多年来，在向许多内行专家和文艺界前辈的学习中，对我影响最早、教益最深的，要算是田汉同志了。

1952年9月，中南区六省在武汉举行中南区第一届戏曲观摩会演大会，我省的粤剧、潮剧等都参加了。当时田汉同志代表文化部来指导这次会演。一共演出了六十三个剧目，四五十台戏，他差不多每一台戏都亲临观看，每一个剧评座谈会都参加，而且必定发言。他的发言不仅精辟地分析剧目的主题思想、人物性格和表演艺术，而且对每一个剧目的来历，每一个剧种的历史以至某些著名演员的艺术造诣，都了如指掌，谈起话来如长江大河滔滔不绝。他学问渊博，才华横溢，实在令人敬佩，对于我这个初入行的人来说，更是留下深刻的印象。

特别令人难忘的是，他通过剖析典型例子，教导我们贯彻执行"百花齐放，推陈出新"的方针。粤剧《三春审父》当时受到批评，就给我很深的感受。

《三春审父》是我们带去武汉参加会演的唯一的一个大戏。在剧评座谈会上,田汉同志严正地指出,这是一个维护封建的戏。主题思想是错误的,故事情节是杜撰的,演员穿着亮片服装演戏,光怪陆离,离开了民族戏曲的艺术传统,充满了殖民地艺术的气味。田汉同志这个批评,给我和整个广东代表团很大的震动。这说明我们对民族文化遗产失去了识别的能力,分不清哪些是精华,哪些是糟粕。通过对《三春审父》的批评,促使我认识到中华人民共和国成立前二三十年来粤剧受帝国主义文化和殖民地文化破坏的严重性。接受这次教训和观摩学习了兄弟剧种的优秀演出后,我们立即发掘和排练了《表忠》《凤仪亭》和《别窑》三出传统粤剧参加这次会演。这三出戏后来还参加了第一届全国戏曲观摩演出大会,受到了好评和奖励。

田汉同志对《三春审父》的批评中,说过这样一句话:"你们搞戏改,为什么不想到应该提倡什么?反对什么?"他这句话,我时刻记住,作为自己的座右铭!

中南会演以后,田汉同志又曾经多次观看粤剧,给以极大的关怀和爱护。有一次,他在广州观看了广东粤剧院演出的表现广州起义的现代粤剧《红花岗》,高兴地到后台看望剧团的同志。当大家请他题诗留念时,他热情洋溢地提笔就写。我们只见他仅仅利用毛笔在墨砚上蘸了五下墨汁的时间,一首七言诗就构思成功了。这就是载入我们粤剧史册的《看红花岗后有感》:

> 黄花开后有红花,多少英雄出手车!
> 不是血流大南路,红旗安得遍天涯?

1957年,田汉同志还把他的得意杰作《关汉卿》交给我们粤剧上演。这是他晚年的作品,这个作品比他过去任何一个剧本都成熟,成就是很高的。但限于我们的艺术水平,无论改编、表演和导演方面都可能没有将剧本的精神充分表现出来。虽然这样,田汉同志还是体谅我们,尽力帮助我们。剧本改编以后,送到他那里去修改、订正。这个戏的演出费了他不少心血。由于大家的努力和田汉同志的热心,后来这个戏还拍成了电影。粤剧《关汉卿》出国演出之前,我曾参加了排练。我常常为剧中主人公那种见义勇为、为民请命的强烈正义感所感动。这个人物多么像是作者自己的写照啊！今天的时代和关汉卿所处的时代不同了，对人民有贡献的文学家、艺术家应该得到保护和尊重。想不到过去的王公大臣只能流放迫害关汉卿，而今天的"四人帮"竟然用骇人听闻的凶残手段逼死田汉同志！这个血泪的教训，难道还不值得我们永远记取吗！

最后，仅以两句小诗寄托我的悼念：

说戏谈诗人宛在，殷殷红豆寄相思！

（原载1979年《广州日报》）

李门的粤剧情结

建国前粤剧流行很广,深受大众欢迎。但是青年学生与知识界,相对来说却少入剧场。他们大都认为粤剧内容封建迷信,趣味低下。由于受殖民地化、商业化的影响,粤剧也逐渐丧失了许多传统表演艺术。

可是李门作为一个话剧演员和新文艺工作者,少时又是个英文书院的学生,他为什么竟爱上粤剧,在大半生中与粤剧结下了不解之缘呢?这倒是个耐人寻味的问题。

一、《客途秋恨》情有独钟

据说李门少年时代是很少看粤剧的,偶然跟家人或店里的伙计去"打戏钉",也不见得对粤剧有什么兴趣。有一次从留声机听到朱顶鹤唱的全本《客途秋恨》,被优美的南音旋律和演员丰富的唱情感动,认为此曲声情并茂。于是他马上动手把这支曲全部记录下来,反复学唱。从此,他开始注意粤剧龙舟、木鱼以及梆黄等曲调的唱法。在抗日战争期间,他在广东曲江活动的时候已和南海十三郎、高飞凤等粤剧艺人有来往。当时在话剧同行中不少人对粤剧不感兴趣,甚至持否定态度,但李门却旗帜鲜明地发表文章说:"我们对粤剧的态度不应该是漠视的,恰相反,我们要站在指导地位去改革它,充实它的内容,使它能够像其他宣传武器一样为抗战服务。"

他说到做到,1946年在香港演出话剧《以身作则》,运用粤曲小调给每个角色出场时自报家门,收到很好的效果。

他用粤语数白榄的形式自编自演《夫妻识字》,成为观众欢迎的节目。

他研究粤剧大师薛觉先的艺术，竟然上电视台现身说法，演唱《苎萝访艳》的《倦寻芳》。

这些都是新文艺工作者所难以做到的，但他却乐此不疲。当他的表演受到欢迎的时候，他觉得"无限温暖和荣幸"（引自李门自选集《舞台内外》第150页）。他这种感情显然已经爱上粤剧，和粤剧结缘了。李门能够在建国之前看到粤剧是广大群众爱好的艺术，其中虽有芜杂和弊陋，但可以改革为有益的东西，这在当时的知识分子中是不多见的。这不能不使人想到他那通情达理、实事求是的作风和大众化、通俗化的文艺思想。

二、"两把"口号高屋建瓴

1953年李门调广东省文化局任副局长兼省、市戏曲改革委员会副主任，实际负责领导全省话剧、粤剧、潮剧、琼剧、汉剧的改革工作。粤剧更是当时的重点。他第一件工作就是抓粤剧代表团参加全国戏曲观摩演出大会回穗后，举行全行业的大规模政治学习。

这个学习长达四个月之久，参加学习的有2100多人，包括26个粤剧团和农村粤剧队及未就业的艺人。为什么要举行这样规模的学习呢？因为粤剧参加全国会演，虽然有的剧目获了奖，主要演员也全部得奖，但是因为带去《三春审父》一剧暴露了粤剧在中华人民共和国成立前受到殖民地和资产阶级的思想影响，有严重的殖民地化、商业化倾向。如剧目乱编乱演，内容封建迷信，抛弃传统的表演，破坏艺术发展的"六柱制"，盲目追求奇装异服、离奇布景等等。周扬在会演大会总结时，指名道姓地批评："粤剧正走上丧失民族传统，染上商业化、买办化的恶劣风气，迎合落后趣味，将艺术引向堕落。粤剧正走上了这样危险的道路。"

这个批评不但震动了粤剧界，也引起广东省领导的重视，在华南分局宣传部的领导下成立了学委会。宣传部副部长曾彦修进行学习动员，强调戏剧是教育人民的工具，指出粤剧的现状和问题，他认为粤剧在帝国主义、大资产阶级的统治下，被推上殖民地化、商业化的危险道路。由于广州处在帝国主义思想侵袭的最前线，他认为戏改任务是要从内容到形式上肃清帝国主义的毒害，打破种种束缚粤剧的形式主义的枷锁，发扬民族优良传统。

李门在学习会上提出了一个口号："把帝国主义思想打下去，把民族遗产拿出来。"这个口号是为了便于学习，把周扬、曾彦修讲话的主要精神集中在两句话上。我认为是高屋建瓴的，它既贯彻全国会演和首长的指示，又切合粤剧的实际。

这次学习是有成效的，既提高了全体粤剧从业人员的思想认识，又团结了粤剧界。这个学习最后还号召春节演好戏，粤剧舞台出现了一批较高水平的剧目，很受观众欢迎。

后来，在一些政治运动中有人提出"把帝国主义思想打下去，把民族遗产拿出来。"这"两把"口号是与戏改政策唱对台戏的，我认为这是误解。这仅仅是学习时用的口号而已。

三、带队北上　享誉京华

1956年广东粤剧团赴京演出，由李门带队。粤剧改革经过了五年多的努力，工作是有所改进的。在省文化局的直接领导下，广东粤剧团这个省属的第一个国营剧团建立了。剧团制定了严格挑选剧目、导演排练、练功培训等各种制度，在"百花齐放，推陈出新"的方针指导下，力求出人出戏。剧团培养了练玲珠、黎国荣、刘美卿、李飞龙等一批青年演员和编演《罗汉钱》《妇女代表》《秦香莲》《搜书院》等一批剧目。

《搜书院》在编剧、导演、演出上都取得了令人瞩目的成就。著名艺术家马师曾、红线女从香港回穗参加省粤剧团，更加强了这个戏的演出阵容。

广东粤剧团就是带着《搜书院》上京向中央和首都人民汇报的。这次晋京备受重视，火车一到北京，文化部夏衍副部长和田汉、周巍峙、马彦祥等局长前来接车。接着全剧团参加天安门"五一"劳动节50万人大游行，《搜书院》彩车也在其列。在这之前，李门还率领部分人员分别拜访了中国京剧院院长梅兰芳和何香凝、李济深、欧阳予倩、叶恭绰等与广东有关的前辈、名家。

"五一"第二天即在吉祥戏院演出《搜书院》，观众有当地人和文化艺术界人士，还有不少广东人，剧场情绪热烈。有一晚演出，周总理突然来看戏并到后台看望大家，给全体演职人员很大鼓舞。

演出后由田汉主持座谈会。李门在会上作了粤剧的沿革和全国会演之后粤剧改革的发言，在京的名家叶恭绰、张真、何为、龚和德、田汉、夏衍等就《搜书院》编导、音乐、舞美各方面都发表了意见。除了提出一些修改意见，一致赞好。夏衍说："看了《搜书院》演出，打破了对粤剧的成见。粤剧发奋图强，卷土重来，一鸣惊人。"特别是田汉的发言，他完全改变了全国会演时对粤剧的看法。那个时候，他通过《三春审父》的演出，看到粤剧受到商业化破坏的严重性，对粤剧持否定态度。现在不同了，他赞扬这次演出"是好的"，给粤剧大力的肯定。

5月16日《搜书院》转移到政协礼堂演出。来看戏的有周恩来总理（他第二次来看演出了）、邓小平、张闻天、董必武、郭沫若、李济深等中央领导同志。

5月17日，国务院在紫光阁召开了《十五贯》座谈会，会议由周扬、钱俊瑞、田汉等人主持。粤剧团的马师曾、红线女、李门和笔者等也应邀出席。周总理在会上作了重要的讲话。他除了谈《十五贯》轰动全国的历史原因和剧团自己奋斗的成功经验外，还谈到粤剧。他说："粤剧也是受了批评以后奋斗出来的。广东人在中南会演时受了批评，参加全国会演后回去就革新。1954年我看了粤剧，已演得比较好，现在行家马师曾回来了，更不同了，提高了。粤剧有它发展历史，过去我们只看到缺点一面，要求过高，对其人民性忽视了。现在埋头苦干，不怕受挫，和老艺人结合搞改革，情况就改观。粤剧有他的光彩。两个剧种的成绩都说明是奋斗不息的结果。粤剧是南国的红豆，应该重视。"

周总理的讲话对粤剧作了如此公正的客观评价，无疑给我们无比的鼓舞，更坚定我们对粤剧改革的信心。

这次来京受到重视，不可讳言的是对马师曾、红线女两位著名演员艺术上的大力肯定和高度评价，也是对他们从香港归来工作的爱国思想的赞扬。但是也不能排除多年来"埋头苦干，不怕挫折"的人，全心全意连发梦也想着它的兴衰成败的人，以及早有情结的人。经过这次北上演出，我想李门这个情结，可能结得更实更深更不能自已。

四、《山东响马》 痴翁不倒

正当使劲地工作的时候,一件意外的事件闯进李门的生活,让他犯了"有着反党情绪"的错误,受到撤职、下放劳动、留党察看的处分。

事缘于粤剧界"大学习"以后,各剧团为了演好戏,剧团把注意力集中在整理传统剧目方面。民营的珠江剧团整理演出了粤剧传统剧目《山东响马》。他们在"戏桥"(演出说明书)中宣传这戏是粤剧的"新面貌""新路线"。戏刚演出,便受到了《南方日报》一篇署名张华的文章批评,题目叫《走入歧途的粤剧〈山东响马〉》,说这个戏"实际上是出主题思想混乱、情节前后矛盾、人物性格模糊的不伦不类的坏戏"。

珠江剧团对这批评不服,由该团主要编演人员罗品超、文觉非、莫志勤在《广州日报》发表了《〈山东响马〉难道是一出走入歧途的坏戏吗?》提出反批评,不同意张华的见解。说这是整理传统剧目,不能一下臻至完善,虽有缺点,但绝不是坏戏。这一下《南方日报》特别辟了专栏,展开了长达两年的争论。

作为戏改领导的李门是不同意把《山》剧说成是坏戏,特别是说整理这出戏是走入歧途的。他认为:"在当时挖掘、整理民族遗产中,不应这样简单武断扣上坏戏的帽子,这将导致戏改工作的不良效果。"(《剧坛风雨》第50页)

后来省、市戏改会丁波、李门、黄宁婴三位主持人终于联名发表文章《我们对〈山东响马〉讨论中几个问题的看法》。这是1957年1月的事。一般人以为这是对一个剧目的争辩,并不涉及组织纪律问题。可是在1958年一次整风会议上有一位领导同志谈到粤剧改革工作时指出,粤剧改革迷失方向,李门等三人负主要责任,并且认为在《山东响马》的批评中抗拒正确意见,在"鸣放"中又发表了对党委和党报攻击的言论,有反党情绪。对丁、李、黄三人作了撤职等处分。李门的处分是最重的,除了被撤销省文化局副局长和剧协副主席职务、留党察看两年外,并下放劳动。

根据这处分,李门于1958年离开广州下放到四会先锋农业社劳动去了。他对这个处分思想上想不通,加上他患有神经官能症,长期失眠,有人担心他一个人到下面去会发生意外，领导上也有这种担心，于是很快就派他的爱人老庄前去和他一齐劳动一齐生活。后来又从四会农村转到海南岛石碌铁矿去。这段下放劳动期间他的思想状态和劳动表现怎样？有没有发生过大家关心的所谓意外的问题？在这样的打击下，又被远放他乡有没有发生过消极的甚至轻生的念头？对他这个有神经官能病和诗人气质的人谁也难说没有。可是他挺过来了，他到底是受过党的多年教育的党员干部，是个唯物主义者，在这段期间没有发出过任何消极的或不满的言论。他服从当地的工作分配，因工作积极，曾获得两次奖励。他利用业余时间写了《矿山怒焰》《在一个华侨农场里发生的》等多篇文章，有的还被选入《锦绣岭南》一书。他还受到海南行政区党委的邀请，帮助编写琼剧《海瑞罢官》（这在"文化大革命"中成为他的一大罪状）。他没有倒下去，而是积极地活下来。

党的十一届三中全会之后，对李门的处分，终于撤销了。1980年1月4日省委纪检会的批示是："两把"口号是符合中央《关于戏曲改革工作的指示》精神的，说长期以来使戏改工作迷失了方向是不符合实际的。关于《山东响马》的争论，李门的文章和发言都是正常的，有些意见还是有益的，讨论会上提出不同的意见是允许的，不能说是错。最后省委撤销对李门等三人的处分。

多少年来的冤屈一朝得雪，讨回公道，这是多么使人兴奋的事。李门很感谢党对他错误处理的改正和恢复了他剧协副主席的职务，他重新又投入到粤剧工作中。

他刻了一个闲章，名曰"痴翁不倒"。他的意志、信念和抱负尽在不言中。

五、勤奋笔耕　诗文传世

李门在粤剧改革的实践中，发表过相当数量的有关粤剧改革和振兴的理论文章。

他提出过发展岭南剧派问题。先在纪念楚岫云的座谈会上提出，后又在薛觉先艺术研究会上加以发挥。粤剧早就有南派之称，发展岭南剧派的目的用他的话来说是：要使传统艺术与现代艺术融合起来；要创造出开放和改革时期岭南剧派的新的粤剧艺术，使"南国红豆"发出新的光辉。

他谈到粤剧的振兴问题时，提出三个条件：一是领导要对民族艺术大力倡导和扶持；二是粤剧工作者本身要自立、自强；三是粤剧要获得观众、社会，包括传播媒介的支持。

他要求端正思想路线，搞好文艺创作；要求正确对待戏曲遗产，正确对待传统的继承和发展问题。

他反复提出粤剧表演的改革问题，反对形式主义的演技，既要运用程式又不能不加区别地随便套用程式，要去芜存菁。在改造表演艺术的同时也要改进音乐。

剧本是一剧之本，提高编剧人员的质素，写出好剧本，这是个重要问题。李门在1963年就提出粤剧编剧的七大弊端：一是商业化残余形成陋习；二是创作方法度桥写曲；三是因人设戏，不顾剧情；四是曲白芜杂，语言不纯；五是分幕太死，场口不活；六是拼凑模仿，缺乏主见；七是不重程式，结构散漫。当时编剧者对剧本什么是好戏坏戏，思想混乱，意见不一，争论不休。他提出的编剧七弊，没有居高临下，狠狠批人。而是针对时弊，有理有据，以理服人，所以起了很好的作用。他在悼念黄宁婴的一首词中写道："戏改影评同战斗，诗人一马当先，横风邪雨也徒然。坚贞红豆，花发岭南边！"其实也是他自己的写照。

李门看了红线女、罗品超、倪惠英、新马师曾和其他名演员的表演以及《袁崇焕》《南唐李后主》等戏的演出后，写了大量的诗词歌颂了粤剧舞台，表扬了各名家的艺术造诣，这些诗词既促进了粤剧发展又团结了同志。

他勤奋笔耕，对话剧、潮剧、琼剧、汉剧都写过不少诗文。对已去世的领导、战友，以及粤剧界前辈都有悼念诗词。从1981年起他所写的《粉墨集》《剧坛风雨》《舞台内外》先后得到了出版。这是可贵的精神财富，让它们发光发热，传诸后世吧！

李门同志已乘鹤西去，离开了我们。但他对事业的忠诚，做人的品德和对粤剧的痴情竞业，永远是我们的楷模。

（原载《南国红豆》2000年第4期）

悼念忠诚的戏剧赤子之魂
——李门

意外，噩耗来得太意外了。我前一天还到他家里，见到他气色比前好多了，口齿清楚，谈吐自如，还兴致盎然向我背诵他的新作。他自己也说近日可以看电视，可以写些短小的诗文。他的久病之躯有此好转，来探望他的人都感到高兴。哪知今天早上接到老庄大姐打来电话："李门昨晚睡前，突然感到心跳，救急车赶到的时候，他的心脏已经停止跳动！"天啊！你为何这样意外，这样急速，这样无情地夺去他的生命；夺去一位党的优秀儿子，一位忠诚的戏剧战士；夺去我们最敬重的带头人和良师益友！我沉痛地仰望白云珠海的苍穹，临风涕泪，往事一直萦绕心头。

我与李门同志虽然神交已久，但一起共事是1946年，在香港中原剧艺社。那时剧社很穷，没有驻地，后来借到一层没有人住的烂楼，周围很脏，在清理到一个臭气熏天的便桶时，大家都走开了，没有人敢去碰它。只见李门若无其事地走来，展开双臂，独自把便桶扛走。那时李门的公开身份是《华商报》记者，党内职务是中共中央香港分局文委分支部委员、中原剧艺社党支部书记。他扛去便桶这一动作虽小，时间也很短暂，但给我留下一个永远不能磨灭的印象：那就是不怕脏、不怕苦、见困难就上的好作风。

有些人地位越高，架子越大，越脱离群众；也有一些人不论处在多高的领导岗位上也一样谦虚谨慎，平易近人，深受群众的拥护和爱戴。李门与群众关系密切，深受群众欢迎，这种事例随处可见。

1949年10月解放广州，李门作为政委率领一个几百人的庞大的华南文工团入城。第一次在广州市人民政府礼堂演出,李门也上台演唱名为《夫妻识字》的节目。他一开腔,台下就有人高呼:"李门好嘢!"台上台下一下子便热闹起来。为什么呢?因为《夫妻识字》是李门在香港工作时经常演出、自编自唱、深受工人和广大观众欢迎的节目。这次在市府礼堂演出,正是招待从香港归来参加国家建设的工人,因此反应特别热烈。

无独有偶,事隔半个世纪之后,即1997年6月8日,原香港文化教育艺术团体的成员共一千多人在广州中国大酒店举行庆祝香港回归联欢大会上,李门又上台表演。当节目主持人宣布李门表演《夫妻识字》的时候,全场轰动。这时他已是83岁高龄而且是个带病的人。当他往舞台上一站,不仅吸引了所有人的视线,还牵动不少人的心。有人担心他是否还有气力演唱,他还记得词曲吗?演出结果证明,同志们的担心是多余的。他表演得很流畅,很有情趣,几十句"数白榄"一字不漏,一气呵成,节目当然赢得满堂喝彩。这喝彩声很不一般,像是出自一群要好的朋友,显得特别欢快、融洽和亲切。从《夫妻识字》这两次表演中,使人深深感到李门群众关系的深度和广度。

李门常称自己是个戏剧兵。是的,他热爱戏剧,把戏剧作为终身事业,并为之奋斗一生,他在抗日战争之前青年时代就参加广州的话剧活动,加入锋社,演出了《回春之曲》《我们的故乡》《雷雨》《自由魂》等名剧。1938年广州沦陷以后,他撤退到粤北,参加第七战区政治大队演出《蜕变》《草木皆兵》《军民进行曲》等现代话剧。日本投降以后,国民党反动派为了抢夺抗战胜利果实,实行反共反民主,这时,他撤到香港组织了中原剧艺社,献演《升官图》《阿Q正传》《双喜临门》以及《白毛女》等戏。在这众多的演出中他多担任主角,有时也当配角;是话剧的著名小生,又是剧团和剧目的领导人和策划者。有一条红线贯穿他的各个时期,那就是共产党的领导,这一点保证了他的人生、事业、精神和艺术的正确航向。但是,他长期活动在白区,在国民党统治下,经历多少风云变幻、惊涛骇浪。为之灭顶的,为之淘汰的人难道还少吗?李门也必然遇到不少艰难险阻。他的戏被一纸公文禁止了,在抗日后方他被通缉了,在粤北抗击日寇中传他战死了。然而他终于挺过来了。文化艺术界特别是我们南方的老剧人,像李门那样一直把红旗举到底的能有几人?

中华人民共和国成立以后,他担任广东省文化局副局长、广东戏剧家协会副主席等领导职务,再没有可能参加话剧演出当演员了。但他把才智和精力转到全面推动戏剧和地方戏曲的发展上。

他看了很多戏,参加了许多座谈会,与大家共同商讨改进提高的办法。他写了不少文章和诗词为繁荣粤剧擂鼓助阵。他不遗余力地歌颂话剧《特区人》《天边有簇圣火》的演出。他咏叹粤剧《魂牵珠玑巷》:"台上梦萦情绕,台下荡气回肠。"他赞《伦文叙传奇》:"红豆谁言无亮色,居然一剧动京华。"对潮剧《张春郎削发》,对汉剧《秦香莲》,对正字戏等剧种都有评价。他发表过相当数量的戏曲改革和评论文章,集合成了《粉墨集》《剧坛风雨》《舞台内外》,并得到出版。一直笔耕不止的他,在前年广州举行纪念中国话剧诞生90周年活动时,已84岁了,还写了17000字的纪念文章并在会上作了热情洋溢的发言。直到他逝世前一个月还为马师曾大师百年诞辰写了纪念的诗篇。李门为戏剧艺术,为党的文艺事业奋斗了一生,鞠躬尽瘁,死而后已。

李门是在老红军时期参加革命的。嗟呼!我党又少了优秀一员!安息吧!李门同志,你是无愧此生的。你的真诚自始至终是不朽的。

附 录

林榆艺术年表简编
（1920—2016）

1920年（出生）

12月9日，出生于广东东莞厚街镇双岗村。

1936年（16岁）

只身前往广州求学。就读于广州教忠中学。

受进步同学影响，上街参加抗日救亡宣传活动。

1937年（17岁）

年初，加入中共地下党领导下的秘密学联。

1938年（18岁）

受学联委派，到广东省阳江县开展爱国学生运动，在当地秘密组建进步组织"青年群社"，发动学生上街游行，呼吁团结抗日。

在阳江秘密加入中国共产党。

1941年（21岁）

考入广东省立艺术专科学校，就读于戏剧系话剧专业。

广州沦陷后，广东省政府迁往韶关，随广东艺专迁到韶关。组织学生上街演抗日救亡话剧，并出演主要角色。

1943年（23岁）

在广东艺专毕业。

受中共地下党的安排，回到家乡东莞，加入了以东莞为根据地的广东人民抗日游击队东江纵队。

在行军打仗的间隙，创作了《人民军队来了》《光明输出》等粤语歌曲，并亲自到连队中教唱，很快在部队中流行，鼓舞了士气。

组建了东江纵队附属的"东流剧团"，担任负责人之一，兼任编剧、导演、演员。

创作话剧《大地回春》，并自编、自导、自演。在根据地演出效果轰动，起到鼓舞人心、激发斗志的积极作用。

1944年（24岁）

创作话剧《路西一年》和《狮子打东洋》，担任编剧、导演，并出演主要角色。

1945年（25岁）

抗战胜利后，东江纵队按中央指示准备北撤山东，作为非战斗人员留在广东，转入地下斗争。

中共广东省委遭受国民党严重破坏，党中央决定广东地下党暂停活动。在失去与党组织的联系后，托关系进入了国民党乐昌县党部，在敌人的心脏以一个普通职员的身份潜伏下来。

1946年（26岁）

与党组织重新接上关系。被指派到香港参加党领导的进步文艺团体"中原剧艺社"。

一方面发掘和培养香港的青年文艺人才，以排演进步话剧的形式团结进步学生；一方面在街上演出《放下你的鞭子》《夫妻识字》。

1947年（27岁）

在香港中原剧艺社先后排练了《升官图》《阿Q正传》等话剧。

1948年（28岁）

在中原剧艺社排练歌剧《白毛女》《双喜临门》，并连续在香港天星皇家戏院公演，引起了一时的轰动。

年底，参加地下党组织为中原剧艺社的四对青年恋人举行的集体婚礼，郭沫若先生为主婚人。

1949年（29岁）

2月，作为华南地区的代表，被委派到北平参加中华全国青年第一次代表大会和中华全国文学艺术工作者第一次代表大会。从香港乘外国轮船抵达天津，再从天津辗转到达北平。

5月，出席了中华全国青年第一次代表大会受到毛泽东、朱德、刘少奇、周恩来等党和国家领导人的接见。在北平参观、学习。

7月，出席中华全国文学艺术工作者第一次代表大会。

8月，随叶剑英带领的接收广州干部队伍南下。

9月，抵达江西赣州，与先期到达的干部培训班汇合，听取叶剑英传达党的七届二中全会精神，做好接收广州市的各项准备。

10月，解放广州的第三天，随广州市军事管制委员会进入广州。

被任命为广州市军事管制委员会文化组组长，接管广州市的敌产。

1950年（30岁）

代表政府先后接管了海珠大戏院、乐善戏院、大华电影院、沙面电影仓库等敌产。

在接管的同时，对广州市演出市场进行调查摸底，发现当时粤剧剧目存在严重问题，向军管会提出加强演出剧目管理的意见。

1951年（31岁）

服从组织安排，由广州军管会调到华南文联，从事粤剧改革工作。

年初，组建了粤剧编剧组，编写出一批内容健康、主题积极的新粤剧，净化了广州舞台。

组建"华南文联农村粤剧演出队"，队伍最多时达到19支，以小分队的形式下乡演出。既丰富了农村的文娱生活，又配合了土地改革做宣传鼓动工作。

年底，从各农村粤剧演出队中选拔优秀人才，组建广东实验粤剧队。

为广东实验粤剧队编写新粤剧《爱国丰产大歌舞》，运用粤剧传统手法，宣传党的农村政策，并亲自担任导演。

1952年（32岁）

6月，在武汉召开的中南区第一次文化艺术代表大会上作专题报告，介绍广东粤剧改革和广东农村粤剧队的经验，受到积极肯定。

9月，从农村土改工作队抽调回广州，担任广东粤剧代表团团长，带领广东粤剧代表团先到武汉，再到北京参加第一届全国戏曲观摩演出大会。

同月，广东粤剧代表团在武汉召开的中南区第一届戏曲观摩会演大会中上演粤剧《三春审父》，因内容存在封建主义思想，受到严厉批评，面临失去赴京演出的资格。经极力争取，重新选定三个折子戏，获好评，顺利赴京。

10月8日，广东粤剧代表团演出的《表忠》，被选到中南海怀仁堂向毛主席和中央首长汇报演出。以团长身份，坐在毛主席身后观看。演出后，获周恩来总理接见。

1953年（33岁）

年初，受命组建广东第一家国营粤剧团。

3月，广东粤剧团正式成立。任剧团团长。制定一系列规章制度，使剧团很快走向了工作正轨。

5月，导演改编的新粤剧《罗汉钱》（主演：黎国荣、练玲珠）。

8月，导演现代粤剧《妇女代表》（主演：黎国荣、何紫霜）。

10月，导演古装粤剧《楚汉争雄》（主演：李飞龙、黎国荣）。

1954年（34岁）

2月，导演现代粤剧《争儿记》（主演：林小群、罗家宝）。

5月，创作现代粤剧剧本《山里红梅》。

6月，导演现代粤剧《山里红梅》（主演：文觉非、林小群）。

8月，导演古装粤剧《秦香莲》（主演：邓丹平、练玲珠）。

9月，导演古装粤剧《三回头》（主演：邓丹平、练玲珠）。

11月，导演古装粤剧《茶瓶计》（主演：刘美卿、杨丽珠）。

年中，带队到海南岛慰问解放军，发掘到一个当地的折子戏，立即组织编剧创作出粤剧剧本《搜书院》，并以粤剧团最强阵容力量排演。此剧上演之后，一炮打红，确立了广东粤剧团品牌地位。

1955年（35岁）

3月，导演现代粤剧《三里湾》（主演：林小群、张玉珍）。

5月，导演古装粤剧《闹严府》（主演：练玲珠、李飞龙）。

8月，导演古装粤剧《钗头凤》（主演：练玲珠、李飞龙）。

11月，导演古装粤剧《送寒衣》（主演：李翠芳、李飞龙）。

著名演员马师曾、红线女回内地参加工作。林榆为他们创造最好的工作和生活条件，又重排《搜书院》，请马、红出演主角。

1956年（36岁）

2月，导演古装粤剧《张羽煮海》（主演：邓丹平、练玲珠）。

4月，导演古装粤剧《苦凤莺怜》（主演：马师曾、红线女）。

6月，带领粤剧团第二次上京演出。《搜书院》在京演出引起轰动，受到艺术界的同行和领导一致好评。周恩来总理观看演出后，接见主创人员，并为粤剧团题词。

7月，导演古装粤剧《孟姜女》（主演：红线女、李飞龙）。

11月，导演古装粤剧《屈原》［主演：黎国荣（先）、马师曾（后），刘美卿］。

1957年（37岁）

5月，带队到上海电影制片厂，《搜书院》拍摄戏曲电影。

8月，因要替某些人的市场管理失责背黑锅，以"莫须有"的罪名，被撤销广东粤剧团团长职务，受留党察看处分。

9月，下放到工厂劳动。

1958年（38岁）

2月，主动要求到北海渔村深入生活，跟随渔民出海打鱼，创作出电影剧本《三八妇女船》。

5月，改编粤剧剧本《三八妇女船》。

10月，导演粤剧《三八妇女船》（主演：赛文非）。

1959年（39岁）

1月，继续下放劳动，被调去广西灵山县参加大炼钢铁。

7月，调到山高水冷的灵山青年农场参加开荒劳动。

1961年（41岁）

4月，调回广州，与李门等合作，编写粤剧剧本《金鸡岭》。

7月，导演粤剧《金鸡岭》（主演：红虹）。

1962年（42岁）

1月，导演田汉编剧的《关汉卿》（主演：马师曾、红线女）。

5月，导演古装粤剧《佘赛花》（主演：楚岫云、少昆仑）。

7月，导演现代粤剧《红花岗》（主演：罗品超、楚岫云）。

10月，陪同著名导演阿甲排练粤剧《李香君》，写下两万多字的导演笔记《怎样导演一出大戏》。

1963年（43岁）

2月，导演传统粤剧《大闹广昌隆》（主演：郎筠玉）。

7月，导演现代粤剧《桃园堡》（主演：黎国荣、李艳清）。

1964年（44岁）

3月，与杨子静等人合作，编写剧本《北郭奇兵》。

7月，到从化温泉集中创作粤剧剧本《山乡风云》。

1965年（45岁）

5月，导演现代粤剧《山乡风云》（主演：红线女、罗品超；文觉非、罗家宝）。

12月，带着粤剧第三次上京。《山乡风云》在京受到一致好评，被认为是粤剧艺术的一个里程碑。周总理观看演出并接见演员。

1966年（46岁）

3月，与珠江电影制片厂的编导人员筹备戏曲电影《山乡风云》的拍摄。

6月，"文化大革命"开始，《山乡风云》拍摄筹备停止。

1967年（47岁）

4月，被造反派关进"牛栏"。

1969年（49岁）

1月，下放到英德茶场文艺五七干校劳动。

1972年（52岁）

宣布从"牛栏"解放。调回广州。

1973年（53岁）

7月，导演现代粤剧《江姐》（主演：郑培英、仇小冰）。

10月，导演现代粤剧《红棉花开》（主演：郑培英、白超鸿）。

1974年（54岁）

1月，导演现代粤剧《红树湾》（主演：小少佳、梁辉）。

5月，导演现代粤剧《方志敏》（主演：郑培英）。

7月，导演现代粤剧《竹乡风暴》（主演：关青、黄正）。

10月，导演现代粤剧《石榴红》（主演：关青、陆秀霞）。

1976年（56岁）

5月，导演现代粤剧《高山红叶》（主演：林锦屏、梁辉）。

1977年（57岁）

被任命为广东粤剧院副院长，主管艺术创作。

1978年（58岁）

组建广东粤剧院一团、二团和青年剧团。

1979年（59岁）

2月，中共广东省委宣传部下发文件，撤销当年给林榆的不当处分，全部推翻了当时强加给林榆的三条罪名。

5月，导演新编历史粤剧《北郭奇兵》（主演：罗品超、关国华）。

1980年（60岁）

导演传统粤剧《李香君》（主演：林锦屏、陈晓明）。

1981年（61岁）

4月，创作新编古装粤剧剧本《宝镜奇缘》。

1982年（62岁）

3月，导演粤剧《宝镜奇缘》（主演：曹秀琴、吴国华）。

1983年（63岁）

深入东莞、深圳、广州等地，采访东江纵队老战士，收集素材，编写现代粤剧剧本《红玫瑰》。

1984年（64岁）

5月，导演现代粤剧《红玫瑰》（主演：林锦屏、小神鹰）。

8月，在东江纵队成立40周年纪念活动中《红玫瑰》公演。

1985年（65岁）

正式离休，享受老红军待遇。

编写新编粤剧剧本《伦文叙传奇》。

1986年（66岁）

创作新编历史粤剧剧本《花蕊夫人》。

1993年（73岁）

4月，粤剧《伦文叙传奇》由广东粤剧院排演（主演：丁凡、陈韵红）。

5月，粤剧《花蕊夫人》由广东粤剧院排演（主演：关国华、关青）。

9月，两台戏同时参加第五届广东省艺术节，双双获得剧目一等奖、剧本一等奖。

1994年（74岁）

10月，随粤剧《伦文叙传奇》第四次带戏上北京演出，该剧获得观众追捧。全国剧协召开专题座谈会，专家们对该剧给予高度评价。

1995年（75岁）

2月，《花蕊夫人——林榆剧作·论艺集》出版。

5月，粤剧《伦文叙传奇》获文化部颁发的文华奖最佳编剧奖，剧目获最佳剧目奖。

7月，到北京参加文华奖颁奖大会，以75岁高龄站在全国戏剧最高奖项的颁奖台上。

1996年（76岁）

3月，创作历史粤剧剧本《红颜知己英雄泪》。

9月《伦文叙传奇》获广东省鲁迅文艺奖优秀戏剧奖。

1997年（77岁）

1月，创作新编粤剧剧本《唐伯虎闯京》。

继续修改剧本《红颜知己英雄泪》。

1998年（78岁）

5月，林榆文章汇编集《使命感，未了情》印行。

2002年（82岁）

2月，获广东省人民政府颁发的粤剧艺术突出成就奖。

6月，剧本《唐伯虎外传》（即后来的《唐伯虎闯京》），获广东省繁荣粤剧基金会剧本评选三等奖。

2009年（89岁）

1月，为纪念建国60周年，根据自己的斗争经历，创作了反映广州解放初期革命斗争的现代粤剧剧本《饮马珠江》。

2010年（90岁）

继续修改几个剧本。

2011年（91岁）

大病一场，宣布封笔，放下了长达半个多世纪的艺术创作。

2012年（92岁）

7月，剧本《饮马珠江》发表在《广东艺术》杂志。

2013年（93岁）

10月，《晚秋剧作》结集出版，汇集了离休后创作的6个粤剧剧本。

2014年（94岁）

8月，剧本《红颜知己英雄泪》发表在《广东艺术》杂志。

2015年（95岁）

3月，根据粤剧《伦文叙传奇》改编拍摄的粤剧电影《传奇状元伦文叙》完成并在全国发行。出席影片的首映活动。

11月，获广东省委、省政府颁发第二届广东文艺终身成就奖。

2016年（96岁）

10月，获中共中央、中央军委颁发中国工农红军长征胜利80周年纪念章。

参与《当代岭南文化名家·林榆》的编写。